追光者
—— 西海地下抗战医院

郝桂尧 著

山东人民出版社　济南出版社

图书在版编目（CIP）数据

追光者：西海地下抗战医院 / 郝桂尧著 . -- 济南：济南出版社，2025.6. -- ISBN 978-7-5488-7352-5

Ⅰ.I25

中国国家版本馆 CIP 数据核字第 20252FK867 号

出 版 人　谢金岭
策划编辑　胡雨薇
责任编辑　董傲囡　胡雨薇
装帧设计　纪宪丰

出版发行　济南出版社
地　　址　山东省济南市二环南路 1 号（250002）
总 编 室　0531-86131715
印　　刷　济南继东彩艺印刷有限公司
版　　次　2025 年 6 月第 1 版
印　　次　2025 年 6 月第 1 次印刷
开　　本　170mm×240mm　16 开
印　　张　24
字　　数　330 千字
书　　号　ISBN 978-7-5488-7352-5
定　　价　89.00 元

如有印装质量问题　请与出版社出版部联系调换
电话：0531-86131736

版权所有　盗版必究

序

回眸百年党史，既是一部创榛辟莽的前行奋斗史，也是一部光风霁月的精神传承史。值此抗日战争胜利80周年之际，从以盛产黄金闻名的莱州走出来的郝桂尧先生，满怀对家乡红色基因的敬仰而对一座"精神金矿"进行了深度挖掘，撰著了《追光者：西海地下抗战医院》一书，让我们重新认知和领悟到"西海地下医院"的重大历史价值和伟大时代意义，该书成就了山东红色文化一道新的亮丽风景。

虽然与郝桂尧先生尚未谋面，但我对他的作品却比较了解。这位出生于山东莱州、毕业于山东大学、曾担任新华网山东分公司总经理兼总编辑的多领域高产型作家，擅长重大事件和典型人物的报道，多年笔耕不辍，在山东地域文化、西藏历史文化、齐鲁红色文化、文学艺术等方面均有关涉。我曾阅读过他的《沂蒙山》《朱彦夫的故事》《大淄味》等作品。他擅长实地采访和创作英模题材，善于心理刻画和情节描述，古今贯通、史论结合、情理交融，语言生动活泼，叙事细腻感人。他的书，站位高远、催人奋进，广辑细核、沥沙淘金，耐人寻味、动人心弦，有很强的感染力、感化力和感召力。下面，我想从三个维度谈谈阅读本书后的几点深切感受。

一、历史的厚度：钩沉抉微，茹古涵今

胶东莱州是中国革命的一片红色热土。作为一名党史工作者，我曾专程赴莱州考察西海地下医院这一抗战时期"救治2000名八路军伤员的战地奇迹"。80多年前，在抗日战争最为艰苦的两年间，莱州（掖县、掖南县）等地40多个村庄的村民，在没有八路军主力部队保护的危险境况下，家家挖地洞、连地道，配合部队医院救治了2000名八路军伤员，险象环生、可歌可泣。亲历者纪毅同志曾为西海医院题词："地下的太阳，永远的丰碑。"西海地下医院的真实故事已被创作成一些文学艺术作品，在一定范围内流传。本书作者在此基础上进行了较大的突破，扩展了其内涵和外延，丰富了其时间和空间，挖掘了其历史背景和文化底蕴，使作品呈多线条交织、立体化展现，饱含着初心和使命，熔铸着信仰和忠诚，凝聚着血泪和真情，凸显了丰满的历史厚度。

1937年七七事变后，在中华民族面临生死存亡的历史关头，山东党组织在全省各地先后领导发动了十余次抗日武装起义，在齐鲁大地奏响了抗日壮歌、组织了抗日武装、建立了抗日根据地。山东抗战以共产党的坚强领导、独特的战略地位、强大的武装力量、创新的政权建设和深厚的群众基础为显著特征，不仅在华北抗战中发挥了支柱作用，也为后续解放战争和全国胜利奠定了坚实基础。胶

东根据地的莱州当时称为掖县,以郑耀南为代表的掖县共产党人,举行了玉皇顶抗日武装起义,创建了抗战初期胶东最大的一支抗日武装"胶东抗日游击第三支队",并于1938年3月12日成立了掖县抗日民主政府,系山东最早的中国共产党领导的县级抗日民主政权。同时,为中国革命做出特殊贡献的红色金融——北海银行也创建于掖县。这些都是八路军西海地下医院选择掖县立足的时代背景和深层逻辑。

我们说,抗日战争是中国人民永远也无法忘记的民族伤痛和历史灾难,特别是1941年至1942年,这是世界法西斯最猖獗的时期,也是敌后抗日根据地最艰难的岁月。为适应当时的严酷形势,1941年夏,以西海区指挥部为基础建立了胶东第三军区;1942年夏,第三军区改为西海军分区。西海地下医院正是在1942年11月日伪军铁壁合围"大扫荡"的腥风血雨中于掖县诞生。作者将西海地下医院的发展史有机地融入胶东红色文化的主脉络,使整个作品显得厚重大气、壮阔恢宏。此外,作者把讲述的对象从伤病员、医护人员等,扩展到胶东八路军的成长历程、重要战役、典型战法、受伤类型等,以及掖县的党史和抗战史,"地基"牢固坚实,纵深感、代入感和沉浸感十分强烈。比如,作者在写到地道里的思想政治课时,简述了当时的世界反法西斯战争状况和全国抗战局势;在叙述朱跻青烈士壮烈牺牲时,追溯了抗战时期中西医结合的历史源流,以及我党对中西医结合的立场观点;在描写伤员为延安和鲁中送黄金时,穿插着八路军"胶东夺金"和"渤海走廊"等惊险故事,充分展示了作者的大格局、大手笔、大智慧。

不仅如此，本书还对结束历史使命之后的西海地下医院进行了追踪，把故事一直讲到今天。这个医院的伤病员所在部队，后来成为中国人民解放军原第27军、31军、32军、41军的源头部队，伤病员中也产生了一批高级将领；当时医院的医护人员后来成为新中国卫生战线的一支骨干力量；所在村的党支部和基层领导，像一颗颗红色种子，成长壮大；烟台市和莱州市各级党政部门高度重视西海地下医院这一宝贵红色资源的传承弘扬，通过文学、艺术、影视、书画、出版、论坛等各种形式进行多渠道传播，系列化常态化打造红色教育集群。本书内容厚重、信息量大、震撼力强，将西海地下医院打造成一个完善的红色文化体系和一座巍峨的抗战历史丰碑。

二、情感的温度：陶情冶性，启智润心

作为莱州人，作者把对故乡和乡亲的一片深情，倾注到西海地下医院这一重大历史事件的深入调研和精心创作上，使作品充满张力、活力和魅力，以此打动读者心灵、引起读者共鸣。

有位军事家说过：战争是军事力量的抗衡，但更是人心向背的较量。本书彰显了"党心为民"和"民心向党"的双向奔赴，体现了水乳交融、生死与共的军民情深。围绕干群情、军民情、医患情等，作者饱蘸笔墨，利用自己谙熟历史、描写细腻、擅讲故事的特长和优势，注重细节描述，还原战争场景，在历史和现实之间架构起一座动人心弦的情感桥梁，使人们深信并且坚信，一代代共产

党人前赴后继、抛头颅洒热血，就是为了让人民群众过上安居乐业、丰衣足食的幸福生活。抗战时期，在掖县日军据点林立、"扫荡"频繁的严峻形势下，掖县老百姓没有丝毫畏惧退缩之心，而是积极参与抗战，送情报，筹军粮，挖地洞，掩护伤员，在平原和丘陵地带筑起一道道铜墙铁壁，留下许多脍炙人口的抗日故事。书中对掖县党组织的领头人、追光者郑耀南进行了大篇幅的细致描写，我认为非常必要。郑耀南既具有坚定的理想信念，又充满斗争智慧和策略。他夜以继日地为党奉献，坚决听从党的安排、服从抗战大局，身上充盈着一种铁汉柔情。他和妻子孩子别离、他收起三支队军旗、他在延安太阳底下思念亲人等细节，无不令人潸然泪下。书中描述的一些真实故事也让人心潮起伏、深受教育：八路军战士在战斗中负伤，爬行之中饥渴难耐，忍不住吃了老百姓的一个西瓜，昏迷之前还不忘在西瓜藤蔓上系上一张五角北海币；一个班长借群众的农具去侦察，受伤后用血写借条，就是为了日后偿还；滂沱大雨之夜，衣衫单薄的八路军战士站在百姓门外不敢敲门，群众热情地把亲人拉入家中；西海地下医院的医生，在鬼子进村"扫荡"时依然全神贯注地给小伤员进行手术；面对鬼子的严刑逼供，村民从未透露地下医院和八路军的一点消息，让不少人被残忍杀害、致伤、致残；小英雄李凤刚，被鬼子吊着倒放进水井里，虽被反复折磨，但宁死不屈；掖县群众在夜间山路上抬担架，秘密开辟出一条运送伤员的交通线。这桩桩件件的事例，令人深切体悟到那融洽而感人的党群关系、军民关系，以及党政军民团结一心、共御外侮的坚强意志。他们崇高而博大的情怀、坚定而持久的信念和豪迈而顽强的精神历久弥新。此外,作者穿插介绍的莱州历史文化、红色文旅、秀美风光、民俗非遗等,进一步增强了本书的知识性、趣味性和可读性。

三、思想的深度:培元铸魂,资政育人

有句古语说得好,英雄者"虽死而不朽,逾远而弥存"。本书从地域文化的滋养、革命文化的传承、理论体系的建构等方面,深入挖掘西海地下医院蕴含的思想深度和人文情怀,令我们深受启迪和教益。本书有一段对伤病员地道生活的细腻描写,给我留下深刻印象,也令我感慨万千。有一位重伤员,在地道里几个月没有看到太阳,心情极度压抑,几近神经错乱。因为地道里不仅没有阳光、潮湿阴暗,还严重缺氧、缺水、缺药品。为此,地下医院定期组织伤病员晒太阳,还巧妙地用大镜子把太阳光反射到地道里。这里的太阳光,不仅是自然界的光芒,也是一种信仰之光、精神之光、生命之光。马克思主义和毛泽东思想正像一轮红彤彤的太阳,照射进他们的心房,又使他们由内而外成为一个个发光体,进而照亮抗战、照亮社会、照亮人生,把个体融入抗战壮举,展现了崇高的思想境界、人格魅力和文化品质。这些,已成为我们今天的"精神之钙",激情励志,培根铸魂。正如本书作者所言,抗战时期的西海地下医院之所以能够成功,乃在于其"明理重义、勇毅坚定、深情大爱、敢为人先"的地域文化基因,以及"党的领导是定海神针,

人民群众是铜墙铁壁，军民同心是胜利之本"的革命斗争经验，是根据地党政军民用忠诚和热血谱写的撼人心魄的张扬民族大义之歌，是新时代天空中猎猎飘扬的红色风景和璀璨绽放的精神图腾，是一种永不歇息的历史传承。我们要从中汲取宝贵的道德营养和强大的精神力量，开展英雄教育，传承英雄精神，弘扬英雄文化，守护精神家园，并以此涵养德行、浸润品格、陶冶情操、淬炼意志，饱蘸历史时代的笔墨，续写时代历史的华章。

习近平总书记强调："要讲好党的故事、革命的故事、根据地的故事、英雄和烈士的故事，加强革命传统教育、爱国主义教育、青少年思想道德教育，把红色基因传承好，确保红色江山永不变色。"《追光者：西海地下抗战医院》一书凝结着红色基因、奔涌着红色血脉、承载着红色文化、贯穿着红色历史。感谢郝桂尧先生的精心创作，为我们复原了一段弥足珍贵、不该忘却的抗战历史。在此，也躬身向西海地下医院的前辈们致以崇高的敬意！

韩延明

2025年3月30日于济南大明湖畔翰墨轩

韩延明：博士，山东师范大学特聘教授、博士生导师，"国务院政府特殊津贴专家""中国高贡献学者""山东社会科学名家"，中共山东省委党史研究院原一级巡视员。

目　录

序　　　　　　　　　　　　　　　　001

第一章　红色热土　　　　　　　001
　　越过云峰山　　　　　　　　　003
　　追光者郑耀南　　　　　　　　009
　　"八路老窝"的制胜法宝　　　026
　　胶东向西　　　　　　　　　　045

第二章　地下医院　　　　　　　075
　　在敌人的眼皮子底下　　　　　077
　　开启"村村有地洞"模式　　　095
　　"郑大娘"周秀珍　　　　　　107
　　一条神秘的运输线　　　　　　120

第三章　光明使者　　　　　　　127
　　"隐形医院"之魂　　　　　　129
　　"中西医结合"的红色样本　　144
　　化作一缕太阳光　　　　　　　159
　　与狼共舞　　　　　　　　　　175

第四章	**浴火重生**	**187**
	在"第二个战场"上	189
	治愈身体和心理的双重创伤	206
	"地道故事会"的抗战传奇	219
	一种鱼对水的深情	243
第五章	**生死与共**	**249**
	信仰的模样	251
	为何打狗？为谁挖沟？	264
	鬼子发现了地道口	277
	"掖县王二小"李凤刚	288
第六章	**基因永续**	**293**
	重回大泽山	295
	破茧成蝶：一道道信念之光闪耀	302
	红色基因	319
	让"西海地下医院"成为一个精神符号	350

后 记	**367**

第一章 红色热土

越过云峰山

1942年11月初的胶东，朔风阵阵，寒气袭人。

八路军胶东军区西海军分区卫生所决定撤离出大泽山区。卫生所全体人员脱下威武的军装，换上老百姓的衣服，在军分区卫生处处长王一峰、卫生所副所长曲笑臣、政治指导员刘子坚的率领下，在月黑风高的三个夜间，分批向掖县转移。重伤员躺在担架上或者伏在马背上，轻伤员只能步行。他们爬山过河，踏着遍地碎石枯草荆棘，在枝干纵横的树林里跌跌撞撞，摸索前行，越过县城东南7.5公里处的云峰山，进入掖县腹地。

夜色里，背后巍峨的大泽山群峰越来越远，脚下，就是苍茫厚重的掖县大地了。离开大泽山根据地，大家心里空落落的，一股恋恋不舍之情油然而生。面对眼前的新环境，紧张、兴奋、担心……各种复杂的情绪，汇成一种紧迫感和神秘感，使大家的脚步越来越快。

为什么要马上撤出山深林密、非常适合开展游击战的大泽山区呢？

抗日战争时期，整个胶东半岛自西向东依托三座大山，形成大泽山、牙山和昆嵛山三大革命根据地。其中的大泽山雄踞胶东半岛西部，是一个战略咽喉，堪称"胶东门户"。它蜿蜒起伏在平度、掖县、招远和莱阳之间，区域面积400多平方公里，东西宽7公里，密布着大小山峰2100多座，集"雄、险、奇、幽"于一身，山脊线在中部，主峰高达737米。这是一座历史文化名山，曾留下东莱山、大青山、九青山等名称，显示着深厚的历史渊源。之所以被称为东莱山，是因为这是商周时期东夷古国东莱的一座名山。据《史记》记载："天下名山八，而三在蛮夷，五在中国。中国华山、首山、太室、泰山、东莱，此五山黄帝所常游，与神会。"东莱山就是大泽山。到了明朝，吏部郎中、光禄寺少卿文翔凤，在莱阳当知县时游览大泽山作《九青诗》一首，就又名为九青山，以后的文人墨客因"九青"一名颇雅，故沿用这一别称，称大泽山为"九青山"或"大青山"。道光《重修平度州志》记载：明万历年间莱州知府龙文明《游大泽山记》载，"盖群山环而出泉，遂汇为大泽，大泽以此名也"，这里泉水众多，泽被万物，就成了大泽山……天一生水，水生万物，大泽山自然风光十分秀丽。这里山势挺拔，林壑幽深，奇石峥嵘，清泉淙淙，大的山峰近百个，峰峰相抱，层峦叠嶂，苍苍郁郁，如万马奔腾，形成一种磅礴气势。其主峰是北峰，又称瑞云峰，由四个山头组成，好像一条遒劲的苍龙，直上云天。瑞云峰陡峭奇险，一块巨石叫"八步紧"，上面只有八个脚窝可供攀爬，需要贴身攀登，脚步错了就会卡住，上不去，也下不来；一个窄小洞穴叫"鹞子大翻身"，下临陡壁，洞口直径只有60厘米，能容一人勉强通过，通过此洞，需要多人手拉肩扛，蹬着洞壁上的脚窝，一个个像鹞子钻天那样，历经四次转身，才能钻出洞穴，到达山顶"碧云宫"。碧云宫顶，是一个可容约30人的石坪，向东南倾斜，上有郑板桥所题"孤峰独秀"四个大字。碧云宫西侧，有一块巨石傲然卓立，人莫能攀，连飞鸟也不敢停留，故名"鹰不落峰"。站在峰巅，一览众山小，心胸豁然敞开，大有羽化登仙之感……

正因为大泽山区地形复杂、攻守两宜，向南可控制平度、潍坊，向东可进入莱阳、招远，向北扼守莱州，是开展山地游击战的最佳选择。从战略意义上讲，控制了大泽山，就能南牵胶济铁路，保持胶东区党委和中共山东分

大泽山巨石

局的联系；东延昆嵛山，控制胶东腹地；西制渤海湾，保证渤海走廊畅通。1939年11月，八路军山东纵队政治委员黎玉到胶东视察，来到胶东区党委和五支队驻地掖县周官庄一带，他分析胶东形势，确定了胶东地区的战略任务：第一步，先控制大泽山、昆嵛山，掌握东海、西海地区；第二步，夺取牙山，掌握胶东中心的战略支点；第三步，以牙山为依托，南下海阳、莱阳，以对付从青岛方面北犯的日伪军。根据黎玉的指示，1940年6月，胶东区党委机关迁到大泽山东麓的葛家庄，组成200余人的工作团，决心开辟大泽山抗日根据地。1940年11月，西海地委、专署在掖县成立，标志着大泽山抗日根据地的建成。它下设掖县、掖南、平度、平西、招远、南招、莱西、昌邑、潍县等县，其地形狭长，好似一条扁担，屹立在掖平边的大泽山正居其中。随后，大泽山根据地成了侵华日军的眼中钉、肉中刺，遭遇了反复的"扫荡"和"蚕食"。西海区军民与如狼似虎的日伪军展开殊死斗争，多次歼灭、击溃国民党伪顽势力；大青杨和郭家店等战役、形形色色的地雷战，打得鬼子魂飞魄散、屁滚尿流。

然而，更为残酷和疯狂的"大扫荡"来了。1942年，抗战进入最艰苦和困难的时期，这一年，日伪军的"扫荡"频次高、规模大、时间长，与抗战初期呈现出不一样的规律性。1938年10月，武汉和广州失守之后，抗战进入战略相持阶段，日军停止对正面战场的战略性进攻，将主要兵力转向共产党领导的敌后根据地。1940年8月到1941年1月，八路军发起"百团大战"，日军没有想到，八路军从4万多人迅猛发展到100多个团，还不包括山东的几十个团，于是他们抽调兵力回师华北，对抗日根据地反复进行"扫荡""蚕食"和封锁，实行"三光政策"，妄图扑灭抗日烽火。沂蒙山区和胶东半岛是日军"扫荡"的重点地区。

1942年11月，侵华日军总司令冈村宁次从北平飞抵烟台，纠集日伪军2万余人，配备汽车、大炮、飞机、舰艇等装备，由日军第十二军司令官土桥一次指挥，对胶东实行空前残酷的立体化"拉网大扫荡"。这次"大扫荡"分三个阶段。第一阶段从11月中旬开始到月底，各路敌军首先突破中路，以胶东腹地牙山和马石山为中心，形成南北90公里、东西75公里的包围圈。"扫荡"的日军于11月19日晨进入牙山根据地一带，11月20日"拉网扫荡"全面展开。11月23日晨进入乳山境内，拉网合围马石山，山上有1万多名群众，在地方干部和部队掩护下，大部分突围出来，也有500多人被杀害，日军制造了胶东最大的惨案——"马石山惨案"。第二阶段从12月5日到20日，鬼子集中了近万兵力，制造再次"扫荡"牙山的假象之后，突然掉头向东，对东海区进行梳篦式的"铁壁合围"，以图彻底围歼由牙山、马石山突围东进的抗日部队，制造了"荣成惨案"和"崂山惨案"。我胶东军区部队化整为零，破网闯关，跳到外线袭击敌人。扑空的敌人，于12月中旬再次张"网"西进，扑向大泽山根据地，"扫荡"进入第三阶段。

在40多天的时间里，日军对牙山、马石山、大泽山等地轮番"拉网"8次，合围5次，胶东军区所属部队与敌作战14次，以机动灵活的战术，歼敌2000多人，并多次巧妙地避开日军的合击，主力部队3个团基本保留下来。鬼子疯狂烧杀抢掠，之后在大泽山区新建了稠密的据点。平、招、莱、掖边区平均每五平方公里，就设有日伪军据点一处。大泽山根据地附近的据点，东边有大田、马场、旧店、日庄、南墅等；西有马驿、夏邱堡、沙河、高望山、花埠、店子、唐田、新河等；南有崮山后、北台、贾家营、平度城、王家站、兰底、麻兰、古岘等；北有七十里堡、小庙后、掖县城等据点。大泽山抗日根据地完全处于敌伪据点包围之中，被压缩得仅剩下南北一条山脊，东西只有2.5公里，一枪就能打透了。大泽山根据地几乎与外界隔绝。据说，敌人到不了的地方，只有主峰的北峰顶了，上面住着司令部的一个通信排。在最残酷的时候，战士们依靠绝壁上的一根绳索爬到山顶。敌人几次包围这里，但是怎么也没办法爬上山顶……

情势危急，西海军分区司令员赵一萍、西海地委书记兼军分区政委于己午决定：迅速把兵工厂、被服厂和卫生所撤出大泽山区，转移到西海地区唯一的老革命根据地掖县，化整为零，分散隐蔽开展工作。

军分区卫生处处长王一峰，向大家传达了上级指示精神。天擦黑的时候，大家从大泽山根据地出发了。卫生所全体人员换上黑色棉衣，带着伤员，在只有一只胳膊的交通员姜振玉的带领下，先到了距掖县城东南将近15公里的郝家村一带。因为这里过去是敌我顽三方多年争夺的地方，仍有顽军骚扰，形势不大稳定，所以他们将轻病员留下，带着重伤员越过云峰山和掖庙公路，先是到了大桥头，不久，发现有敌特分子前来侦察，就立即转移到王门、曹郭庄、高郭庄一带隐蔽下来。

此时，大泽山根据地和掖县都被日本鬼子占领。日军在掖县设立了15个据点，建起70多座碉楼，修建了三条公路和一条简易公路，把掖县变成一个"白色囚笼"。如果说大泽山根据地有战略纵深，有险要地形，有群众智慧，那么，以沿海平原和丘陵为主的掖县究竟有什么优势呢？

追光者郑耀南

在掖县，王门医疗区是西海地下医院的核心，负责救治重伤员，卫生所所部就设在这里。很快，医院和伤员向四周扩散，宛如满天星斗，形成朱旺、西北障、南掖和南招等医疗区，在大泽山所里头村设立了休养区，40多个村庄的群众参与救治伤员和挖地道活动，构成西海地下医院的基本框架。

所里头是地下医院的后方支撑，它是大泽山深处的一个山村，房子全部由大大小小的山石砌成，因为有一条狭长的山路和外界相接，形似一把勺子，所以称为"勺子头"，后来叫成谐音"所里头"。

西海军分区卫生处处长王一峰和政治指导员刘子坚，分别住在王门村村民张锡云和李然忠家，离村支书孙凤祥家不远。王一峰穿一件灰布大褂，腿上扎着白色的带子，戴一顶浅灰色礼帽，架着一副眼镜，成了"王掌柜"；而刘子坚穿着棉袍，戴着礼帽，文质彬彬，像一个私塾的教书先生，被称为"刘先生"。带着队伍进入故乡的土地，鬼子的炮楼随处可见，震耳的枪炮声不时响起，血腥的味道四处飘散，敌人会悄无声息地扑过来……然而，他们的心里却有一种踏实感和安全感。就像鸟儿飞回森林，就像鱼儿游入大海，掖县既有无形的"大泽山"、隐形的"青纱帐"，更有一条条抗日沟、一个个幽深的地洞。王一峰和刘子坚是土生土长的掖县人，这种踏实感和安全感，除了掖县依山傍海、物产丰富、供应方便、气候宜人、地质条件好，以及历史悠久、文化灿烂、教育发达、民智开化等因素外，更在于他们看到了一道道璀璨夺目的光芒，照彻人的身心和灵魂，越是黑暗的时代，这光芒就越明亮。

这是信仰之光、思想之光、精神之光。

他们，既要像夸父一样，去追逐这道光，也要让自己熊熊燃烧，成为光的一部分。

胶东农村的夜晚，因为残酷的战争变得格外寂静。走出院落，仰望星空，去寻找那些掖县革命史上的"明星"。郑耀南、王鼎臣、孙鼎、张加洛、王仁斋、盛咸庆、李勋臣、陈子尚、鲍仙洲、宋光、刘秀东、李铁民……真是群星璀璨啊。其中，郑耀南是那颗最亮的星。

王一峰和刘子坚都曾就读于山东省立第九中学，这是郑耀南的母校，也是掖县进步青年汇聚之地。王一峰还曾在掖县三支队从事过卫生工作，直接受郑耀南的领导。所以他们熟悉郑耀南的故事，也深受郑耀南的影响。分析郑耀南的人生轨迹，他一生都在追求光明，为了信仰不惜牺牲一切，而且他从里而外，自带光芒，总能燃起人们心头的希望。

郑耀南的乳名叫"熬"，是那个时代最形象的写照。长夜漫漫，民不聊生，只有苦熬硬熬。他1908年10月29日出生于掖县西障区郑家村一个贫苦的农民家庭。父亲在他3岁那年去世了，母亲姜云天无力养活5个女儿，就把郑耀南过继给寡居的弟媳马占云。两家只有一巷之隔。马占云年轻守寡，性格刚烈，知书达理，她和姜云天一起，节衣缩食，供郑耀南读书学习。知识的光芒，照亮前行之路，郑耀南变成一个追光者。7岁时，他到村里的私塾郑子栋家读书，从小阅尽人间冷暖的他，非常刻苦。11岁，他到邻村北障高小就读，老师孙康侯曾在东北一家商号当账房先生，博览群书，知识渊博，经常给学生讲述外面的新事物和新思想，培养学生的民主精神。学习四

郑耀南养母
马占云

年，郑耀南眼界大开，萌生了改变世界的强烈愿望。1925年秋，17岁的他考入山东省立第九中学，这是直属省教育厅管理的学校，驻地在掖县城，很多老师来自济南、北京和上海等大城市，课程不仅有传统的国学，还有数理化、英语、生物、军体、音美等，满腹经纶的老师们既传道授业，也宣传进步思想，播撒革命种子。郑耀南白天到学校上课，晚上在油灯下苦读到深夜，他经常阅读《新青年》《申报》等书刊，还团结李勋臣、陈子尚、王铭鼎、滕绍武、赵冲霄、王伯英、郭大昌等同学，共同追求革命理想。他广泛联络，经常组织反帝和抵制日货游行，成为进步学生的核心，被推举为学生自治会主席。时任山东省教育厅厅长的王寿彭是清朝遗老，为禁锢学生思想，在中小学推行读经和会考等制度，九中校长李浩光不遗余力秉承上司旨意。这种做法倒行逆施，与"五四精神"格格不入。郑耀南对此极为不满，多次组织学生罢课，反对李浩光，反对读经会考。国民党掖县县长张蔚南阻止学生运动，郑耀南带领学生冲进县政府，痛打张蔚南，迫其废止封建文化教育的政策。政府和学校当局视郑耀南为"危险分子"，多次要开除他的学籍，因全校师生坚决反对，才没有得逞。1927年底，李浩光强行给郑耀南降两级处分，让他重当新生，郑耀南拒不接受，愤然离校。

郑耀南第一次踏入社会时，革命正处于低潮期。蒋介石举起屠刀，大量共产党人被屠杀，多数党组织遭到破坏，全国笼罩在白色恐怖之下，一些共产党员对党失去信心，甚至叛变投敌。郑耀南置个人生死于度外，义无反顾地走上革命道路。1928年春，他回到西障郑家村，克服经费、校舍、教师和教材等诸多困难，在自家南屋办起村里第一所小学，招收学生不分性别，贫苦孩子免除学费。他白天教学，晚上深入群众，宣讲革命道理。同时搜集各种信息，大量阅读书籍，冒着生命危险，千方百计寻找党组织。1928年，经掖县第一个共产党员王鼎臣介绍，郑耀南加入中国共产党，成为掖县第二个共产党员。他创作了两幅花鸟画，并分别题诗一首，表达入党后的喜悦之情："岁阴寂寂暗锁春，金谷思深未沉沦。年少宫人新入道，晓妆施与口脂痕。""是处幽芳遍石阑，葵花中翠耐秋寒。山阴道士久不到，谁知笼归青眼看。"现在，这两幅作品收藏在山东省博物馆内。从此，不管是生活、斗争的艰难困苦，还是白色恐怖下的追捕迫害，都没有削弱他的革命斗志。他以教学为掩护，在广大农民和进步青年中积极慎重地发展党员，先后介绍鲍仙洲、李勋臣、陈子尚、滕绍武、鲍建业、郑祥斋、杨雨亭、于仁乐等加入中国共产党。许多和他共过事的人说："老郑真是一分一秒都不忘记党，不忘记革命。"

八路军西海地下医院被誉为抗日战争时期敌后战场上的一个战地医疗奇迹，一种伟大的创造，具有独特性和创新性。这种创造的能量，也许从郑耀南成立第一届掖县县委、创办胶东最早的党刊《红星》、成立胶东第一支共产党领导的革命武装特务队时，就已经迸发出来。这使得掖县的党组织力量强、根基牢，在斗争中既显示出刚性、烈性，也充满着柔性和韧性，文化、知识和智慧，都变成一把把刺向敌人的利剑。

国民党成立的农民协会，领导权却在共产党人手里，这件事儿足以表现郑耀南的策略和水平。1929年，国民党掖县县党部筹备成立农民协会。这年冬天，郑耀南与郑祥斋、鲍仙洲在西障郑家村率先成立掖县第一个农民协会小组，接着又成立西障郑家村农民协会。在他们的宣传发动下，各村农民协会如雨后春笋相继成立。为了掌握农民协会的领导权，郑耀南通过关系将共产党员鲍建业推荐到县整理委员会担任录事。1931年，国民党掖县县党部召开第一届农民协会代表会议，郑耀南积极谋划，共产党员鲍建业、鲍仙洲、郑祥斋三人成功当选干事长和干事，在国民党县农民协会中，共产党员占五分之三。这样，县农协的领导权基本上为我党掌控。农协章程中规定：农协对各级地方政府起监督作用，贫雇农、自耕农、小学教员等均可参加。其宗旨是：反帝反封建、反迷信，反贪官污吏，反苛捐杂税，开展妇女解放运动。这样既保护了广大人民群众的利益，又与我党的革命目的相吻合。郑耀南还领导开展了针对国民党进行竞选区长、乡长、村长的斗争。他安排滕绍武、郑祥斋、赵刚锋、孙鼎等4名共产党员参加乡长竞选，均成功当选，在全县100多个乡的乡长选举中，共产党团结的农协会员占了大多数。掖县农民运动就此蓬勃开展。1932年，军阀韩复榘和刘珍年相互争夺地盘，韩刘战争爆发，人民苦不堪言。郑耀南组织发动农会进行反霸抗捐斗争，他以"韵笙"为笔名，写了一篇文章，通过秘密关系在国民党县党部主办的《党声》报上发表，深刻揭露国民党政府官员及商会会员巧立名目、横征暴敛、贪污军饷等罪行，同时还组织农民、教师、学生、商人等游行示威，有五六百人参加，迫使国民党县政府将检察官、文书、商会会长等人撤职，并取消农民每人一元的军饷，答应五亩地以下的农户免除打差出伕，反霸抗捐斗争取得胜利。

1930年秋天的一个夜晚，西障郑家村郑耀南家的南屋里，油灯显得格外明亮，气氛格外热烈庄重。一张木头桌子边的长条凳上，坐着几个血气方刚的青年人。王鼎臣从省城济南带回中共山东省委的指示：发展党组织，建立

第一届掖县县委成立塑像

掖县县委。参加这个秘密会议的有王鼎臣、郑耀南,还有李勋臣、陈子尚。王鼎臣和郑耀南介绍了中国共产党的纲领、严酷的斗争形势,确立了掖县县委的主要任务。明确党内实行民主集中制,选举郑耀南为第一届掖县县委书记,王鼎臣、李勋臣、陈子尚为委员,后来增补鲍仙洲为交通委员。郑耀南纪念馆里的一组硅胶塑像,生动地记录着这一庄严时刻。这是当时胶东地区唯一受山东省委直接领导的县委。为扩大影响,他们在城乡各处张贴标语,散发《告全县同胞书》,宣告中共掖县县委成立,揭露反动军阀黑暗统治,宣传共产党救国救民主张,号召人们起来跟着共产党闹革命。11月7日,鲍仙洲带人在国民党县政府大门前的照壁上,以中共掖县县委的名义,张贴大字标语,庆祝俄国十月革命胜利13周年,制造了极大声势。

从《新青年》等进步杂志中,郑耀南看到了一个令人激动的崭新世界,也使他每到一处,都高度重视阵地建设、舆论引导和思想传播。在莱州革命史展览馆里,有一本已经发黄的《红星》杂志,封面上有几颗五角星图案。这是县委成立以后,随之创办的党刊《红星》。它以传单、小报形式,选载马列著作，报道国内外大事，揭露国民党反动派的腐败和社会黑暗，宣传党的方针、政策，发动群众团结起来进行斗争。《红星》的印发都是在秘密状态下进行的。郑耀南任主编，主要负责撰稿排版；孙敏卿和陈子尚负责刻字和油印，没有铁笔刻字就用缝纫针代替，油印机由木匠徐惠敏制作，用自行车内胎套在木棍上作滚子；在郑耀南家南屋里印刷，躲在深夜里秘密进行。每期印制三五十份，内容多时就装订成册。印好的《红星》，由鲍仙洲、郑祥斋以卖笔为掩护，送到有党员的学校，再由党员教师秘密分送给其他党员。为了扩大党的影响，县委还经常秘密印刷宣传品在群众中散发。每逢山会、节日，党员都到大小集镇、村庄秘密张贴标语，散发传单。这些活动，使党在群众中的影响不断扩大，使人民在黑暗中看到了光明。后来，郑耀南还创办过《海涛》杂志和《抗战日报》，并在胶东临时工委主办的党刊《战斗》担任过主编……

莱州市卫健局党组书记、局长吕俊峰说，掖县县委还建立了胶东第一个共产党的武装力量特务队。吕俊峰的祖父当年是特务队的一员，给他讲过特务队锄奸的故事。在王河边上，特务队员们挥起大镢头，直接把坏人砸死，大快人心。吕俊峰记住了这一幕幕。1931年"九一八"事变后，蒋介石政府对日实行不抵抗政策，"攘外必先安内"，对苏区进行疯狂"围剿"。山东军阀韩复榘、刘珍年撕掉伪装的面纱，一方面对胶东人民横征暴敛，加紧搜刮；另一方面公开驱赶逮捕共产党员。在民族危亡、国难当头、大敌压境的形势下，中共掖县县委曾多次酝酿购买枪支，成立革命武装。有了武装，既可应付恶化的环境，又能待时机成熟举行武装暴动。1932年2月，掖县县委通过在烟台八中上学的郭欣农与中共烟台特支接上关系。4月，烟台特支的特派员张凤鸣来到掖县，并参加了县委领导工作。掖县县委根据烟台特支的指示，正式成立特务队。郑耀南任特务队队长，张凤鸣、陈子尚任宣传委员，县农会干事长鲍裕民任副队长。特务队的骨干分子有郝香斋、孙鼎、王登寿、宿勋臣、孟绍周等。特务队共计有二三十支枪。同时，还吸收了一部分有枪的非我党人士作为外围人员。作为胶东第一支由共产党领导的武装力量，掖县特务队的任务有三项：一是保卫党的安全，一旦党员被捕，及时组织武装营救。党内如出现叛徒，就进行镇压；二是打击民愤大、作恶多的定性官僚、豪绅，打击政府和地富的反动气焰；三是劫取国民党政府的税收机关，争取经济来源，充实党费，购置枪械，扩大武装，俟时机成熟举行武装暴动。县委在《红星》上发表文章，号召"每一个共产党员都要做一名特务队的队员""每一名共产党员都要拿起枪和敌人斗争"。在县委的号召下，广大党员、特务队队员都纷纷想方设法，购买枪支，武装自己。特务队的枪，多属短枪，有的是自己购买的，也有的是从富户家中提取的。郑耀南为了买枪，动员婶母卖了二亩好地，买了一支短枪。

郑耀南使用过的手枪

同村的进步青年郑洪进和邻村西障姜家村的姜隆盛也卖地买枪，姜家村的姜增新借了一支"东洋造"参加特务队。在严酷的白色恐怖下，特务队只能在夜间秘密进行活动。对于特务队的活动，郑耀南亲自参与研究，由张凤鸣带领具体执行。所以，当时特务队员称"郑耀南是我们的好军师""张凤鸣是我们的好指挥"。特务队员之间实行单线领导，彼此不发生横向关系。有了任务，临时通知集合地点和行动暗号。集合以后，由张凤鸣布置任务。因此有好多队员虽然执行同一任务，但彼此都不知道姓名。为了加强情报工作，1932年10月县委派共产党员于仁乐、郝香斋在掖县城设立"派报处"，以卖报纸为掩护，侦察国民党掖县县政府动向，搜集各方面情报。后来"派报处"撤销，又在县政府大门旁的"瀛海饭店"设立情报组。郑耀南还通过秘密关系，发展在国民党县党部《党声》的国民党党员周鼎尧、丁玉章、徐铭三等加入共产党，让他们伺机搜集情报。这些工作为应对后来形势恶化做了必要准备。特务队成立的时间比较短，活动也不多，曾拦截过国民党政府的解款车辆，镇压了几个罪大恶极的地富豪绅。为了扩大革命影响，特务队的陈子尚经常趁赶庙会唱戏的机会，带上印好的传单在戏台前隐蔽下来，当台上的戏进入高潮时，他高喊着口号把传单撒出去。1933年冬的一天，特务队获悉，崔家、仓上盐务处要向县政府解款，准备拦截。为了壮大特务队的力量，张凤鸣在这次活动中打算利用一个旧军人出身的外围人员。当时，这人闲居西由街，并有一支短枪。事前，这人背着张凤鸣私自拦路致死人命，被政府逮捕。案子发生后，张凤鸣即通知有关人员马上转移，他本人回到老家高密，鲍裕民到了潍县，郑耀南因国民党部密令逮捕，八月间离开掖县到了北京。郑耀南、张凤鸣离掖后，孙鼎毅然接任掖县县委书记和特务队队长，他积极发展党的地下组织，带领特务队严惩反动分子。县政府虽然几次派军警围捕特务队，但一无所获。为应对日益恶化的环境，亟须经费购买枪支以武装特务队，孙鼎为筹措资金整日冥思苦想。他得知父亲孙培琛存有一千元现大洋，如果正面动员，父亲很难同意拿出来，不得已决定绑票要钱。得知父亲去平里店办事很晚才能回来时，就通知贫苦农民赵典臣等人在半路上绑了孙培琛，迫使他拿出一千元现大洋，解决了县委和特务队的经费难题。到1934年4月，

绘画作品：孙鼎派人"绑票"要钱

孙鼎也离掖去京，特务队的活动就此停止，但队员仍然留在掖县，手里都还紧握着枪。他们变成一颗颗武装斗争的火种，一旦时机成熟，就会燃起熊熊烈火。

在卫生所带着伤员转移到掖县之前，王一峰和刘子坚都回过掖县。刘子坚是回家来探亲的，他骑着一头小毛驴，通过敌占区，走了近百里路，才回到家乡。当时，正逢莱阳梨大丰收，集市上堆满了莱阳梨，价格便宜，他买了几十斤，带回卫生所，给重伤员们吃，大家高兴极了。卫生处处长王一峰，曾带领先遣组来到掖县。在王门村，他们向村支书孙凤祥传达了上级指示，把救治伤病员的任务交给了王门村党支部。王一峰指着身边一个10多岁的孩子对孙凤祥说：这个孩子叫秋林，父母都在"大扫荡"中牺牲了，你就当成自己的孩子养吧！从此，秋林成为孙凤祥家里的重要一员，宛如掌上明珠，被无微不至地照顾。孙凤祥的儿子孙志敏从此多了一个小哥哥，吃饭、睡觉、玩耍、放羊……他们整天黏在一起，互相陪伴长大，结下了深厚感情。1947年，小秋林参军离开家，从此再也没有了音信，可能牺牲在战场上了，孙志敏牵挂了他一生。

王一峰把秋林交给孙凤祥，西海军分区把卫生所托付给掖县党组织，都出于一个理由，把卫生所和伤病员转移到这里，是一种最佳选择：从第一届县委成立之后，在国民党的白色恐怖之下，掖县党组织没有受到大的破坏和损失，一直坚持开展工作，这在山东全省是绝无仅有的。郑耀南多次离开家乡，一方面要隐蔽自己，追求革命道路，另一方面也从未中断和掖县党组织的联系，指挥着掖县的革命斗争。掖县党组织在敌我力量对比悬殊、环境困难险恶的时候，不冒险激进，不妥协气馁，而是善于把自己隐藏起来，躲过敌人的锋芒，保存有生力量，发展壮大自己，寻找最佳时机，实现凤凰涅槃、浴火重生。

郑耀南曾经多次受到国民党政府的追捕，其中两次最为危险。

一次是1933年7月。这年7月3日，中共山东临时省委组织部部长宋鸣时和女秘书刘化普夫妇向国民党省党部自首，交出一份党员名单。宋鸣时还当上国民党捕共队队长，带领特务到处抓人。在宋鸣时提供的一份材料里，出现了"掖县县委书记郑耀南"等字样，国民党山东省党部密令掖县县党部逮捕郑耀南。此时，韩复榘派他的秘书刘国斌来掖县当县长，随后又任命其师长"活剥皮"张骧伍为"清乡队"队长，带一团"清乡队"驻扎在县城西关的文庙里，帮助刘国斌"清乡"。一时间，掖县变得乌云滚滚，杀气腾腾。逮捕郑耀南和王鼎臣的密令，传到国民党掖县县党部宣传委员兼肃反专员孙会生手里，孙会生心头一惊。他是平里店西北障村人，郑耀南在北障高小读书时，他在学校任教，他的外祖父郑子栋是郑耀南的私塾老师。孙会生非常敬佩郑耀南的为人和学识，他马上把密令的内容告诉了七区区队长徐承勋，让徐承勋向在驿道七小教学的郑耀南、王鼎臣作了报告。郑耀南没有立即离开，而是召集县委委员共同商量对策，大家一致认为来者不善，让他外出躲避。他对县委工作作出安排后，决定离掖。他们离掖后，县委工作交由孙鼎主持。郑耀南由驿道直接到了后坡村郭大昌家，准备坐船离开掖县。当时规定，没有行李不准上船。当天，郑祥斋叫放暑假在家的九中学生郑本倩骑自行车给郑耀南送了一床被子。郑耀南和王鼎臣第二天上船离掖。他们走后，孙会生马上向省党部作了一个报告，称"他俩闻风而逃，不知去向"，应付了差事。郑耀南离开掖县来到北平，投奔在弘达中学的共产党员郭欣农，并成立了党小组。后经郭欣农介绍，通过地下党员陈义山与北京地下党接上关系，担任北京弘达中学党小组长、掖县同乡会党支部书记。同年冬，郑耀南由陈义山介绍，参加冯玉祥、吉鸿昌等组织的抗日同盟军，担任过秘书、参谋等职，并参加察北起义。部队接到收复察东四县的命令后，日夜兼程，向沽源挺进。急行军一天一夜，饥饿考验着战士们的耐力，听着像青蛙一样咕咕喊饿的肚子，他和战友们四下寻找能吃的野菜；山中丛林密布，即使白天也难以透射进阳光，每到夜晚宿营更是寒凉浸骨。郑耀南腿部受过伤，留下了痼疾，行走不便，又发起高烧，头冒冷汗，浑身如水洗，为了加速行军，他找来一根树棍当作拐杖继续前行……察北起义失败后，郑耀南转移到龙口，担任掖（县）、招（远）、黄（县）三县硝磺局局长，其间经常回到掖县领导县委工作。

1934年春节前夕，郑耀南受到第二次追捕。大年三十，他和儿子郑梦溪等人正在扫院子、擦门窗、贴春联，全家高高兴兴准备过大年。忽然来了一个人，和郑耀南嘀咕了几句话，郑耀南转眼就不见了。原来，孙会生再次接到省党部的密令，要求逮捕"掖县平里店郑家共产党领导人郑耀南"。孙会生按密电要求给县长刘国斌写了一个报告，交给工友罗兆顺，并对罗说：

"部里叫我回家过年。下午两点,你把报告送到县政府大门里的信筒里。"说完,便骑着自行车,急急忙忙直奔郑家村,托姑父郑福堂送个信给郑祥斋,让他马上告诉郑耀南,"情况紧急,过年啦,要躲一下!"郑耀南也从情报站宿勋臣处获得大逮捕的消息,他一边通知县委委员和骨干党员马上外出躲避,一边迅速处理好秘密文件,做好了应变准备。

这天晚上十点多钟,郑家村一片嘈杂声。刘国斌和张骧伍派出一百多名军警,把郑耀南家团团围住。这时,郑耀南正在路东边的生母家里收藏文件,闻讯后从东墙翻出,穿过湾崖的酸枣林,借着月色来到村东一个胡同,遇到出门抱柴的郑振华,但是郑振华家无处可藏,郑振华把他带到对门郑修来家南屋,那是一个拴毛驴的地方,郑耀南躲在驴槽后面,成功脱险。敌人砸开街门,闯进郑耀南家里,到处是白晃晃的刺刀,十几个人涌进来,翻箱倒柜,大缸小盆连搜带砸。炕上有一个人蒙着被子,有人用刺刀把被子挑起来,看到了惊恐的郑梦溪。敌人用刺刀对着马占云和儿媳周秀珍要人,马占云说:"你们不是翻过了吗?还找我老婆子要什么人……"他们闹腾了半夜,结果一无所获。第二天,正月初一,郑耀南转移到麻渠村舅父家。郑修来借拜年的机会,到郑耀南家报平安。初二,在卖麻渠大糖的舅父和表兄掩护下,郑耀南乘船去了东北。大年三十晚,国民党左派、掖县县党部书记长郭伯海和掖县农会原副干事长赵洪景惨遭杀害。

东北的隆冬,寒风刺骨,飞雪漫天。郑耀南仓促出走,穿着单薄的衣服,食不果腹,孑然一身,在完全陌生的地方,既要隐姓埋名,又要谋生,还要坚持革命活动,其艰难可想而知。但是他经常和掖县党组织通信,用的暗语是"外面的买卖怎么样""现在身体怎么样"。1934年夏,他终于找到党组织,并被安排到吉林省延吉县中学,以教学为掩护开展革命工作。是年秋,他受组织安排,到吉林拉法山区争取"三江好"土匪部队参加抗日。三江好的头目罗明星是山东郓城人,那是一个出水浒好汉的地方。早期他在铁路上做工，因为袭击日本人澡堂子，杀了日军，就到山上拉起队伍。这支队伍高举一面"罗"字大旗，不骚扰百姓，只打鬼子，迅速发展到几百人，骨干是贫苦农民。罗明星文雅而刚毅，善骑马，使双枪，驰骋射击，十发九中。他带兵纪律严明，绝不许士兵赌博、抽大烟、逛窑子。鬼子几次围剿不成，就打起招安的主意，派了个当地伪警察局副局长，带着三十支步枪、两挺轻机枪、两万多发子弹，还有五百斤粮食上了山。罗明星收下东西，割了这个副局长的耳朵，放他给日军带个话："老子是胡子没错，可老子是中国的胡子。"罗明星的故事后来被搬上电视屏幕。《亮剑》中楚云飞和李云龙赴鬼子生日宴，拿二十响给鬼子拜寿，就是罗明星的真实经历。那一年，驻守磐石县烟筒山的日军劝降，罗明星假作整编欲降的样子，提出要棉衣4000套等条件。他带领100名精兵和4名警卫员前往日军司令部。下午两点，双方商谈具体条件，日军欲解除罗部武装，罗明星威严地说："只有一个条件，就是你们必须全部撤出我们中国领土！"话音刚落，他双枪并举，护卫兵同时开枪，当场击毙日军佐伯少佐等7人。此时，外边的100名精兵立即向敌人发起冲锋，双方展开肉搏战。日军如无头的苍蝇，很快溃不成军……后来，在郑耀南等人的努力下，罗明星部被编入杨靖宇领导的南满抗日联军，成为东北抗日联军第十九支队队长。他率领这支抗日武装，转战于吉林省的九台、永吉、磐石、濛江、敦化等十数县市及京图、吉海铁路沿线，袭击日伪军的据点、驻地，破坏铁路，颠覆列车，给予日伪军沉重打击。1937年冬，日本关东军新京警备司令部调集大批兵力，疯狂围剿，致使这支抗日武装损失惨重，处境十分危急。为保存实力，他将余部化整为零，潜往黑龙江依安县，重整旗鼓，再图抗日。1938年11月，因叛徒告密被捕。1939年7月6日，被日伪新京高等法院处以死刑，慷慨就义，时年42岁。

1933年夏至1937年9月，因受国民党政府通缉，郑耀南辗转四个春秋，时时面临生命危险，但他时刻不忘为党工作，竭尽全力完成党交给的各项任务。1935年，郑耀南以党的特派员身份，到抚顺煤矿当矿工，组织发动工人进行劳资斗争，迫使资本家给矿工增加了工资。1936年，他到鞍山担任《盛京时报》外勤记者，以笔为武器，揭露日伪当局的种种罪恶，报道民间疾苦，引起敌人注意，遭到逮捕，幸好敌人抓不到把柄，只能把他释放。1936年春，回到掖县的郑耀南与县委其他同志秘密成立"中华民族解放先锋队"，并在小学教师和青年学生中秘密发展队员。同年秋天，受组织安排到烟台担任中共胶东临时工作委员会教育宣传委员。12月10日，他创办胶东临时工委党刊《战斗》，并任主编。12月28日，与他同住的工委委员李厚生很晚才回来，告诉郑耀南："我和一个多年未见面的朋友去看了一场电影，明天我叫他到这里来玩。"这个人叫刘忠善，是海阳籍共产党员，已经叛变投敌。郑耀南当场批评李厚生："你还没有弄清对方来历，就把住址告诉他，这是非常危险的！"第二天，郑耀南在街上听说一名共产党员被抓，立即回住处取行李，刚到门外，听到屋里敌人的搜查声，隐藏已经来不及了，如果马上离去必定会引起敌人怀疑，于是他装作讨账的房东径直向前走，并凭着机智勇敢解除敌人怀疑，从容离开，待敌人回过神来再追时，郑耀南早已消失得无影无踪。工委书记理琪、李厚生6人同时被捕，胶东临时工委遭到严重破坏。郑耀南被通缉，被迫转移到青岛、高密、即墨一带，坚持地下斗争，期间他曾到北平寻找过党组织。有一次，他在家潜居几个月，全家人守口如瓶，邻居没人知道他回来了。他从未对家人说外面如何艰苦如何危险，而是说东北怎么好，北京怎么大，万里长城怎么雄伟。他甚至从长城脚下捡了几块奇石带回来。

在家人眼里，郑耀南见多识广、博学多能。这些年，他当过教员、记者、商人、矿工、军人，还能行医、算命、打卦，用英语写文章、记日记，善于绘画，画过老虎和花鸟。有一次，他提着一个药箱子回来了，里面装着瓶瓶罐罐，药粉、药丸，像个行方郎中。潜居在家时，他配方炮制过中药丸。还有一次回来，带着一套占卜的东西，三块木板、四根竹竿的桌子、麻衣相书、卦盒子、抽签测字的物件等等。这些复杂的职业，使郑耀南很容易融入茫茫人海里，敌人怎么也想不到，一个算命先生就是大名鼎鼎的郑耀南……他就在这白色恐怖里，顽强地坚持下来。

郑耀南故居

郑耀南第一次离掖后，由孙鼎任掖县县委书记。1934年初，孙鼎离掖去北平，由王仁斋任县委书记，他们遵循当时党的"隐蔽精干、长期埋伏、积蓄力量、以待时机"的方针，在以后三四年时间里，着重抓了两件大事。一是党内教育。县委编印了党刊，分析政治形势，介绍中央苏区情况及红军胜利消息；揭露蒋介石反动统治的腐朽无能，卖国媚外，对人民实行残酷迫害的罪行；宣传苏联的强大，宣传苏联的今天就是我们的明天；宣传抗日救亡，号召共产党员要带头站在抗日斗争第一线。党刊经常分发给各区党员学习，使每个党员的政治觉悟和阶级觉悟有了很大提高。二是组织建设。鉴于处在白色恐怖之下，在发展党员时，县委采取了严格掌握和审慎的方针。明确规定，发展党员必须经过较长时间考察，对发展对象的政治态度等各方面要仔细审查清楚后，才能介绍入党。到1937年底，掖县共产党员发展到七八十人，其中大部分是贫苦的小学教员、中学生，极少数为农民，在组织上、思想上都较为纯正。

1935年10月下旬，掖县县委接到胶东特委指示，配合昆嵛山暴动，焚毁烟潍公路在掖北的几座木桥，以阻挡韩复榘从济南、淄博、潍坊等地派兵镇压。县委接受任务后，准备了大量火油等易燃物，于11月3日夜间去焚烧木桥。因天降大雨夹雪，根本没法执行任务。掖县党组织没有暴露，完整无恙地保存下来，却失去了和上级党组织的联系……

"八路老窝"的制胜法宝

1937年10月的一个深夜,郑耀南的妻子周秀珍朦朦胧胧听到敲门的声音,一长两短,非常急促。丈夫回来了!这是他们约定的暗号。周秀珍的心激动得怦怦乱跳,她披上衣服,就向门口跑去。

门口站着郑耀南,提着一个破旧的箱子,英俊的面孔已经胡子拉碴,又黑又瘦,身上穿着一件打满补丁的长衫。周秀珍流下热泪:"日本鬼子打过来了!别人都往外逃难,你怎么跑回来了?""我回家就是要打鬼子的……"郑耀南放下箱子,那里面有他的日常用品、生活杂物,有理论书籍、马列著作,还有一把"二人夺",看似一根拐杖,其实暗藏玄机,拔出来就是一把利剑,可以置敌人于死地。在别人眼里,这些都是破烂,没有什么价值。但对于中国革命和掖县人民来说,这都是无价之宝。

周秀珍发现丈夫变了,虽然郑耀南还不到30岁,却是一个有着10年党龄的老党员。他越来越成熟、稳重、深刻、睿智,以坚定的信仰、深厚的学养、超人的胆略、非凡的见识、充沛的激情、天生的组织力等诸多元素,在革命大熔炉里锻造淬炼,使郑耀南成为一个有着远见卓识、运筹帷幄、指挥若定的地方领导人,一个才华横溢的革命家,成为掖县党组织的主心骨和定盘星。这次,他虽然没有带回有价值的物质财富,却带回了革命的制胜法宝：党的领导、武装斗争和统一战线。

就是这"三大法宝"的综合有机一体化运用，使得掖县成为山东第一个抗日民主政府的诞生地，在敌占区开辟出一片红色的天。即使日本鬼子彻底占领了掖县之后，广大的农村，每一个夜晚，都是八路军和共产党的天下，日本鬼子从未真正地征服掖县，这就是西海军分区卫生所政治指导员刘子坚反复表述的一句话："掖县党组织坚强，群众基础好，是前方的后方。"

不仅郑耀南回来了，曾经在东北张学良部从事党的兵运工作的张加洛，受党组织指派，从济南回到掖县。山东省委组织部部长张霖之给他一份省委出刊的《齐鲁文化》，上面载有《华北决议》，要求"共产党员脱下长衫到游击队中去"，组织上希望张加洛与胶东特委取得联系，并与当地党组织一起发动抗日武装起义。还有1932年接通烟台特支与掖县县委关系的郭欣农，也从北京回到掖县。另外，在外求学的"民先"队员和进步青年学生也纷纷回到掖县。

1937年10月下旬，中共掖县县委在西由沟东小学和诸冯小学连续召开紧急会议。这是一个特殊时刻。此前，韩复榘派遣的谷良民等部相继开到掖县，沿烟潍路一线，挖掘战壕，修筑防御工事。在掖城以南的南阳河、八蜡庙、洼子一带，砍禾伐树，修筑飞机场。全县征用良田达万亩以上，损财耗资难以计算。同时，在掖县成立了政训处，协助政府举办民众自卫训练班，每日进行操练，摆出一副守土抗战、与民共存的架势。没想到，他们10月中旬就相继撤离……此后，已经在掖县当了五六年县长的刘国斌，带着他搜刮的金银财宝仓皇逃回河南颍川老家。在与上级党组织失去直接联系的情况下，以郑耀南为核心的掖县县委，不犹豫、不等待，挺身而出。他以一个共产党人特有的高尚品质和使命感，充分发挥主动性和创造性，主持召开"沟东、诸冯"会议，作出发动抗日武装的决定，擎起了抗日救亡的大旗。

第一天晚上的会议在沟东小学召开。参加会议的有郑耀南、张加洛、王仁斋、李佐长、李勋臣、郭欣农、郝香斋、吴幸之等。按掖县党内形成的惯例，会议由郑耀南主持。郑耀南急切地询问上级党的情况。张加洛汇报了在济南、烟台接关系的经过。郑耀南说："我们这几年与上级失掉了联系，也不知道当前的政策，只是摸索着干。你回来得正是时候，快给大家说说吧。"张加洛宣读了登载在《齐鲁文化》上的中央北方局关于"共产党员脱下长衫到游击队中去"的指示；讲述了他在济南了解到的中共山东省委关于发动抗日武装起义的精神，以及他根据省委组织部长张霖之提供的信息，东去蓬莱、烟台寻找胶东特委未果的经过。当说到党要在华北发展到"三十万"游击队时，大家情绪亢奋。浓眉大眼、能言善谈的王仁斋连声叫好，说："我们党就要站起来了。"郑耀南兴奋地说："我们有几十个党员，可以尽快发动起来，要在这个家底上干起来。"他把"家底"二字说得很重。国民党对自己的通缉令还没撤销，郑耀南提出改组中共掖县县委，提议由身份没暴露的张加洛任县委书记，多做一些公开的工作；他和郭欣农任组织委员，多做一些秘密的工作，以便于更好地掌握全局。王仁斋、李佐长任宣传委员，李勋臣任交通委员，吴幸之为秘书。县委改组后，形成了以郑耀南为核心、实行集体领导的新县委。根据郑耀南的要求，张加洛撰写《华北抗战形势与游击战争》一文，作为党内指示发了下去。

第二天晚上，县委转移到诸冯小学继续开会。经过彻夜讨论，形成会议决议：一是重新登记党员，整顿党的组织。掖县有十个行政区，根据党员分布，全县重组6个分区委，指定了每个分区委的书记和副书记。二是登记枪支。在县委统一领导下，议定了"依靠党发展党，同时发动抗日武装"的策略方针，要求每个分区委，不拘名目形式，都要建立一支党的外围武装组织。三是恢复党刊。郑耀南提出，将县委已停刊的党刊《红星》恢复出刊，并更名为《民声》。他说："党的刊物有很大号召力，只要党员同志一看到它，劲头就来了。"第一期《民声》上发表了《华北抗战形势与游击战争》一文，号召全县共产党员"反流亡""反妥协"，带头参加抗日武装。《民声》成了掖县党的讲台和号角，先后出刊十二三期，由郑耀南主编、刻版，县委几个人写稿，每人都用过几个化名。

会议之后，经过短短一个多月的努力，6个分区委各自拉起一支抗日武装。县委要求各区武装队伍拉起后，采用筹钱买枪、向富户借枪、缴纳土劣地主枪支的方式，解决武器缺乏问题。各分区委要求党员先在近亲好友中联络，再以"滚雪球"方式逐渐吸收有抗日愿望的民众参加，发动组织抗日武装。郑耀南、王仁斋、郭欣农、陈子尚等以过去的老党员、特务队队员为基础，在平里店一带组建了"人民抗日义勇队"；张加洛、吴幸之等在西由一带组建了"抗敌前进队"；滕绍武、姜兢一等在朱由村一带组建了"战地服务团"；李勋臣、鲍仙洲等在后吕、婴里一带组建了"抗日除奸团"……各股武装队伍迅速发展壮大，有的发展到六七十人、四五十支枪，有的二三十人、十几支枪，也有的十几个人、三五支枪。这些武装力量的组建发展，为开展抗日救亡运动做好了充分的军事准备。

此时，掖县国民党党员赵森堂、孙会生、徐志皓等人也在筹备组建抗日武装。为此，中共掖县县委特意安排县委委员王仁斋秘密参与其中。他们以小学教员和青年学生为主体，组建了"掖县民众抗敌前进队"（简称"民抗"），王仁斋成为"民抗"的领导成员之一。1937年12月，在国民党县长刘国斌跑回老家后，中共掖县县委召开紧急会议，决定把我党组织领导的各股武装统一起来，吸收"民抗"参加，组成"掖县民众抗敌动员委员会"（简称"民动"），并根据各股武装人员枪的多少，派出代表，组成"民动"的领导机构。12月28日，掖县县委约赵森堂在他私人开办的"励新书店"进行谈判。经过充分协商，决定成立"掖县民众抗敌动员委员会"，赵森堂自领外交委员，郑耀南任军事委员，张加洛任政治委员，李勋臣任组织委员，李佐长任宣传委员。这样，在"民动"五位领导成员中，共产党员占据四席。至此，中共掖县县委既团结了孙会生、徐志皓、徐承勋等国民党左派，又拉住了具有一定影响力的国民党右派赵森堂，切实掌握了全县抗日的领导权，抗日民族统一战线正式形成，公开举行武装斗争的条件已经具备了。

凶狠的日本鬼子来了！

1938年1月12日，日本板垣第五师团3000余人从青岛登陆，沿烟青路北犯攻占烟台。然后，兵分两路，一路东犯牟平、威海，一路西侵蓬莱、黄县、掖县。2月1日是农历大年初二，当天夜里，日军乘十八辆汽车侵占了掖县城。城门上挂起日本的旗子。永春堂药店经理刘子容是神堂乡大刘家村人，听说日军要进犯掖城，他联合城里的豪绅地主成立了"维持会"，并自称会长。日本人进城，他奴颜婢膝地组织人欢迎，得到日军赏识，当即被委任为县长，并发给他三八式大盖步枪30支，匣枪10支，子弹18箱。鬼子逼迫民众到县政府大院开会，刘子容站在县府门前的板凳上，宣布自己就是掖县县长。其女婿张延善任秘书兼参谋，其次子刘荣堂任县府会计兼警备队顾问。第二天，日军撤走，刘子容借口给城西一个大地主送葬，把城隍庙的各种旗匾弄出来，他坐在轿子里，绕着掖县城显示威风。

刘子容一上台，马上控制了200多人枪的保安队和公安局，下令取缔一切抗日组织，平毁韩复榘部队修筑的抗日工事。他召开十大区联庄会区队长会议，企图控制联庄会区队和地方政权。同时宣布立即开始征收田赋和各种税收。

针对刘子容的种种阴谋，掖县县委及时召开会议，确定摆在当前的中心任务是"抗敌除奸，开展广泛的游击运动，并迅速建立军政抗敌政府"，明确了两项具体工作：一是利用一切关系争取各区区队；二是由各区队下令通知各乡镇村落，成立乡村自卫团。根据县委决定，张加洛起草了《争取区队到抗敌阵线上来》和《乡村民众自卫组织大纲》两篇文章，经郑耀南批准，在《民声》上发表。县委针对区队的不同情况分别采取先争取基层、后武装迫降区队长的方式，争取了六区队；答应"不改编，不降薪，不换防"的先决条件争取了二区队；团结争取国民党左派的方法，争取了七区队；还用共产党员秘密打入等方式争取了其他区队。这些区队都同意接受"民动"领导，参加起义，一起抗日救国，讨伐汉奸刘子容。"民动"发展到六七百人，汉奸刘子容仅守一座孤城，成了瓮中之鳖。

一切准备就绪，武装起义、建立政权提上日程，郑耀南家的南屋又热闹起来，天天人来人往，夜夜灯火通明，县委的指示和决定由此发出，全县的斗争信息向此汇集。武装攻城，就要有枪支装备，各分区委想方设法摸清本区的枪支数量和来源，用买枪、借枪、提枪等多种方式增加枪支数量。王仁斋带领原特务队队员突袭过西乡崔家盐场保卫团，缴获子弹百余发、枪十余支。

1938年3月初，"民动"在西北障村模范小学成立武装起义指挥部，郑耀南任指挥。原计划3月3日趁掖县城赶庙会之机潜入城内，逮捕刘子容，推翻伪政权。因准备不充分，联络通知不到位，加之组织不严密，智取未成。县委认真分析研究了起义不成功的原因，进行了更充分的准备。在军事方面，"民动"虽然占据优势，但刘子容仍掌握着二百多人的武装部队，并有俗称"铁打的莱州"的坚固城垣和宽阔的壕堑作屏障。针对敌我双方的情况，县委和"民动"进行了周密部署。第一，成立起义攻城指挥部，郑耀南任指挥，赵森堂自荐为参谋长，统一指挥起义部队；第二，派王瀛洲、宿勋臣为内应，半夜打开掖城北门引起义部队进城；第三，掐断掖城对外的电话联系，防止刘子容向外求援；第四，确定起义时间，3月8日夜十点，各部队到玉皇顶集合，举行武装起义。在组织方面，县委安排了两套组织，做好起义成功与失败的两种打算。郑耀南、王仁斋、李勋臣等继续参加"民动"的领导工作，率领一部分党员和"民动"一起举行起义。张加洛、李佐长、郭欣农等，另外组成一个秘密的县委，带领一部分党员潜伏在地方。一旦攻城不下，起义失败，郑耀南率领部队转入山区打游击，张加洛留在地方秘密开展工作，以利部队和地方互相接应支援。

1938年3月8日，农历二月初七的晚上，寒气逼人。各支抗日武装四五百人相继出发，到城北玉皇顶集结，这是县城西北的一个小山包，上面有一个玉皇庙。共产党武装掖县、沙河、平度三部分，国民党"民抗"及全县6个区队，人员全部到齐。攻城人员表示："服从指挥，听从命令，在共产党领导下抗战到底。"集结完毕，英姿勃发的郑耀南健步走上玉皇庙台阶，威严的目光扫过全场，简短的动员像一把烈火燃烧在起义者的胸中。讲罢，他掏出驳壳枪有力地向空中一挥，高声喊道："民动战士们，出发！"他的话音刚落，大家风驰电掣般冲向掖县城，在凌晨两点到达指定位置，把方圆5公里的县城团团包围起来。其中郑耀南率领的城北武装为攻城主力，主攻北门和东门；乔天华、罗竹风率领的掖平武装主攻南门；王寅东、侯景清、王侯山率领的掖西武装主攻西门。小分队迅速切断掖城通往青岛、烟台、潍县等地的日军电话线。起义部队的司令部，设在城北门外吊桥北路西的一个小伙食铺内，郑耀南在那里坐镇指挥。北风劲吹，干枯的树叶哗啦啦作响。几声犬吠传来。郑耀南不时掏出怀表，等着内应打开城门，可是直至拂晓，掖县城依然四门紧闭，而且城墙上的防守力量多了起来。原来，王瀛洲、宿勋臣深夜开北门时，被巡逻的伪保安发现，刘子容始知有变，他四处求援，电话线都被掐断，只好下令紧闭城门，全城戒严，顽抗死守。第一计"内外呼应"不成，郑耀南马上调整策略，安排了第二计"云梯强攻"，他让陈子尚挑选特务队员，组成敢死队，做好强攻准备，要求上午十点以前，必须攻下掖县城；接着启动第三计，就是展开强大的政治和心理攻势，组织战士用自制的扩音器对城内喊话。刹那间，喊声响彻整个县城：

"中国人不当汉奸卖国贼！"

"缴枪不杀！"

"城上的兄弟各家都有老小，不要给汉奸刘子容卖命啦！"

在强大的政治攻势下，城墙上的伪军开始骚乱。六神无主的刘子容，在两个伪军的搀扶下，从县政府走出来。他戴着红顶青缎子帽，身穿灰棉袍和黑马甲，拄着拐杖，跌跌撞撞爬到北门城楼上。城下，攻城部队黑压压一大片，战士们群情激昂，势不可挡。刘子容倒吸了一口冷气。他想用缓兵之计，拖延时间，就从垛口里探出头来，结结巴巴地说："诸位父老乡亲，咱们都是掖县人嘛！有事好商量，诸位先退兵。鄙人只不过是在这兵荒马乱的年头，出来维持维持……"起义战士怒目而视，群情激昂，有的骂，有的喊："刘子容，今天我们不叫你维持啦！""当汉奸是死路一条！""赶快开门投降吧！"……喊声一浪高过一浪，刘子容吓得面如死灰，伪军们抱头蹲在城垛下。六区区队长周亚泉冲出队伍，站在一块高地上高喊："刘子容！今天全县抗日武装和区队弟兄都来了，你赶快投降吧！不然只有死路一条！"刘子容一看连他曾要委任的"警备司令"也起义抗日了，心想：完了！一切都完了！他的心理防线在一点点崩塌。

僵持不下中，天色大白。刘子容觉得，莱州的城墙高达十几米，异常坚固，城外还有一道很深的壕沟，难以攻克。明朝莱州知府朱万年面对叛军守城六个半月，赢得"铁打的莱州"之美誉。坚守半天，青岛的日军就会赶过来增援……郑耀南在司令部内来回踱步，考虑着是否下达强攻命令。孙会生想起三国时期的"冀州城之计"，提议："把刘子容的家属抓来，看他还交不交城。"指挥部和郑耀南非常赞同这第四计。孙会生和朱开印等九人领命去完成这项任务。他们在孤儿院一带遇上八个骑自行车从平度到龙口跑买卖的人，跟人家讲明情况后，孙会生留下做人质，朱开印等骑着自行车到了城西大刘家村。不多时，用大车把刘子容父母拉到县城北门下，令其喊儿子开门投降。围城部队的呼喊声一阵高过一阵，刘子容的父母在城下咒骂着，哭叫着，哀求着："你这个不孝的子孙！你这个卖国的贼！你丧尽天良，不要父母妻儿了！赶紧开门投降吧！"刘子容仍然死顶着，拒不开门投降。

就在这关键时刻，郑耀南大步走到西北角的高坡上，从一个战士的手里接过扩音器，高声喊道："城上的人，你们听着，我们是联合起来打日本鬼子的抗日队伍，我们已经把城团团围住，一声令下，城即可破，我们只是不想造成大流血。中国人不当汉奸，当汉奸没有出路，只有死路一条！你们赶快敞开城门，让我们进城。你们听着，这是最后一次机会了！"

郑耀南的话音一落，刘子容再也支持不住了，抽筋似的瘫倒在地。城内伪军大乱，纷纷丢下武器，各自逃跑。其女婿张延善见此情景，置老丈人于不顾，狼狈逃命。此时，伪保安队长张良臣见兵临城下，军心涣散，大势已去，立即下令开城。起义部队蜂拥而入，占领了伪县政府和公安局，救出了被捕的王瀛洲、宿勋臣，活捉了刘子容，收缴枪械二百多支。一枪未发，一人未伤，创造了胶东抗战史上的神话。

玉皇顶起义，是抗战初期胶东地区规模最大的一次武装起义，充分展现了掖县共产党人的胆略和谋略。这些，在后来创建西海地下医院的伟大实践中，也都得以完美体现。

玉皇顶起义成功的第二天下午，在掖县县政府的西花厅召开"民动"扩大会议。会议由郑耀南主持。两只威严的石狮子，还蹲在"县衙"大门口，只是今天已经换了主人。劳动人民当家作主，每个人脸上都洋溢着微笑。

大家讨论着一个迫在眉睫的问题：起义胜利后，下一步怎么办？

日军立足未稳，国民党溃退，八路军主力部队没到，上级党组织失去联系。在这种情况下，掖县党组织不等不靠，独立自主，创造性地开展工作，成功举行武装起义，目前又面临新的选择。郑耀南稳稳地坐在中间的椅子上，听取大家发言。30岁的他英姿勃发，年轻的脸庞棱角分明，身材挺拔如一棵青松，两道浓浓的蚕眉下，一双眼睛清澈雪亮，腰间扎着宽皮带，胸前斜挎驳壳枪，英武中尽显儒雅和睿智。大家争相发言，有人说，强敌会立刻反扑，应该上山打游击；有人建议尽快打土豪分田地，这是红军一贯的做法；也有人认为，需要马上扩军，强化武装力量……

郑耀南显得胸有成竹，他说：现在的形势不比以往，大敌当前，我们的主要敌人是日伪汉奸，主要矛盾是日本鬼子的侵略，我们要团结一切可以团结的力量，结成广泛的统一战线，共同对敌。夺来的胜利果实不能拱手让人，我们要在这里建立抗日民主政府，动员工农兵学商齐参战，农工商学各业齐发展，让这里成为一块巩固的抗日根据地……接着他又讲了具体思路：成立抗日民主政府、布告安民、扩大武装、整顿经济秩序。会场沸腾了，大家热烈地鼓掌。

会议作出两个重大决定：迅速组建军队，把"民动"改名为"胶东抗日游击队第三支队"，成立抗日军政委员会。宣告掖县抗日民主政府成立，隶属于抗日军政委员会。三支队是当时胶东规模最大的抗日武装，掖县抗日民主政府是山东大地上我党领导的第一个抗日政权。山东迎来冲破黑暗的第一缕曙光，郑耀南成为胶东抗日根据地的卓越创始人。

当天，一张署名第五战区"游击总司令于国栋"的布告，贴满掖县大街小巷。布告宣布三支队成立；同时公布其6条政治主张，内容包括保卫胶东，保卫家乡，驱逐日寇出境；保障人民言论、出版、集会、结社自由；彻底实行民主政治，完成地方民选；取消苛捐杂税，改善人民生活；彻底肃清汉奸，没收汉奸财产；动员全体胶东民众参加抗战，有力出力，有钱出钱，有枪出枪。

此时，这个队伍成分复杂，除共产党员外，还有社会各阶层人士。既要牢牢掌握党对军队的领导权，把共产党员安排在关键岗位上，又要贯彻党的统一战线政策，调动一切积极因素，实现团结抗战，郑耀南非常准确地把握了这个"度"。对一些久经考验、对党忠诚的党员，安排到机要、侦察、通信、警卫等重要岗位；国民党左派人士如孙会生、徐志皓、徐承勋等，也委以重任；大胆重用一些旧军人，如重用积极参加抗日、敢同坏人斗争到底的六区队队长周亚泉，郑耀南力排众议，面对许多人反对，明确回答："他既抗日，又拥护中国共产党的领导，我们就要团结他，信任他，三支队旧军人出身的人很多，对他安排使用得好，可以团结一大片，这对整个工作有利。"会议最终确定，郑耀南任三支队支队长兼军政委员会主席，周亚泉任副支队长，李佐长任机要秘书。后来周亚泉成长为八路军的团长。三支队设八大处和十一个大队，并成立相当于大队级别的侦察队、通信队、卫队等。各大队的大队长、副大队长和中队长均由中共党员担任，副大队长负责政治工作，中队设政治指导员，各大队建立秘密党支部；全县十大区秘密建立党组织。根据"党要管枪"的原则，4月，三支队建立特支，统一领导支队和地方工作，并在三支队基层设立党支部，实现"支部建在连上"。

为了克服三支队中存在的军阀主义、流寇思想和养家糊口观念，郑耀南倡导举办政工干部和军事骨干训练班。培训内容包括"中国革命基本问题""抗日民族统一战线基本原则""部队政治工作的理论与方法""政治工作研究会研究大纲""临时政治训练纲目"等。培训班每期二三十人，每一课均印发学习大纲，由三支队领导宣讲，并组织座谈讨论，针对讨论中提出的问题进行思想小结。从3月中旬到4月中旬，训练班连续举办两期，每期半个月，培训了50多名干部，提高了他们的思想理论水平，严格了部队纪律，清除了各种错误思想，培养出一批具有坚定信仰的革命者。

郑耀南像一团火，能把所有人融化。三支队里有农民、工人、教员、学生、职员、旧军人、实业家、学者、名流等各个阶层人士，这么多人迅速团结在党的旗帜下，靠的是郑耀南的党性、胸襟、格局和气度。在他领导下，三支队、县委和县政府密切配合，面向群众广泛开展抗日宣传。三支队刚成立，政治处处长王仁斋就带领由十几个人组成的宣传队，深入乡村，贴标语、发传单、召开群众大会，宣传三支队的政治主张、介绍全国及胶东抗战形势、宣传抗日救国道理，进行广泛深入的政治动员，坚定部队和群众的抗战决心。随后，三支队又颁布一系列利民政策，全县民众抗日热情高涨。

借此良机，郑耀南把扩军整训作为首要任务。他骑着一匹枣红马，带着卫兵，没日没夜地奔跑在全县的各个地方。他亲自选派有能力的骨干分子，组成数十个扩军小组，动员青年踊跃参军，千方百计搜集武器武装部队。郑耀南带头把刚满14岁的大儿子郑梦溪送到部队。全县出现了参军和献枪的热潮，涌现母送子、妻送郎和兄弟几个一起参军的动人场面。许多妇女也冲破几千年的封建束缚，走出家门，掖县出现了第一批女革命者。在献枪收枪热潮中，踊跃捐献者不乏其人，他们从国民党县政府档案里查获《全县枪支登记簿》，依此很快收缴大批枪支。从3月9日到4月底短短一个多月时间，三支队就从起义时的五六百人枪，迅速发展到三千七八百人枪，成为当时胶东最大的一支抗日武装，为胶东抗日军队和根据地的创建、为胶东抗日战争的胜利奠定了基础。

扩军亟须装备，三支队安排军需处处长孙会生创办修械所和被服厂。修械所设在西南隅遗爱寺里，翟毓康任所长。起初工人有20多个。听说城西北河套村马家的马圣民、马圣瑞兄弟能自己翻砂做水车，孙会生知道后，到马家进行动员。马氏兄弟等六人带着一台4尺的皮带车床和其他工具到了修械所。后来，李空谷也到了修械所。有了这些技术工人，工厂不但能修理旧枪、制造配件，还造出了子弹、手榴弹、步枪和迫击炮。当时，日本驳壳船被暴风巨浪撞坏，漂到了虎头崖。孙会生组织工人将船上的大轴拆下来，造了两门八五迫击炮，射击及瞄准都很好，对战士们鼓舞很大。三支队与三军合编后，在修械所的基础上，成立了兵工厂，由城里迁到八区庙埠西北河的宋家、吴家，由李空谷任所长，工人发展到40多人，他们造的手提式枪，一发三十六粒，比机关枪还快。1941年夏，这个工厂迁到栖霞牙山。

郑耀南从政治处调了两个女同志领着建被服厂，与各村裁缝挂钩，请他们染制布匹、赶制军装和子弹袋，1938年4月，干部战士脱去农民的衣裤，换上草绿色新军装，背上崭新的子弹袋，队伍面前飘扬着红色大旗，指战员个个精神抖擞，军威大振……

存在了158天的三支队，成为胶东大地抗战的一颗火种。西海地下医院救治的很多伤病员，就出身于三支队；而医院的一些医护人员，也是三支队培养出来的。

四面环敌，郑耀南仍然要在掖县建设一个"理想国"，一个属于人民的新型红色政权。

1938年3月12日，掖县抗日民主政府正式成立，隶属三支队军政委员会直接领导。按照"三三制"原则，县政府里共产党员、非党左派进步人士、中间分子各占三分之一，最大程度地凝聚了各方力量。国民党右派赵森堂企图占据县长这个职位，针对其图谋，三支队采取平衡对策，先找来招远的焦盛卿，想让他当县长。这个人是纨绔子弟，天天吸大烟，感觉这里没什么油水可捞，没几天就溜走了。最后，三支队推选山东文登人张冠五担任县长。他原来是掖县国民党政训处的干事，韩复榘的部队撤走后，他在掖县南黄山后拉起一支二三十人的抗日队伍。这次当选县长，他更表示要坚决抗日，发展民生。县政府设四个科，一科是民政科，赵森堂任科长；二科是财政科，郭欣农任科长；三科是实业科，孙会生任科长；四科是教育科，邓缄三任科长。与此同时，县政府还成立了政府政务大队，全县设立区、乡、村公所，实施政务。县政府成立以后，立即颁布了六条施政纲领：第一，废除一切苛捐杂税，三亩地以下免征官税；第二，实行平粜抑价，稳定市场；第三，禁止烧酒，奖励粮食生产；第四，实行抗日民主教育，兴办农村小学；第五，对地主、富农、商号征收爱国捐，减轻人民负担；第六，镇压汉奸，没收其财产。三支队的六条政治主张和掖县抗日民主政府的六条施政纲领，对后来山东抗日根据地的执政纲领有启迪和借鉴作用。

抗日民主政府成立之后，掖县党组织从本地实际出发，针对全县政治、经济、文化和社会各项事业的现状，开展一系列工作，创造性地建设山东第一块敌后抗日根据地，并取得良好效果。

当时，粮食是老百姓最为关注的问题。为了平抑粮价、稳定市场，帮助贫苦农民解决温饱问题，县政府成立了一个平抑粮价委员会，县长张冠五任

旧掖县县政府大门

主任。平抑粮价委员会决定禁止粮食出口外流，免税鼓励粮商运粮进口；取缔烧锅酿酒，将烧锅现有粮食封存，平价出售。同时，还加强了粮食市场的管理，以大集带小集，防止哄抬粮价。石虎咀"天德兴"违抗政府法令，政府即行查办，将其囤积的上百万斤高粱强行平价卖给当地贫苦农民。经过一系列整治，到6月初，小麦上市，外粮进口，粮价回跌，稳定了民心。

为解决军政开支问题，加强财政管理，县政府成立财政经济委员会。郑耀南邀请其老师孙康侯出任财经委员会主任，这位懂经济的贤达年事已高，但郑耀南亲自登门邀请，他深受感动，欣然应诺。郑耀南握着先生的手，爽朗地说："您放手大胆地干，有什么困难可以直接找我。"孙会生、滕绍武、郭欣农任副主任。财政经济委员会积极落实六条施政纲领，一是改革财政管理办法，实行统收统支。县财政收入最初主要是靠农业税（公粮），为了减轻农民的负担，县政府以募集的方式征收救国公粮，当年募集救国公粮10万公斤，次年达到125万公斤，占蓬、黄、掖三县募集公粮总数的75.8%。二是成立盐务征收处，加强了对全县30多处盐滩的管理。征收处下设土山盐务处和崔家盐务处，控制南北盐区盐税，统一管理全县的盐业生产。三是成立地方商会，组织发展商业贸易；四是整顿田赋征收办法，每1两银子，折洋6元，每亩征田赋款0.3元，对地主、富农、大商号征收抗日爱国捐，对3亩地以下农户免征税捐，做到合理负担；五是严禁烧酒和走私贩毒等。由于政策到位、措施得力，三支队每月的财政收入达到30万元以上，除解决本县五六万元军政开支外，还有很大结余，有力地支援了兄弟部队、胶东区党委和山东分局……1940年，中共掖县县委和抗日民主政府开展减租减息运动，到1945年底基本实现按原价减租25%和年利不超过一分半，减轻了农民负担，缓解了地主对贫雇农的剥削。

郑耀南身上，好像有一股不竭的动力，也有随时爆发的金点子。

掖县抗日民主政权建立后，作出"实行抗日民主教育，兴办农村小学"

的决定，把教育事业纳入抗日救亡的轨道，使农村小学很快得到恢复和发展。三支队举办"国防教育训练班"，分期培训全县小学教师。训练班每期100人左右，学期1个月，共举办了4期，培养了400多名小学教师。到1940年，全县适龄儿童入学率达到惊人的80%。

郑耀南深知宣传阵地和舆论的重要性，责成三支队政治处在《民声》的基础上创办《抗战日报》和综合刊物《海涛》，及时传播时事新闻，使部队和群众能及时了解全国的抗战情况和国际形势。他亲自兼任社长。参加编辑的有罗竹风、马少波。新中国成立后，罗竹风成为中国最有权威、体量最大的《汉语大词典》的主编；马少波则成为中国杰出的京剧作家、戏曲理论研究专家。1938年3月下旬，在郑耀南的提议下成立了抗战剧团，通过排演救亡戏剧、传唱抗战歌曲，开展抗日宣传，团长就是著名剧作家虞棘。剧团成为济南军区前卫歌舞团的前身……

敢于"第一个吃螃蟹"的郑耀南，还创造了另一个抗战史上的奇迹，就是创办北海银行，开启胶东"红色金融"的大幕。

当时，日本侵略者"以战养战"，通过金融手段疯狂掠夺中国财富，造成经济凋敝、物价飞涨、民不聊生，市面上货币混乱，连杂货铺和小摊也印制自己的小票，上面写着"灯下不付"，一麻袋票子还换不到一麻袋粮食。

三支队自己很富足，但是郑耀南想得更深更远。整顿金融，发行货币，可以保证军政供应，发展经济，扶持工、商、农业生产，改善人民生活，摆脱根据地的经济困境，坚持敌后经济斗争，这是我们的"血液"啊！抗战需要枪杆子，也需要钱袋子。转战陕北的党中央和毛主席，之所以从战略上高度重视胶东根据地，"经济胶东"是一个重要因素。鉴于此，三支队准备开办自己的银行，发行纸币。

开办银行是一件开天辟地的大事情，得有几个必需条件：一是根据地要有稳定的经济来源；二是配备专业的金融人员；三是需要各种设备材料。当时，共产党在掖县建立起牢固的根据地，依靠临海的地理优势，经济基础倒不是问题。可另外两个条件怎么办？

掖县确实是一个人杰地灵的地方，有文化，有人才。开银行的人才送上门了。

三支队领导听说祖籍掖县的青岛中鲁银行总经理张玉田回来了。青岛和济南成了日本人的天下。张玉田名下的证券交易所和渔业股份有限公司拒绝与日本人合作，上了日本捕杀名单。1938年4月初，张玉田带着钱款和几辆汽车回掖县黄山后村老家，途经平度时，被国民党顽匪张金铭截住，几乎抢走全部钱财。张金铭还派人几次三番到掖县骚扰，抢去张玉田一辆轿车，并准备派兵到黄山后村抓捕他。张玉田到了走投无路的境地。三支队认为：张玉田是有爱国心的民族资产阶级，是团结的对象。郑耀南派人去拜访，欢迎张玉田在掖城定居，并送给他200元法币，帮助解决定居时的生活困难。张玉田感慨道："顽军张金铭劫了我的全部钱财，你们却这么对我，真是一个天上，一个地下。我张玉田别的本事没有，在金融界混了一二十年，若说开银行，印票子，我在行。只要诸位信得过我，此事就交给我办吧！"张玉田说起开办银行的诸多好处，郑耀南问他需要多少钱，张玉田测算需要二三十万，郑耀南爽快地回答："我们给你筹集三十五万行不行？"

张玉田对创建银行的事情非常积极。他召集来四处避难的原中鲁银行职员邢松岩、方德卿、杨崇光等人，开始着手筹备银行的具体工作。银行暂定名为"掖县银行"，后来看到百姓门上贴的对联，"寿比南山松不老，福如北海水长流"，决定使用"北海"二字，因为掖县北临大海，海岸线长90公里，"北海"意喻着这家银行开设在北海之滨，其发行的货币将如海水一样浩大宽广，流通不息。这一名称吉祥响亮，民众乐于接受。在北海币的面值、票面设计上，掖县元素突出，掖县人的聪明才智表现得淋漓尽致。北海币票面最初是由沙河镇小学校长邓振元设计的，表现了掖县城的古迹文物：南关的火神阁、玉皇顶、莱州的鼓楼及掖县县政府门景；"北海银行"四个字，由张玉田的得力助手邢松岩书写，采用的是楷书字体，雄健大气、厚重朴茂；在面值设计上采用"中庸之道"，只发行壹角、贰角、伍角、壹圆四种面值，因为面值大了，老百姓用不起，太小用起来不方便。

万事俱备，只欠东风。印刷需要的道林纸和票版从何而来呢？纸要从天津买，制版要从青岛运回来，这都是敌占区，稍有不慎，就会有生命危险。张玉田乔装打扮后，潜回青岛，通过自己的人脉关系，购买到了铜版和纸张。他找好友班鹏志制作好铜版，可是怎么闯过日伪军的道道关卡啊？在大海边踱步的张玉田，忽然想到了一个办法。他把镌刻好的铜版装在一个金属箱子里，再把箱子的缝隙焊起来，用一条铁链拴在船底。就这样，通过水路辗转各地，躲过敌人的多次搜索，最后顺利将票版和纸张运回掖县。之后，张玉田又想办法从天津搞到了印钞机。就这样，北海银行在掖县城内的"大

首版北海币壹角币
以掖县地标建筑"火神阁"为图案

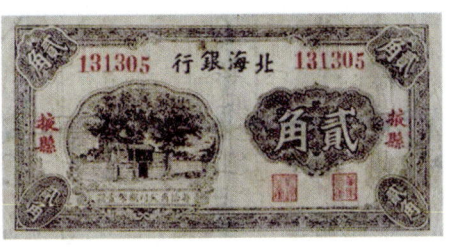

首版北海币贰角币
以掖县地标建筑"火神阁"为图案

首版北海币伍角币
以掖县地标建筑"鼓楼"为图案

首版北海币壹圆币
以掖县地标建筑"县政府门景"为图案

当年发行的北海币

鸿昌"商号内成立了！

　　1938年10月，经过7个月的筹备工作后，第一批北海币终于诞生了。其铜版制作优良，票面设计美观，色彩印刷精美。远近轰动，前来参观的人络绎不绝，人们纷纷拿出法币和银圆兑换自己家乡的精美票子，很多人爱不释手，舍不得用，称赞共产党有办法，有能人，能为人民办大事。

　　北海币成为根据地的法币，初始在蓬、黄、掖三县流通，后来发展到胶东及全山东乃至华北、华东各省流通，甚至在敌占区的伪军也在偷着使用，在根据地人民群众中享有极高信誉。1948年12月1日，中共中央将北海银行与华北银行、西北农民银行合并成立了中国人民银行。直到1953年全国统一货币为人民币，北海币才正式退出历史舞台，至此流通了整整15年。

　　北海银行的历史地位和作用将永载中国金融史册。在莱州革命历史馆里，一张张刻着"掖县"红字的北海币，颜色已经发黄，好像还散发着硝烟的味道……

胶东向西

1938年3月下旬的掖县，春意一阵阵袭来。

这天，郑耀南见到了一个故人，就是胶东特委派来的俞可范。1936年底，郑耀南在胶东特委担任过《战斗》的主编，与理琪、俞可范等人共过事。俞可范是胶东特委的老交通，浑厚朴实，为人热情。他以錾磨为掩护，从事党的工作。大家习惯称他为"石匠"。郑耀南在烟台化名"曾××"。"石匠"开玩笑说："老曾，你当上大官了。你们的家当不小了啊！"

"老家"终于来人了！掖县党组织和胶东特委接上了头。郑耀南心头翻滚着一股股暖流。这些天，他正琢磨着怎么扩大掖县根据地的大事，现在，上级党组织派来了使者。

转战南北，又主编过胶东特委的党刊，郑耀南自然对胶东党的历史了如指掌，一幕幕红色往事，浮现在他的眼前：

胶东，一片革命的红色沃土，诞生过多少激动人心的传奇故事啊。1921年7月，中共一大召开不久，党组织就派邓中夏、王荷波前来烟台筹建党团组织，开启了胶东革命新篇章。革命浪潮唤醒了胶东人民的民族觉悟和革命激情。许多外出求学的胶东知识分子接触进步思想，加入党组织。接着，他们又受党组织派遣回到家乡，传播马克思主义，秘密发展共产党员。这里

1923年出现了第一个共产党员，1928年诞生了第一个县委。国民党发动反革命政变后，全国笼罩在一片白色恐怖中，各地党组织遭受严重破坏。但革命火焰是扑不灭的，1932年，张静源从青岛来到莱阳，在一个寺院以开办"鸡鸭公司"为名，建立党的秘密联络站。1933年3月，根据山东省委指示，在牟平县刘伶庄成立中共胶东特委。从此，胶东共产党组织有了统一领导机构，分散的革命力量走到一起，形成强大的革命洪流。张静源在处理莱阳两个县委合并时，惨遭杀害。1934年2月，根据北方局要求，在文登县成立第二届胶东特委，常子健任书记。8月，三名特支委员被逮捕，敌人疯狂追捕共产党员，常子健去了青岛，特委解体。1935年1月，在文登重建第三届胶东特委，张连珠为书记，他们热血沸腾，觉得革命高潮即将到来，决定发动大规模的武装暴动，大干一场……

机会终于出现了。

1935年春，时任国民党山东省政府主席韩复榘强征民力，强占土地，破坏百姓财产，修筑青威公路。由于工程量大，直到夏季仍未完工，耽误了春耕春种，引起群众极大愤慨。当时流传着一首歌谣："忽然出布告，政府要修道，二亩地占去了，这可怎么好？不但不管饭，还把钱来要。"革命怒潮汹涌澎湃，大有一触即发之势。

有人在发动群众，有人在练习射击，有人在训练拳脚，也有人在油灯下赶绣义旗，缝制红袖章……暴动的气氛越来越浓。

1935年11月18日，胶东特委在文登县沟于家村天寿宫召开了一个扩大会议，经研究做出决定：11月26日举行暴动。指挥部设在昆嵛山无染寺，由胶东特委书记张连珠任总指挥，特委委员程伦任副总指挥；暴动队伍番号为"中国工农红军胶东游击队"；旗帜为红色，式样为三角形，边为锯齿形，中间是镰刀、斧头。

暴动计划分东、西两路进行，文登、荣成、威海为东路，重点进攻石岛，由张连珠等负责；海阳、牟平等县为西路，重点进攻夏村，由程伦等负责。两路得手后，合攻文登城，然后"冲出胶济路，拉到鲁南山区打游击"。从这个计划可以看出，暴动的组织非常周密、详细，而且雄心勃勃，规模宏大，几乎覆盖整个胶东半岛，大有一举荡平胶东半岛黑暗势力的气概。

由于准备工作不充分，特别是购买子弹人员逾期未归，胶东特委临时决定，暴动时间推迟3天。1935年11月29日，暴动按计划全面展开，因这天是农历十一月初四，所以被称作"一一·四"暴动。

这天，东方刚刚破晓，一队队劳苦民众从山村涌出，奔向指定目标。他们服装、武器各异，一个外号叫"飞毛腿"的交通员，为暴动准备了两样武器：一是大衣柜底橱里放的自制"手雷"，所谓"手雷"就是用两个酒盅对着扣起来，里面装满火药，外面用麻皮子缠紧，一摔就炸；另一个是用秃了头的扫帚，包上布别在腰间冒充手枪。他们怀揣朴素的革命理想：人人有地种、有饭吃；住的是楼上楼下，用的是电灯电话；饭前喝牛奶，饭后吃苹果；铁牛能耕地，坐在炕头上听大戏。

东路暴动分三个大队，第三大队在于得水、刘振民等率领下，在人和、鹊岛、高村、宋村等地奇袭多个镇公所、盐务局，旗开得胜，缴获长枪56支、子弹2600余发、大刀50把、刺刀30把以及部分土枪。1935年12月5日早晨，张连珠、张修己等率第二大队到达汪疃镇底湾头村，召开群众大会，把地主的余粮分给贫苦农民；西路暴动在海阳、牟平两县举行。程伦率领海阳暴动队伍从曲水村沿乳山河向松椒村开进，并一路打土豪、分浮财，夺取地主枪支，开仓济贫。曹云章、张贤和率领牟平暴动队伍从柳家村出发，沿房家村、午极村、白石村等地向松椒村开进。12月1日，两支队伍在松椒村会合。

"一一·四"暴动是土地革命时期中国共产党在胶东地区领导的规模最大的一次武装斗争。正因为如此，才引起蒋介石的注意。1935年底，有两件事令蒋介石心急如焚，一是中央红军突破重围到达陕北，一是胶东"赤匪猖獗"。他8次电令韩复榘派兵镇压。韩复榘调集重兵，对暴动队伍进行残酷屠杀。12月2日，西路暴动的队伍突遭国民党军第81师千余人包围，程伦、曹云章等主要领导被捕，西路暴动失败。12月5日，东路第二大队在汪疃镇底湾头村遭国民党部队和地主武装共2000余人包围，张连珠在掩护队伍突围时，不幸被捕，东路暴动也以失败告终。为"围剿"共产党人，韩复榘推出了残酷的"五户连坐"制度和"保甲"制度，使胶东半岛陷入血雨腥风中。"一一·四"暴动失败，像一团久久不散的愁云，笼罩在大家心头。何时才能见到光明啊？

革命火种被保留下来。暴动失败后，一部分人员进入昆嵛山区，建立起一支由胶东特委直接领导的昆嵛山红军游击队，这是当时除陕北刘志丹军队之外中国北方唯一的红军游击队。他们之所以选择昆嵛山，一是因为这里的地理环境。昆嵛山绵延于文登、牟平、乳山3县之间，方圆一百余里，腹地十分广阔，有大小山头百余座，出口70余处。这里峰峦耸峙，林密谷深，山势盘回，地势险要，回旋余地宽阔，进退攻守皆宜；二是因为昆嵛山是胶东党组织早期活动的中心地区，中共第一、第二届胶东特委均设在这里，所以这里被党内同志称为"小苏区"；三是因为游击队的于得水、刘振民、邹恒禄等领导是本地人，土生土长，地形熟，根底深，威望高。传奇人物于得水成为红军游击队的军事指挥。他是一个在胶东家喻户晓的英雄人物，武艺高强，出生入死，屡建奇功，先后七次身负重伤。小说《苦菜花》中团长于得海的原型就是于得水。有一次，敌人包围了于得水的家，他飞檐走壁，把屋顶撞出一个大窟窿，顺利脱身。于得水将不足百人的队伍化整为零，分为三部分，负伤的送到山下治疗；尚未暴露身份的，回家继续开展斗争；剩下的30多人留在山上进行武装斗争。隆冬时分，一场大雪封住了昆嵛山，游击队粮少衣单，无医无药，又带着一些伤员，敌人跟踪追击，张网清剿，他们在煎熬中坚持着，多次派人去寻找党组织。

此时，文登县委书记张修己，成立了临时县委，并和理琪取得联系，一个胶东革命史上非常重要的人物出现了。

理琪，原名游建铎，1908年生，河南太康县游庄人，1925年加入中国共产党，早先曾在冯玉祥部队任报务员，从事地下情报收集工作。1934年理琪被派往上海继续开展地下工作。偶然的一天，理琪在报纸上看到一则反映胶东农民暴动的新闻，他敏锐地判断出胶东地区肯定会有党组织存在，于是便积极请求奔赴胶东工作。1936年初春，理琪受党组织委派，辗转到达胶东，主持成立中共胶东临时特委，并被选为书记。此时，胶东半岛正处于革命低潮，革命者的头颅被高高挂在城楼上，迎接他的又将是怎样的困难和考验呢？

初到胶东，理琪住在文登县委书记张修己家里。听说昆嵛山游击队的情况之后，他做出一系列部署，首先在昆嵛山的"老蜂窝"里办了两期政治训练班，解决队伍思想理论文化水平低的问题。人迹罕至的"老蜂窝"，坐落在昆嵛山东坡的山腰上，往上离泰礴顶5公里，往下离山底10公里左右，基本无路可走。这里有许多山洞，状如蜂窝，因而得名。"老蜂窝"的山洞，有大有小，其中一个大山洞有两间房子大，能容纳几十人。训练班采取学议结合的形式，白天，爬进山洞学习《俄罗斯革命的经验》和《中国工农红军游击队》等材料，结合暴动情况进行讨论，总结经验教训，同时进行军事训练。夜晚，大家来到山脚下的一个山庵，这里有两间低矮的小草房，只能背对背坐着睡觉，每天吃两顿饭，大小便也得经侦察员报告附近山上没有人时，方可进行。尽管如此，大家的情绪高涨，每当学习休息时，队员们情不自禁地小声唱起自编的歌曲：

大雪飘飘在天空，胶东正在闹暴动。官府布置清乡团，军阀下令向我攻。机枪扫，大炮轰，多少烈士流血红。失败开出胜利路，革命一定会成功……

通过学习，让大家明白了一个深刻道理：敌强我弱，不能正面硬打，而要坚持游击战。举办第二期培训班时，下山买烤饼的人被发现，200余敌人，分两路对"老蜂窝"前后夹击，放哨的游击队员鸣枪示警。正在集中学习的游击队员听到枪声，迅速顺着"天窗"爬上"老蜂窝"北边的山顶，做好战斗准备。围剿的敌人放火烧毁了山庵，然后集中火力向山顶冲来。游击队员们看着山庵被烧，狼烟四起，怒火满腔。他们居高临下，一面向敌人打枪还击，一面掀起石块，一块块"炮弹"滚向敌人。狡猾的敌人一看，武力不行，就开始喊话："山上的共产党，你们被包围了，快下山投降吧！"于得水等也对敌人展开政治攻势。经过一番较量，游击队用"石炮"和排子枪打得敌人夹着尾巴溜走了。其次，理琪要求昆嵛山游击队依靠人民群众的支持，声东击西，虚张声势，在运动战和游击战中歼灭敌人。于得水将队伍分成3个小组，晚间分头袭击敌人的岗哨、营房、分散驻地等；白天故意拉着队伍，浩浩荡荡回山，并在沿途刻下标语，设置痕迹，造成红军大队人马挺进昆嵛山的假象。他们放石炮、点山火，引诱敌人"剿山"，用少数人员牵着敌人鼻子转，大量消耗敌军的力量。而当遇到小股敌军，则瞅准时机，猛打狠打，力求全部歼灭，搞得敌人如惊弓之鸟，心惊胆战。这支小小的红军游击队，牵制了韩复榘的数万人马，在国民党反动派统治的中国东部地区撕开一个缺口。再次，理琪指导了昆嵛山红军游击队的几次行动。游击队智取昆嵛山东麓界石村的"联庄会"，历时一个半小时，连锅端掉"联庄会"50余名兵丁，缴获长短枪20多支，子弹2000余发，打出游击队的声威。突袭垒子盐务局，未费一枪一弹，20多个盐警全部缴械投降，收缴109块大洋，长短枪20余支，子弹100余发，大刀和刺刀20余把，自行车三辆……

在掖县，见到俞可范的一刹那，郑耀南仿佛融入整个胶东的烽火硝烟。

晚上，郑耀南、张加洛和俞可范促膝深谈。俞可范说，东边杂牌部队太多，特委和三军发展受阻，准备向西转移。也许看到了掖县根据地，俞可范才找到家的感觉，一个物质和精神的"家"。郑耀南和张加洛谈玉皇顶起义，谈抗日民族统一战线。俞可范对三支队的工作高度认可，认为具有创建性。他建议，要继续加强党的领导，加强思想政治工作，三支队政治处不能和其他处并列，要升格为政治部……部队要完全改造成党领导的人民军队。

他们谈到一个多月前刚刚发生的雷神庙一战，理琪壮烈牺牲，他战斗到生命最后一刻。郑耀南黯然神伤，说："理琪同志是难得的领导人，他的牺牲对我们的损失太大了。"他们想起了理琪的往事。理琪是一个政治素养非常高的领导人，随身带着《社会发展史》和《唯物辩证法》两本书，深入浅出讲理论；是一个水平非常高的决策者，既不保守退缩，也不冒进，有人曾提出在时机不成熟时，搞第二次暴动，被他否决；是一个充满热情和激情的革命家，他带着严重的胃病，不知疲倦、不分昼夜地奔走，让大家有拨云见日之感；是一个原则性强、严谨细致低调的特委书记。1936年4月初，在成立第四届胶东特委时，担任书记的理琪，在特委前面加了"临时"两个字，表明整个组织有待上级认定。

文质彬彬，清秀羸弱，顶着一个智慧大脑门的理琪，一直晃动在郑耀南的脑海深处，也铭记在胶东革命史上。

1936年3月，初到胶东的理琪住在文登县委书记张修己家里，一住就是半年。他白天隐蔽在于家村张修己家听取汇报，晚上则深入基层党组织和党员家中调查研究。十几天后就组建了胶东临时特委。"一一·四"暴动失败，胶东革命进入一个低谷期，急躁、悲观、消极、埋怨的情绪滋长，必须总结经验教训，指出发展方向，提出任务目标。3个月以后，理琪在深入调查研究和深度思考之后，起草了《给各级党同志的一封信》，这封信装订成册，封面有"秘密"二字，蜡版油印，毛边纸内页，长达1.4万字。

在这封信中，理琪以马克思列宁主义为指导，一是正确地分析了中国及胶东地区的政治形势，总结了过去的经验教训，批判了党内存在的各种错误思想倾向，指出了纠正的方法，并提出胶东党组织今后的任务；二是充分肯定胶东党组织过去的工作成绩，同时，客观地、善意地指出了胶东党组织中存在的缺点。这些缺点，主要有党员行动的散漫、滥收党员、缺乏进行秘密工作的经验、党员活动能力比较低弱、党的活动脱离群众等五个方面；三是关于如何正确认识"一一·四"武装暴动问题，批评了两种错误观点，分析了失败的原因；四是提出胶东党组织必须坚决执行的五项任务：严密党的组织，维持党的纪律，加强提高党员的文化政治水准，加紧开展群众工作，准备建立正规的游击战斗的运动……

这份闪耀着马克思主义光芒的重要历史文献，博大精深，切中要害，作为胶东党组织第一个正式文件分发到基层党支部，对胶东党组织的思想、组织、政治建设和武装斗争起到巨大的促进作用。此后，胶东党组织逐步走出暗夜，迈上正轨。

1936年8月，理琪为寻找上级党的组织，将胶东临时特委秘密迁至烟台，与北方局接上关系。9月，理琪住在界石镇西院下村堡垒户王利华家秘密开展工作。当他得知村里一位老人在"一一·四"暴动中痛失五位亲人而精神错乱后，心疼不已，他拿出三个鸡蛋，叮嘱王利华一定要看着老人吃下去。为避免暴露身份，理琪藏到门后，偷偷看着这位英雄父亲吃完鸡蛋，心如刀绞，眼睛湿润。王利华14岁参加革命，两次被捕，成熟懂事，她负责给理琪警戒和送信。从理琪那里，她看到了苏联的女拖拉机手和女警察，更听到了革命道理，后来，她成为西海地下医院的护士长、胶东劳动模范。

10月，在理琪主持下，胶东临时特委改为胶东临时工委。由郑耀南担任主编的《战斗》就在此时创刊……

理琪铜像

这年12月底,由于叛徒出卖,理琪和李厚生等被韩复榘的"捕共队"逮捕,郑耀南成功逃脱,此后,他再也没有见过理琪。直到俞可范说出理琪牺牲的消息,他才详细了解到后来发生的一切。

理琪被捕后,敌人用细皮条拴着他的两根手指头,吊到房梁上,严刑拷打,几次昏死,理琪坚贞不屈,视死如归。不久被押往济南,被判5年徒刑。他和赵建民等组成狱中党支部,坚持斗争。"七七事变"后,抗日民族统一战线建立,理琪被营救出狱。

1937年11月,他带着北方局和山东省委的指示,回到胶东特委驻地,准备发动武装起义。

12月15日,在文登县沟于家村,新建立的中共胶东特委召开特委扩大会议。参加会议的有特委委员理琪、吕志恒、张修己、林一山、柳运光,此外还有张修竹、宋澄、王台、于得水等。会上,理琪传达了山东省委的指示,决定分区发动群众举行抗日武装起义,在胶东成立山东人民抗日救国军第三军，并决定12月24日在天福山举行武装起义。

12月24日，一个在胶东抗战史上具有重要历史意义的日子。

这天深夜，天空飘着雪花，文登天福山玉皇庙里，熟睡中的守门人，突然被一阵急促的敲门声惊醒。

天福山地处文登、荣成、环翠交界处，海拔110米，这里林木茂盛，山泉甘洌，环境幽雅，自古有"天赐福地"之称。当时，这里根本没有路，必须穿过树林才能进来。深更半夜，究竟是谁来了？守门人推开门，理琪、吕志恒、林一山、柳运光等胶东特委的领导人鱼贯而入。微弱的油灯下，他们商量着明天起义的每一个细节，并决定成立第三军第一大队，要求大队成立后立即出发，"扩人、扩枪、扩大宣传"。忽然，传来一阵孩子的啼哭声，原来是守门人的妻子生出一个小男孩，理琪给他起名"新民"。

夜幕下，起义队伍从四面八方集结而来。人流中，有农民、爱国学生和进步知识分子，有刚从监狱里释放出来的共产党员，于得水率领的红军游击队，从昆嵛山出发，连夜奔走50多公里，在天亮时也赶到了。在凛冽的寒风中，红军战士扛着单打一、湖北造、转盘等简陋武器，个个精神焕发，红光满面。接着，其他参加起义的人员也都陆续赶到，有人连一双完整的鞋都没有。东方日出，按计划参加起义的一百余人均已到齐。

上午9时，武装起义仪式正式开始。于得水朝天连放三枪，玉皇庙前的旗杆上，绣着"山东人民抗日救国军第三军"醒目大字的红色大旗，迎着初升的太阳，缓缓升起。几天前，张修己卖掉家里的一棵梨树，专程跑了几十里山路，买回红布。起义领导人经过彻夜商讨确定图样，最后，交给村里的几个党员家属连夜缝制出了这面旗帜。现在，它被珍藏在中国革命军事博物馆。理琪庄严宣布：山东人民抗日救国军第三军正式成立！此时，抗日口号此起彼伏，响彻山间。接着，特委主要领导理琪、林一山、于得水等分别作了激动人心的讲话。理琪宣布，将起义武装编为"三军"一大队，于得水任大队长,宋澄任政治委员。下辖3个中队:一中队长柏永升,指导员张玉华;二中队长王洪,指导员王政安;三中队长邢京昌,指导员刘中华。

当于得水从理琪手中接过"三军"一大队队旗时,全场掌声雷动,人们激动得相互拥抱,欢呼雀跃,整个天福山几乎要沸腾起来了。

天福山起义的第二天,张修己、张修竹留在文登县沟于家村主要做联络工作,于得水带领山东人民抗日救国军第三军第一大队,从沟于家村出发西行,沿路在16个村庄进行抗日宣传。他们每到一个村庄,贴标语、发传单,召开群众大会,扩大队伍,充实人员,引起当地一些反动地主和豪绅的恐慌。

理琪决定,组织一次规模较大的威海起义,扩大三军的影响。

当时,威海人民要求抗日的情绪日益高涨,而国民党威海当局举棋不定,局面一片混乱。理琪秘密赶赴威海,同国民党威海行政区公署专员孙玺凤进行谈判,考虑到民族大义和自身利害,孙玺凤最终答应提供部分枪支弹药支援起义队伍。1938年1月16日,"山东人民抗日救国军第三军"这面大旗,高高飘扬在威海上空。根据理琪和孙玺凤达成的协议,起义人员打开专员公署的军械库,取出大批枪支弹药。第三军和参加威海起义的一百多人全副武装起来,这次行动在当地产生了很大影响。

1月17日,胶东特委将天福山和威海起义的队伍,合编为新的三军第一大队,下设3个中队、1个特务队。接着,我军收缴枪支,鼓励参军,三军很快发展到300多人、200多支枪。特委还成立了军政委员会,实施党政军一元化领导,理琪兼军政委员会主席、三军司令员,并成立以于得水为大队长、林乎加为政委的三军第二大队。

天福山起义及第三军第一、第二大队的成立,标志着中国共产党独立领导的胶东人民抗日武装正式诞生,标志着胶东人民抗战进入到一个崭新的历史阶段。胶东人民艰苦卓绝的抗日战争,从此拉开序幕。

天福山起义部分领导人

　　1938年2月初，日本侵略军3000余人进犯胶东，一路东犯牟平，一路西犯蓬黄掖。一方面，要摧毁牟平的伪政权，另一方面，要西上抗日，中共胶东特委决定，"三军"挥师西上。根据内线情报，牟平城里驻扎着伪军，鬼子任命的伪县长是宋健武。2月12日夜，天上高挂着一轮明月，理琪率三军从驻地崔家口村出发，奔赴近50公里外的牟平城。一条大河挡住了去路，河面上飘荡着破碎的冰块。理琪果断命令部队迅速过河，尖利的冰碴子，把战士们的腿划出一道道血痕。2月13日拂晓时分，三军悄悄来到牟平城外。根据攻城部署，他们早已派便衣侦察进到城里，设置了内线接应。攻城部队分为三路，一路主攻南门，一路进攻东门，另一路到西门外担任警戒任务。南路队伍猛攻城门，占领了城楼。东路队伍迅速俘获了驻守在东关的40多名伪军。城外喊杀声和枪声响成一片。两路攻城队伍直奔伪县政府门前会合，理琪亲自率领战士们冲进伪县政府。这次奇袭牟平城，速战速决，旗开得胜，缴获了100多条枪，逮捕了伪县长宋健武等大小汉奸100余人。

攻城结束后，理琪命令部队立即撤出牟平城。上午10时，司令部率20多名战士到达雷神庙，这是位于牟平城南一公里处的一座孤庙，为四合院式建筑，有正殿、东西厢房和南大厅，四周是砖石结构的围墙。在这里，大家讨论了下一步行动计划，是建立根据地，还是到山区打游击呢？意见不统一。11点多，一架日本侦察机低空盘旋，飞过雷神庙上空。下午1点，雷神庙周围响起密集的枪声。驻扎在烟台的鬼子，出动100多名海军陆战队员，分乘两辆大卡车，从30公里外的烟台赶来了。鬼子在周围布置了几道防线，而且都筑有临时掩体，然后开始进攻了。三军只有20多个人，除了领导、女同志和十几个新入伍的战士，只有两三个神枪手。理琪命令大家散开，每人把住一个门口和一个窗口，不放一个鬼子进来。敌人首先用机枪封锁住雷神庙的大门。三军将士构成交叉火力，互相配合，向敌人猛烈射击。大门外留下一具具鬼子的尸体。下午2时许，理琪在指挥战斗中不幸腹部中弹，倒在院中。肠子从洞穿的腹部流出，理琪一手托着自己的肠子，一手持枪坚持战斗。战士们连忙将他抬到雷神庙的后花园，生命垂危，理琪还一再嘱咐大家节省子弹，坚持到底。敌人伺机反扑，并占领四面的屋顶，战士们不断变换位置射击，特别是神枪手们大显神威，多次打退敌人的冲锋。林一山身上已经受了3处伤，自己却浑然不知。特务队队长杜梓林不幸中弹牺牲。天渐渐黑下来了，敌人见久攻不下，开始向庙内投掷燃烧弹，庙内燃起熊熊大火，越烧越旺，敌人不敢冒着大火向里冲了。战士们趁机撤出南侧厅，转移到东西两厢。带着一束束蓝光的子弹，嗖嗖地飞进来。晚上9点多，外面响起友军策应的枪声，鬼子疑惑间，大家呼啸而起，一齐越过打塌了的院墙，冲出雷神庙，脱离了险境。走到距离雷神庙一公里处的杨岚村时，理琪停止了呼吸，这一年，他刚刚30岁……

雷神庙战斗是胶东抗日的第一战。战斗从午后打到晚上八九点钟，历时八九个小时。在一块0.8平方米的铁皮雨搭子上，就有138个弹孔，战斗激烈程度可见一斑。在战斗中，三军指战员团结一致，奋不顾身，以劣势装备，抗击数倍于我的优势敌人，牺牲10余人，毙伤日军50余人，用步枪击落敌机一架，并胜利突围，取得奇迹般的胜利。

三军召开追悼大会，安葬了理琪等烈士的遗体，经过短期整训，继续西进……

就在雷神庙战斗发生后，1938年3月，掖县发生了一系列大事件：举行玉皇顶起义、成立三支队、建立抗日民主政府……在白色恐怖之下的胶东半岛，凸起一块红色根据地，吸引着东西方向的抗日武装力量向这里汇合。

4月初，胶东特委副书记吕志恒和三军军法处处长邢明，继俞可范之后来到掖县，进一步了解三支队情况，并准备迎接鲁东七、八支队东上掖县。三支队向吕志恒全面汇报了工作。吕志恒对掖县的工作非常满意，给予充分肯定。他指示：三支队要注意加强党的领导，巩固纯洁队伍，坚持抗日民族统一战线，防止和克服军阀主义倾向，废除薪饷制。根据他的建议，三支队成立特支，特支除领导部队工作外，仍继续领导掖县县委的工作。之后，七支队、八支队1700多人经过掖县东去黄县，沿途群众手持彩旗夹道欢迎。三支队支援他们2000套新军装和5000大洋，以及所需粮秣。

战争像一个大熔炉，冶炼熔铸着三支队，不断给这支红色队伍去除"杂质"，提高纯度，强化刚性。

掖县抗日根据地的蓬勃发展，引起国民党顽固派的恐慌，他们企图趁起义部队立足未稳之际，一举消灭这支抗日武装。平度国民党顽固派张金铭，派人来给郑耀南下所谓的"委任状"，被严词拒绝，5月，他勾结莱阳军阀刘东阳、栖霞军阀秦毓堂和招远军阀焦盛卿，纠集2000多人，兵分四路，气势汹汹地向掖县杀来。这是三支队面临的一次严峻考验。战士们虽然没有作战经验，但是非常英勇。战场一度处于拉锯状态。三军、八支队和三支队组成抗日联军，集中优势兵力，将1400多人压到夏邱堡，与张金铭的顽军展开激战。一天中午，联军抓住敌人的薄弱环节，发起猛烈反击，一举将张金铭的部队击溃。张金铭见部队死伤二百余人，一个同伙率部撤走，深恐自己被全部消灭，便趁黑夜率部狼狈逃窜。其他三股顽军不战自退，慌忙逃走。反顽作战历时一个月，以三支队和联军的胜利告终。

郑耀南从夏邱堡前线返回县里，发现参谋长赵森堂一伙国民党右翼分子行动反常，就做好了严密的防范工作。这年7月4日傍晚，地下党员朱开印突然闯进郑耀南的办公室。朱开印是郑耀南秘密派到赵森堂参谋处的情报员，他报告说："赵森堂派张子敬去昌邑和苑城联络，已经带回国民党第二游击区司令秦启荣的命令，委任赵森堂为第七梯队司令。他们已印制了关防印信、委任状等，准备趁'七七事变'纪念日之际动手杀害共产党人。"郑耀南当机立断，于当天夜里采取果断措施。他和八支队司令员马保三取得联系，请他们配合行动。郑耀南下令特务大队、卫队一齐行动，在全城实行戒严，八支队在西关实行戒严，不许任何人出城。赵森堂等闻知全城戒严，立即带着卫队气势汹汹地朝支队部走来。特务队和卫队的战士们将他们缴了械，并将赵森堂和王文峰捆了起来。滕绍武、郝香斋和朱开印奉命带战士们包围了励新书店，查抄出了他们的委任状、关防印信和预谋暴乱的计划，一举将赵森堂、王文峰、王春塘、张显庭、杨辅庭、陶仁基6名反革命骨干分子捉拿归案，并对其进行审判。赵森堂等人在铁证面前低头认罪，被执行枪决。另一名反革命分子张子敬逃离法网。至此，国民党在掖县的活动停止了，三支队从一支由共产党领导的按照抗日民族统一战线原则建立起来的抗日武装，彻底转化成为一支完全由共产党领导的人民抗日武装。

胶东特委不断加大对三支队的支持力度。1938年5月，山东省委派红军干部王文、高锦纯到胶东，分别担任特委书记和军政委员会主席兼三军总指挥。王文、高锦纯路经掖县，对三支队特支作出指示，要求壮大人民力量，发展山地游击战争。此时，三军已经扩展到四路队伍，共计3500多人，并西进到黄县和蓬莱一带。6月，胶东特委派出15名政工干部到三支队工作。8月初，胶东特委派李耀文来掖县任三支队政治委员。

8月12日，发生了一个考验郑耀南党性的"合编"事件。

当时，胶东特委召开会议，作出决定：三支队与三军合编，任命郑耀南为三军62团团长。同时宣布，将三支队修械所并入黄县圈杨家兵工厂；三支队《抗战日报》并入胶东《大众报》；被服厂移交三军；北海银行移交北海区行政督察专员公署；三支队抗战剧团编入三军政治部……这是一个猝不及防的变化，郑耀南心里也波涛翻滚，但他以一个共产党员的党性作出抉择，坚决服从特委决定，全力做好合编工作。

那天，郑耀南郑重收起那面一丈二尺长的三支队军旗，仔细折叠好，用力压平上面的皱褶，轻轻把它放进皮箱里，亲手交给妻子周秀珍："这是一段历史的纪念，你千万要保管好……"夫妻二人目光相撞，千言万语涌上心头，却不知从何说起。

胶东特委的决定，在三支队激起波澜。大家议论纷纷，反应强烈：

"我们三支队有三千多人枪，三军有多少人？"

"我们有银行、兵工厂、被服厂、报社，月收入不下三十万元，三军有什么？"

"在胶东特委、三军机关的领导成员中，一个三支队干部也不安排，这太不公平啦……"

郑耀南敏锐地认识到，这是一种极其危险的情绪。一旦蔓延开来，极易擦枪走火。周边，敌对势力虎视眈眈，有大大小小几十股武装势力，一旦内部出现问题，外部势力乘机进攻，流血流汗建立起来的抗日政权就会毁于一旦，根据地会全部丢失，这是亲者痛仇者快的事儿，绝对不能发生。

身穿军装的郑耀南

　　成为一名团长的郑耀南，到处耐心地做工作。他说："掖县的党、掖县的部队之所以有今天，都是党领导的结果。中国这么大，要取得抗战的胜利，获得中华民族的解放，部队不统一怎么行？不仅要统一胶东的部队，还要统一全山东和全中国的部队。过去，我们时刻盼望着党的领导，到处寻找党的关系。今天我们把部队交给上级党来领导，这不正是我们长期以来的愿望吗？共产党员闹革命不是为了当官，而是要解放全人类……"他叮嘱大家："如果我们内部出现问题，敌人乘机而入，根据地顷刻就会瓦解，覆巢之下，安有完卵？"正是在郑耀南的带领和影响下，合编工作顺利完成。三支队与三军合编为新的三军，下辖三支队改编的62团、55团（不足编）和以原三军各部改编的61团、63团（不足编），共4个团、8个营，其中三支队占了5个营。在新编的三军中，郑耀南任62团团长，李耀文任政委，张加洛任政治处主任，李佐长任秘书长。郑耀南光明磊落的胸怀和公而忘私的高尚品质，感动了中共胶东特委书记王文，他热情赞扬说："老郑真是个好同志！可见天下的共产党员都是一样的。"从此，胶东党领导的抗日武装统一成了一个整体。

根据胶东特委的部署，掖县开展了轰轰烈烈的民运工作。通过办学习班、训练班等各种形式，培养了大批民运工作积极分子，发展了大批党员，充实了县、区、村各级干部队伍。青年抗日救国会、妇女抗日救国会、职工抗日救国会、少先队、儿童团等相继成立，他们积极宣传党的团结抗日主张，发动组织广大群众有人出人、有力出力、有钱出钱、有枪出枪，在全县掀起一场大规模的"献金、献银、献钱"运动，以及广泛而深入的妇女"放足"运动，为争取妇女自身解放、扩大抗日民众队伍打下基础。

胶东特委1938年的合影

在军事建设方面，掖县抗日民主政府自成立之日起，就建立了军政一体化的抗日政权，县、区、村三级都相继建立抗日民主政权和抗日武装组织。县里成立县大队，各区成立区中队，各村成立自卫团。随后，县政府以收编的土山"红枪会"为基础，成立了保安大队，第二任县长于烺兼任保安大队大队长，保安大队70余人，辖3个中队。同时，还成立掖县自卫团指挥部，孙阳山兼指挥，为加强自卫团工作，县委和县政府选派一部分共产党员到各区公所任特派员，对外称政治指导员；向各区、乡、村下达指示，要求凡年龄在18岁至45岁身体健康的男子，均参加"自卫团"。全县1062个自然村，普遍地组织建立了抗日自卫团，其团员达到10万余人，组成浩浩荡荡的抗日救国大军。掖县境内，村村有人站岗放哨，天天有人军事操练。从城镇到乡村，处处充满了浓厚的抗战氛围。

合编以后，掖县县委改由胶东特委领导，从梁郭迁驻掖县城。8月15日，胶东北海行政督察专员公署成立，标志着蓬黄掖抗日根据地正式形成。8月下旬，胶东特委、三军领导机关迁驻掖县城。掖县成为"共产圣地""八路老窝"，成为整个胶东抗战的中心。

9月18日，新成立的三军各部在掖县沙河镇召开"九一八"纪念大会，会上宣布：三军奉命改编为八路军山东人民抗日游击队第五支队！高锦纯任司令员，宋澄任政治委员，赵锡纯任参谋长，宋竹庭任政治部主任，于眉任政治部副主任，五支队辖四个团。原三军62团改编为五支队62团，郑耀南任团长，李耀文任政治委员，张加洛任政治部主任，李佐长任秘书长。月底，62团开赴黄县城，驻丁家花园整训，团长郑耀南兼任蓬黄掖三县警备司令。11月，62团、64团合编为二十一旅，郑耀南任旅长，李耀文任政治委员，张加洛任政治部主任，李佐长任秘书长兼任二十一旅掖县留守处主任，王兆麟任参谋长。五支队的成立，是胶东抗战史上的一个重要里程碑，标志着胶东抗日武装正式纳入八路军序列。当时，五支队人员达到7000多人，占整个山东纵队近三分之一的人数，成为齐鲁大地上一支重要的抗战力量。

9月下旬，为了对付日军"扫荡"，胶东特委和五支队领导机关遵照中共苏鲁豫皖边区省委关于"胶东创立以大泽山为中心的根据地"的指示，由掖县城迁至八区葛城村一带，这里是平度、招远、莱阳、掖县四县交界处，北靠险峻的马山。特委机关驻马山半山腰的竹林寺，《大众报》社、党校、青联、妇联、工会、军政干校、兵工厂、被服厂等分别驻扎在葛城周边的村庄。葛城一带山区成为胶东抗日救亡运动的中心。葛城、后沟、庵子等村庄连成一片，后来成为西海地下医院的掖南医疗区。至今，庵子村北的山坡下的一个山洞里，还完整保留着一个地下医院使用过的地道。

10月初，日本驻青岛伪自治军总司令张宗援（系冒用汉名，本名伊达顺之助）率领胶东、潍县的日军，在伪顽赵保原、刘桂堂、张步云等部配合下进攻平度。10月16日由平度进攻掖县。五支队61团设伏平度县大青杨，敌我伤亡较大。61团撤出战斗后，62团与敌战斗至第二天，给敌以重创，毙伤敌伪军230多人。

12月6日，胶东特委在葛城竹林寺召开第一届党员代表大会，为期4天，与会代表60多人。会议听取了特委领导王文、高锦纯等同志作的形势报告和工作报告；讨论决定了抗日救亡的大政方针和斗争策略；选举产生了胶东区党委，王文当选为区党委书记。中共胶东区委隶属中共中央山东分局。中共胶东区委的建立，标志着胶东地区的党组织建设和抗日斗争发展到一个新阶段。从1940年到1941年底，葛城人民为掩护胶东党政机关及驻军，全村房屋被日军5次纵火，损毁房屋1247间，烧毁粮食、农具等不计其数，至今，村里还完整保存着一座被烧毁房子的残垣断壁，诉说着鬼子的累累暴行。

在大青杨惨遭痛击之后，日伪军经过3个月的休整，于1939年1月15日，在飞机配合下疯狂北犯掖县。五支队二十一旅沿途阻击，不断杀伤敌人，1月16日奉命撤离，掖县落入敌手。张宗援以掖县城为大本营，派出大批军队四处"清乡"，利用反动分子成立"黄道会"，进行暗查密访，大肆屠杀抗日军人和干部群众，一个月之内杀害了450多人，制造了骇人听闻的掖城惨案。新成立的胶东区委转移到黄县、蓬莱、招远等地。形势急转直下，掖县县委在转移到黄县十几天后，迅速潜回掖县东部山区，组织发动群众，开展游击战争。3月，张宗援被我主力部队击伤，回青岛养伤去了，刘桂堂连吃败仗，逃回费县老家。日军只留下一个伪掖平警备司令高玉璞孤守掖城。4月，我军与胶东国民党赵保原等部联合组成"鲁东抗日联军"。8月，鲁东抗日联军围攻掖城20多天，迫降了高玉璞部，被赵保原收编为保安第四旅。从此，掖县便开始了我、日、顽的三方斗争。

8月底，胶东区委和五支队从招远转移到掖县东部，一住就是七八个月。10月，日军大队长木村率3000多人对平、掖、招、莱进行"大扫荡"，掖县城再次落入敌手。

当时，胶东大众报社常驻在掖县三元乡夫子石和狍猫村一带。12月9日，胶东区党委各机关在皂户村召开大会，纪念"一二·九"运动。突然传来敌机的轰鸣声，一颗炸弹在不远的农家屋顶上爆炸，浓烟吞噬了整个村子。包括党校和报社在内的二三百人决定马上转移。下午二时许，区委党校与大众报社在袍猫山顶合编成一支临时行动大队，报社警卫连连长龙飞任大队长，党校校长李辰之任政委，几名熟悉本地情况的学员组成特务班，负责侦察敌情，领路突围。天黑下来时，伸手不见五指。这个以文职人员和女同志为主的队伍，悄然向招远方向疾行。天空飘下鹅毛大雪，大家把棉袄反过来穿，露出里面的白里子，和白皑皑的雪地混为一体，掩护着他们的行踪。因为夜色太浓，风狂雪骤，向导辨不清道路，队伍在山沟里兜来兜去，天将拂晓时，还没走出三元乡。队员们又困又乏，李辰之和报社社长阮志刚决定就近到河南村休整一下。村支书一见是八路军，热情地跑出去"号房子"，等他跑到村西北时，一眼看到正弯着腰向村里摸来的鬼子兵，再跑回村里送信已经来不及了，他让隐蔽在一堵矮墙后的岗哨开枪报警。龙飞、李辰之立刻指挥队伍向村外转移。日军迅速派骑兵从村北绕过村西向南包围,在村南的小山包上架设起轻重机枪和小钢炮、掷弹筒,拦住我方人员的去路。敌人派飞机和骑兵疯狂射击,并投放了毒气弹。李辰之和阮志刚在指挥战斗中先后牺牲,龙飞被毒气熏晕,跟跟跄跄倒地不起……是役,我方牺牲61人,其中包括从天福山起义中走出来的林治惠,她是胶东抗战"王氏十二姐妹"代表性人物,突围中,她在雪地里捡起一支步枪,和敌人搏斗,凶残的日军用刺刀刺破她的腹部。还有20名女八路军被捕,当场被扒光,日本鬼子驱赶着她们在雪地里奔跑,遭受凌辱后被残杀。长相漂亮的崔崧、曲钦被押回县城。寒气刺骨,鬼子把她们扒得一丝不挂,绑在马背上驮着走,还用绳子紧捆住她们的手腕,拴在马后面拖着跑。鬼子还变换方式,把她们的手脚反绑,脸部和胸部朝下,吊在木棍上抬着走,她俩用力挣扎、英勇反抗……日军把她们吊在树上,当作活靶子,一枪一枪,一刀一刀,杀害了。崔崧、曲钦牺牲时年仅18岁。

这是日本鬼子对掖县和大泽山区的第一次"大扫荡"。

此时,"西海"出现了!

这是西海地下医院产生的大背景。

胶东的成功迅速引起中央的重视。1939年5月13日,中央书记处专门发出《中央关于胶东工作的指示》,认为胶东"年余发展了数千党员,创造了六七千人的党领导的队伍,这是伟大的成绩",要求"建立胶东的坚固的抗日根据地"。12月6日,中央书记处《关于山东及苏鲁战区工作的指示》又进一步提出:胶东三县"应该成抗日民主政权的模范区,极力扩大其影响于全省全国",对胶东提出了很高的期望……1940年秋,为加强对抗日工作的领导,胶东区党委决定以大泽山为中心,成立西海区地委、专署及指挥部。掖县被划分为南北两个县。掖县县委、县政府在六区郭于村成立,书记刘岐云、县长胡亦农；掖南县委、县政府在八区庵子村成立，书记苏民、主任许剑波。掖县有40万人，掖南县有30万人。

1940年11月17日，时任胶东区委书记林浩讲话时指出：只有掖（县）平（度）招（远）莱（阳）边区，才是胶东目前建设根据地的基本中心区。因为它具备着以下的几个优良条件：在战略上，它是胶东的西部，控制着胶东丁字形山脉的中心，山岭起伏，连绵不绝，到处都生长着山松，更便于抗日军的活动；河川平原，错综交织，更有利于游击战争的坚持；西连清河，南接鲁南，横断胶济路，威胁烟潍。在人民来说，共有三百万左右，朴素强悍，富有斗争传统。在财政经济上来说，掖招系工商业区，素称"金库"，平莱为农业区，可作"粮国"。总之这一边区是胶东的中心基本区……

1941年夏，以西海区指挥部为基础，建立胶东第三军区。1942年夏，第三军区撤销，改为西海军分区。

此前，掖县党政军民不等不靠，独立自主，爆发出巨大的想象力、创造力和战斗力，在抗战初期创造出一系列奇迹，这是西海地下医院的精神之源、力量之基；此后掖县积极融入胶东根据地，在掖县支撑下，根据地向蓬黄掖、大泽山扩展，进而影响到牙山、昆嵛山等整个胶东地区，成为胶东之魂、胶东之心，这是西海地下医院的最大底气和依托。

抗战进入相持阶段之后，一方面日军集中优势兵力，对我抗日根据地进行"扫荡"和"清剿"，实施"蚕食"和"囚笼"政策。继1939年冬季"大扫荡"之后，1940年6月1日，日军少将秋山率数千日伪军兵分九路，"扫荡"掖招蓬黄地区，胶东抗大受到袭击。"扫荡"之后，敌人在朱桥、夏邱铺和小庙后设立三处据点，企图控制掖县三条主要公路，分割"蚕食"我根据地；另一方面，国民党秘密实施反共政策，不断制造事端，袭扰我抗日部队，杀害我干部和群众。根据黎玉的指示，从1939年底到1940年8月，我军对盘踞在胶东西海地区的国民党顽固派进行全面反击，消灭三四千人，使蓬、黄、招、掖、莱、平六县山区连成一片。

接着，胶东区党委的反顽斗争转向下一个目标：牙山。

"皖南事变"后，国民党山东省政府主席沈鸿烈调兵遣将，对八路军发起猛烈进攻。在胶东，赵保原、蔡晋康、苗占魁、秦毓堂等20多个大小"司令"，纠集5万余人，成立"抗八联军"，配合日本人攻打八路军。1938年6月，国民党山东省第九区专员蔡晋康抢占牙山，并在牙山周围建立后方根据地，开始与八路军争夺牙山这处战略要地。1941年，蔡晋康趁日寇"扫荡"大泽山之际，发动第二次反共高潮，占领了牙山，其部属分驻在唐家泊、下张家、清香崮、大杨家和亭口等一带。

牙山位于栖霞东部，有大牙、二牙、三牙三大主峰，大牙、二牙山势陡峭险峻，三牙相对比较低缓。牙山雄踞胶东半岛中心位置，北控烟台、南瞰海莱平原，是昆嵛山和大泽山两大山系的纽带，为胶东战略要塞。牙山周围，海拔500米以上的山峰有18座。顽固派蔡晋康占据牙山，切断了我东西海两大区的联系；又兵分三路，呼应"扫荡"大泽山的日军，向我东海根据地发起进攻，以近两万人的兵力向昆嵛山压逼，妄图在占领牙山、重创大泽山后，一举拿下东海，形势变得十分严峻。

为了打击胶东投降势力的嚣张气焰，中共山东分局和八路军山东纵队决定，1941年3月到7月，发起一场反投降战役。原掖县县委、县政府领导的地方武装大部分编入胶东主力部队，开赴东海打击国民党投降派。

1941年2月17日，带领部队战斗在清河地区的山东纵队第三旅旅长许世友，接到命令：带领清河独立团东进胶东，统一指挥八路军山东纵队五旅和五支队与敌作战。在少林寺习武八年的许世友，仿佛有一身钢筋铁骨，在我军中以敢打硬仗、刚猛威武、敢啃硬骨头闻名。他带领部队悄悄潜入胶东，3月14日，在蓬莱县黄城阳村开了一整天的作战会议，成立了胶东反投降指挥部，许世友任总指挥，胶东区党委书记林浩任政委。会议决定，"出其不意,攻其不备",3月15日夜,发起战斗攻取牙山。许世友说:"盘踞牙山的是投降派中较弱的蔡晋康。此人不会打仗,人送外号'菜包子'。牙山有他的兵工厂。首先夺取牙山,符合毛主席说的'先打弱的',又可以缴获大量枪械、子弹,利于今后作战。"说到这里,许世友一拳砸到桌面上:"牙山是胶东的磨子心,夺取牙山之后,就可以居高临下,四面出击,打通东西两块根据地,控制胶东的心脏地带……"

3月15日上午,胶东区党委在驻地蓬莱县吴家村召开干部动员大会,许世友一亮相就让大家终生难忘。

动员大会尚未开始,远处噼里啪啦传来枪声。只见一位脸膛黝黑、精干健壮、身着八路军军装的首长疾步而上。他脚蹬草鞋,腰佩大刀,纵身跃上八仙桌,高声喊道:"同志们,我是许世友!我来胶东就是要打仗的,太平我不来,我来不太平……"他把紧握的大拳在空中有力地一挥,怒吼道:"这一仗,只许进,不许退。动摇军心,杀头!消极避敌,杀头!见死不救,杀头!临阵逃脱,杀头!"台下鸦雀无声。许世友再次发出雷鸣般的号召:"我们一定要当硬骨头,坚决打出去,打垮投降派的进攻,打出胶东抗战的新局面!"简短的报告,一口气用了七个"打"。广大指战员群情振奋,热血沸腾,振臂高呼,响亮的口号在胶东大地上久久回响。

3月15日傍晚,太阳刚刚落山,许世友就下达了出发的命令,并要求指挥员果敢指挥、带头冲锋。

许世友根据牙山山高坡陡、沟深路狭的地形特点,分兵三路向牙山进发。清河独立团为左路,从牙山西北方向向亭口进击;五旅13团为中路,14团为右路,分别从牙山的西面和西南方向向刁崖后合击。许世友率领部队在丛林和峡谷中衔枚疾进,穿山越岭直扑牙山。第二天凌晨,三路大军神不知鬼不觉地同时出现在蔡晋康驻地,以勇猛的气势向敌人发起猛烈进攻。蔡晋康惊恐万分,不知所措。中路13团以迅雷不及掩耳之势包围了牙山西侧的大杨家，敌人一个营未来得及展开就被歼灭，营长被击毙。13团随即向泉水夼方向发起猛攻。右路14团连克下张家、唐家泊，直逼蔡晋康司令部所在地刁崖前、刁崖后。左路清河独立团迅速包围了牙山背后的北亭口。经过一天激战，17日14团攻占刁崖前，13团将向其反冲击的敌主力击溃，并会同14团向刁崖后进击。蔡晋康赶紧脚底抹油，溜之大吉。13团、14团不畏疲劳，当即分兵尾追，复将敌人包围于桃村。当夜再次发起攻击，至18日下午，蔡晋康部大部被歼，蔡负伤逃跑。许世友率领部队紧追不舍，胜利攻克桃村。清河独立团将北亭口之敌一举歼灭。牙山战役，从3月15日打响，至18日结束，歼敌1800多人。我东西两路大军胜利会师于牙山，反投降作战第一仗取得完全胜利。

接着，许世友提出"背靠牙山，南下海莱"的计划，兵分两路，向赵保原等顽固派发起攻击，3月26日解放莱阳郭城，完全瓦解了"抗八联军"。4月到7月，开展海阳榆山大会战，攻下莱阳赤山、发城，给赵保原以毁灭性打击。

5个月的反投降战役，共歼灭顽军近2万人，俘虏8000余人，并把他们驱出胶东的腹心地带。大泽山、昆嵛山、牙山三大根据地连成一片。从此，胶东投降派再也无力单独向根据地发动进攻。远在延安的毛泽东读到许世友的捷报，微笑着赞扬说："许世友打红了胶东半个天！了不起，了不起！"

掖县子弟兵跟着许世友打击投降派，日伪军乘机对平招莱掖根据地进行残酷"扫荡"，实行"三光"政策，疯狂推行"治安强化运动"，继朱桥、夏邱堡、小庙后之后，又在平里店、驿道、海庙后、沙河建立据点，先后制造了朱盘沟、车栾庄等数十起惨案，两县根据地出现严重的困难局面。掖县和掖南县的党组织采用灵活的斗争策略，非法斗争与合法斗争相结合，公开斗争与隐蔽斗争相结合，在根据地和敌占区分别成立红色政权、灰色政权和秘密政权。发动组织群众开展减租减息斗争，建立情报网，开展锄奸反特斗争，逐步掌握对敌斗争的主动权。先后奇袭驿道据点，夺取"九二"式重机枪一挺。克复海庙后据点，全俘伪警备队四中队40余人。打击盘踞在掖西一带的顽固派，攻克祝家、肖古庄、杨家庄、黑羊山、潘家等据点，收复掖西……在抗战最困难的时候，积蓄着爆发的力量。

1942年，胶东抗战进入最为艰苦的岁月。

胶东半岛三面环海，在日军所谓的"大东亚圣战"计划中，胶东半岛被视为往来于海上与华北之间的重要通道和"以战养战"的补给基地之一。许世友第一次到烟台，燃起了反敌顽的熊熊烈火，让日本侵略者深感八路军的强大威胁，并谋划着更大的阴谋。

1942年8月，为了适应敌后战争的严重局面，统一胶东五旅、第五支队与地方武装的作战指挥及后方生产建设，山东军区决定成立胶东军区，以第五支队机关改建为胶东军区机关，取消第五支队番号，五旅属胶东军区指挥。已经回到八路军山东纵队任参谋长的许世友，被任命为胶东军区司令员，11月初到胶东走马上任。

11月8日，冈村宁次就从北平秘密飞到烟台，部署对胶东抗日民主根据地的"大扫荡"，发动"第三次鲁东作战"，企图重新打开胶东半岛这一战略通道。日伪军兵力两万多，我胶东军区主力部队只有1.4万人，明显处于劣势。许世友决定采用"保存有生力量，保卫根据地，分散活动，分区坚持"的方针，化整为零、分路突围。以烟青公路为界，将主力部队和地方部队分为两个指挥系统：烟青公路以西有13、14、15团及西海、南海、北海3个军分区，归五旅指挥；烟青公路以东有16、17团及抗大胶东分校、军区直属队、东海军分区，归胶东军区直接指挥。在东、西两个指挥系统内，主力部队以营、连为单位，同地方武装、民兵密切结合，分区坚持，分散活动，避免大部队过分集中，以粉碎敌人的"扫荡"。

11月17日开始，日伪军奔袭栖霞、牟平、海阳、莱阳地区，"拉网"合围牙山、马石山为中心的抗日根据地。敌人多路分进合击，密集平推。白天，摇旗呐喊，步步进逼，无山不搜，无村不抢，烧草堆，挖新坟，掘地窨，连荒庵、野寺以及巴掌大的小土地庙也不漏过；夜晚，则野地宿营，烧起一堆堆篝火，簇簇火堆，层层叠叠，像一条条凶恶的火龙，吞吐着烈焰。岗哨密布，在山口要隘还设置了带响铃的铁丝网。

这是一张看似难以突破的"网"，冈村宁次曾得意地夸海口说："只要进入合围圈内，天上飞的小鸟要挨三枪，地上跑的兔子要戳三刀。共产党、八路军插翅难逃！"

作为胶东军区的首脑，面对步步逼近的敌人，许世友和胶东军区指挥机关率17团一个营，准备直接破"网"突围。突围的方案确定后，许世友沉着冷静地安排部署着。日寇收网的战报接二连三地传来，他却一直提着油灯仔细地看地图，直到枪响起，他才不慌不忙地指挥部队，迎着敌人来袭方向反其道而行之，由西向东，隐蔽穿越，一夜行军上百里，一鼓作气，在23日晨直插到日伪据点附近，然后东行冯家，进抵棘子园。等到日伪军回师向东"拉网"之际，许世友又改行西北方向，飞插鹊山后。这里临近日军的大本营烟台，紧靠牟平、福山之敌进行"扫荡"的主要通道。许世友这招险棋下得好，狡猾的敌人做梦也想不到，八路军胶东军区的指挥机关敢于钻到自己的鼻子底下来，加之这次"扫荡"日伪军倾巢而出，据点附近兵力空虚，这里反而成了活动的"安全地带"。摸清敌人的行踪之后，他们继续西进，在烟青公路遇上大批日伪军，他们隐蔽在距离公路不足一公里的柳家庄，安然无恙，胜利返回根据地。这次穿插，行程200多公里，未损失一兵一卒……

我胶东军区主力部队以营、连为单位相继突围，破网成功。11月23日，敌人海军、空军、步兵、炮兵、骑兵联合作战，终于完成了对马石山周围20平方公里地区的"拉网"合围，发现八路军主力已突出重围，于是气急败坏，穷凶极恶，对被困在山上的抗日军民大施淫威，杀死老弱病残1500多人，整个马石山上，硝烟弥漫，浓烟滚滚，尸横遍野，孩子们惊恐的呼叫声，妇女们悲恸的哭泣声，被害群众的惨叫声，不绝于耳，惨绝人寰，充分暴露了日本鬼子的兽性。

被围困在马石山上的部分胶东军区部队，不仅自己要突围，更要组织群众一起转移，五六百指战员为此献出了宝贵的生命，救出被围乡亲6000多名，涌现出"马石山十勇士"等英雄群体。胶东军区军医处长兼政委夏云超，因为忙于转移疏散伤病员，未及撤离落入网内，他命令警卫员携带机密文件和群众一起突围，只身向敌人射击，把最后一颗子弹留给自己……

这次"扫荡"，一直张网到东部沿海，鬼子仍然没有找到八路军的主力，于是调整部署，反转向西，对北海军分区和西海军分区部队进行了两次合围。12月20日，日军"拉网扫荡"到西海地区，先从烟潍公路向东，至平招莱掖边区，再向西返回。掖县县级机关在烟潍公路以西分散隐藏。刚成立不久的掖县独立营拉到七区沙现村的南山上隐蔽，夜间跳出敌人的合围圈。21日，敌人"拉网"合围到平招莱掖边区。胶东第三军分区和西海地委机关，被日军合围在两目山。西海地委书记兼第三军分区政委于己午、参谋长于一心、胶东青联主任林江等壮烈牺牲。我军伤亡被俘共200余人。西海独立团二营被敌人合围在招远县青龙夼，营长刘延卿壮烈牺牲。21日，掖南县独立营隐蔽在掖县城东双山北山沟，黄昏时分被日军发现。我军沉着应战，激战6小时突出重围，毙伤敌人50多人，我军牺牲10人，伤30多人，营长刘文卿，政委马杰均负伤……

冒着敌人的炮火，一个个伤病员被送进西海地下医院，一个个医护人员穿越敌人的封锁线，来到掖县，为伤病员带来生命的希望。

第二章

地下医院

在敌人的眼皮子底下

一踏上掖县的土地,王一峰和刘子坚感觉成了西方神话里的巨人安泰,顿时产生出无穷的力量。

没有部队保护的西海军分区卫生所,孤军深入掖县,既要解决自己的生存问题,更要在敌人的眼皮子底下救治伤病员,肩上的担子之重可想而知。王一峰和刘子坚的信心,一方面来自掖县地方党组织和人民群众。天寒地冻,北风呼啸,乡亲们冒着生命危险,腾房子,烧热炕,送热水,烙大饼,帮助照料伤病员,体现出对八路军和共产党的无限热情;另一方面,来自脚下这片沃土的历史、文化和自然环境。

掖县是一个令人骄傲的地方。第一,这里历史悠久,文脉绵延6000年不绝。从古至今,这里的地名均和"掖""莱"相关,"莱"在甲骨文里是一棵麦子的象形,所以掖县是中国最早种植小麦的地方。夏朝这里称莱夷,寒浞分封儿子浇在这里建立过国,这是胶东半岛最早的封国。商周时期,这里是莱侯国和莱子国。战国时期,"东莱有日夜出",齐将田单以火牛阵大败燕军恢复齐国,封于夜邑,掖县由此得名。西汉时,设置掖县,"掖"与"夜"通假,以掖水得名。掖县是青州东莱郡的治所,东莱郡管辖胶东17县。北魏时期,因掖有光水得名光州,管辖着整个胶东半岛。隋朝,光州改为莱州，莱州之名从此开始，后废州复郡，以莱州为东莱郡，隶属青州，掖城为东莱郡治所，仍管辖胶东半岛。明朝是莱州的高光时刻，明洪武元年，莱州由州升为府，治所在掖县，管辖登州和宁海州，也就是仍然管辖整个胶东，成为山东"东三府"之一。这一年，新建了"铁打的莱州"新城；后来莱州地盘缩小，管辖平度州和胶州，统辖胶莱河流域，胶东半岛形成"西有莱州东有登州"的格局。清沿明制，并先后在莱州设立登莱道和登莱青胶道，涉及山东三分之一境域……所以掖县曾经是胶东半岛的政治、经济、文化中心，享有"齐鲁之甲胜，天下之名疆"的美誉。作为国之都、道之所、府所在、郡之首、县之治，掖县兼容并蓄，薪火相传，形成一种独具特色的地域文化和精神气质，进入其中，无形之中会被浸润、感染和洗礼。第二，掖县襟山带海，地理环境独特，地貌丰富多彩。当地人称"东南山，西北海"，全域地势呈阶梯形，从东南部的低山，逐渐向西北部的沿海倾斜，其中丘陵和沿海平原占据大部，展开一幅壮美的画卷。东南，从大泽山北部开始，马山、大基山、双山等南北排列，仓石山、大沟山、天齐山、崮山等呈东西方向崛起，犹如一个个伟岸的胶东汉子；西北，108公里黄金海岸海水清澈，好像柔情贤惠的胶东女子，三山岛、石虎嘴、刁龙嘴、海庙后、虎头崖、太平湾等自然港湾，恰似一颗颗明珠，洒落人间。近岸一处小岛，如娇艳的芙蓉花，盛开在澄澈的海面上……第三，掖县文化底蕴厚重，山静海动，文武之道，刚柔相济，陆阳海阴，是一个道教兴盛之地，儒学发达之处，文化具有"三教融合"、文武兼备、面向海洋的特征。从"文"的层面讲，掖县是千年府州治所，秦始皇和汉武帝曾经来此寻仙。郑道昭在云峰山上留下《郑文公碑》，是"北碑"代表，"隶楷之极"，是中国书法的瑰宝。李白和苏东坡都曾在此游览，并赋诗咏词。大基山道士谷是全真教发祥之地，也是丘处机"西游记"出发地。明清时期，掖县诞生了上百位进士，更是出现了"明朝莱州半朝官"现象，明代内阁大学士毛纪为孝宗、武宗、世宗三朝元老。

明清以来，掖县建起120多座大理石牌坊，仅城区就达73座，这些牌坊雕琢精美，古朴典雅，巍巍壮观，构成一座美轮美奂的艺术长廊……从"武"的角度看，掖县本身属于东夷民族，身背弓箭，高大魁梧，英勇善战。隋唐出征高丽，这里是军队的集结地和出发地，也是战船建造地。明代这里建起卫所，守卫边疆，抗击倭寇。明末进行的莱州保卫战，朱万年让这里有了"铁打的莱州"之誉……这样的文化形态，使得掖县名人辈出，灿若星河。掖县人刚柔相济，既有胆识，又有智慧，既具有儒家文化忠孝仁义的特征，尊师重教，又敢于和善于创新、争先、赢得胜利。第四，地处神奇北纬37°的掖县，物产丰富，生活富足。莱州博物馆馆长张玉光说，外出的老辈人，对于老家的印记是两个："土地里刨金子，海水里捞银子"。掖县盛产黄金、大理石、菱镁石，黄金储量位居中国县级市第一；大海里有梭子蟹、文蛤、大蛏子、野生对虾、桃花虾、海参、鲍鱼、多宝鱼，还是中国最重要的盐场之一；平原上有五彩的月季，有金黄的玉米，有地理标志产品大姜，盛产各种温带水果和蔬菜；心灵手巧的掖县人，还制造出玉雕、毛笔、草编等艺术和工艺品，以及麻渠大糖等美食……

郑耀南等一代代优秀共产党人的身上，是不是有掖县文化的影子？

他们对自己的故土和乡亲忠肝赤胆，热情似火，而对于来犯的敌人，则显示出刚勇和无畏的一面。

1942年冬天的掖县大地，突然像长出"毒瘤"一般，有了16处日本鬼子的据点和70多个大大小小的炮楼。躲在里面的鬼子和伪军，像一个个野兽，凶狠残暴，随时要扑向抗日军民。

西海军分区卫生所就是在敌人的眼皮子底下开展工作的。

要扎下根、藏得深，必须知己知彼，才能百战不殆。王一峰和刘子坚等很快掌握了掖县鬼子据点的分布情况，并和我方打入据点的"内线"取得联系，以便及时采取措施，应对各种突发情况。

日军侵占掖县城

依托据点，鬼子一方面实行"蚕食"和"囚笼"政策，一方面进行疯狂的"扫荡"和清乡。"蚕食"，就是像蚕吃桑叶，不断吞噬我抗日根据地；"囚笼"，就是想把整个掖县变成一个"大囚笼"，在笼内捉鸟一样捕杀我抗日军民。16个据点，主要分布在重要城镇、交通要道、重点矿山、港口码头附近。据点之间，以公路、电话相连，形成互相支撑的态势。鬼子会定期和不定期进行"扫荡"、清乡，企图把掖县变成他们的"王道乐土"，扑灭熊熊燃烧的抗日烈火。

掖县城里的鬼子据点，是日军在胶东西部的"大本营"和指挥中心。1940年春天，日军五旅团团长大岛侵入掖县城，指挥伪军在全县各地修建据点，修筑炮楼，推行"强化治安运动"。这年6月，日本少将秋山率数千日伪军九路合击掖招蓬黄地区，之后日军在朱桥、夏邱堡和小庙后分别建起据点。朱桥是掖北重镇，烟潍公路的"咽喉"，鬼子在这里抢占土地40多亩，修建了两个大院，其中有5个碉堡、一个炮楼、一个地堡……第二年，他们在平里店、驿道、海庙后、神堂、沙河、马驿、七十里铺等建起据点，形成一个包围圈。在掖城，自吹"打遍胶东无敌手"的大岛，驱使伪县长徐秉谦调集全县民工，负责修筑据点。据点南北长200多米，东西宽100多米，建有一道高大坚固的围墙，周围遍布岗哨；里面有大小炮楼15座；四周开挖出一条壕沟，深4米，宽3米，沟里还有铁丝网……据点的南侧和西侧各开了一个大门，安装着吊桥。大岛强迫居住在这里的60多户老百姓全部迁走，房屋财产家什一律不许动。全村群众都被赶到围子外面，哭喊不已。群众待的时间长了，他就指使爪牙放出狼狗咬，许多人被咬得死去活来，最后没有办法，只得投亲靠友奔走四方。群众的家园变成日寇的马棚、猪圈、鸡场……

除了掖城据点，鬼子的其他十几处据点模式基本一致，大都驻有一个日本小队，一两个伪军中队或者大队。都有周长数千米的围墙，既高又厚，四周设有十几米高的炮楼，居高临下，便于瞭望和射击。日本鬼子和伪军居住在围墙内，里面还建起监狱，关押抗日军民和普通百姓，设有医院，甚至还有妓院。围墙外一般有一到两道壕沟，这里设有敌人的警察所、区公所和学校，再向外就是鹿砦和铁丝网。

比如神堂据点，南侧靠近烟潍公路，北侧靠近进京的小官大道，占地九十多亩。据点建有4个圆形炮楼。南边靠近烟潍公路的炮楼是最大的一个，高15米；东北角、西北角和中间各建有一个较小的炮楼，高约12米。每个炮楼的上下四周留有几十处枪眼，炮楼顶端四周都建有像城墙一样的垛口。东、西、南三个炮楼之间有一环形大墙，连成一个三角形的大院。院内有平房四十多间，是日伪军和警察的办公室、宿舍、厨房和澡堂等。大院以外，有一条宽和深各5米的环形大壕沟。壕沟两侧各有一道密密的铁丝网和一行10米宽的梅花木桩带。桩高半米，上顶尖利。据点是封闭式的，南面设一横跨壕沟8米长的木制大吊桥，是出入据点的唯一通道。吊桥白天放下，晚上吊起，由伪军站岗，戒备森严。

为了修筑据点，鬼子抢占群众的房屋和财产，使很多人寒冬腊月无家可归，有的冻死在街头；威逼群众出工出料，每天上工，在刺刀、木棒和皮鞭下遭受凌辱打骂，稍不小心，会被送到东北做劳工，甚至会被杀害。

日本鬼子把据点变成了人间地狱和"阎王殿"，老百姓给他们起了一个个绰号，"杀人恶魔""黄鼠狼""坏骨"……大岛在掖城的据点建成后，便成了日寇杀人的魔窟，其杀人手段极其凶残，有刀刺、活埋、割耳、挖心、剖腹、火烧、剜眼、零刀削、狗咬、活靶子练枪法等，数不胜数。当时传说，"进了大岛部队就没了命，进了警备队就没了钱。"据点东北大门外有两个杀人坑，是日寇杀人的地方。每到夏秋季节，人体烂成肉酱，白骨成堆，臭味难闻，白天雀鹰乱啄，黑夜狗狐成群，群众不敢近前种地，美好良田变成荒芜阴森的"乱葬岗"。杀人坑两旁，竖着两根实施火刑的石柱，鬼子用铁丝把人绑在石柱上，在脚下点上火，叫作"烧阴物"，对妇女是烧乳房。他们还逼着被埋的人自己挖坑，指使伪军去埋活人。鬼子不管动什么刑，都是打上药针，使人不会说话，让其随意玩弄。最残忍的是把抓来的抗日军民或善良百姓，硬逼着穿上八路军的衣服，指挥狼狗乱咬，鬼子在旁手舞足蹈，直到把人咬死为止。有时把人咬得半死不活，再指挥狗把人拖到杀人场，给他们挖掉眼睛，扔到坑里。大岛差不多天天杀人，少则一人，多则十多人，先后杀害抗日军民数千人。

日伪军还借消灭八路军之名，到处抢夺、烧杀、奸淫。他们公开说，"我们三不拿，碾不拿，磨不拿，尿盆不拿；二不抢，不抢老鼠，不抢麻雀。"为确保交通线，他们强迫百姓平毁"抗日沟"，修路架桥。为防止八路军打伏击，禁止在公路两旁种植高粱等高秆作物。要各村在村口树立"指路牌"，在村头悬挂日本的旗子。日伪军走到哪里，强令村民列队欢迎。强行推行保甲制，实行联保连坐，要参加"新民会"，领取良民证，成立伪自卫团，晚上打更查路，每天给据点送情报，按时送粮送款……即使如此，鬼子如果怀疑你私通八路军,就要疯狂烧杀抢掠,奸淫妇女。很多村庄被烧毁,无辜群众被屠杀,机枪扫射,刺刀乱戳,狼狗撕咬;鬼子抢粮、抢草、抢钱、抢猪羊、抢鸡鸭鹅,抢金银铜器,抢"驴蒙眼",甚至会从妇女耳朵上扯下金耳环,老太太的裹脚布也要抢走。只要一提"鬼子来了",整个村庄像被"水洗过一样",人们竞相逃命,心里充满恐惧感、窒息感和焦虑感,这是一个怎样的人间地狱啊?

1942年12月22日上午9点左右,从东部"拉网扫荡"的数千名日伪军,突然杀到掖城东北方向的王门村以及周围几个村子。

难道是刚刚入驻一个多月的西海军分区卫生所暴露了?虽然提前得到内线的情报,王门村党支部书记孙凤祥还是不敢掉以轻心,他迅速召集一班人,立马把伤病员转移到村外的大沟和地洞里,并做好了各种应对工作。

在鬼子眼里,王门村是一块难啃的"硬骨头"。这个村地处丘陵,距离县城7.5公里,分前后两个自然村,划为一个行政单位。全村共有280多户,约1400人。西海军分区卫生所选择这里作为所部驻地,一是因为这里的党组织建立较早,还曾是双山区委所在地,苏民、马杰都在这里工作过。一个小村有28名共产党员。1942年5月,组织上派孙凤祥到王门村担任村支书。1936年,他经人介绍去了东北,在东北期间,耳闻目睹日军的残暴统治,在东北抗日联军启发下产生了革命思想,埋下了反抗的种子。1938年回到家乡掖县,在当时郑耀南党支部成员鲍仙洲的直接影响和激励下,他加入中国共产党,成为革命骨干。为了便于开展地下工作,他化名"田村",从此这个名字跟随了他一生。田村的大儿子孙志敏曾经担任山东大学党办主任、宣传部部长,他经常给女儿讲故事。孙志敏记得,家里厕所棚子顶上有个布包,装着一些文件、毛主席像,还有《论持久战》和《新民主主义论》两本书。为了躲避日伪军的搜捕,家里南屋的炕下面就是地洞口,通到西边厕所,可以掩护同志从掏粪坑里逃离。当时地下医院院长王一峰经常到家里和田村商量工作，有时候见到孙志敏，就摸着他的头语重心长地说："小子，快点长大吧，将来也去当八路军，打败日本鬼子。"田村的女儿孙志芳长期在山东建筑大学工作，在她印象里，父亲整天在外面忙着干革命，很少顾家。她回忆说：1942年5月，上级派父亲担任王门村党支部书记，在两年多的艰苦岁月里，王门村的党员骨干带领广大群众，几经艰险，死里逃生，冒着被砍头的危险，用生命和鲜血出色地完成了保护伤员、保护地下医院的任务。父亲曾经3次遇到危险，有一次，父亲听到外面土地庙前有吵吵嚷嚷的声音，鬼子好像是有备而来，就马上跳到过间的夹道里，跑到村外。父亲个子不高，很瘦削，但是非常灵活，鬼子抓不到他。另一次父亲被鬼子堵在家中，插翅难飞，四周一看，赶紧躲进奶奶提前打好的棺材里，才躲过一劫。还有一次鬼子"扫荡"，他躲进一个坟窝里，死里逃生……前方打仗，奶奶听说一个姓孙的牺牲了，哭了整整一天，后来得知牺牲的是一个孙姓邻居。这个小村竟然有15位烈士！二是因为村里的民运工作和军事工作做得好，有青年抗日救国会、妇救会、少先队、儿童团等各种组织，村里还有一个自卫团，仅民兵就有60多人，他们站岗放哨，操练射击，情绪高涨。老百姓抗日态度坚决，死活不给城里的鬼子交粮。孙志芳说，村里有一个烈士叫孙鸣禧，他是八路军的交通员，在给八路送情报的路上被捕，鬼子把他围在中间，放狼狗上去撕咬，并用刺刀捅他，活活被刺死。田村带着几个民兵，半夜把尸体悄悄运回来了。1946年4月3日，王门村全体村民专门给他立了一块碑，碑文称定："烈士啊，你不屈不挠的精神和坚定不拔的意志，表现了中华民族的高尚气节。你虽然牺牲了！你的精神是不死的！"三是因为村里改变斗争策略，不和敌人硬碰硬，而是公开斗争与隐蔽斗争相结合，非法斗争与合法斗争相结合，村长是一个"两面人"，表面上是为鬼子服务的，实际上是共产党员，或者是积极分子，用于应酬日伪军，传送情报，减少无谓的损失和牺牲。

烈士孙鸣禧墓碑

这次鬼子突袭王门村，由于西海军分区卫生所和伤病员及时转移到村外，鬼子也没得到具体情报，天黑时就收场了。小学教师身份的村支部委员林月娥，因为处理洞口疑物，没来得及隐蔽，和其他群众一起被捕，第二天才被放回到村里。田村最担心的，是藏在村外洞里的日军反战同盟的小林清和大野静夫。三天之前，为了躲避日伪军的"拉网扫荡"，胶东军区敌工部一位姓李的同志，带领日本反战同盟胶东支部的小林清和大野静夫到了王门村，并向田村交代：一定要采取措施好好隐蔽，确保他俩的安全！田村亲自把他们三人安排到一个很秘密的洞内。开始两天都是田村亲自送饭，通报情况，天黑出洞吃饭后再换到新洞。22日，大批敌人扑来，田村怕自己被捕，可能出意外，便临时向其本家孙名集交代了保护和送饭的任务。这天是农历十一月十六日，冬至节气，家家户户要包包子吃。由于大敌压境，很多人家没有心情包包子了。孙名集和老伴商量，豁出命去也要让洞内同志吃上包子。包子做好了却没法送。洞内三名同志，眼看中午已过，既不知敌情，又饿着肚子，只好忍耐着。傍晚敌人刚走，孙名集把热气腾腾的包子送到洞内说："同志们受惊了，敌人都走了，快吃包子吧！"三人高兴地饱餐了一顿。后来归队时，小林清双手紧握田村、孙名集的手说："中国的人民太好了！同志们太好了！谢谢！谢谢！"还留给孙名集一支钢笔作为纪念。孙志芳曾经到处走访寻找过这支钢笔，可惜后来下落不明……

有惊无险！鬼子的这次"扫荡"让田村惊出一身冷汗。这一个多月，伤病员都居住在群众家中，鬼子一出动，就转移到村外的沟沟坎坎和挖好的几个大洞里，还有百姓为躲避鬼子修的假坟里。现在到了冬季，大雪过后，地上会留下一行行脚印，鬼子牵着狼狗，循迹尾随而来，太危险了！

怎么办才好呢？田村苦苦琢磨着。

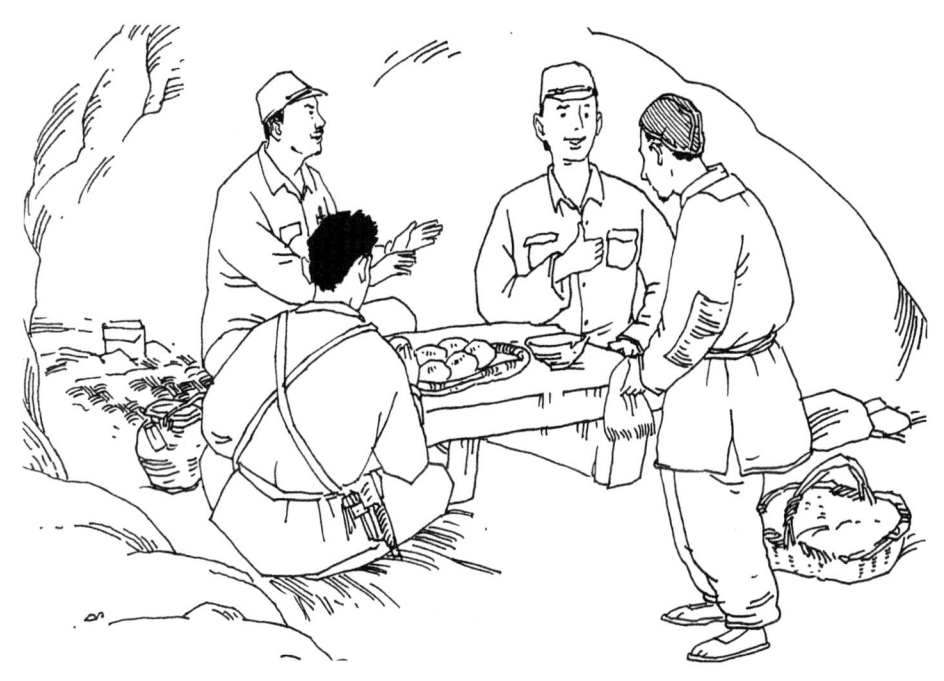

地洞里掩护八路军日本反战同盟胶东支部同志

就在他思路渐渐清晰的时候,一批批八路军伤病员被担架队送到王门村。

一个月前,在崖刘家村发生了一起战斗。刚从掖南县委组织部部长提拔为平西县工委书记的宋光,以大泽山为依托,逐村逐户发动群众,打击敌人。1942年11月,西海独立营一营、掖平游击大队、平西县大队袭扰高望山据点,准备拔除这个楔在大泽山根据地西侧的"钉子"。守敌得此消息,赶紧向掖、平两城的日军求救。12日上午,掖县和平度两个县城的日伪军倾巢出动,趁机对驻二甲、五甲、八甲、崖刘家村的西海独立团一营、平西县工委、行署和县大队进行南北合击。敌人于夜间占领山头,居高临下,向我军猛烈开火。我军马上转移。下午二时,我军转移到上下洄北口子时完全被敌人包围。一营张营长命令部队集中火力向马戈庄方向突围。可是我军被敌人压缩在山坡上和山涧里，火力无法展开。在十分不利的形势下，有的干部战士突围出去了，也有很多干部战士壮烈牺牲。三连长刘家驹脱了棉军装，光着膀子，端起捷克式轻机枪勇猛冲杀，最后壮烈牺牲。宋光掩护一批批干部战士突围出去，可是他自己却无法脱险了。宋光对身边的老战友、平西县行署主任迟自修说："你我都是共产党的干部，我们宁死也不能做敌人的俘虏。"二人都剩下一颗子弹，不能再向敌人射击了。敌人张牙舞爪地扑上来，吆喝着抓活的。宋光和迟自修对视了一下，同时举起手中的匣子枪，宋光把枪口对在自己的太阳穴上，迟自修把枪口对在自己的肚子上，二人同时扣动了扳机……

年仅26岁的宋光牺牲了，1946年2月，中共掖南县委、县政府将宋光的家乡干河子村命名为"宋光村"，这是掖县4个以烈士姓名命名的村庄之一。迟自修被子弹打穿肺部受了重伤，鲜血淋漓，他脸朝下趴在地上，昏迷过去。鬼子踢了他一脚，以为他死了。迟自修屏住呼吸一动不动，才九死一生。迟自修和伤病员由民兵配合部队转送到王门村卫生所。一营三连一位排长受伤后在王门村休养，他对医护人员说起当时的情景：崖刘家村在一个山沟里，三面环山，只有向西一个出口。我们仓促应战，反复冲杀也不能突围……

身受重伤的迟自修，在王门村隐蔽治疗一年，房东叫林浩奎。养伤期间，他衔着一个烟袋，走村串户，坐在群众炕头上了解情况，带病帮助卫生所开展工作，区委书记万成常来迟自修处商量事情。迟自修给刘子坚提出一个建议：要抓紧发展一批党员！他还为军医和司药们出谋划策，指导大家如何应对敌特分子和"大扫荡"。

就在鬼子突袭王门村的前一天，掖南独立营也遭遇了鬼子的袭击。

当时，敌人张"网"自东而西向掖县扑来。掖南独立营营长刘文卿、政委马杰分析敌情后，决定到敌占区掖县城东郊"灯下黑"的地方暂时隐蔽。12月21日，营部率一个多连，在拂晓时分悄悄开到王门村以南的郑家埠，并在村南一条大沟里隐蔽。接着，派两个侦察员去观察敌人动向，要求4个小时内回来报告情况。3个多小时过去了，仍不见侦察员的人影。这时，远处响起枪声。马杰命令部队向东撤退，一个排掩护，一个连撤退。刚走出深沟，他们就和日伪军遭遇了。大家分散突围，马杰右手负伤，带领几名通信员准备过河。一个通信员留在河岸阻击敌人，过河到了对岸，马杰回头一看，年轻的通信员已经牺牲了。他和另一个通信员立即跑进王门村。正在村里寻找躲藏之处，恰巧村民孙京才听到吵嚷声打开街门，马杰便和通信员一起跑了进去，因为马杰姥姥家是王门村的，孙京才认识马杰，就从屋内拿出衣服给他们换上。怕敌人追来，他们又机警地从夹道翻上了墙头，转移到张风集家，藏到张风集家过间的顶棚上，几个小时以后才脱离危险……

这个夜晚，马杰和营长刘文卿等30多位伤员由西海军分区卫生所收容，隐藏于王门村、郑家埠村外的地瓜窖、地洞里。营部卫生员杨从善脚部负伤，流血不止。他挣扎着爬到野外一个地洞里，醒来发现地洞内还躺着七八个负伤的战友。

大批日伪军来到王门村。由于准备充分、应对得当，所有医务人员和伤病员安然无恙。

马杰和刘文卿在王门村治疗一个月就恢复了身体，重上战场了。这期间，马杰也在处理各种情况。他派人去了解掖南独立营侦察班长姜岐和侦察员郭风祥牺牲的情况。就在掖南独立营遇袭的时候，鬼子包围了马杰的老家洪沟头村。被派出去侦察情况的姜岐和郭风祥，闯进村民李崇臣家中，迅速卸下武器，换上旧棉袄，决定马上回部队汇报敌情。一出大门，两个人就被日军抓住，还搜出一把手枪专用螺丝刀。敌人冲进李崇臣家，翻箱倒柜，什么也没找到，就把姜岐拉到街上，进行毒打。姜岐奋起反抗，拳打脚踢，把

伤员马杰

一个日本兵踢进粪堆里。鬼子蜂拥而上，把姜岐的裤腰带扯掉，迫使他停止反抗……在路上，姜岐惨遭杀害。洪沟头村村长姜洪芳、村党支部书记李坤等人，被押送到东北当劳工。村民兵队长李显堂，被鬼子绑在电线杆上，扒开衣服，在胸部戳了十多刀，被残忍地活活戳死！全村人都哭成一团，牙齿咬得咯吱响，他们一定要为李显堂报仇！

在王门村，李崇臣向马杰汇报了这些情况，并把两个侦察员的物品交给马杰。马杰极其难过，半响说不出话来。李崇臣强烈要求到独立营当战士，为牺牲的同志复仇。马杰说，你岁数太小，可以先在卫生所干些适当的工作。就这样，李崇臣成为西海军分区卫生所的一名医护人员。越来越多的当地群众，加入卫生所的行列。

这次"扫荡"中，卫生所明显感觉伤病员大量增加，卫生所自身也遭受不小损失，尹书记被敌人杀害了，军医王恒和与事务长王玉舟被捕，一位伤员被敌人抓到了掖县城。卫生所领导认识到：必须马上采取措施，以适应新的形势。

这次鬼子的"扫荡"应付过去了，在王门村，鬼子抓走了几个人，抢走了一些财物。可是鬼子的"扫荡"行动会越来越频繁，采取什么方法，才能确保卫生所工作人员和伤病员的安全呢？

卫生所和村里两个支部连夜召开扩大会议，汇总情况，研究办法。村公所里，一张方形木桌旁，坐满了人。王一峰也专门从军分区赶来参加会议。昏暗的小油灯，映照着大家神情凝重的脸。

田村说："这次险情中伤病员和村民都平安无事，主要是事先有准备，设置了烽烟和木杆信号，有民兵值夜，提前挖了地瓜窖和假坟，有民兵担架队，事先编排好了房东和伤病员的关系。这一点看来非常重要，有三名伤员在村民家没来得及转移，但是隐蔽得好，很像家庭中的一员，得到了村民的掩护，其他伤员都转移到了村东芦苇沟的假坟里和地瓜窖里……"

人民群众就是无形的"青纱帐"。王一峰在卫生所刚到掖县时，就提出严格的要求：为了万无一失，每位同志必须入乡随俗，改变装束，大家一律脱去同为蓝色、同一式样的八路军服装。男的穿上大褂，女的穿上花衣、花鞋，长发盘髻，短发留长扎成辫子。每位同志必须熟悉房东家三代情况，并明确自己作为其家人相互的称谓关系。如遇敌人盘问，要对答无误，神态自若。同时还规定，同志间的称呼改为"老师"或"先生"等。无特殊任务不出门、不串门。

王一峰说："咱们必须及时总结新地区反'扫荡'的经验教训！过去，我们依托大泽山的高山和丛林，和鬼子进行游击战争，得心应手。现在到了平原和丘陵，百姓就是我们的'高山'和'丛林'，要尽快融入他们，和他们打成一片。如果不会依靠群众掩护，来了敌人就向村外跑，就要吃大亏。这里还有一个问题，虽然从外表上看不出是外乡人，但是一张嘴说话，不是掖县口音，就会露馅。还是要想更多的办法，更好地隐藏自己，打击敌人。"

王一峰和刘子坚说的是地道的掖县话。它独一无二，是掖县人的一种标志。掖县方言保留了很多古汉语的遗存，乡土气息浓郁，四音节的俗语鲜活灵动，妙趣横生，有一种独特的韵律之美。刘子坚的掖县话铿锵有力，他说："这次多亏鬼子没有到村外搜查，否则就要吃大亏了。现在我们和鬼子进行的是拉锯战，根据地被"蚕食"，武装斗争也处于相对被动的状态，持续受到日伪军一波波的压力，寻找新的游击和躲避空间至关重要。在咱所里养伤的迟自修主任，还有区委万书记，都和我们讨论过，是否可以借鉴老百姓的办法，挖一些地道……"

这个话题得到大家的热烈响应，有人说，大泽山根据地就挖过一些山洞，出生在山洞的孩子，还有以"洞"命名的；有人说，掖县老百姓冬天习惯挖地窖，储藏地瓜、白菜，鬼子来了，个别人家开始挖地洞，修假坟；也有人说，天气越来越冷了，必须调动一切力量抓紧时间尽早把地道挖好，让伤员尽快转移到地道中去……

会上有人说了这么一件事。这几天，五百多日伪军包围了路旺镇小王家村，区公所和区中队人员全部被围住。好在他们前不久刚挖好了一个地道，四五十个人钻进去隐蔽好，鬼子和伪军在村里搜了一天，一无所获，感到非常奇怪："难道这些土八路是神兵？跑到哪里去了？"大家爬出地道，高兴地说："地道是个宝！我们像孙悟空七十二变的土遁一样，一下子钻到敌人脚底下去了……"

村儿童团长提供了一个信息：村里有一个叫林松茂的老人，在抚顺煤窑做过苦工挖过煤，回到老家后，因为心灵手巧有技术，家里有指北针等设备，又熟悉地形、土质结构，左右邻舍不管谁家打井挖地窖都叫他去指导。他说掖县的土是横丝土，不容易塌方，适合挖地道。

接着，大家七嘴八舌讨论着挖地道的具体办法："地道口可挖在水井的井壁上、村民的闲屋里，也可挖在牲口棚里、炕下、锅灶下。""为了减少给村民造成的风险，尽量挖在不住人的地方。""现在王门的伤员大都是重伤员，下水井必须坐在筐里不太方便上下。洞口还是开在地面上比较合适……"

最后田村说："挖地道既需要担风险还要出工出力，会有许多困难，明天早饭后村支部开个党员和积极分子动员会，安排挖地道的具体工作，我们还要向区委汇报。"

王一峰就在新的环境里，如何依靠群众，分散隐蔽，深挖地洞，开展对敌斗争，以及坚持医疗工作和加强思想政治工作等问题，确定了坚持斗争的方针和方法，并采取了一系列措施，重新作了部署。

这次会议还宣布，军分区对卫生所的领导干部进行充实调整，决定由王一峰兼任所长，曲笑臣任副所长，刘子坚任政治指导员兼党支部书记。此后不久，李志超和滕吟诗先后任副指导员，于景波任锄奸干事，王裕生任行政管理员。

这个宁静的夜晚，大部分人家早就入睡了，只有村公所的灯光一直亮着……天上的星星还在闪烁，这星光即将洒满掖县大地。

西海军分区卫生所的所部设在王门村，包括附近高郭庄、郑家埠、邱家、刘家等村，这里成为核心医疗区。为了适应分散的环境，又设立了西北障、朱旺、南掖、南招四个医疗区。每个医疗区均为连级单位，配备政工干部、行政干部、医疗干部和后勤人员。西北障医疗区离平里店据点仅两三公里，鬼子骑兵在地面跑，洞下可以隐隐听到马蹄声，顺风时还可以听到据点的吹号声。由于群众掩护得好，地洞地道挖得大，从未遭受损失，大家称它是"绝密区"。朱旺村是渤海湾边一个美丽的村庄，有六百多户人家，离据点较远，环境较稳定。西边，波浪滔天的莱州湾水天相连，海鸥翻飞，芙蓉岛旁船帆往来，风景十分优美。南招医疗区驻招远县毕郭村一带，离所部五十公里，主要收容治疗平招莱掖边区部队的伤病员。南掖医疗区负责伤病员的出入院工作，对部分轻伤病员进行治疗。在大泽山所里头村设临时休养区，一些轻伤员在此休养。在大泽山北消水庄设公开联络站与前方部队联系。在郝家村设秘密转运站，有数名工作人员，并挖了几个不大的地洞。从前方送来的伤病员都经此接收入院。战士来到后，脱下军装换上便衣，进行地下医院的院规、保密和气节教育，然后把重伤员转送到王门。病愈归队也经此出院……

一个多月后，王门村第一个地道竣工了！

医院转移到地下，五大医疗区分布在40多个村庄，逐渐形成一个庞大的战地伤救治体系，大家称之为"西海地下医院"。

开启"村村有地洞"模式

关于挖地道的问题,刘子坚等马上向掖县和掖南县委做了汇报,得到大力支持,两个县委对卫生所所在的40多个村庄提出要求:"村村有地洞,洞洞能住人。"

外部情况并不乐观。

1942年是胶东连续三年大旱的第二年,土地龟裂出一道道口子,粮食几乎绝产,敌占区饿殍遍地,牲畜死亡,民不聊生。根据地面积缩小,人民群众的生活极为困难。日寇疯狂推行"三光"政策,国民党反动派不断对根据地实施侵扰、抢劫。仅1941年到1942年,日伪军就在掖县和掖南县发动大小"扫荡"数百次,先后制造了几十起大惨案,到处流着鲜血,血腥的味道刺激着每个人的神经。而且鬼子据点就在眼前,汉奸特务像狼狗一样四处刺探消息,一旦发现情况,就会疯狂扑来……

日本鬼子最害怕、最痛恨的就是八路军,凡是八路军打埋伏的地方、居住过的村庄和人家,以及所有抗日言行,都是他们疯狂杀戮的对象。在两年之中发生的惨案里,鬼子有很多行为特点:

一是对八路军有军事行动的地方进行报复,进村屠村,见人杀人,甚至对前去"欢迎"的人也照杀不误。在朱盘沟村,自卫队指导员张令信带着3个队员，杀死1个掉队的日本军官，鬼子把东西朱盘沟包围起来，群众疏散了，他们就点火烧房，把整个村庄变成一片火海，烧毁1100多间房屋，打死几个没来得及跑的老弱病残。第三天再反扑回来，连开两枪，打死张令信的母亲。在车栾庄，八路军5旅15团设伏，击毙日军小队长高野等5人，伤1人。日军把车栾庄在家的35人全部杀死，把全村的476间房子烧光后，又兵分两路扑向东狼虎埠村，烧杀抢掠，用刺刀捅死很多人。村里的石头都被烧得爆裂，发出子弹一样的声音。八路军5旅13团一部，在小郎家村打埋伏，击毙朱桥据点军曹长泽田等11名日军，活捉10名鬼子，缴获枪支、自行车若干，狠狠地打击了日军的嚣张气焰。日本鬼子立即报复，奔袭小郎家、孟家、耿家三个村庄，杀害百姓35人，烧毁小郎家、孟家民房800余间。那天东南风刮得很猛，风助火威，霎时间烈焰腾空，村民眼睁睁看着自己的房屋被烧，家产被毁，痛心地呼天号地，谁也不敢去救火。

二是报复手段残忍，后果惨重。在焚毁村庄的同时，鬼子会把留在村里的人，集中在关帝庙、祠堂或者大房子内，纵火焚烧，如果有人向外跑，就用机枪扫射，不留一个活口。在车栾庄，200余名日伪军把留在村里的百姓驱赶进关帝庙，关上大门，不断投入火把，一时间，屋里浓烟滚滚，烈焰熊熊，人们挣扎着，被呛死，被烧死。在东狼虎埠村，伪村长见鬼子来袭，马上叫了一部分群众到东南路口去迎接。日军一见群众就打，并将四五十人赶进一幢房子里，扣上门，点上火，企图将他们烧死。当日军去烧其他房屋时，屋内的群众打开后窗全部逃出并藏了起来。在掖南县尚家山，西海区举办民运干部培训班，敌人包围了村子，把培训班学员堵在屋子里，发现大部分是女学员，就扣上房门，向屋里排放毒气，然后进屋绑人，女学员被强奸后，再扔进屋里的火堆……惨案过后，墙壁上留下学员们一道道深深的血指印。在孙家村中心关帝庙前，日本小队长外古带人架上一挺机枪，机枪周围站立着荷枪实弹的日伪军，杀气腾腾。机枪子弹就雨点似的射向人群，群众一个个倒下，尸骸遍地，血肉模糊。

死者中，有80多岁的老大娘，还有在母亲怀抱中的婴儿。

三是鬼子心理扭曲、变态，变着花样打人杀人抓人。用枪托砸，刀背砍，大镢铁锨抡，大皮靴踢，这些算是最轻的手段；用刺刀捅身体各个部位，用枪射击，放狼狗咬，灌辣椒水，灌凉水，压杠子，扔进井里灌水放火砸石头和碌碡，抛进火堆、粪堆，无所不用其极；更可恶的是，鬼子们还轮奸生病的妇女，给两个普通百姓开膛破肚，用他们的心肝给被杀掉的日军军官"祭灵"。

群众就这样一个个倒在血泊中，有的身上全是窟窿，有的肠子流出来，有的头破血流，有的眼瞎牙落……然而，他们的骨头是硬的，血是热的，面对敌人的拷打酷刑和追问，铁骨铮铮，无论是青壮年、自卫队员，还是老人妇女儿童，一句坚定的"不知道"，就是他们给鬼子的最好回答。

在惨案中，留下了一个个普通群众的高大形象。

在小郎家村惨案中，抗属孙成聚的母亲，为了抗日救国，把儿子送上前线，自己也献出了宝贵的生命。她在出村时被抓住，鬼子逼问她："八路哪去了？"她说："不知道"，日军捅她一刺刀，又问，她还是说："不知道。"于是，又捅她一刀问一句，鲜血直流，剧痛难忍，她一连说了几个"不知道"。这位英雄的母亲，身上留下了十多个刀口，有两刀穿透了胸腔。

在谷口和唐家惨案中，村民戚永功、徐洪南等被鬼子抓住。一个鬼子狠狠打了戚永功两个耳光，问："县大队、各救会都到哪里去了？"戚永功回答："早走了，我不知道哪里去了。"另一个鬼子扒下徐洪南的衣服，用木棍没命地打，逼迫他说出县大队和各救会的去向。徐洪南满身是血，怒视鬼子，始终说不知道，最后被鬼子刺死。在唐家村西的采石场，鬼子站在四周，杀气腾腾。鬼子小头目叫道："你们这里是八路窝，你们说，谁是八路？"说了几次都没人吭声，敌人就把唐吉礼从人群中拉了出来，问："你村有没有八路？"唐吉礼斩钉截铁地说："没有！"翻译上来说："要有呢？"唐吉礼回答："要有拿我顶着！"翻译凶狠地抽出刀来，朝唐吉礼的脸上狠狠地捅了一刀，接着一个鬼子又一刺刀将唐吉礼捅死。杀了唐吉礼，日寇又把唐吉耀和唐有亮从人群里拉了出来，问："这里有没有八路？谁是八路？"面对阴森的刺刀、飞溅的黑血，他俩回答得仍是那么硬气："不知道！"鬼子又凶狠地把他们刺死。

在北觉孙家惨案中，日军在对全村大肆烧杀之后，又把十几个老人抓进据点，威胁大家：发现八路要立即报告，知情不报或有意谎报者以杀头论处。会后，伪翻译把为我党工作的孙姓家人带进日军大院。他指着从孙家村搜出

宁死也不透露八路军消息的群众

来的抗日群众组织花名册、抗日标语和棉衣等，气哼哼地说："这是你孙家给八路办的，你村是八路窝，这就是证明。"说完，便把孙家的人推进小黑屋里。大约下午1点钟，日军提审孙麟祥、孙令绪，妄图从他们嘴里挖出抗日秘密。孙麟祥、孙令绪临危不惧、坚贞不屈，在日军的严刑毒打下，没吐露半句我军的消息，表现了高度的民族气节。日军恼羞成怒，用刺刀捅，放狼狗咬，没有多久就把他们折磨死了……

西海地下医院，脚下就是这么一片英雄的土地，依靠的就是这样可敬、可爱、可靠的群众。

去各村动员群众挖地道的时候，刘子坚等卫生所领导还有一些担心，这项工作需要群众出工出力，而且要冒着被杀被抓的极大风险，老乡们会有什么态度呢？

刘子坚、曲笑臣、梅峰、李志超、王裕生等卫生所领导，分头参加了几个村的动员会，准备和村干部一起做群众的思想工作。事实完全出乎意料，有的党员一听说是为伤员挖地洞，不等村支书讲完，就急忙表示："书记同志不要多说了，部队的同志为了打鬼子流血牺牲，我们出点力流点汗没有什么可说的！"有的积极分子激动地表示："谁要在挖地洞中偷奸耍滑不卖力气，谁就是孬种！请支部考验我们吧！"这动人的场面，这慷慨激昂的誓言，使刘子坚的担心顿时烟消云散。有这么伟大的人民做靠山，什么艰难困苦不能战胜啊！

一场挖地道的"攻坚战"在掖县悄悄开始了。

这是一个前所未有的创举。据点里的日伪军虎视眈眈，盯着各村的一举一动，汉奸特务为了邀功请赏，更是窥探着所有异样的人和事。挖地道既是重体力活儿，也需要技术和技巧，不能大张旗鼓地在大白天进行，必须在夜晚绝密地进行。

关键时刻，要干掉脑袋的事儿，党员、村干部、民兵骨干等必须冲锋在前。

在王门村，村党支部和地下医院党组织共同研究，采取了两条措施：一是把医院真正建在地下。处在敌人眼皮子底下，敌伪"扫荡""清剿"不定时刻，说到就到，针对这一实际情况，他们决定在地下挖洞建医院。开始是在村外选择易于隐蔽的地形挖，后来逐步发展到村内挖。村外的地下水位低，地洞可以挖得深一点；通道可以延伸到村外，遇到特殊情况，利于快速撤离；运送伤病员便利，减少泄密的几率……二是严格保密。伤病员人数不断增加，敌人的"扫荡"更加频繁，村里知道情况的人多起来了。要保护好医院，对群众广泛进行保密教育是十分重要的。为了做到绝对保密，医院党组织和王门村党支部研究，集中抓了三件事：第一，村党支部对全村群众、学校对学生反复进行保护子弟兵、保护伤病员、保护地下医院的爱国主义教育。使大家明白，严守秘密，保护医院和伤病员就是以实际行动打击敌人。人人做到不仅对敌人保密，对外村的亲友也点滴不能泄露。第二，对伪属进行管制教育。全村只有李志典一人当过伪军，村支部责令李志典的父母到县城告诫儿子，要做好事，不做坏事，知道敌人"扫荡"等情况，要及时送出情报，不准向日伪军透露村内任何情况；更不准带领日伪军到家乡"扫荡"。如有立功表现，不仅记录在案，并保证不歧视其家属。反之，唯其全家是问。第三，对村里的上层人物，进行排队，晓以大义。由村干部分工对他们进行爱国保密教育，并约法三章，让他们保证不从自己嘴里泄密。另外，村与村、洞与洞之间，不准发生横向联系，每个地洞交给不同的人去挖。地洞的位置，只有房东和医疗区领导知道。

今天，王门村李彩婷家荒芜的院子里，仍然保留着一口枯井，井边长满荒草。仔细看去，这口井里有一个洞口，并向东、南、北三个方向延伸，连着多个地下病房。偶有来访者，李彩婷会一遍又一遍地讲起地下医院的故事。她的腿脚不太便利，行走需要人搀扶，或者拄着拐杖，但是她的记忆力不错，仍清晰地记着当年的故事。

李彩婷的父亲叫李绍顺。那时候，李绍顺家设有一个最大的地下病房。地道长达500米，有6个出入口和10个病房，可容纳60人。他家的西厢房成为医院的手术室，东厢房是厨房，住着几个护士，兼做消毒室，煮饭的大铁锅里，常常蒸煮着医疗器械和纱布。这个地道体系纵横跨越4个院落，从南到北约80米，从东到西约20米，深度在4至6米，主洞口设在路北李绍更家院子东南角草房的一个磨盘下。

天黑下来，一切都悄无声息。挖地道的人四人一组，来到李绍更家菜园子东南角的草房子里，大伙儿移开磨盘，画出直径一米的圆圈，先由一个人开始挖。往下边挖边在洞壁上开凿出一个个脚窝，用于上下踩踏，等挖下去一人高时，洞口上面安上木牛架子，用辘轳上的绳子系上一个土筐，挖出的土装满筐后马上运走。洞越挖越深，大约两米深时，林松茂在地面上用指南针测好方位，然后把指南针交给洞下的人，开始往北挖。洞下两个人为一组，一人挖，一人往筐里装土。土装满了，用绳子一头系在筐上，另一头挂在肩上，弯着腰往洞口拖拽。到了洞口，系好上面放下的绳子，说一声"上"，上边的人就用辘轳把土筐吊上去。

据刘子坚回忆，弯弯曲曲的坑道，空间逼仄，氧气稀薄。点起一盏马灯或油灯照明，灯光如豆，什么都模模糊糊的。洞内狭小，人在里面直不起腰，甩不开膀子，只能一点一点地往下抠，要是碰上石头或硬土层，半天啃不下一筐土。长久地弓着腰，还要挥动铁锹大镢，全身累得发酸发麻，手磨破了，裤子磨烂了，大家仍坚持拼搏着。王门村儿童团长李振玉的父亲常常通宵参与挖洞，直到天亮才回来，和衣而卧睡上一觉。父亲常提醒他们："不要到地洞口去玩耍，不能把地洞告诉别人，包括亲戚。"柞村、后高家村的党员、民兵，在村长高天昌、高洪图的带领下，每晚挖洞至深夜，一批累了再换一批，饿了啃几口冷饼子，渴了喝一碗冷水。老村长高天昌五十开外，每晚坚持挖洞。大家劝他休息，他一瞪眼，一捋胡子，郑重地说："怎么，你们看不起我老头子？黄忠八十还上马出征呢！我才五十出头，为什么不能为革命出点儿力？"在他的带动下，青年们你追我赶，很快挖了一条约400米长的地道，两侧还挖了很多小洞，能住五六十名伤病员。

  日伪军加紧对大泽山根据地"扫荡"，前方送来的伤病员越来越多。天气也进入深冬，大部分伤病员搬进地道，但也有部分伤病员和工作人员没有住进地道，卫生所领导十分焦急。他们想方设法，在绝密的情况下，动员多方力量参与，加快挖掘速度。一是让卫生所全体工作人员白天照顾伤员，晚上分批参加挖洞。大家的口号是："我们多流汗，伤员保安全。"范淑香、韩淑美、孙秀兰、李长英、刘桂英和王世典等护士班的姑娘们，白天要完成正常护理工作，研制药品，晚上带着疲惫钻进地道，抡起镐头呼呼生风，抬起土筐一溜小跑，挖洞的进度常在前头。共产党员孙宝臣、宋元正，哪里危险就出现在哪里。一次，他们两人奋力挖一个通往洞口的通道，灯光昏暗，什么也看不清，一个大土块塌下来，砸到他们身上。同志们把他们从土中扒出来，两人的腰部被砸伤，钻心的疼痛使他们脸上挂满黄豆大的汗珠。他俩看到同志们停下手中的活前来照顾，便对大家说："我们不要紧，快挖地洞吧。"二是从附近的平度县聘请一部分群众，晚上赶来挖洞，天亮时送走。三是各村党支部书记和党员挨家挨户动员，全面发动群众。为配合各村党支部做好群众的思想工作，卫生所的每个党员、"朱德青年队"队员分头到老乡家里，详细介绍伤病员的动人事迹，介绍烈士的英雄壮举。老人被感动得热泪盈眶："孩子，别说了，同志们为了咱连命都不要了，现在叫咱挖个洞还有什么说的，我叫孩子们都下手挖。"有些小伙子听了宣传动员后，当即表示回家动员父母兄弟挖地洞。群众发动起来了，全家同挖，父子同干，夫妻争先的情景到处可见。

挖土不易，运土更难。挖出的鲜土如果堆在村子里，很容易被日伪军发现，必须在天亮前处理掉。在王门村，挖洞的大量泥土，大部分夜间运到村外大沟或凹地，改造田地用了。另一部分泥土就地留给群众使用。当时正值寒冬，天寒地冻，运土员顶风冒雪一遍遍往返，一筐筐撒土。土一时上不来，只好站在空旷的野地里等着。寒冷和困倦袭击着劳累了一天的人们，为了驱赶寒冷，他们原地跳着，转圈儿跑着，土上来了再继续干，坚决不留下一筐鲜土。西障郑家村党支部研究决定，把新挖出的土分散到党员和积极分子家里，堆到墙角隐蔽处，再撒上一层草木灰伪装。后来挖出土的越来越多，大家集思广益，献计献策，想出"打墼盖房"的办法，将晚上挖出的土直接做成土墼，利用这些土墼盖成7间房子，作为村抗战小学的校舍，真是一举两得。

掖县乡亲确实靠得住、用得上、可信赖啊！在群众的支援下，卫生所各医疗区挖地道的速度都很快。但也有不顺利的时候，这考验着卫生所领导思想政治工作的水平。

西北障医疗区的主要地道就要完工了，在挖最后一个出口时，一家房东不同意。刘子坚听村党支部书记讲：这家男人是个跑江湖的买卖人，常年不在家，日子过得比较宽裕。家中有一个老母，媳妇带着两个孩子。刘子坚决定前去拜访。到了这家，一进屋，看到一个妇女，大概三十多岁，蹲在那里拾掇东西。她看到刘子坚，不由得愣了一下，随之又低下头，旁若无人地忙活起来。她表情冷漠，薄薄的嘴唇紧紧地闭着，一直没说话。为了打破僵局，刘子坚单刀直入地问："大嫂，在你家挖洞的事你考虑得怎么样了？"

"嗯。"她头也不抬，含糊地应了一声。

"你有什么困难吗？"刘子坚又问。

大嫂抬头斜视了刘子坚一眼，把已经收拾整齐的东西又翻腾开来，没有答话。"挖地道保护伤员,这是为了打鬼子呀!"刘子坚看她不说话,加重了语气。

大嫂听说是为了打鬼子,双手把面前的东西一推站了起来,怒气冲冲地说:"打鬼子还能不支持吗?可是……"把要说的话又咽了下去。

沉默了一会儿,她委屈地说:"俺一个妇道人家,拖小带老的,怎么挖地洞?"

刘子坚说:"这你用不着操心,我们可以派人挖。"

她听刘子坚说派人来挖,赶紧说:"如果敌人发现地洞,要烧房子杀人怎么办?"

刘子坚琢磨着,这才是她的真实想法啊。不管怎么向她解释,大嫂总是不同意。刘子坚看一时谈不通,便说:"你再想想,我明天再来。"

第二天刚吃过早饭,刘子坚又来到大嫂的家里,老太太和大嫂正在拉呱。刘子坚上前打过招呼说:"我还是为了昨天的事来的。"大嫂和老太太对视了一眼。看来,老太太也已经知道了。刘子坚先向她们讲了八路军打鬼子的事迹,讲了解放区人民为掩护子弟兵献身的精神,还讲了村里的妇女和房东大娘、嫂子为挖洞人员送水送饭的故事。老太太流着眼泪说:"刘同志,俺再合计合计吧。"

刘子坚一到她们家,大嫂就说:"刘同志,怨俺一时糊涂,怕这怕那,叫你多操心了。夜里俺和俺婆婆合计了,行是行,就怕日后出事,伤病员同志受损失,俺担当不起。"刘子坚听她们同意了,心里很高兴,为打消她们的顾虑,就说:"只要注意保密,敌人来了不慌张,一般不会出问题。况且我们都住在这里,有情况会通知你的,请尽管放心好了。"大嫂听了刘子坚的话,放心地点了点头。洞口很快挖好了。后来支书告诉刘子坚,自从使用这个洞口后,婆媳俩掩护着一批批伤病员,巧妙应付着敌人的搜查,成为西障郑家村地道的一个安全出入口……

村外和村边的地道完成了，村子里的地道也要挖。群众的智慧得以充分体现，从村外的山洞、坟堆、庙宇，村里的水井、磨盘、废弃房屋，到院子里的草垛、猪圈、鸡窝、牲口棚，屋子里的锅灶、土炕、柜子、箱子下，都成为一个个隐蔽的洞口。这些地道各有代号，"小西屋""小磨坊""南院""鸡窝"等，都有出入口、通气口，甚至有瞭望口，可以保证伤病员的基本生存条件。

在掖县的民居中，一进屋就是做饭的锅灶，在这里挖洞口，要用木头钉个四方框，上面用薄石板盖上，撒上锅底灰，在上面支一口锅，就可以烧火做饭。遇到紧急情况，搬开锅，掀开石板，就可以下洞了。

军民合力挖地道

随着挖掘的不断进行，军民不断对地道进行改进和完善。王门村在修建最大的地道时，创造性地挖成一个斜坡地道，方便用车子运送重伤员。天寒地冻，地面洞口容易冒出白色热气，可能暴露目标，各村陆续把洞口都设在水井里。冬天，水井自然冒着腾腾白气。这样就可以利用井口的辘轳，轻松地运送伤病员，把饭菜送下去，把难以处理的大小便运上来。据朱旺医疗区分党支部书记纪毅回忆，在朱旺医疗区的朱家村，一家群众的菜园里挖了一个能容纳10多人的大洞。这个洞是从园内一口浇园用的水井内开始挖掘的。开工前，根据便于伪装、有利排气、功能齐全的要求，召开了有经验同志的献策会，绘制了草图，大家认为可靠，就开始动工了，工具都是由群众帮助筹备的。洞的挖法是：挖洞人员先从井口坐筐用辘轳放到井里，在距水面约1尺高处，拿掉砌井用的砖块后向里挖，挖的角度应向上倾斜，以免洞内离水面近而潮湿，洞内按要求既有伤员治疗室、小餐厅，又有厕所，洞口开在井壁上，便于空气流通，还不容易暴露。此洞挖好后，可同时容纳10多个伤员，真是巧夺天工，伪装得天衣无缝。地洞竣工之际，井边两棵桃树的桃花盛开了。在如此艰苦的条件下，桃花依旧笑迎春风，八路军战士就像这盛开的桃花，纪毅给这个洞起了个名字，叫作"世外桃源"。

到1943年春天，西海地下医院基本建成。其中王门村建成大小病房25个，10个在村外，15个在村内。除了李绍顺和李绍更家的地道，另一个在村西南角宋化敏的原房场前院，西靠村窑厂，满院杂树，靠南一个土堆，顺地势挖了一个洞，通往联络站，还有两个出气口。孙名芳家的一个洞能住30名伤病员。西障郑家村发动党员、军属50多人天天晚上挖地道，先后挖了6条地道，长达800多米，可容纳二三百人，这样地下基本形成医院规模。

"郑大娘"周秀珍

在地下医院建设过程中，有一个人起到极大的带动作用，她就是郑耀南的夫人，被称为"郑大娘"的周秀珍。

听说村里在挖地道，周秀珍找到西障郑家村党支部书记郑祥斋，要求率先在自己家挖地洞。郑祥斋太了解周秀珍了，她是掖县第一任县委书记郑耀南的爱人，胶东地区颇有名望的共产党员，干什么都处处带头，争做模范，被尊称为"郑大娘"。那个年代，只有抗战模范和革命母亲才能被称为"大娘"。当年，郑耀南和县委一班人经常在南屋开会，周秀珍总是抱着孩子在大门外放哨瞭望，有时夜深客人未散，她就烧水做饭，从无怨言。郑祥斋对她说："日伪军和汉奸特务天天盯着你家，村支部研究过了，在你家挖地道，太危险了！"周秀珍坚决不依："掩护伤员我也有份儿，难道别人家不怕危险，就我家怕危险，你们信不过我怎么的？"在她再三要求下，村里决定在她家开挖全村第一个地洞。

从国民党反动派到日伪军，都对郑耀南又怕又恨，经常突然来抄家，在这里挖地道肯定很危险。郑祥斋知道这一点，但是周秀珍的态度非常坚定，而且西障郑家村党支部采取了有力措施，做了充分准备。他们把一所没人居住的破旧房屋作为郑耀南的家，并且发动群众，教育儿童，全村男女老少一个口径，都说这就是郑耀南家。过了一些时日，不少人真把这所破屋当成郑耀南的家了。日伪军几次到郑家村要抄郑耀南的家，每次来都抓老百姓带路，都被带到这所破屋里。后来，鬼子也确信无疑了。郑耀南原来的家到底在哪里，很少有外人知道。

1943年春天，周秀珍家的地洞开挖成功，并且和郑耀南生母姜云天家的地下室相连。这个地下室设在姜云天家地下，洞口设在她家西厢房的驴槽底下，推开驴槽底板，人可以自由出入，拉上底板，放上草料就可以喂牲口，外人看不出一点破绽。地洞距地表三四米，总长五六十米，宽约两米。设有一个主洞、七八个"猫耳洞"，每个"猫耳洞"相当于一个"病房"，可容纳二三名伤员。此外，还设有换药室、药剂室等。主洞向东连接姜云天院子里的水井，向北连接郑耀南堂兄家的水井，向西南连接郑淑云家的水井。其中的两个水井作为通气孔，既可透进新鲜空气，还可在遇险时作为伤员及时脱身的出口。在姜云天家的井壁挖出一个大洞，利用辘轳给伤员送水送饭。

郑耀南的儿子郑梦溪回忆：1942年冬，村里派民兵到我家来开挖，地道口开在西厢房，以此为中心，向东北、西南、西北三个方向与四家的四眼水井相联通，其中三眼井壁抽掉几块砌砖，改做通气孔，在我姨奶家那眼井壁开了较大的洞口，专门给伤员送饭送水等用，地道深度距地面六七米，旁边挖有一些猫耳洞，地道主要出入口位于我奶奶家，历经三个多月完工。村里各家分别从自己家的牲口槽、炕洞、假墙、水井和闲置房屋向地下深挖地道和地洞，最后互联互通，地道纵横交错通向全村。

鉴于西障郑家村群众基础好，地道安全可靠，1943年春，根据上级安排，村里又在夜间秘密挖出6条地道。这里距离平里店据点只有三公里多，日伪军常来这里袭扰、赶集、抢东西。保密成为最重要的事情。郑耀南的女儿郑梦华说：我那时12岁，知道在奶奶家挖洞，也不敢多问。我们姐妹们虽小，却养成了保密的习惯，母亲总是说："小孩子不要打听，你们出去什么也别说。"这是父亲在白色恐怖下,做地下工作的需要,母亲自然要求孩子们得严格保密,我们一个个就像没嘴葫芦,守口如瓶。建造地下室的工程,对郑家村的几十名党员来说,确实是相当浩大而艰苦的。第一,为了保密,工作必须在夜间进行,地面上不能有灯光,又不能有响声,一切都得摸索着干;第二,洞口不能开得太大,大了就不容易隐蔽,这样只能把土一筐一筐地挖出来,运出去;第三,为了预防万一,洞口向里的通道是迂回曲折的,这就给运土造成极大困难;第四,挖出来的土必须立即处理掉,不能让它堆积如山,引人注目,这需要昼夜奋战。

　　第二个地下室建在村东南郑忠诚家房前的菜园里,洞口开在园内的井壁上,地道地面高出水面,水井可照常使用,从上往下看,发现不了异常。第三个地下室设在村子东北角共产党员郑瑞善家里,洞口开在院内井壁上。第四个建在村子西北角共产党员郑秉军家里,洞口开在他干银匠活的桌子底下,洞口盖好后,放上工具箱和杂物伪装。第五个建在共产党员郑文奎家

西障郑家村耀南广场边的地道出入口

里，洞口挖在锅灶底下，揭下锅、掀起洞盖就可以出入，盖上洞盖、放上锅就可以烧火做饭。第六个建在村党支部书记郑祥斋家里，洞口开在屋里的夹墙内，外人谁也看不出墙内还有一层夹道。第七个建在村民郑吉善家里，洞口开在炕洞里，炕上担上木板，铺好席子、被褥就可以睡觉；卷起被褥、席子、掀开木板就能出入。

这些地洞的洞口都设在隐蔽地方，并经过精心伪装，外人很难发现。为防止洞口被日军狼狗找到，大家想出了一个办法，在洞口处撒上烟面或者辣椒面，非常有效。

周秀珍很关注地下医院的进展。她常去给挖地道的人提供工具，送饭送水，嘘寒问暖。后来，西海医院第二分所在所长张燕的带领下，入驻郑家村。伤病员的人数虽不算多，连医护人员在内，最多时也不过五六十人，但总是连续不断，常常是一批刚走了，下一批又来了。周秀珍告诉他们：这间南屋是郑耀南青年时期以教学为掩护进行革命活动的地方。1930年秋，在这里创建了掖县县委，郑耀南被选为第一任县委书记。周秀珍拿着伤病员比亲生儿女还亲，怕同志们在洞里寂寞，总是陪着他们拉家常，只要有一口好吃的，也忘不了伤病员，使大家体会到了母亲般的慈爱之情。

然而，在周秀珍的心中，总有一个人影在晃动。尤其夜深人静的时候，一种深入骨髓的牵挂，让她的心思越过千山万水，来到革命圣地延安，这是郑耀南生活和战斗的地方。自从1939年春天，上级派郑耀南奔赴延安离开家乡，从此就与家人失去联系，暑往寒来年复一年，每当凉风骤起秋虫唧唧之时，周秀珍总是忧心地自言自语："蛐蛐叫一叫，穷人吓一跳。天要冷了，德卿啊！你在哪里呀？"眼泪情不自禁地流下来，湿了一大片衣衫。她想起他们俩最后一次见面的情景，部队离开掖县向黄县进发，途经平里店，周秀珍前来送行，郑耀南深情地说："日寇冬季'大扫荡'马上就要开始了，你以后的日子会更加艰难。家里的事儿全靠你了！记住，对咱们的孩子不要娇惯。女孩子不缠足，长大后，不干涉他们的婚姻，让他们走自己的路……"周秀珍点点头，无比心酸，含泪望着丈夫远去的身影，久久不肯离去。

现在，最亲爱的人活得怎么样？他知道家乡的消息吗？

此刻，远在延安的郑耀南，担任中央社会部二组组长，虽然颈椎病越来越严重，却常常忙得顾不上休息。1942年的冬天，延安处于极其困难的境地，外面日伪军和国民党反动派封锁重重，个别战士甚至没有鞋袜穿，工作人员没有被子盖。延安中央医院设施简陋，技术人员、医疗设备、药品极为匮乏，加上根据地经济条件差，营养跟不上，郑耀南的身体越来越虚弱，病情日甚一日。他常常去晒太阳，作为治疗手段之一。温暖的太阳，把他温暖着，融化着，这也是故乡的感觉，亲人的感觉。

家人是不是还活在这个世界？郑耀南有时候觉得很恍惚。听说日本鬼子的"大扫荡"非常残酷，有人说胶东整村整村的百姓被杀光，自己也一直没有得到家人的确切消息，夫人和孩子们面对着怎么的苦难啊？郑耀南想得愁绪萦怀、寸断肝肠。

他想起了在掖县的一幕幕往事。

三支队和三军合编，是郑耀南人生的一个重要节点。此前，他以一个优秀共产党人的坚定信仰、如磐初心、充沛激情、卓越智慧、非凡组织力和领导力，成为掖县党组织发起人、掖县抗日民主政府和三支队的创建者、北海银行发起人和胶东抗日根据地奠基人，可谓一帆风顺、风生水起。合编之后，他心里一定也起过波澜，有过痛苦，但是他以崇高精神和伟大人格，让掖县的抗战力量融入胶东大格局，彰显了自己的赤胆忠心。在担任62团长时，他将自己的意志、气度、精神和威武之势融入部队，指挥大大小小数十次战斗，拖着一条残缺的腿，每次都冲锋在前，每战必胜，展现了卓越的军事才能。许世友担任胶东军区司令员之后，先是在三支队的基础上组建胶东军区13团，又成立14、15、16、17团，后来逐步演变成解放军27、31、32、41共四个军。13团成为一支特别能战斗的钢铁部队。在济南战役中，率先攻上城头，被毛泽东和中央军委授予"济南第一团"光荣称号……

1939年3月，时任五支队二十一旅旅长的郑耀南得到指令，加入胶东工作报告团，去鲁南向山东分局和山东纵队汇报工作。胶东特委已经内定郑耀南、李佐长、张加洛参加报告团，他们都曾是三支队的主要领导。郑耀南立即明白了特委的用意。不少人也看出了其中的道道，议论纷纷。李佐长去找郑耀南商议："怎么办？"其实，郑耀南的心里也在翻腾，但他毅然决定服从组织决定，他对李佐长说："这次汇报，特委派我们去也是对我们的信任和重视。我们走了，原三支队的干部战士可以全心全意地接受特委的领导，有利于党和部队的团结，这也是一件好事。"李佐长听从了他的意见。没有时间回家同妻母告别，临行前的一个晚上，郑耀南把大儿子郑梦溪接到大泽山根据地的一个小山村——扒头张家，前来送行的人很多，他甚至没来得及和儿子说一句话，儿子就睡着了。天还不亮，郑耀南就要出发了，儿子还在沉睡。郑耀南不忍叫醒儿子，为他拉了拉被角，不舍地迈出房门……从此他和家人音信断绝，乃至阴阳两隔，可谓生离死别。他走后，原三支队的战士们，虽然随着部队的不断改编，被分散到了各个部队里，但他们不论在哪里都是好样的。

从大泽山根据地到沂蒙山腹地，62团二营担任护送任务。郑耀南一行昼伏夜行，每晚急行军，少则20公里，多则40公里，一路边走边打，突破敌人重重封锁，经莱西、平北、昌潍，穿过胶济铁路封锁线，历时一个多月到达沂水。4月，郑耀南加入山东工作报告团，并担任副团长，他们继续向西行进，风餐露宿、跋山涉水，于10月到达延安，他和团长程照轩向党中央作了工作汇报。这次汇报，产生了积极成效。莱州市委党史办专家孙玉光是一个红色文化的"活字典",他认为,毛泽东在1939年10月发表文章,总结中国共产党18年革命斗争经验,提出"三大法宝"理论,这里面有掖县抗战具体实践的影子,也和郑耀南汇报的时间节点吻合……

在延安,一个朋友出于敬佩和关心,有意将胞妹介绍给郑耀南为妻,郑耀南婉拒了,他坦诚地说:"我已结婚,妻子是一个旧礼教压迫下的小脚女子,但她善良淳朴,在家侍奉着我的两个老母,抚养着5个未成年的儿女。现在天各一方,鱼雁中断,连他们的生死都无法说清。"

1940年1月,郑耀南进入中央马列学院学习。由于长期艰苦转战和长途跋涉,郑耀南脊椎出现疾病,同志们多次劝他住院治疗,他总是说:"学习机会难得,革命需要知识,我可以坚持。"他十分珍惜难得的学习机会,认真钻研、积极讨论。身体好转后,他又立即投入工作,带病坚持参加大生产运动。1941年8月,中央决定中央军委一局和中央社会部合并,郑耀南被调入社会部一室任组长,从事军事情报调查研究。1942年2月调任社会部二室任组长,曾经在许光达、李克农的领导下工作,与新中国成立后担任中共中央对外联络部部长的罗青长对桌办公。当时中央社会部属中央核心机构,负责情况侦察、锄奸保卫、武装警卫等工作。郑耀南在延安从事隐蔽战线工作,有严格的保密制度,对外公开的资料少之又少,在延安工作期间,与家人没有任何联系。他是我党我军在隐蔽战线的杰出代表之一。

一天,他突然接到中组部的一封来信,信中写道:"郑耀南同志:请写关于胶东党整编二路的实况,特别写明当时有些什么问题,今天检讨起来有什么经验教训等等关于干部方面的问题。我们正在研究胶东干部,需要你的意见做参考。盼能快点据实写来!"当天晚上,郑耀南在一座僻静窑洞里的煤油灯下,打开从不离身的自来水笔,实事求是地向中央作了汇报。从这个汇报中,不难看出郑耀南的政治水平,当时他就看出了三军合编三支队中的问题，但他憋在心里，宁让自己心灵遭受折磨，也不告诉任何人；相反，他积极做好下属的工作，促进合编的顺利进行。今天，当党组织正式向他征求意见时，他才坦荡地说出了心里话。

1943年冬，郑耀南脊椎出现异常，经确诊为腰椎结核。此后，郑耀南的病情更加恶化，已无法坚持工作。1945年春，郑耀南下肢瘫痪，身为"七大"代表的他，因重病在身不能参加中共第七次全国代表大会，但他依然保持革命乐观主义精神，天天坚持读书学习，对中国革命充满必胜信心。郑耀南对看望他的掖县老乡畅谈掖县党的发展历史，给胶东党组织写信介绍掖县党员干部情况，教身边的警卫员读书写字，即使在生命的最后一刻，他也在竭尽全力发光发热。因病情加重，1945年冬他再次住进中央医院。

1946年2月23日下午4时30分，在延安的一个窑洞里，郑耀南停止了呼吸，时年38岁。他像一颗流星划过天际，留下璀璨无比的光芒。他的遗物仅有一个小皮箱、一支自来水笔、一套毛衣、一条毛毯。当时的中共中央办公厅主任杨尚昆，为他主持了隆重的追悼会，延安军民怀着无尽的哀思和眷恋为他挥泪送行。4月，掖县县委、县政府在平里店召开追悼大会，胶东、西海区、掖县党政军代表和群众两万余人参加会议。会后，在西障郑家村为他立了纪念碑，碑上刻着这样的评价："郑耀南同志参加革命十八年来，多经颠沛艰险，但坚持工作，始终如一；尤以忠心对党，联系群众，气魄宏伟，堪称楷模。"郑耀南烈士逝世五十周年时，时任中央军委副主席迟浩田为他题词："峥嵘岁月渤海湾，忠魂千秋留延安。"延安著名的"四八烈士陵园"里，安葬着13位"四八"烈士和14位党的高级干部。第一排安放着王若飞、秦邦宪、叶挺、邓发、张浩、关向应、靳道松、郑耀南八位中共要人的墓碑。可见，在郑耀南病逝后，党中央给了他多么崇高的荣誉啊。

郑耀南塑像

一直到1972年秋天,周秀珍带着长子郑梦溪、长女郑梦清、次女郑梦华、次子郑梦志和小女郑梦芬,来到延安"四八烈士陵园"祭奠郑耀南。她心里涌起一阵阵酸楚:德卿,我带着孩子们来看你了!

掖县和延安相隔万水千山,郑耀南和这片土地和自己家人的心灵始终是相通的。他的坚强、果敢、智慧和才能,成为一种革命基因,在掖县传承着,发扬光大着,并创造了西海地下医院的奇迹。

在西障郑家村,从郑耀南家南屋的一个小地洞,蔓延为一个完善的地道体系。上级决定把一部分伤病员转移到这里救治。周秀珍带着孩子们先将南屋清扫干净,备好一些炊具,然后又到姜云天家把西厢房、正房西间打扫干净，铺好炕席，烧好开水。先期抵达的医院医务人员巡查了地下医院的分布、走向、通风和进出通道，为伤病员的安置做好前期准备。几天后的一个夜晚，夜幕降临，西海地下医院第二分所所长张燕，率领八九名工作人员和二十多名伤病员抵达。经过休息洗漱，伤病员在工作人员带领下进入地道，张燕和他的夫人纪平住在姜云天家；其他多数同志住郑耀南家的南屋里，这里也是药房；司药杨晓宇等住在郑淑云家，淑云母亲帮纪平看小孩。从此，宁静的农家小院充满了欢声笑语，气氛悦人，各地方言相互交融，医护人员情绪高昂，精力充沛，频繁进出地道，精心为伤病员做各种治疗……

在郑耀南的影响和带动下，西障郑家村成为一个红色村庄，这里涌现出一批英模人物。英雄母亲姜凤芝，在两个儿子英勇牺牲后，把不满16岁的女儿送到边疆部队。四"斋"青年郑祥斋、李修斋、郑云斋和郑良斋，追随郑耀南从事革命工作，积极参与西海地下医院的建设。这是革命者的家园，但也是敌占区，地下医院的工作，一直在绝密状态下开展。前线伤员送到西障郑家村的医院后，需要办理住院"手续"。住院后，一律更换便衣，未经批准，不许出洞。村与村、洞与洞之间禁止横向联系，地洞口位置只有几个人知道，并经过伪装，外人很难发现，且都安排专人看护。医护人员住在有地洞的村民家里，不论住在谁家，这个家庭都要把他们当作自己家人，并把他们化名登记在自家户口簿上。医护人员需要熟知房东一家三代和左邻右舍的情况，每人备有一套"口供"，以应对敌人盘查。村党支部对群众反复进行爱国、保密和气节教育，与村里的地主、富农及游手好闲分子约法三章，加强监督，使他们不敢乱说乱动。保护伤员成为村民们的自觉行动，青壮年主动监视平里店据点的日伪军动向，老人们自觉监视村里的坏分子，儿童团严格盘查过往行人，村民的掩护工作随时随地都在进行。日伪军知道村里有地道，地道口就设在郑耀南家，多次到村里"扫荡"要抄郑耀南的家，但是没有一次成功。

郑梦清回忆起当时的情景时，曾这样描述："眼下日寇就在几里之外，随时都会受到侵扰，得保持警惕，不可马虎，于是我和弟妹们，在外人面前总是只字不提。我家南屋4间房子，集办公宿舍、厨房于一体，闲来我常过去看看，或抱些烧草，或问问需要什么，经常看到他们从地道里拿出一些血淋淋的纱布、绷带、刀剪器械等，看到要洗涤时我就马上拿大盆、小盆给他们使用，帮忙他们从井边用辘轳挽水、洗涤、蒸煮、晾晒，原来院子里一条晾晒绳后来增加到三条，白色的纱布绷带条在春风的吹拂下，形成农家院少见的一道风景线。每当遇到天晴日丽，没有鬼子活动时，医务人员就会组织伤病员爬出地道，沐浴在和煦的阳光下，护理人员会利用难得的机会给他们洗晒衣被和其他物品，此刻小小的农家院落半空中如同天罗地网。伤病员都是些英俊青年，战争使他们负伤患病，长期的地下隐蔽生活，致使他们个个面色苍白，身躯瘦弱，尽管吊着胳膊打着石膏，但精神状态都很饱满，谈笑风生，不见任何愁容。在难得的短暂交流中，我们要费劲地听他们南腔北调讲战斗历程和负伤经过。至此，我更加敬佩负伤的指战员们，更加崇尚地下医院医护人员的光荣职业。只要有时间就会跟着学习叠纱布块做棉花球，他们也很敬重祖母和母亲，总是奶奶大妈不离口，祖母和母亲也视伤病员、医务人员为己之子女，家里的物品凡他们需要随他们使用，没有的东西令我外出借用，母亲有时做些海鲜之类的菜品，会叫我立刻送给伤病员，他们做了肉菜也会常常送给我们品尝。我家无论谁有了头疼脑热，他们都会及时予以治疗。1942年冬天，我参加学校的宣传队，晚上到各村演出，宣传抗日救国时冻坏了双脚，幸得他们及时治疗，至今未留下任何后遗症。真是军民一家亲啊……"

全村的积极力量都在悄悄参与伤病员救护工作。随着战事增多，伤员不断增加，医护人员少，日常工作由可靠村民帮忙。郑忠诚的妻子宋玉负责看护村东南菜园中的地道口，有伤员养伤，她都会跑去帮忙，为战士们洗衣服，给伤病员送饭送水，处理大小便，下地道更换潮湿的麦秸草等。她以铃铛声为暗号，使地上地下联系更及时，物资传送更快捷。当时医疗物资紧缺，带血的纱布、绷带需洗净后反复使用，她将这些物品悄悄带回家，洗净晾干备用。因清洗纱布、绷带不能用热水，即使寒冬腊月她也用凉水洗，双手生满冻疮，仍毫无怨言。闲时，她像对待自家孩子一样，陪伤员聊天拉家常，给他们家的温暖。伤员、医护人员与房东亲如一家，伤员们敬重房东，房东们也视他们如自家人，家中物品随便使用，甚至帮忙外借。如果没有敌情，医院会让伤员们到地面上晒晒太阳，呼吸新鲜空气。日伪军下乡"扫荡"时，就立即转移到地洞藏身，封闭洞口，放上伪装物，确保地面无痕迹。1943年春的一个清晨，日军小分队进村，由北向南挨家搜查，折腾了几个小时，一无所获，最后抓了几只活鸡，抢了一些物品扬长而去。另一次日军从平里店据点出来"扫荡"，先到西北障村，折腾半天，没抓着八路军，又奔向西障郑家村，鬼子一边打枪一边追赶老百姓，吓得村民从村北向西跑。一定要保住革命的后代！姜云天背着郑梦志，周秀珍抱着郑梦芬，郑梦清和郑梦华紧随身后，随着人流，拼命奔跑。跑出几里路，枪声才渐渐平息。村民回村发现，在村北杏树林，西北障村一位十七八岁的姑娘中弹身亡，她梳着一条大辫子，正准备结婚，却无辜倒在鬼子的枪口之下。

1943年春，胶东部队参加反"扫荡"战斗，几十名伤员和十几名医护人员被安置到西障郑家村治疗，这么多人吃饭成了大问题，西障郑家村和周围几个村的党支部联合起来，共同救治伤员。西障郑家村和西障姜家村相隔不过200米。西障姜家村共产党员姜树德带了些白面到姜隆盛家，让姜隆盛的妻子毛桂兰帮忙烙饼。姜隆盛早年跟随郑耀南参加革命，参加反顽战役，身负重伤于1941年去世，家里只有妻子带着3个孩子艰难度日。当得知这些饼要送给地下医院的伤员补养身体时，毛桂兰立即忙活开了，怕带来的面粉不够用，她又套上牲口把自家仅有的麦子磨成面粉，赶做出十几张大饼，让姜树德趁热送到西障郑家村。

　　1944年秋，抗战节节胜利，战争由战略防御转为进攻，胶东抗日根据地进一步扩大，变得更加稳固，西海军分区决定将卫生所从地下撤出，转移到大泽山北麓、南掖葛城一带的十几个村庄。在1942年至1944年的两年时间里，日军频繁"扫荡"西障郑家村，村民经常往来于平里店走亲戚、赶大集，最多时伤病员达四五十人，但地下医院从未暴露，也没有发生一起意外，先后有数百名伤病员治愈后重返前线。村里地道除了卫生所外，还设立过兵工厂，在此修理制造枪械。西海印刷厂和北海银行钞票储藏室也曾设立在地下医院。西海地委党校在此办过两期学习班，住了两个多月。他们撤离后，村党支部安排人用砖头砌好洞口，知道洞口的人一直守口如瓶，以至于后来知道地道具体位置的人寥寥无几。1964年遇上发大水，村里地道全部塌方……

　　一段鲜活滚烫的历史，从此凝固，成为一个村庄的红色符号。

一条神秘的运输线

　　西海地下医院建成了，如何把伤病员安全、迅速地从战场上运回来？西海军分区卫生所在大泽山根据地和掖县之间开辟出一条秘密交通线，长达三四十公里，运行三年多，没有发生任何意外。

　　这条交通线的起点是消水庄，这里是一个联络站，负责前后方的联系。掖南县郝家村设有一个秘密收容转运站，这是一个重要节点。所谓转运，就是伤病员要在这里登记，换上便装，进行纪律、保密和气节教育，轻伤员留在南掖医疗区，重伤员转送王门。伤员出院也在这里办理手续。吕世昌和杨从善先后担任转运站负责人，还带着几个工作人员。在一次战斗中，杨从善腿部受伤留下后遗症，走起路来一瘸一拐的，但是他对工作极其负责，既要完成转运伤员工作，给伤员登记造册，包扎治疗，还带领村民挖了几个地洞。地洞深两三米，里面长达几十米，有一道道弯曲的路线。郝家村还有一个军分区的供应处，把军火、粮食、鞋袜、电池，自北向南源源不断地运往大泽山根据地。来自根据地的伤病员，自南向北一批批运往掖县敌占区的地下医院……从郝家村出发，向北途经高山、临疃河，爬过陡峭的云峰山，跨过掖庙公路，经饮马池、郑家埠就到了王门村。从王门向西北越过烟潍公路，就到了朱旺医疗区；再从王门向北可到西北障医疗

担架队员杨风桐

区。到达王门后,与地下医院进行交接,担架放在村边的一所房子里,由村里来人抬走,然后连夜返回。

如今,当地已经把这里打造成一条红色旅行线。很多人赤手空拳地沿着台阶徒步前行,走几步就会气喘吁吁,汗流浃背,不禁发出一声声感叹:当年掖县人民抬着伤员,夜间怎样翻过险峻的云峰山?

郝家村以及周边十几个村的上百名青壮年,是当年担架队的主力军。据村民杨风桐介绍,郝家村有二十多人抬过担架,最多的抬过十几次。他那年18岁,血气方刚,身材高大,抬过五六次担架,每次几乎都累得虚脱。村里准备了两副担架,每次出动十人,五人一组,四个人抬担架,一个人拿着东西食物,沿途给伤员喂饭喂水。天一擦黑,伤员到了,他们马上抬起担架出发。所谓担架,一是老百姓的门板,后来发现走山路不方便,就弃用了;二是用梯子或者竹竿改造成担架;三是把两把老式椅子对着,用木板固定,也能做成担架。抬担架是一件极其艰辛的事儿,夜间行进,全靠感觉,一不小心就会摔倒;整个交通线长达三四十公里,要一口气把伤员送到,还要连夜返回；偶遇鬼子，可能暴露……整个线路中，最难翻越的就是云峰山。

云峰山是一座文化名山。云峰山上的历代摩崖石刻有41处，构建了一部厚重的书法史，是一座取之不尽的艺术宝库。在这些历代摩崖刻石中，仅刻于北朝时期的就有24处，时间最长跨越1500年。其中尤以北魏光州刺史郑道昭的魏碑刻石最负盛名。从云峰山大殿后门拾级而上，半山腰处的郑文公碑亭里，藏有《郑文公碑》。这是一块高约3米、宽厚各约4米，呈不规则三角形的自然卧形赭黄色花岗石，虽历经风雨洗礼，但碑石、刻字完好无损。碑额为"荥阳郑文公之碑"，7字分2行，字大如拳；碑文1236字，分51行，每行23到29字不等，字径约5厘米，字沟深4毫米，颂扬了郑氏家世及郑道昭父亲郑羲的业绩。其碑结字多为圆笔，运笔舒畅，字字宽博凝重，浑厚雄健，如万马奔腾势不可挡，堪称震古烁今的千年国宝！

从掖县城南望云峰山，三峰并峙，中峰突兀高耸，左右两峰竞相扶持，形似文房中的笔架，故又名笔架山。这里山峰挺拔俊秀，奇石密布，悬崖峭壁到处都是；三峰之下，深谷绝壑，林木繁茂，溪流淙淙。这些美丽景致，当年给担架队员们出了不少难题。云峰山南坡，有一道道陡峭的绝壁，还有风化的碎石，抬担架的人必须互相配合好。为了不让重伤员受颠簸之苦，上山时前面的人要用好肩上的带子，放低高度，甚至跪着走，后面的人要双臂高擎，抬高担架，基本保持平衡；下山则反之。这样一来，担架上的人显得格外重。担架队员们深一步浅一步地往前走着，可能扭伤腿脚，划破衣裤，夏天全身是汗，冬天穿着棉衣，气温极低，到达山顶身上也冒着热气，棉衣都湿透了……有一次天黑得伸手不见五指，一个老担架队员上坡时脚下打滑，他下意识地抓住了一棵树，手掌传来一股钻心的疼痛，原来他抓住的是荆棘，如针的锋芒，刺得他鲜血直流，他赶紧稳住心神，抬着担架继续往前走。

即使钢铁硬汉，坚持下去也需要强大的意志力。说起抬担架的理由，他们说：在郝家村、高家庄，以及附近几个村子，十几名重伤员，还来不及送

担架队员塑像

到医院就牺牲了，被埋在村东的空地里。我们累是够累，可是一想到日本鬼子那么残忍无道，子弟兵在前方杀敌流血牺牲，出点力流些汗算得了什么，我们无怨无悔。在行进途中，一处绝壁前，写着四个红色大字——"抗战必胜"！每当担架队员精疲力竭时，看到这样的标语，都会充满力量，浑身有使不完的劲儿。

莱州市博物馆馆长张玉光说：当时云峰山东边有一个缺口，交通线从这里经过；还有一条线，经过寒同山神仙洞东边的山坳，顺着沟沟坎坎往前走。云峰山上有一块石头，刻着郑道昭的《观海童诗》，非常富于想象力。

这块石头前面，有一块巨石，斜刺半空，与山坡形成一道夹缝，远远望去，好像张开的虎口。下面是一个石头山洞，有三四十个平方米，运送伤员的队伍如果遇到紧急情况，可以马上躲进洞里，外面的人根本不知道。在这条运输线上，有一个饭店，窗棂子是割开的，只有我方人员知道，应急的时候，可以掀开窗子，往外扔手榴弹，开枪射击，也可以跳窗逃走。

据刘子坚回忆，交通线还真遇到过情况，卫生所管理员王云生带着十几名伤愈的伤员返回前方，中午时分，正准备过掖庙公路，突然发现一辆满载敌人的卡车，自东向西疾驶而来。王云生指挥大家藏到沟里，自己装成一个过路老百姓的样子，慢慢走着，观察敌人的动向。好在汽车一驶而过，他长出了一口气。卫生所从此规定，所有人必须夜间行动。为了绝对安全，所部安排通信员姜振玉负责接送伤员。他是一个老革命，参加工作比刘子坚早几年，在前线打仗丢了一条胳膊，就来到卫生所。他整天背着一把"小把枪"，穿行在交通线上，经验非常丰富，遇事英勇果敢，保证了交通线的安全。

当年在西海独立营4连任卫生员的张秉友，在一篇文章中记录了"夜过封锁线"的经历。1943年元旦之后的一个晚上，4连从小庙后南侧插到南招城南毕郭以北的一个村庄驻防，听说西海军分区遭鬼子袭击，几乎全军覆没。连长交给张秉友一个任务：负责把10多个伤员送到后方医院，说完给他两枚手榴弹。

他问连长："把伤员送到哪里去？"

连长回答："你跟着走就是了！"

"我听谁指挥？"

"你跟着走就是了！"

纳闷之中，他到了村西头，正想着找副指导员"诉苦"，还没开口，副指导员对一个农民说："你们走吧！"不知从哪里出来10多副担架，抬着伤员向西走去。张秉友跟在担架后头，走了半小时左右，刚翻过一个山岗天就黑了。趁着月光，他们又走了两个多小时。担架队小跑前进，鸦雀无声，他紧紧跟着，向四周一望，原来正在通过道头据点附近的公路，这里有巡逻的日本鬼子，所以要迅速通过。又继续走了半个小时，大约是半夜时分，担架队走得慢下来。前面传话，让张秉友到前面去。他走到担架队的前面，担架队已经距离他50多步，走到一个山坡底了。他仔细看了一下地形，认定是在掖县崮山北坡的山沟底下，距鬼子据点小庙后约1公里路。他们决定快速通过敌人的封锁线，于是竖起耳朵、瞪大眼睛，飞跑起来……冲过封锁线后，又紧走了一阵子，才放心下来。翻过几道山岗，到拂晓时，顺利到达王门村，把伤员移交给卫生所护士班长范淑香。在交接中张秉友才知道：这批伤员共14名，有军医范贯之、政治处的一个干事等。范贯之是枪伤，子弹从右眼打进去，从右太阳穴的前面出来，一个眼珠没有了……

这条秘密交通线，一直延伸到抗日战争和解放战争的支前大军里。一些担架队员跟着大军南征北战，参加了济南战役、渡江战役等。掖县西障区赵锡奎发明的轮式担架车，在传统的担架下面加上了一个胶皮轮子，减轻了担架队员的负担，大大提高了抢救伤员的效率。

第三章

光明使者

"隐形医院"之魂

刘子坚带领的西海军分区卫生所所部设在王门,这是地下医院的"大脑"。犹如在平静的湖面投入一块巨石,涟漪一圈圈向外扩散,40多个村庄成为一个体系化的"隐形医院"。日伪军也嗅到一些味道,但是始终没有找到"西海地下医院"。

由于群众的拼命掩护,加之保密工作做得好,别说日伪军,就是很多自己人也弄不清楚这个体系的脉络。

西海地下医院是胶东八路军卫勤保障工作的一种探索,一个新模式。全面抗战之初,山东各地纷纷举行武装起义,建立抗日武装,但是在卫勤保障方面,组织不健全,缺医少药,没有持续补给,问题不少。1938年4月,黎玉赴延安汇报工作,中央派出50名干部到山东,其中就有红军医生白备伍等医护人员。毛泽东"派兵到山东",八路军一一五师入鲁,带来相对先进的医疗设备,还有一批治疗经验丰富、革命信念坚定的红军医生,山东八路军医疗体系逐步走向正规化。抗战进入相持阶段之后,面对日军的"扫荡""蚕食"和清乡,我军的医疗机构适应游击战需要,向小型化、隐蔽化发展,并克服各种不利因素,逐步建立起一个较为完整的卫勤保障体系。

原胶东军区卫生处处长张一民回忆:我从鲁中军区调到胶东军区任卫

生处处长的时候，王一峰是材料科科长，这个科下属一个制药小组，有十个人左右。当时，卫生处下设三个医疗所，每个所有一百多人，其中有四五个医生、几个医助，其余为护士和护理员。为方便工作，每个所又分为三个病区。各所的位置是：一所在东海分区的文登，所长崔付伍；二所在栖霞，所长董庆元；三所在南海分区的海阳，所长李丙文。后来又成立了四所，设在军区机关附近，专门收治干部伤病员，所长是刘奇，后改为李志伍。另外，东海、北海、西海和南海四个分区各有一个卫生科和医疗所，每个所百余人。因为地方行署就有一个胶东医院，床位比我们一个所多不了多少，所以当时收治伤病员主要靠军区的四个所，最大收容量能达到1500人左右。这个期间，大规模的战役战斗虽然不多，但小规模的战斗从未间断过，战伤救护任务由各部队负责，伤病员由各所负责收治……

刘子坚在回忆录中梳理了西海军分区卫生所的来龙去脉。1941年夏，上级决定以西海区指挥部为基础，建立胶东第三军区，负责领导西海、北海、南海三个地区的地方武装。1942年夏胶东军区成立后，又将第三军区撤销，改为西海军分区。当时西海军分区卫生处为了更好地开展医疗工作，在原来卫生所的基础上扩建了四个卫生所，一所驻招远县，二所驻平度大泽山，三所驻栖霞县，四所驻昌邑县。在鬼子"大扫荡"后，为了适应艰苦的斗争形势，卫生处把分散在四个县的卫生所合并为一个，驻大泽山东侧葛家一带的山沟里，我就是那时候上任指导员的……

当年的卫生员张秉友详细记录了卫生所的演变过程，以及人员情况、工作状况等。1941年，西海军分区卫生处驻防掖县桑园、朱汉一带，没有处长，只有军医由昆、医助孙勇，还有周斌、张挺和张秉友三个卫生员。他们由军医、医助安排做事，主要是干勤杂活。在学习医疗技术上，以带徒弟的方式进行，不上课，跟着看，跟着做。当时，卫生处只给军分区机关及下属特务连的人治疗，还做不到为军分区的所属单位如独立营等单位服务。1942

年6月初，医助孙勇和张秉友被派到平度大泽山东边的福尔洞村治疗伤员。他俩到了村西头一间空房子，里面住着平北县大队的17名伤员。吃住的条件非常艰苦，伤号睡在用山草铺的地上，由村里的一位老大爷负责做饭，村长负责安全等工作。张秉友初次参加看护伤员工作，每天跟着孙勇屁股转。换药时，用食盐自制的盐水棉花球或硼酸水棉花球擦洗伤口，用红汞纱布条或雷夫奴尔纱布条塞进伤口内做引流，再用纱布块敷在伤口上，然后用绷带包扎好。由于缺医少药，治疗效果不太理想。当时，内科的药主要是阿司匹林，外科的药主要是红汞。阿司匹林成为宝贝药，"头痛发烧，阿司匹林一包。""阿司匹林、托斯散，又治咳嗽又治喘。"两个月后，这些伤员转走了，他俩又回到卫生处。1941年8月，王一峰从西海军分区参谋处侦察股调到卫生处当处长。同年秋，卫生处又来了一位军医，叫范贯之，潍县人，他是从山东纵队抗大卫生系毕业后分配来的；相继又来了王恒和、王华亭两个军医；接着陆续调来唐佩玉、李发科、张振亚、孙吉、翟延寿、陈义润等卫生员，工作也有了初步分工：李发科为调剂员，负责按军医处方配药；张振亚专门负责采购、分发药材；唐佩玉在卫生员中年龄最大，约25岁，店员出身，富有社会经验，让他跑外勤，如送药、送信、换药、打针工作；张秉友主要干换药、打针、消毒等工作。卫生处的治疗室很简陋，没有检查床和治疗床。看病时，病人坐在凳子上，军医围着病人转圈进行视、触、叩、听检查。打针也是让病人坐在凳子上打，如皮下或肌肉注射，就在病人的上臂打；如静脉注射，让病人坐在凳子上，军医一只脚踩在病人坐的凳子上，另一只脚站稳，叫病人伸出胳膊，放在军医的腿上，在肘窝进行静脉注射……1942年初，卫生处开始建立卫生所，也叫后方医院或者分所。张秉友被调到卫生所当代理护士长。所里有一名军医、两名交通员、三位刚从家里出来的家庭妇女、两名伙夫、一名上士，一共十个人。当时还没有接收伤病员。到5月底，卫生所人员增至二十余人，并在东葛家接收了十多名伤员。1942

秋后，西海军分区进行精兵简政。分区机关大减员，政治处的文艺工作队全部撤销了，卫生处减掉人员一半，只留下范贯之、由昆两个军医和唐佩玉、翟延寿、张秉友三个卫生员，大部分到卫生所当了护士。1942年11月，卫生所又分批转移到北掖王门村和南掖柞村一带，开始挖地洞，创建地下医院⋯⋯

西海地下医院共有100多人，主要来自几个方面：一是西海军分区本身，从各部门抽调，在工作实践中培养，动员城镇乡村执业医生加入，使用好反顽战斗中解放过来的国民党部队医生。二是胶东军区大力支持，先后调派政工干部和医务人员充实西海地区力量。著名的外科专家张燕，曾任山东军区第五支队军医、卫生队长；他的夫人纪平是5旅的护士，1943年初从胶东军区调入西海地下医院；护士长王利华毕业于胶东军区医训队，是胶东军区劳动模范，毕业后被分配到西海地下医院；1942年冬天，胶东军区医训队的学员们为了应对日军"大扫荡"，都身穿便衣，分散居住在牙山前的村庄里。鬼子"拉网"围住了牙山，学员们冲出包围圈向东跑，在马石山又被围困，突出重围后，申吉桂、左钦斋、冯志岐、王振云等一批人，爬山越岭，通过敌人的封锁线，来到西海地下医院。三是从掖县当地招收护理人员。她们基本是女青年，年龄在14岁到20岁之间，出身于贫苦农民家庭，还有童养媳，个别人念了几年书，多数人仅识几个字，但她们思想觉悟高，抗日态度坚决，甘于吃苦耐劳，工作和学习都非常积极，在党的培养教育和老医生的带领下，逐步学会了医务和护理技术。

在政工干部中，军分区卫生处处长王一峰兼任卫生所所长，他有丰富的对敌斗争经验和很强的组织工作能力，自兼任所长后，经常从大泽山来医院指导工作，为创建好地下医院做出重要贡献。政治指导员兼党支部书记刘子坚主持日常工作，常驻王门村。另外，副所长是曲笑臣，副指导员是尹支书、梅峰、滕吟诗、李志超，锄奸干事于景波等，都享受连级待遇；政治干事兼

所长王一峰　　　政治指导员刘子坚

分支部书记纪毅、董天泰、王文波分散在各医疗区。在行政干部中，管理员是王裕生；司务长是王玉舟、翟秀森、朱伯钧、袁鸣声、田甫；通信员是独臂残疾军人姜振玉、王门半脱产人员林公石；理发员刘文喜已经50岁了；炊事员是李玉和。

当时，胶东所有的城镇港口都被敌人占领封锁了，医务技术人员和药品器械也被敌人控制着，要找一个医生和买点药品比打仗还要难，所以军医的待遇很高。干部战士的补贴每月仅五角、一元，有时还发不出，军医每月另外有二元的技术津贴费，与伤病员一样吃细粮。医务干部除所长外，先后调来的军医和医助有张燕、由昆、朱跻青、王谟、范贯之、王华亭、王恒和、李清华、卜令、隋书古、纪平、王志成等。药工人员有张振亚、夏洪业、宋建国等。护士长和护士有王利华、孙秀兰、范淑香、韩淑美、杨洪明、杨晓宇、申吉桂、李崇臣、毛桂香、刘桂英等。

这么多性格不同的优秀人物，构成一个隐形的地下医院，为前线补充着源源不断的战力，为伤病员输送着无穷的精神能量。

济南军区女干部高凯民家里有一件80年前的对襟老棉袄，外面是咖啡色，里面是黑色，有的地方褪色发白了，但是高凯民把它折叠得整整齐齐，当成宝物一样保存着。这确实是一件宝物。80多年前,高凯民的母亲纪毅是西海地下医院朱旺医疗区的党支部书记,并认房东为"婆婆",称房东的女儿王美蓉为"大姑姐"。抗战胜利60周年时,记者来采访纪毅,高凯民听到了母亲亲口讲述的地下医院的故事,被深深震撼了。在烟台党史军史部门的关心支持下,受母亲的嘱托,她开始去莱州实地探访。她来到莱州母亲的"婆婆"家,"婆婆"已经去世,"大姑姐"王美蓉也90多岁了,高凯民亲切地喊她"美蓉姨",还带来母亲写的信、照片和礼物。"美蓉姨"从箱子里拿出一件旧棉袄,深情地说:"这是你妈妈当年住这里时落下的,我带在身边70多年了,走到哪里带到哪里,把什么都扔了,也要保存好这个。"高凯民瞬间泪目,与美蓉姨紧紧相拥。

高凯民展示父亲留下的旧棉袄

这件旧棉袄成为高凯民写作的巨大动力。当年，老百姓的旧衣服是西海地下医院工作人员和伤病员的"金钟罩""铁布衫"和"救生衣"。

八路军将士有一种独特气质。即使不开口说话，这种气质也可以通过一个身影、一个姿态、一个动作、一个眼神透露出来。据说，1943年之后，老百姓依靠一点经验就可以分清敌我：个人身上整洁卫生、清清爽爽，被子叠得方方正正，一到驻地就打扫院子、清理厕所、帮群众干活的，就是八路军；身上邋遢肮脏、随地大小便、营区肮脏无比的，肯定是日伪军。八路军刚正、简朴、热情、勇敢，就像内心有一轮太阳，让人感到温暖。他们所到之处，群众都会感觉一个干净、透明、和谐、幸福的新世界就在眼前……然而，为了地下医院和伤病员的安全，他们必须像一个个绝世的武林高手，把自己隐藏起来，抹平特征，融入百姓，躲过日伪军的耳目。

西海地下医院工作人员自身的保密工作，从更换服装、融入房东家庭开始，一直到从感情、精神层面和群众"水乳交融"，这是一个逐渐递进的过程，也是一个思想和灵魂不断升华的过程。据王一峰回忆，为求万无一失，他要求每位同志必须入乡随俗，改变装束，大家一律脱去蓝色的八路军服装，男的穿上大褂，女的穿上花衣服和绣花鞋，长发盘髻，短发留长扎成辫子。每位同志必须熟知房东家三代情况，明确自己作为其家人的相互称谓和关系，遇到敌人盘问要对答如流。不能称"同志"，要习惯称"老师"或者"先生"……

从胶东奔赴掖县的王利华，刚刚脱掉军装，非常不适应。一出发就把军装包了起来，换上便衣，长头发挽成小髻，她觉得浑身不得劲，没有口袋手也没地方插，不扎皮带腰上好像少点东西。拿出镜子照一照，自己觉得很好笑。经过四五天长途跋涉，她到达大泽山西海军分区司令部之后，前来带路的小刘，一见面就批评她化装不彻底。小刘从老百姓家讨换了一套花裤褂，还有一双大花鞋，硬叫王利华换上。又嫌她头发太短，从房东家里借来一个假发髻给她扎上，笑嘻嘻地说："以后工作需要也得穿这样一套衣裳。你去看看吧，看护员都是穿花裤子，点胭脂擦粉的。"王利华觉得自己成了"一副怪样子"，然后就挎个小篮子，里面盛着文件和一些日用品，上面又盖上花包袱皮。天黑以后就跟着小刘出发了……在王门村，王利华见到了"王掌柜"，就是卫生所所长王一峰。王一峰在炕上盘腿坐着，穿一件灰布大褂，腿上扎着白色的腿带子，身旁摆一顶浅灰色的礼帽，倒真像是个掌柜的。一见王利华进来，王一峰从炕上跳下来，亲热地和她握手。他那微笑的面容和直爽的谈话，显露出一个八路军老干部淳厚质朴的风度。王一峰已经给王利华找好了房东，在这里找房东有一套手续，要和房东定一个假关系，编一个假名，报在敌人的花名册上，算作房东家的一口人，也像做秘密工作的时候一样，要有一套准备好的口供。王利华的房东家在村南头，房东大爷不在家，儿子外出到大连去了。大娘四十多岁，叫盛玉桂，还有一个七八岁的小女孩叫林子。王利华名义上是这家的儿媳妇。一进门，这家人就对王利华特别亲，让她的紧张感一下子就消失了。

　　纪毅对于军装也有一种特殊的感情。卢沟桥事变激发了她的抗日热情，她本身有着强烈的抗日觉悟，胶东三军路过招远，一群身穿军装、留着短发、扎着腰带的女兵，英姿飒爽，让她看到另一种生活和另一个世界。1943年初春，在西海军分区宣传队任指导员的纪毅被调到朱旺医疗区。爱人在前方工作，孩子出生不满两个月。接到调令后，她二话没说便着手准备奔赴新的战斗岗位。路上要经过平里店等鬼子据点，为了安全，乡亲们建议她化装成抱着孩子走亲戚的农村妇女。房东的儿媳妇送来一套蓝印花布衣服，邻居老乡送来一双绣花鞋，她把头发扎起来，别上一个假发髻，一切收拾妥当后，大家都说她真像农村妇女。第二天吃完早饭，她抱着出生不到两个月的女儿，手上挎着篮子，篮子里装满小孩衣物、尿布，还有房东做的大饽饽，踏上新征途。当天下午4点多到达王门村。王一峰介绍了地下医院的任务以及工作人员的情况。纪毅见到了化装之后各种不同身份的战友。王一峰详细介绍了朱旺医疗区周围敌情,以及医疗区的情况。趁着天色已晚,敌人这个时候都回据点了,王一峰派一个交通员带纪毅上路,交通员说纪毅化装得还可以,只是走路太快了,这一看就是八路军的走法,不像农村妇女走路,要走得慢一点。走了两个多小时,由王门经过烟潍公路到达距掖县城十里的小辛庄村,纪毅被安排在一农户家。房东是位50岁左右的寡妇,有一个女儿叫王美蓉,在西海中学就读过,任小学教员,母女二人对纪毅十分热情。晚饭后,村党支部书记来了,对纪毅说:"你放心地在这住吧,咱村共产党员、大人小孩和八路军都是一家人,敌人来了也没事。"又对房东大娘说:"你们一定将改名换姓的事准备好。"晚饭后,大娘抱着纪毅的女儿,王美蓉和纪毅三人坐在炕上,研究更名换姓的事。纪毅自小随母沿街乞讨,只会说当时的黄县话,对掖县方言不熟悉,大娘说:"你就做我的儿媳妇吧,万一有事,我就说是儿子在黄县做买卖时娶的当地媳妇,我是你的婆婆。"纪毅当即叫了声娘,大娘高兴地说:"哎,我的好儿媳妇。"然后开始研究改姓的问题,纪毅本姓李,就起名叫李美清。村支书一会儿又来了,问:"改名换姓的事都准备好了吗?"李美蓉说:"都准备好了,放心吧。"当天晚上,纪毅彻夜未眠,躺在炕上,一幕幕往事在眼前晃动,思绪万千,从前方行军打仗转入到一个新的战场,她决心一定要打好这一仗。

　　大家之所以对化装、更改姓名和融入房东家庭高度重视,因为在遇到敌人的关键时刻,这样做可以化险为夷,骗过阴险狡诈的敌人。刘子坚在地下医院工作期间,曾经两次遇险,场面相当惊险。1943年春天,刘子坚去后勤部门开会,路过岳父家住了一宿。第二天一大早,他不听妻子劝告,骑着自行车急匆匆地往王门所部赶路。在诸流村的王河边,一群"扫荡"的敌人迎面走来。他使劲蹬着车子,没想到走进一个死胡同,被一个汉奸截住。汉奸狠狠打了刘子坚一耳光,凶神恶煞地问道:"你是干什么的?"刘子坚身穿咖啡色长袍，戴着一顶礼帽，佩戴着一只怀表，很像从关东回乡探亲的。他沉着地回答："我是从满洲国回家探亲的。"汉奸很生气："你为什么要跑？"刘子坚说："在关东看见你们不害怕，在这里见了有点怕……"汉奸搜遍刘子坚全身，没发现可疑之处。一个身佩指挥刀的日本军官，拿出身上的手表，与刘子坚的怀表对时间，用日语说了一句"七点整"，再看看刘子坚，不像八路，就摆摆手让刘子坚走。刚走出不远，汉奸大声喊叫："停下！"停下来的刘子坚正想着对策，汉奸说："把怀表给我留下！"刘子坚摘下怀表，给了汉奸，然后骑上自行车，飞快地走了，心里说了一句"谢天谢地"……

鬼子和汉奸怎么也没想到，眼前这个"回乡探亲的关东青年"，就是西海地下医院的负责人。

就这么一群越来越像掖县农民的军人，在敌人密集据点的缝隙里，"戴着镣铐舞蹈"，绞尽脑汁救伤员，成为八路军提升战斗力的一支重要力量。

人员分散在40多个村庄，承担着超常的工作压力，面对着极其恶劣的环境，如何凝聚大家的思想，统一大家的言行，成为一个非常严峻的课题。虽然大部分人经受住了考验，但是一些人情绪低落，个别人甚至"开小差"了，卫生所党支部决定开展气节、保密和爱护伤员三大教育，帮助大家进一步树立全心全意为伤病员服务的思想。

卫生所护理员李崇臣，多年后还清晰地记着保密教育和气节教育的内容：

护理班长吕世昌告诉李崇臣，住在王门的伤病员的情况以及地洞的情况，不能对任何人讲，要绝对保密，这是纪律；对其他工作面的情况也不要问。李崇臣牢记在心，即使回到家里，也不透露任何情况。邻居问他最近在干什么。他说去别的村打短工去了。分所指导员李志超在对李崇臣进行气节教育时说：我们现在所处的环境很复杂，日伪军反复"清剿""扫荡"，还有敌特活动频繁，一定要注意保密，一定要把自己化装好，要穿旧衣服，行动、语言等方面一定要像当地普通农民的孩子；更重要的是要有革命气节，一旦被俘，坚决不暴露身份，一旦被变节分子出卖，要坚决保守秘密，不向敌人屈服，要把敌人的审判台变成我们的演讲台。一个人的牺牲可以保护大多数革命同志的生命，使他们继续与敌人斗争，这是非常光荣的。

王一峰常来给大家讲形势、谈未来。他的话像一盏明灯，让大家心里越来越亮堂，越来越有劲头：

从国际局势看，1943年2月，苏联军队打赢斯大林格勒战役，盟军在欧洲开辟第二战场，日军在太平洋战场接连失败并丧失战略主动权，由战略进攻转入战略防御，世界反法西斯战争形势发生重大变化。在国内，中国共产党领导的敌后抗战，通过精兵简政和大生产运动，已经渡过1941年至1942年的最困难时期，基本上制止了敌人对根据地的"蚕食"，连续挫败敌人的五次"治安强化运动"，并在一些地区开始对日伪军的攻势作战，进入再发展阶段；在党内，开展了一场整风运动，一是纠正干部中的非无产阶级思想，二是肃清党内暗藏的反革命分子。在山东地区，为了应对强弩之末的日军最后的顽抗，八路军山东军区灵活运用"翻边战术"，不断"捣毁并收复"日军的据点。而遭到八路军接连打击的日军，也集中兵力进行疯狂反扑，垂死挣扎。山东党政军主要负责人罗荣桓告诫八路军战士，要树立起应对敌人最后疯狂的决心，要坚持熬过最为困难的时期。1943年，八路军在山东通过麻雀战、地雷战、壕沟地道战等20多种独特的游击战法，取得骄人战绩，恢复了大片根据地。山东军区部队打破日、伪、顽的三方夹击，打通了鲁中、滨海和胶东各区之间的联系，改变了对敌人的斗争形势。而日军的应对方式，除了万年不变的"扫荡"以及"三光"政策之外，已经黔驴技穷了。

因为从大泽山区过来，王一峰谈到很多西海军分区的情况。

1943年2月16日，为了恢复西海区，重建大泽山抗日根据地，胶东区党委决定派吕明仁到西海任地委书记兼军分区政委，陈华堂任军分区司令员。陈华堂是一个老红军，曾任红六军团特务团团长，1941年8月来到山东，任抗大一分校大队长兼教育处处长等职务。戴着深度近视镜的吕明仁，有勇有谋、文武双全，讲起马列主义理论滔滔不绝。吕明仁到西海的第二天，便召开了区县级干部会议，听取汇报，了解情况，进行思想动员，讲明形势。他充满信心地说："鬼子来'扫荡'，我们满有条件坚持战斗。没有子弹，还有石头，准能将敌人的头砸个稀巴烂。革命总是要付出代价的，有挫折，也会有牺牲，这都是暂时的。革命道路虽然曲折，但前途却是光明的，胜利将属于我们。"接着，他又实事求是地总结了西海地区反"扫荡"的经验教训。吕明仁的声音，铿锵有力，情绪昂扬，使大家精神振奋，增强了对敌斗争的信心。从3月到5月，吕明仁一面了解敌情，一面组织自己的武装力量。军民齐心协力办起了小型兵工厂，由1个发展到3个，可以修理制造枪支、子弹、铁雷、石雷、头发丝雷等。一次，敌伪出动1500人侵入大泽山，刚爬上一座山腰，民兵队长一声令下，顿时喊杀声、土枪土炮声、地雷爆炸声不断，震天动地。在不到一平方公里的范围内，敌人踩响地雷30余处，被炸得人仰马翻，屁滚尿流，死伤70余人，不得不草草收尸回营。伪军官胆战心惊地说："不长铁脑袋，别想到大泽山！"英雄的大泽山军民，在陈华堂和吕明仁的带领下，以地雷战闻名胶东。他们创造出十几种地雷，从简单的石雷、铁雷发展到复杂多变的飞行雷、马尾雷、防潮雷、子母连环雷、慢性自燃雷等。埋雷方法也有很大改进，灵活多样。从村头沿路埋雷，发展到村村摆上地雷阵。门上挂雷，草堆埋雷，人人埋地雷，家家有地雷，使敌人闻风丧胆。面对敌人的"蚕食"和伪化活动，吕明仁亲自带兵，接连发起店子、纸房等战斗，围困古岘，逼近平度。在半年多的时间里，西海区建立400多个村的抗日政权，使敌人的征粮区缩小了五分之四，西海地区斗争形势发生了根本变化，由被动挨打转入主动进攻……

王一峰还讲了一个感人事迹。1943年3月10日，西海军分区二营的一个副班长，在战斗中负伤，肚子被弹片划开一个口子，长达半尺，肠子流出来，满地都是。卫生员张挺用毛巾擦去他肠子上的泥土，用一只胳膊、一条腿托住他的身体，在血泊中爬行3公里，奇迹般地将副班长从死亡线上拉了回来……

王一峰的谈话绘声绘色，深入浅出，通俗易懂，又富含道理，令人深思。每次他讲完之后，大家都会热议一段时间，带来一种强大的精神能量。

鉴于思想政治工作的强大作用，刘子坚向上级提出要求，给每个医疗区派出一名连级政工干部，开展更加广泛有效的思想政治工作。西海军分区领导先后选派龚梅峰、纪毅、尹支书、董天泰、于景波、李志超、滕吟诗、杨如松等，来到西海地下医院的各个医疗区。

纪毅在1943年初春到达朱旺医疗区之后，立即开展工作。这个医疗区，包括大辛庄、小辛庄、草坡、朱旺村、三间房村5个村庄，每个村有20多名伤员住在地洞里，有医护人员为伤员服务。纪毅常驻小辛庄，抱着孩子做掩护，冒着随时都可能遇到外出"扫荡"的敌人的危险，轮流到各个村去巡视伤病员。作为政工人员，要做好伤病员的思想工作，根据上级的部署，她向伤员们宣讲《论持久战》，进行形势教育，使伤病员树立长期对敌斗争的思想，坚定抗战必胜的信心；请苦大仇深的同志给大家讲身世，讲日军暴行，同志们听后纷纷表示将革命进行到底，不怕艰难困苦，不怕流血牺牲，使长期待在阴暗潮湿的地洞里的伤员振作起革命斗志，争取早日养好伤，重返抗日前线。与此同时，做好医护人员的思想工作，医护人员中有原为医生参加革命的知识分子，有青年学生，也有穷苦人家的子弟，他们出于不做亡国奴的爱国热情加入了抗日救国的行列，支部根据他们不同的社会地位、家庭情况和生活习惯，对他们尊重、关心、爱护、支持，同时进行爱国主义特别是革命气节教育，宣扬卫生所涌现出的为掩护伤员、宁死不屈、壮烈牺牲

纪毅

的医护人员的事迹，赞扬他们不畏艰苦、不怕牺牲来为八路军伤员服务的爱国精神。同时，作为一名政工干部，她以身作则，吃苦在前，让医务人员吃细粮，自己吃粗粮，在奶水不足的情况下，还用自己节约的粮食接济房东老大娘；挖洞时共产党员下洞在前，出洞在后。大家纷纷表示要向共产党员看齐。有一个叫刘桂英的小姑娘因表现突出，被发展为党员。她们提出一个响亮的口号：我们在伤员在，我们不在伤员也在！全医疗区的共产党员绝不辜负党组织的重托！

环境艰苦，敌军压境，气节教育显得更加重要。卫生所突出宣扬了共产党员、原卫生所医助王谟和护理员小郑的事迹。

那是1941年夏天，王谟和小郑带领一部分伤员在南招沽河村养伤。一天，日军突然对这里进行"扫荡"，一部分重伤员由王谟带领隐蔽在村外的地洞里。由于情况紧急，洞口附近的脚印没有处理干净，狡猾的敌人顺着脚印找到洞口。一个鬼子站在洞口边，操着半通不通的中国话喊道："八路的，快快出来，皇军不杀。"

气氛顿时紧张起来，大家的心跳到嗓子眼。王谟紧紧地扼守在地洞的拐弯处，对大家说："同志们，不要怕，敌人不敢下来！"日军见洞中无人回话，又威胁地叫喊："不出来，皇军放毒了！"灭绝人性的鬼子见洞中还没人出来，便向洞里放起毒气。

一股股毒气涌进洞里，然后弥漫扩散，进入人的身体，有的伤员晕倒，有的伤员咳嗽不止。在这危急时刻，王谟和15岁的小郑挺身而出，毫不犹豫地走出了洞口。

敌人一看到他们，欣喜若狂，用枪指着他们问："洞里人的还有！"

"没有人了！"两人异口同声地说。

敌人不相信，对他们进行了一顿毒打。任凭敌人拳打脚踢、枪托捣，他俩互相用眼光鼓励着，咬紧牙关，宁死不屈。

敌人没有办法，又派伪军下洞检查。两个伪军提心吊胆，一步三回头地进了洞。洞里烟雾弥漫，什么也看不见。这两个怕死鬼往前走了几步，就掉头往回跑，报告日军说里面没有人了。

敌人一看得不到什么，又想从人格上凌辱王谟和小郑。一个日军军官面带笑容对他们说："你们俩的给皇军叩头，皇军放了你们。"

王谟和小郑一言不发，只是用充满正义和仇恨的目光怒视敌人，让鬼子和伪军心头一颤。罪恶的枪声响起，两个人倒在血泊之中……

英雄的壮举，激励着全体医护人员，他们的斗志更加昂扬了。党员们纷纷表示：不论在什么情况下，都要保护好伤病员，决不玷污共产党员的光荣称号。"朱德青年队"的姑娘小伙子们暗下决心：一定在困难时刻经受党的考验。

这样一支有信仰、有灵魂、有意志的坚强队伍，是拖不垮打不烂的。

"中西医结合"的红色样本

  一个个伤病员从前方运送到西海地下医院,他们的伤情让医护人员感到揪心和难过:受的都是手榴弹、地雷和枪伤,而且都是多处受伤,伤口面积大。过了四五天才辗转运到地下医院,伤口发黑发紫,还有生蛆爬动,散发着一股恶臭味。

  要尽快救治,尽快让伤员康复!可是极度缺医少药怎么办?恶劣的环境,逼迫地下医院走上一条因地制宜、土法上马、中西医结合的路子,为抗战时期八路军的卫生事业探索出成功经验。

  治疗大面积伤口,需求量最大的耗材是棉花。地下医院的医护人员购买来普通棉花,加入一种土碱进行脱脂、漂白,再洗净晒干,找弹棉花的工匠重新加工,再进行消毒后投入使用。为了厉行节约,凡是用过的敷料,无论上面的脓血怎么脏臭,都要收集起来,到村外的小河沟里清洗干净,消毒后继续使用。敷料员关翠娥是个童养媳,她参加革命后,不怕苦,不怕脏,踏踏实实地工作着。夏天敷料腥臭味刺鼻,冬季河水结冰,手脚冻裂生了冻疮,她始终坚持,从不叫苦埋怨。

  蒸馏水是一种普通药品,配制内服外用药物都离不开它,在医疗上用途很广,因此显得很重要。当时,由于缺少蒸馏水,一些情况下便用煮沸的开水代替，老百姓家的大铁锅就可以解决问题，可是注射和麻醉药的配制必须用蒸馏水。为了解决蒸馏水短缺问题，在一个冰雹天，护士杨晓宇和医助纪平突发奇想，可不可以用冰雹水替代？她们用冰雹水试配了一些葡萄糖注射液，为了伤员的安全，先在自己身上注射，结果副作用很大，一会儿发冷一会儿发热，上吐下泻，病了四五天。一天，杨晓宇在房东林大爷家看到一本中学化学书，上面写着蒸馏器的原理，还有一张蒸馏器的图片，她们如获至宝，赶紧找到一名打"洋铁"的工人，动手做出一个蒸馏器。在军医张燕的指导下，反复试验，终于获得成功。当蒸馏器第一次出水时，大家激动地欢呼起来。

氯化钠是换药冲洗伤口不可缺少的重要药物，当时也很缺乏，地下医院就用土法提炼食盐。掖县西靠大海，有一个个盐场，但是盐质杂，盐块大，不好溶解，不易配制氯化钠溶液。她们以土法过滤杂质，再放进锅内用火烧，锅顶放一块自制的纱布罩。水蒸气伴随氯化钠颗粒喷在纱罩内，冷却后取下放入大口瓶内以备使用。

当年的护士杨洪明回忆：由于当时药品和器械都很缺，大家就想办法克服困难。没有金属镊子，就用竹筷子削成薄片，割成十五六厘米长，中间再夹上二三厘米长的薄竹片，把一头捆住当镊子用；自己配制的碘酒、红汞水及软膏，没瓶子装就到老百姓家里找来新媳妇用完的搽头油小瓶子和雪花膏瓶；敷料缺乏，就把换下来的绷带和大一点的纱布洗干净，消毒再用；没有胶布，就用牛皮纸刷上糨糊替代；有的伤员需要上热敷，没有热水袋就把砖头烧热，用布包上当热水袋；药品缺乏就用土方法治疗，如有的伤员大腿炸伤，伤情较重，感染化脓，又因多天没换药而生蛆，伤口深处不易清除，就用香油涂在伤口上面，蛆虫闻到香味自己就会爬出来……

西药奇缺，西海军分区一个营级单位每三个月或者半年，只能供给25

克阿司匹林、100克小苏打、5克"二百二"（即汞溴红），外用药粉、碘酒和药膏等供应也很困难。掖县漫山遍野的中草药，成为西海地下医院的一个"大中药库"。掖县依山傍海，物产丰富，自古就盛产中药材，明朝编纂的《莱州府志》上记载过当地出产的动植物药材。新中国成立后进行的普查表明，当地有植物药材166种，动物药材40余种，矿物药材6种，麻黄、沙参、莱菔子、海龙、海马、鸡内金等，都是掖县的道地药材，马山及其周边的十几个小山头，是一片天然的"药材山"。田间地头生长着的大姜、大蒜、艾蒿、荠菜、马齿苋，是老百姓治疗头疼脑热的常用食材。地下医院组织人员去挖中草药，用荠菜止血，用马齿苋、大蒜治疗肠炎、痢疾，用生姜、大葱头治疗感冒，用艾蒿针灸治疗各种病痛，起到一定作用。有位病员气管炎很严重，护士长王利华去山上挖远志泡酒，经过一段时间治疗，这位病员的病情明显减轻了。王利华还发动大家去山上挖一味叫"茄梗"的草药。茄梗能治病还能卖钱，她怀着六七个月的身孕，带头采药。大伙儿让她多休息，她不肯，直到后来实在走不动了，才不再上山，但到晌午的时候，她就去给大伙儿送饭。伤病员非常感动，大家齐动手，能上山的上山，反正都穿着普通老百姓衣服，和庄稼人一个样，上不了山的就留下来剥皮。采的茄梗卖了钱，一部分用作给伤病员改善生活，一部分买了奶羊，挤奶给重病号喝。

　　刘子坚一边带着大家挖中草药，一边绞尽脑汁想新的办法。

　　西海地下医院的伤号多，病号少，战士们轻伤不下火线，小病小灾咬着牙坚持浴血奋战。医院收下的伤员多是外伤，可是组建初期所里没有一个真正会"开刀"的外科医生。卫生所副所长曲笑臣擅长内科，但对于动手术是外行。外科的医疗器械仅有几把剪刀、止血钳和镊子，药品敷料只有红汞、来苏、食盐水、碘酒、纱布、药棉、绷带等。起初对外伤采取了一种保守疗法：每天或隔天用食盐水冲洗伤口，换药之后到阳光下暴晒。有一名伤员下肢骨折感染化脓，医生动手术时，伤员因失血过多而休克。当时没有输血条件和抗休克的药物，只能用生理盐水、高渗糖液维持血容量和血压，最后伤员在痛苦中离去。一个连队的卫生员小周，患了急性阑尾炎，医院去敌占区朱桥镇请了一个名医来进行剖腹手术。这位名医毕业于齐鲁医学院，医术高超，但是打开腹腔后，他看到小周的阑尾已化脓穿孔，手术后仍然发高烧，腹痛不止。当时没有磺胺类和抗菌素药物，名医也束手无策，眼睁睁地看着小周痛苦地离世。在部队攻坚战斗时，受伤者中约有20%的人患气性坏疽和破伤风，这是威胁性最大的所谓"不治之症"，在没有磺胺药和破伤风抗毒素的条件下，只能用硫酸镁和双氧水等药物治疗，并加强护理，虽然挽救了一部分伤员的生命，但由于缺医少药，还是有一些负伤或患病的战士，残疾或者牺牲了。有一个"肺坏疽"的伤员，伤口分泌出一种恶臭物质，嘴里呼出的臭味也使人感到窒息。护理员在鼻孔里塞上酒精棉花球，再戴上口罩，也抵挡不住死尸般的恶臭味。有一天，伤员病情突然恶化，伤口呈紫黑色。剧烈的疼痛，让伤员大喊大叫起来，护理员跑步去向军医卜令报告。等卜令来到病房时，伤员已经处于半昏迷状态，他使劲睁开眼，喃喃地说："卜军医，我不行了。给我奏支曲吧！"他们都知道卜令善于吹拉弹唱。卜令不顾臭气熏天，他从口袋里掏出口琴，动情地吹了起来……在音乐的安抚下，伤员嘴角带着一丝微笑，离开了人世。他们没有倒在硝烟弥漫的战场上，却牺牲在自己缺医少药的医院里！每每遇到这种情况，刘子坚都感到万分难受，觉得太对不起这些阶级兄弟了！

经过集体研究，卫生所决定马上从掖县当地引进名医，同时向上级打了一个报告，要求胶东军区卫生部派出专业外科医生……

中医朱跻青和外科专家张燕就是在这种情况下进入西海地下医院的。

1943年春天，朱跻青和张燕夫妇先后来到西海地下医院。

军医朱跻青

在四处搜寻医生的过程中，王一峰想起了一个人，那就是郑耀南在省立九中的同班同学朱跻青。朱跻青来自掖县西山前朱家村，1925年进入省立九中，毕业后在当地从事教学工作。1934年，他考入北京华北国医学院，专攻中西医结合，1937年毕业后返回掖县行医，在一家诊所兼药店坐诊。不久，日本侵略者占领了掖县，这家诊所成为八路军的秘密联络点，为了躲避敌人的搜捕，曾两次搬家。朱跻青二胡演奏技艺高超，他以演出京剧《坐宫》为掩护，深入炮楼策反伪军。日伪军四处搜捕他，有一次被敌人发现，他骑着自行车逃跑，敌人紧追不舍，遇到一个大山坡时，他不慎摔进深山沟，挂在半山腰的一棵树上。敌人以为他已遇难，便停止了追捕，朱跻青因此逃过一劫。王一峰也是华北国医学院的毕业生，比朱跻青低一届，他介绍朱跻青加入了中国共产党……

朱跻青的到来，为地下医院带来一丝温暖的春风。许多医护人员都记住了他踏入医院门槛时的形象：身材不高，略显丰满，体格健壮，面色红润，脸上总是挂着亲切自然的微笑。或许是因为长期受到中医药理论的熏陶，他就像一副温和的中药。朱跻青为地下医院带来了两大变化：一是推广中西医结合的理念，利用中医药救治了大量伤病员；二是举办药剂培训班，亲自授课，为医院培养了第一批药剂人才。

朱跻青在西海地下医院的实践，在当时的敌后并不多见。他沿着三条道路走来：一是中华优秀的中医传统。在北京华北国医学院求学期间，朱跻青深受院长施今墨的影响。施今墨，浙江萧山人，是当时北京四大名医之一，他长期从事中医临床，医术高超，曾为孙中山、毛泽东、蒋介石等众多名人诊治，治愈了许多疑难重症，救人无数。他擅长使用对药，即利用药物间的协同作用、互补短处、相互促进的特性，达到特殊的治疗效果。他学习西医理论和诊断方法，提出"中医现代化，中药工业化"的口号，并身体力行。他要求学习中医的学生学习解剖学、细菌学、外语等，这在当时是一种非常开放的教育思想。在药物加工方面，施今墨引进了精密的化学仪器，对中药进行熬制、加工。他研制出了中药浸膏、蒸露、酊剂、药粉等，使传统中药焕然一新。新中国成立后，他创制了许多新成药，贡献了700个验方。更重要的是，施今墨还是一位杰出的教育家。1931年，他创办了华北国医学院，先后培养出一大批中医大师，前后培养了六七百位优秀的中医人才，为中医的传承和发展做出巨大贡献。朱跻青是这所医学院的第三届毕业生，他的毕业论文《消化系之传染病》就是关于中西医结合的。二是中国共产党和八路军对中医药的高度重视。毛泽东20岁时就提出"医道中西，各有所长"的观点；井冈山革命斗争时期，红军难以从外界获得西药，就充分利用山上的中草药资源，治愈了众多将士，中医药对于提升红军的健康水平发挥了至关重要的作用；在延安，著名中医李鼎铭治愈了毛主席的风湿性关节炎，成为军中的"活神仙"，并为部队培养了一批中医，成为各部队不可或缺的中坚力量。作为一名资深中医，李鼎铭并不排斥西医，他认为："中西医各有所长，只有团结起来才能取得进步。"这一观点得到了毛主席的支持和赞同。从此，中西医结合成为共产党人发展中国医药事业的指导方针。在接下来的抗日战争和解放战争中，中医挽救了无数战士的生命。三是掖县当地悠久的中药传统和技艺。清末民国初，掖县有永生堂、吉来祥、义兴裕和德裕昌四大药铺，他们前店后厂，"头小腔大"，门头两三间，药材库房几十间，能自制70多种中成药，有20多种销售到省外。他们的门口都写着"古法炮制"的字样，德裕昌和义兴裕三分之二的员工在加工中药材，即使是能直接用于配方的蝉蜕，也必须用甘草水洗两遍，晒干后才能装入药斗……

朱跻青融会贯通，当时已年过三十。在刘子坚的记忆中，朱跻青工作积极负责，为人直爽诚恳，经常主动提出工作建议，解决了不少难题。他政治学习积极，政治觉悟较高，并提出了入党申请。经过党支部的教育帮助，1943年，王一峰和刘子坚介绍他加入中国共产党。药品匮乏时，他带领大家到野外采药，教授大家用大蒜治疗痢疾，用拔火罐治疗腰腿疼，用刮痧治疗伤风感冒，用荠菜治疗战伤。他们还自制了许多中成药，例如用自采的远志草和购买的中药桔梗研磨成粉，制作成止咳祛痰药；用购买的陈皮和龙胆草泡入白酒，制作成健胃苦味酊；用前方作战缴获的鸦片和薄荷脑、樟脑、陈皮等，加入白酒制作成十滴水；根据朱跻青的处方，用五灵脂、龙骨、远志草和蜂蜜制成健脑丸；用甘草、白芷、细辛、樟脑、木香、薄荷等，仿照八卦丹的配方制成解暑清脑的薄荷片；用部队作战缴获的鸦片加吐根粉、硫酸钾，制成止咳用的托氏散；用花生油按不同季节、温度配以蜂蜡，再按不同比例制成土凡士林等，发展到后来，他们能制作膏丹丸散等200多种药品。

另一名军医卜令也使用了许多中医方子。卜令用房东家的铁锅烤馒头干，给患有慢性胃炎的伤病员吃，患者食后上腹部疼痛减轻，恶心、嗳气的症状消失，食欲增加。卜令经常带领大家上山烧石灰，他说："石灰不仅是一种建筑材料，还是杀菌消毒剂。"为了加深大家对石灰作用的认识，他和大家一起抬水缸放置在病房门旁，缸里盛有石灰水，把破伤风、坏疽病人换下的纱布、绷带投入石灰水，浸泡一周后捞起洗涤，晒干后再用。卜令边讲边示范，他说："含氯石灰也叫漂白粉，通过氧化导致细菌的生长繁殖受到阻碍，从而发挥杀菌作用。我们现在缺少漂白粉，只好用石灰来代替。"卜令还经常给医护人员讲课，他说："在缺乏医疗工具的情况下，作为一个医生、护士，不能单靠医疗器械，还要学会自己动手修理医疗器械，还要会当木工、铁工、缝纫工，只有这样才能满足医生、护士工作的需要。"课后他带领大家制作了夹板和托马氏夹板。

药剂工作很重要，可是卫生所没有一个人学过药物学，全靠自己摸索学习，为此，朱跻青办了一个药剂训练班，杨晓宇、毛桂香、宋建国、姜尚舟等十几个人参加。在一个大土炕上，朱跻青给每个人发了一本油印的《药物学》，这是他自己编写的。他笑眯眯地讲解着，生怕这些学员们听不懂。学员们文化水平低，医务知识很少，用笔记本记不下来，这就需要朱跻青一遍又一遍地讲。他非常耐心细致，拿着药品，让大家辨别形状，尝试味道。护士杨晓宇回忆：到现在我还记得当时第一次尝到小苏打的滋味。朱军医一共讲了50多种常用药物，教材里没有的药他也讲了。讲了药物的性质、用处，还讲了剂量要求、配伍要求和配伍禁忌。他说，你们要记住药物配伍禁忌，你们有责任，一旦发现医生开的药方违背了药物禁忌，就必须叫医生改药方。当时我们想，我只是一个小小的司药，不懂得治病，一切听医生的，怎么敢叫医生改药方呢？可是朱军医叫我们这样做，他说，这个问题搞不好是要出人命的。他讲的内容非常多，他说，地下医院处在地下，非常潮湿，药品不能用纸袋子、布袋子装！最后他还讲了一个问题，就是平时一定要做好准备，一旦有敌情，必须在半个小时内处理好药物，动作要快又不能乱，要把药物带走，不能留下一点痕迹。朱军医的样子好像还在眼前！上课的时候我们听不明白的，都不问，怕打断朱军医的思路，下课了才去问。训练班结束后，在工作中遇到问题，就记下来，去找朱军医问。只要向朱军医问问题，他总是非常耐心地解答。

根据朱跻青的要求，杨晓宇回到王门医疗区当药剂员之后，买了玻璃瓶，还做了一个药箱，分三层装药瓶子，装着30多种药物，用的时候一层一层拉开，一旦有敌情，收起来就是一个箱子，可以马上带走，也不会留下痕迹，很方便。

工作紧张、繁重、危险，但是也有放松娱乐的时候。傍晚时分，"扫荡"的敌人回据点了。刘子坚和朱跻青、龚梅峰在房东院子里合奏广东音乐《梅花三弄》《步步高》，刘子坚吹口琴，龚梅峰拉二胡，朱跻青拉京胡，在戎马倥偬的战争年代，铁血汉子也需要似水柔情，那些跳跃的音符，颂扬着梅花的铮铮铁骨、高尚的情操，也表达着激越向上的人生情怀。朱跻青的京胡拉得特别好，相当投入……

在西海地下医院工作了近一年时间，1943年11月初，西海独立团一营重新组建，王淳担任营长，军分区首长命令卫生处速派军医去支援。王一峰找不到合适的人，只好临时派朱跻青过去，打算有了适当人选再把他调回卫生所。因为营里还没有教导员，朱跻青承担了很多教导员的工作。一个月后，一营在大泽山崮山后遭日伪军突袭，朱跻青没有战场经验，又微微发胖，行动不便，不幸中弹牺牲。营里的卫生员梁善修为了抢救朱跻青身负重伤而被捕，伤好后，他假装当了伪军。日伪军出来"扫荡"，梁善修背着一支大盖枪跑回来了。西海军区司令员陈华堂接见了他。

从西海军分区卫生所进驻掖县，到胶东军区派来军医张燕，只有短短两个多月时间，然而对于刘子坚和地下医院来说，这两个月显得极其漫长和痛苦。伤员们的弹片嵌在身体里疼痛难忍，负伤面积又大，在秘密转运过程中不同程度感染了，甚至有一部分伤员发起高烧。来到地下医院之后，住在地道里，整天看不见太阳，又缺乏营养和药品。很多伤员必须手术，由于没有专职医生，截肢和清创取弹片等手术没人敢做，一直到张燕来了，才解决了这个难题。当时，医院里连一本普通的医学书也没有，王一峰就拿出他在华北国医学院读书时珍藏的一本《外科学》，给张燕专用。

军医张燕

张燕的夫人纪平在孩子还没满月的时候，就跟着张燕来到地下医院，先在穆家庄住了一段时间，接着调到王门中心医疗区，被安置在一位叫王益宽的房东家里。王益宽60岁左右，有3个儿子，"九一八"后就剩下老两口在家。纪平就扮作他的三儿媳妇，老太太帮纪平照看孩子。王一峰、刘子坚、张燕，以及王利华、张岐盛、范淑香、韩淑美、杨晓宇、冯志岐、孙秀兰等都在王门医疗区。重伤员送到王门，由张燕主刀进行手术，纪平是第一助手，负责麻醉等工作，还有第二助手。胸、腹、四肢的手术都能做。胸部手术主要是取出子弹、弹壳，清理嵌入皮肉里的衣服碎片、棉花等；四肢创伤，如果血管打断了一般要进行截肢，以免肢体坏死。如果头部受了重伤，治疗的难度就更大了。手术一般在晚上进行，房子里用一顶消过毒的大帐子支起来，挡住四面墙壁，点一盏汽灯，医护人员穿隔离衣帽，戴上口罩。手术器械虽然很简单，但都经过消毒。手术后，将伤员用绷带固定在一扇门板上，从洞口竖着放下，洞下有人接应。术后由张燕第一次下洞检查，如果没什么大问题，就由纪平接替，因为张燕还要到各个村去巡诊。每天下洞换药时，提着一个篮子，里面放着雷夫奴尔、红汞、碘酒、酒精等，当时没有消炎药，伤口愈合主要靠手术的成功和伤员的自身抵抗力，大部分伤员经手术后都能痊愈。张燕不在时，如有紧急手术，纪平也可以做。

有一次给伤员做截肢手术，张燕主刀，纪平是麻醉师，申吉桂当助手。伤员被从地道里抬出来，放在两张桌子拼成的手术台上，那时用氯仿吸入做麻醉，病人要经过一个兴奋期，又喊又叫，想从桌子上蹦下来，申吉桂就使劲按住，不让病人乱动。病人平静后，张燕开始手术，申吉桂用止血钳止血，再结扎一个个止血点。病人苏醒之后，难受得呕吐不止……

就在李绍顺家三间低矮的农家小屋改造成的手术室里，张燕和纪平等挽救了很多八路军伤员的生命。

药品供应，是西海地下医院面临的一个巨大难题。

1942年底，王一峰派司药宋建国到王门医疗区建立药品供应站。宋建国筹建了3个药品供应点，王门医疗区药库由杨晓宇管理，并挖了两个井式地洞；高郭庄医疗区由宋建国和司药夏洪业管理，张振亚主管采购工作，利用自然洞一个，自己挖了两个地洞；朱旺村医疗区由张树梓司药管理，挖地洞一个。

西海军分区没有制药厂，为了满足部队用药，只有搜集土药方治病，动员群众和医护人员去山地采药，自己炮制多种药品。1943年秋天，林育生从胶东军区卫生部来到西海卫生处任副处长，他下功夫钻研医务技术，为了解决药品和器材的供应问题，在卫生所驻地，亲自领导成立了一个制药组，土法上马，从实践中学习，组织药材生产。在高郭庄，宋建国利用房东刘大哥家的榨油房建成制药室，利用中草药制成各种膏药和药酒，还做急救包、蒸馏水、注射液和简单的医疗器械；其中配制中药200多种，基本解决了后方医院和前方部队的用药问题。到1944年形势好转了，这个制药组搬到南掖大陈家，扩大到40多人，改为卫生处的材料股，下设器械组、敷料组、漂白组、注射剂组、酊水剂组、丸剂组、翻砂组等，并派林钧连去胶东新华制药厂学习经验。当时用中草药制成各种丸散膏丹、药酒、药水等100多种；用漂制敷料等制作救急包、蒸馏水、注射药和简单医疗器械。1945年卫生处材料股股长李明派司药夏洪业去胶东卫生部取麻醉药，他把两桶乙醚放在一只小毛驴背上驮着，这是一个夏天，酷热难耐，桶中的乙醚温度逐渐升高，鼓胀得桶皮咚咚作响，随时有爆炸的危险。夏洪业不断用井水浸泡降温防止爆炸，穿越数百里路，胜利完成了取药任务。

1943年，夏洪业只有18岁，就已经升任护理班班长。这年夏天，他被分配到材料组，职务是调剂员，和张振亚长期住在高郭庄。张振亚原来就在西海军分区卫生处王一峰手下负责材料供应，现在仍然负责采购，主要和走私商人联系，根据需要从天津、大连等城市购进药品和器械。夏洪业负责药材保管，向部队发放药品等，未入伍前他曾跟着老中医去山上采药，还曾在中药铺学做药丸和站立蹬药碾，所以凡是制作药粉的事儿都由夏洪业负责。有一次他去程郭庄赶集买菜，正巧鬼子来了。他灵机一动，买了四两花椒，闯进一家药店，把花椒放入药碾里碾起来，顺利地躲过鬼子。

他说：当时药材不多，但还是分散保存在几个地洞中，以免被敌人同时弄走。当时用的地洞有群众早挖好的，有我们自己挖的，挖地洞是我的特长，不是有本领，而是因为我身体瘦小，便于活动。一般都是我先挖，等挖到别人能够进去了，他们才展开工作。挖洞时下面光线暗看不清，他们就在洞上方立一块门板，再贴上白纸，让光反射进洞内，这样光线就适宜人的眼睛。有次是在一个水井里挖洞，他们就用筐把我放到水井的半空由我先挖，然后别人才进去，现在想来也挺有意思的……我挖过一个磨台底下的地洞。当地群众习惯在磨底下留个洞养鸡，我们据此将磨台卸下，下面挖洞，挖好后在洞口盖上木板，上用黄泥糊上点鸡粪，再放上鸡蛋，就变成极好的洞盖，最后再安上磨台。这样的地洞只存物品，无法住伤员。

中草药可以自己制作，但是紧缺的西药和器械必须到敌占区购买。在卫生所指挥下，张振亚和宋建国主动出击，化装成商人，骑着自行车到处拉关系，购药品。他们先到掖县朱桥、平里店、西由镇等地与药店老板交朋友，摸清药物种类、价格和购买渠道。在当地工作起来困难很多，如口音不对，会引起人们怀疑，他们就学说掖县话。朱桥、平里店都有日本鬼子据点，逢集赶会，常有日伪军巡逻，稍不留神就有被抓的危险。天长地久之后，他们与这些乡镇的药店老板交上了朋友。有些贵重药物如盘尼西林、磺胺类抗炎药在乡镇药店买不到。王一峰派张振亚化装进城买药。张振亚头戴礼帽，身穿大衫，脚蹬皮鞋，手提皮包，一副商人打扮，混进了掖县城，冒着生命危险，跑东家闯西家，先摸清哪些大药店愿意贩卖走私药物。因为这类药要从天津、大连进货，风险较大，大都不愿意做这笔生意。张振亚像电影《三进山城》里的八路军一样，在敌人的眼皮底下进进出出，大胆活动。日本人入侵前，掖县城里药店药铺很多，流传着"南关到北关，药铺有两万"的传说。掖城德裕昌、朱桥义兴裕和育生东药铺是全县规模最大的三家药店。初建于城里大十字路口东路南的德裕昌，有48间大瓦房，其古法炮制的中药名扬京城。药铺经营有方，中西药和医疗器械兼营，薄利多销，货真价实，深受顾客信赖，西海地下医院的医疗器械大部分是从这里购买的。在日本人铁蹄之下，这些医院生意惨淡，度日如年，所以颇具爱国情怀，愿意帮助八路军。这些药店老板把张振亚当成好朋友，几乎达到有求必应的程度。张振亚费了九牛二虎之力，将盘尼西林、磺胺结晶粉、药棉、纱布等购买了一大批。但是，要想将药品带出掖县城是不可能的。他想方设法，做通了一个伪军小排长的工作，让小排长出面证明自己是个"药商"，是做药品买卖的商人，由小排长亲自护送出掖县城的北门，每次都能完成任务。由于出入掖城的次数多了，连城门的哨兵

司药张振亚（左）和战友

也认识这位"张老板"，久而久之，哨兵不仅不检查他的货物，反而恭敬地让他冠冕堂皇地走出城门。

一次，为了抢救一个生命垂危的伤员，刘子坚派宋建国去城中购买药品。宋建国买好药品后藏在内衣兜里，将要出城时遇到一个便衣特务要搜身。宋建国沉着机智地拿出一包"哈德门"香烟，递给特务说："别闹着玩了，不要大水冲了龙王庙，一家人不认一家人了。"就这样骗过敌人安全返回，挽救了一个伤员的生命。

1944年夏，西海军分区敌工科通过关系，在梅铁医院的一位爱国医生那里，弄到一大批药品和器械。张振亚扮作送粮草的农民，带人用4辆独轮小车推回来，解决了很大困难。他说："现在回想起来，真有点后怕。当时护城岗哨人员对出入者一律搜身检查，私带药品一律没收，而且生命难保。"军医范贯之夸他很有胆识，他回答："是人民群众给了我力量。"

1945年元旦，掖南县公安局局长李栋派警卫队袭击梅铁医院，活捉了一个院长，缴获了两大包药品送给西海地下医院，其中有一只高压消毒锅，大家把它当成宝贝一样爱护，一直使用到全国解放。

作家方远在长篇小说《大船队》中，描写了始于清末的掖县方家船队为西海地下医院运输药品的故事。一百年前，掖县宏德堂主方英典在祠堂内烧毁父亲立下的"不得从事海运"的遗嘱，率领船队下海起航。他面对的是浩渺大海，一个广阔的未知世界。他是胶东农民从土地走向海洋的先行者，也是儒家思想浓厚的民族英雄。方英典的儿子方兴通带着"牡丹号"货船，去大连采购西海地下医院急需的棉花和药品，成为一条打不垮的海上运输线。一次，药品安全送到，"牡丹号"却因汉奸告密，被日军炸毁在莱州湾，方兴通沉入大海……小说就此结尾，却留下袅袅余音，让人回味无穷。这个故事源于真实的历史。为了寻找这段悲壮的往事，作家方远多次赴莱州实地考察，踏访西海地下医院旧址，参观红色展馆，让作品多了一种激昂的红色情愫。

西海地下医院的药剂工作在艰难困苦中坚持了下来，保障了医院和部队的药品供应，为指战员恢复健康提供了重要保证。当时西海军分区卫生所的药剂干部还有姜尚舟、张树梓、杨金声、谢文彩、孙守章、张清慎、张涛等人。

化作一缕太阳光

　　这是伤员生命中至暗的一段时光,身体受到重创,那种疼痛感像一只怪兽,不分昼夜地撕咬着神经,让人难以忍受。伤口化脓生疮,奇痒无比,好像有无数蚂蚁爬过,摧残着人的意志。加上身处那种没有边际的黑暗,模糊了时间,吞噬了空间,让人顿生恐惧感和压抑感,仿佛胸口上压着一块大石头,或者脖子被一根绳索勒紧了……

　　就像迎面遇上了日本鬼子,他们不能退缩,只能咬紧牙关,以自己的身心直面,以"亮剑"的姿态,战胜病魔。

　　伤员们能战胜心里的黑暗,一是靠心中坚定的信念之光,二是靠地下医院这些像一缕缕阳光的医护人士,他们是一个个发光体,燃烧自己,照亮病人。

　　自从进入西海地下医院,所有医护人员从熟悉地道开始,融入地道的黑暗,以伤员为中心,忘却自我,进入一种全新的生存模式,逐渐点亮了这个暗淡的世界。

　　能够轻松进出地道,融入这种战时的地下护理生活,本身就是一大挑战。即使今天,很多媒体的年轻记者,面对幽深的地道,狭窄的洞口,也要在腰间系上保护绳,头戴照明灯,小心翼翼地被送进地道,仍然胆战心惊,手忙脚乱。当年，医护人员大多是年轻姑娘，一年四季进出洞口如履平地，而且手里要拿着各种东西，肩上背着沉重的伤员，何其不易！她们要过的第一道关就是尽快熟悉复杂的地道结构、特殊的工作环境。

朱旺医疗区分党支部书记纪毅第一次进地道，护士杨朝喜告诉她，需要带一盏灯、一根小绳子、一架梯子，否则没法下到地洞里。来到地洞口上，先把封好的洞口揭开，把绳子系在腰上。杨朝喜嘱咐纪毅说："叫你放手时就放手，不叫你放手千万别放手。"纪毅摸着黑往下走，发觉原来挖的洞是一层一层的，先把小梯子放下去，纪毅拽着绳子一头，杨朝喜拽着另一头，等纪毅顺着梯子下到一层后，就拽一拽绳子，告诉上面到底了。地下黑乎乎一团，什么也看不见，等了一会儿，来了一个小姑娘，点着一盏小煤油灯，告诉纪毅在底下要弓着腰，有时候要跪着。到了里面，小姑娘告诉病号："领导来看望大家了。"纪毅跟躺在地下的伤病员一一握手，还有坐着的病号。伤员们都很高兴，说："书记，你来了，我们就感觉有主心骨儿了。"

从胶东军分区调来的护士长王利华，初来乍到也遇到了不少困难。

刚到王门村的第二天，王一峰正在召集大家研究工作，忽然跑进来一个穿花衣裳的姑娘，告诉大家："黄皮子"又来"扫荡"了！"掌柜的"，你还不赶紧下去？王一峰跳下炕来，房东宋大嫂把锅台边的一块土坯掀起来，露出一个很大的洞。王一峰对穿花衣裳的姑娘说："范淑香，这是刚来的护士长，你安排一下。"然后一伸腿跳进洞里，身子一缩就不见了。宋大嫂从容地又把土坯盖上。范淑香拉了正在愣神的王利华一把说："咱们快走吧！"她们穿越乱哄哄的大街，绕到一个小菜园里，一个胖乎乎的护士韩淑梅正等着她们。韩淑梅一把拉过辘轳上的绳子，麻利地系在范淑香的腰上，小范两手紧握绳子，往井筒里一跳，就"嘎啦嘎啦"地到了井底。韩淑梅接着把绳子绞上来，拴到王利华腰间，王利华双手紧紧攥着绳子，看着黑洞洞的井口，心怦怦直跳，怎么也不敢往下跳。此时，院外已经传来敌人自行车的铃声和急踏踏的脚步声，再不跳就来不及了，王利华心一横，眼一闭，韩淑梅借力一推，她的身子就开始垂直降落，晃晃悠悠，一直到了井底，她还不敢睁开眼睛。已经快接近水面了，忽然范淑香的头从上面井壁一个洞里伸了出来，拉住绳子说："过头了，向上提一提。"上面的辘轳倒了两圈，王利华才看见洞口。范淑香拉住她的胳膊，连拖带抱，一下子就把她弄进洞里去了。

王利华觉得自己一下子成了"瞎子"，黑暗从四面压过来，空气里夹杂着潮湿和难闻的味道，她呼吸急促，站立不稳，动也不敢动，只好用手四处瞎摸。范淑香见她这副样子，笑得喘不过气来。她循着范淑香的声音，像一个学步的孩子，尝试着挪了几步，视线逐渐适应了周围的环境。她有点沮丧，自己来到王门村两天了，走一步路都得别人扶着拉着，什么时候才能独立工作啊？

这是王利华第一次"下井"，吓得她半天没缓过劲来。不过，经过这次以后，她的胆子一下子大了起来。几天以后，敌人又来袭扰，准备去给一个病员换药的王利华正在街心走着，听到枪声拔腿就跑，跑到一个她从未到过的洞口，同事还没来得及拉住她，她就跳了下去。半个多小时后，敌人走了，同事喊她，却无人应，下到洞里一看，她跌得太重，已经晕了过去……

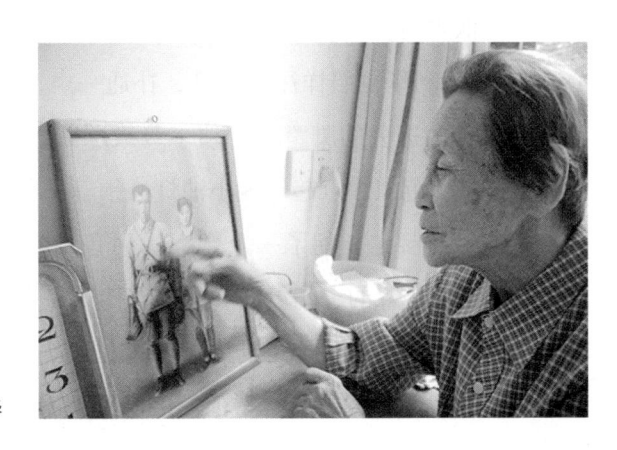

护士长王利华

决不能退缩！这就是王利华的性格。她想起自己在胶东军区医训队学习的时候，遇到的困难也不少。那时候，她一个字不识，药物学交白卷，同学们都笑话她。她不气馁，胶东军区医训队受命在栖霞的军区医护所挖地洞，每天挖洞前，她都在腿上写上几个字，休息时就念就写，三个月下来，认识了500多个字。挖地洞更是不落人后，每天鸡一叫就起床，挖到岩石，别人不愿挖，她带头挖，用钻子钻，手都被震出血。有一回，挖地洞时挖出了泉眼，她当机立断撕开自己的棉裤，用棉花堵住泉眼，保住了那个地洞。她累得抱着镢头都能睡着，也不肯停下来歇息，创造了一个月挖16个地洞的纪录。她还积极参加开荒生产，"比一个大男人干得都多"，天天超额完成任务。即使如此，她也没有耽误学习。盛夏的午后，村民们都躲在树荫下乘凉，医训队里的同学们在睡午觉，她却在床上偷偷地看书。指导员来查房，听到脚步声她赶紧放下书用被单蒙上头，指导员走远，她拿出书来继续学习。她还创造出许多学习方法，比如将生理学上那些难记的神经名称编成顺口溜，联系实际训练记忆。等到学习结束时，四门功课她门门优秀。这段经历，让她增强了战胜困难的自信和勇气。

一个傍晚，天快黑了，王利华和范淑香来到王门村东头的一间小屋，里面有一盘石磨，范淑香力气大，一只手掀起磨盘往旁边一转，就露出一个洞口来。范淑香用双手扶着洞口，腿一伸跃下去了。在下面喊："下来吧，小心一点。"王利华也照样往下一跳，扑通一声，掉到洞底。原来，洞壁两边都有一个个凹进去的脚蹬，必须一级级踩着下去。王利华没有踏上，一下子掉了下去。范淑香点起一盏小油灯，领着王利华往里走。在洞里人站不起来，只能弓着腰走。拐了一个弯，看到有几个伤员在通道旁边的草铺上躺着。洞子里凉森森的，伤员们有的穿着棉袄，有的盖着被子，重一点的躺着不能动，轻一点的倚着枕头或是坐在铺上，黑影里看不清伤员们的面孔。在这个阴暗的地方，王利华觉得他们的脸上似乎没大有血色，头发有的很长，乍一进来，真像到了另一个世界。可是听他们一谈话，又觉得他们非常热情。一听说王利华是刚从前方来的，伤员们争着让她讲一讲前方的情况。她把知道的事情讲了一下，讲到最近的几次战斗，他们还刨根问底，问有哪些部队参加了，打死了多少敌人，缴获了些什么武器，详情细节一点都不肯放过。

跌跌撞撞中，那些粗粝的泥土，磨砺着王利华的意志，那些令人眩晕的洞口，融入王利华的日常，她快速掌握了上下地道的办法，并很快适应了地下医院的工作环境。每天爬上爬下地为伤病员送药送饭、洗脸擦身、换洗衣服被褥，借着萤火虫一样的灯光为大家读报，鼓励伤员振作精神，早日康复。

西海地下医院的医护人员不仅要在地道里救护伤员，自己也要挖地道、住地道，以防万一。王利华住的房东盛大娘家西屋里，有一个盘磨，下面是三条腿的磨床，磨床底下有一个草篮子，里面有两双旧鞋。盛大娘带着王利华把篮子拿起来，扒开乱草，露出一个洞口。她告诉王利华，有情况的时候就到这里面来，有什么文件也可以放在这里。王利华进去试了试，是个小洞，在里面可以坐着，也可以躺着，只是不能直腰站起来，蜷缩着像一只蜗牛。大娘说，这地方最保险，谁也不知道。

卫生所副所长曲笑臣，护士杨洪明、王世典、刘桂英，炊事员老钱等，带着伤病员来到海边的朱家村，他们把伤病员隐蔽在一个菜园子的水井地洞里。洞口离水面1米左右，离地面2米左右，上下用辘轳的绳子吊一个大筐输送。他们白天为伤病员进行治疗护理，晚上曲笑臣、杨洪明、王世典就在房东家西厢房的锅台下挖地洞，每天都挖到半夜。王世典是一个女护士，朴实、能干、又能吃苦，她和男人承担起一样的工作任务。由于劳动强度过大，杨洪明和王世典两个人的手磨起了泡，但他们没有叫苦喊累，一直都坚持挖；曲笑臣虽然年龄大、身体弱，也在尽力干，挖了大约两个月左右，终于把地洞挖好了。这个洞口直径有一米左右，深两米多，里面能容纳三四个人，洞口用木头钉了个四方框，能下去一个人；木框上面用薄石板盖上，撒上草木灰，又在洞口上面建了一个锅台，照样可以烧火煮饭。洞的通气孔在厢房墙外面的夹道里。

就这样，西海地下医院的医护人员们，从隔膜、恐惧，到熟悉、热爱，对地道实现了一个情感的大转变。一条条弯弯曲曲的地道，延伸到他们的生命和意识里。这里，成为他们救死扶伤的新战场。

在黑暗的地道里，她们要成为一道光。

幼小的李彩婷见过这种光。她感觉自己生活在一个充满问号的世界：那些穿着花衣裳的女八路军，为什么力气那么大，一个人可以背着沉重的伤员出入地道？她们的胆子为什么也那么大，可以把血肉模糊的截肢，在夜晚埋入她家的墙根之下？也许她们身上有一种光，一种自内而外发出的光。

西海地下医院的医护人员面临着极其艰苦甚至残酷的工作环境，一般人难以忍受。当时，医院处于非常隐蔽的状态，一切工作都以村为单位独自展开。一个村只有一两个护士和几个护理员，她们要负责几十名伤员的治疗护理、政治思想和供应工作外，还要联系驻村党组织和群众，搞好防奸保密、挖地洞，保证伤员的安全。

地道就在自家院内，李彩婷觉得里面很神奇，她多次靠近地道口，但都没进入地道，里面是一个怎样的地方？活着一群怎样的人啊？自己能否成为其中的一员？

以一个孩童的想象，还不能理解其中的艰辛和困难。地下医院的医护人员们有着非凡意志和钢铁身躯。重伤员会不定期地从接头小屋运过来，轻伤员护士搀扶着就可以进入地道，重伤员就需要捆绑在软担架上，这种担架由两根木棍和一块厚布组成。进入地道时，需要两个人配合，前面的人背着担架，后面的人把担架带套在脖子上；在有斜坡的地道，前面的擎在头顶，后面的弓着腰，出院转病室时，前面的弓着腰，后面的擎在头顶，一步一步地挪。有时候遇到紧急情况要转移伤员，只有一个护士在，她们就会将担架带子挂在脖子上，爬行拖拽伤员，四肢磨得鲜血淋漓也不吭一声。

日常护理工作琐碎、繁重、艰苦。天刚蒙蒙亮，地道里的医护人员就开始忙碌起来。看护员要端着脸盆，给伤员洗脸洗漱，有时候要理发。地道上面经常往下掉土，伤员们的被褥会沾上碎土，每天都要打扫几遍。伤员每天都要换药，医生和看护员会提着一个小柳编篮子，里面装上药品，为了防止落土，也要蒙上一块纱布。地道里的床铺很低，医护人员必须跪在伤员身旁换药。为防止碎土落到伤口上，换药时轻伤员自己拿布遮挡，遇到重伤员就需要一个人撑着布，一个人抓紧时间换药，非常耗时耗力。一个姓宋的医助，挖洞时塌方砸伤了脊椎骨，他还是跑来跑去地护理伤员。别人劝他少干点，他却说："我这样弯着腰正好在地洞里工作，正好人也直不起腰来。"当时的药物很少，小篮子盛的不过是碘酒、红药水之类的东西，这还算贵重药品。平时用量最大的是生理盐水。在药物缺少的情况下，更要加强日常护理工作。因为地洞阴暗潮湿，伤员的伤口常常化脓，看护员们整天忙着给伤员晒被子、晒铺草，拿上去的东西还要注意不暴露目标。重伤员长期躺着，身上会起褥疮。医院领导提出要消灭褥疮，看护员们经常帮助病人翻身，一面和伤员谈话，一面替他们按摩，这是一件最需要耐心、最费时间的工作。

看似最平常的吃喝拉撒，在地下医院也变成一件困难的事儿。

在保证自身轻松出入地道的同时，医护人员必须把一日三餐和药品送下去，还要把各种垃圾和排泄物提上来，难度很高。在王门村，李彩婷家附近区域构成一个完整的体系。地下有一个地道群，住着伤病员，需要时医护人员要昼夜工作，住在尽头的地铺上；从洞口上来，就是手术室、消毒室；邻居是一个姓许的妇女，带着一个五六岁的哑巴女孩，她家是医院的伙房。按照当时的伙食标准，伤病员基本吃细粮，主要是面粉和小米，每天吃一两次蔬菜，每周吃两三次肉和鱼；工作人员基本吃高粱和玉米面，逢年过节吃点细粮和荤菜。负责供应的干部和炊事员到处奔走，就是为了解决吃饭问题。为了给重伤员买大米、糖果，他们要冒着生命危险去敌占区采购。炊事员在伙房做好饭之后，护理员一只手扶着洞壁，一只手提着水桶、药箱、饭菜、便盆，小心翼翼地踩着挖出来的土坑，一步步挪下去。

伤病员们行动不便，大小便就在地道里解决，堆放在墙角的瓶瓶罐罐里，散发着一阵阵难闻的味道。每天把大小便提到地面倒掉，也是护理员的艰巨任务。向洞外送便盆时，她们一只手拿着便盆，顶在头上，另一只手扶洞壁向上爬，把便盆送出洞外。下雨下雪，洞壁湿滑。有时候脚下一滑，或者与从洞上下来的人相撞，便盆打翻，如花似玉的姑娘，就被从头淋到脚，全身飘散着恶臭，衣服污秽不堪，有人恶心得呕吐不止，仍然含着眼泪，擦

地道里救治伤员的雕塑

洗一下，换身衣服，继续工作。接受这个教训，卫生所作出规定，从地道上下时要不停地咳嗽，向其他人发出信号，以免造成麻烦。从此地道口处不时传出咳嗽声，打翻便盆的事不再发生。再后来把井口作为地道的出入口，利用辘轳输送饭菜和垃圾，就更加轻松了。

护士长王利华怀孕后期身子越来越笨了，拖着沉重的身子每天上下洞护理伤员，换药时蹲不下，便跪着操作，由于腹压大，经常造成胃中食物吐出。伤员和同事们纷纷劝她不要再下地洞，所领导也多次安排她在房东家休息，可她坚决不同意。孩子出生后为了不耽误工作和方便哺乳，王利华把孩子放在地道洞口边铺好的秫秸堆里，隔两个小时上来喂喂孩子，换换尿布。孩子还小，喂饱后总是在睡觉，可有一次听到孩子哭声不断，王利华上来一看，原来孩子的小脚被一窝小老鼠咬破了。王利华一气之下把小老鼠踩死了。这个名叫铁军的儿子，长大后成为三级跳远冠军、400米亚军，2008年当选为奥运火炬手。

夜晚，黑暗的分量似乎加重了。无边的寂静之后，不安和恐惧感一阵阵袭来，好像隐藏着一只只邪恶的怪兽，随时会扑过来，令人心惊胆战。医护人员还是满脸稚气的孩子，却在这艰苦的磨炼中走向成熟。患破伤风和气性坏疽病的伤员很多，护理起来更困难。患破伤风的病人牙关紧闭，身体缩成一团，为了减轻病人痛苦，让他们把身体放平，护理人员就把病人靠在自己身上，喂饭喂水。患气性坏疽的伤员高热呕吐，伤处呈紫黑色，稀薄的分泌物不断流出，散发出恶臭。护理人员要及时清理呕吐物和分泌物。由于有的伤员来时已错过最佳治疗期和最佳清创期，又缺乏有效的治疗药物，得破伤风和气性坏疽病的伤员死亡率很高。一个年轻女孩要在深夜的地道里，直接面对死亡，这是一个多么巨大的心理考验啊。伤员牺牲后，样子十分可怕，尤其是破伤风病人，肢体缩成一团，睁着眼，张着嘴，面目扭曲。女护理员体力弱，胆子小，遇到这种情况也害怕，但是想到这些战友，是为民族解放和人民幸福而牺牲的，想想他们的英勇，想想鬼子的残暴，就一切都不怕了，就像对待亲人一样妥善处理好后事。有一位十几岁的女护理员，在地洞中看护一位病危的伤员，连续几个昼夜得不到休息，由于过度疲劳睡着了，病人什么时候牺牲了也不知道，她还一直守护在身旁。来自军分区宣传队的杨晓宇，在王门村负责护理工作。一次，她自己在地洞里护理一个病危伤员。深夜，伤员牺牲了，她又急又怕，心跳到了嗓子眼，并陷入矛盾之中：等到天明，遗体会僵硬；深更半夜到哪里去找人啊？最后她鼓起勇气，不顾自己身体瘦弱，拼命把伤员遗体背出地洞，并按照规定把烈士遗体整理好，穿好衣服，盖上白布。事后，她累得病了好几天，领导和同志们都去看望她，领导表扬了她的这种精神。按照要求，当一个伤员停止呼吸后，护理人员要尽快把遗体背出地洞，否则遗体僵硬了，再从狭小的、弯弯曲曲的地洞中背出来，会十分困难。她们要先为伤员擦洗身体，向伤员低头默哀。然后把伤员放在被子上用布带捆好，拖到洞口，再用布带把伤员捆在自己身上，两手扶着洞壁，两脚踩着洞壁上的脚窝，艰难地攀爬出洞口。把伤员放平，立即报告所领导。所领导马上找到村干部，按照规定，夜间将伤员遗体秘密地抬到野外，埋在荒地里，地面上不留任何痕迹。每逢清明和年节，军民同去祭扫，沉痛悼念这些为国捐躯的烈士们。

在地道里时间长了，猛然来到地面，看到太阳像一面明晃晃的大镜子，被照射得眼花缭乱，几乎睁不开眼睛。护理人员感觉太阳带来无穷的力量、无比的温暖、无限的快乐……

光，也需要光的照耀。

万物生长靠太阳。没有太阳，怎么会有热量、能量和光明？

西海地下医院的伤病员们，遇到的一个最简单也是最复杂的问题，就是吸不到新鲜空气，见不到太阳。

第三章　光明使者

连夜钻气眼的场景

在这个星球上，生命要生存，必须有三大要素：水、空气和阳光。水是生命之源，空气是生命之气，太阳是生命之光。伤员长期住在阴暗潮湿的地洞里，见不到太阳，呼吸不到新鲜空气，变得脸色蜡黄，骨质疏松，身上长疥疮，还爬满虱子，情绪低落。由于前期工作缺乏经验，在挖地洞时没挖通气眼，带来一些问题。一天，敌人"扫荡"时，在曹格庄的一个地洞口被盖起来，差点把藏在地洞里的7名伤员憋死。当时地洞气眼没挖好，随着封洞时间的延长，新鲜空气越来越少。伤员曹常礼憋得两腮发红，双眼直瞪着洞顶，气呼呼地骂道："他妈的，小鬼子把我们逼到这里，等老子伤好了上前线，非狠狠地打这些狗杂种不可！"护士申吉桂看到眼前的情景，听着大家呼哧呼哧的喘气声，心里火烧火燎般难受。晚上，等敌人走后，申吉桂和护理员孙明寿到老百姓家借来一个钻水井的大铁钻，开始朝洞顶上钻眼。洞顶太低，他俩轮流着干，坐着钻，跪着钻，蹲着钻，两臂麻酸，两手都是血迹，脖子发硬发酸，始终坚持着，连续干了三天，终于钻通了一个茶杯口大的气眼。丝丝新鲜空气流入洞中，伤员们贪婪地吸着，但人多，空气仍然不够用。他们又忍着全身的疼痛，打通了另一个气眼。清新的空气从气眼里呼呼地流进来。看到伤病员吸着新鲜空气，他们心里比吃了蜜还甜。

接受这次教训，各医疗区的地洞都很快打了气眼，用一根根竹管从地下通到地上，以便空气流通。

在地道里，肺部受伤的病人，特别需要新鲜空气，就要把他们放在靠近洞口的地方。洞里不准抽烟，点小油灯的时间有严格规定，因为这些都会消耗氧气，使洞里的空气变差。除去吃饭、换药的时间点灯以外，平时尽量不点灯。这个时候，看护员就坐在伤员旁边，给他们讲故事和笑话，使他们得到一点安慰。

当时，所有护士都有一个共同的名字"建国"，他们对伤病员则统称"爱民"。在曹郭庄，护理员孙明寿和房东每天都会用事先准备好的木板盖住地洞口，再倒上一筐筐泥土，放上晒干的驴粪，一群毛驴在悠闲地吃草。即使鬼子就在眼前，也难以发现其中的奥秘。然而，一些意想不到的问题还是随之而来。

有一天吃完中午饭，在暗淡的豆油灯光下，申吉桂和孙明寿挨个给伤员换药，刚给伤员孙九立扎完绷带，他用又瘦又黄的手一把抓住申吉桂，低声地说："建国……"话还没说完，豆粒大的泪珠扑簌簌滚到枕头上。申吉桂的心情顿时沉重起来，几个月以来，鬼子的"扫荡"越来越疯狂，粮食药品缺乏，营养难以吸收，伤病员的身体一天天消瘦，脸色苍白，疲惫无力。为了祖国的独立、自由、解放，他们流了多少鲜血，付出了多少代价，忍受了多少痛苦和艰难啊！想起这一切，申吉桂鼻子一酸，情不自禁流下热泪。但一想这样会增加伤员的痛苦，他极力控制着内心的激动，小声地说道："孙同志，不要难过，你哪里不舒服？"孙九立摇了摇头，没有回答。"孙同志，快告诉我吧！不然我会难过的。"申吉桂焦急地询问着。孙九立的眼睛直愣愣地射过来，似乎在申吉桂身上寻找着什么东西。沉吟良久，他才慢吞吞地说："建国，我的腿好了，还能到前方打鬼子吗？""能！能！好同志，好好地休养吧，打鬼子的工作多着呢……""建国，我到这洞里来已经五个多月了，没有看见太阳，我多想看看太阳啊！"

五个多月没有看见太阳，这是一件多么恐怖的事儿啊！

每天早晨，一轮红日会突破黎明前最黑暗的时刻，跃出地平线，带来一个光明的世界。它用万丈光芒，给天地之间的所有生物以生长的力量。它让人类的眼睛跨过万水千山，直抵无尽的宇宙，给了我们一个浩瀚的空间，让思想纵横驰骋，也使我们清晰地定位自己的坐标，指明了我们前进的道路，看清了人间的是非曲直。它像大水一样，漫灌进我们的内心，使我们的身心逐渐透明、纯粹、温暖，让无形的伟力，促使我们像大山般崛起，像植物一样拔节，阐释人生的意义。阳光是有味道的，有*一丝丝*的甜、*一丝丝*的香、*一丝丝*的柔。夜晚，太阳落下，在温柔的月亮和闪耀的星星身上，仍能见到太阳的影子……没有太阳的日子，像不像一块黑色的铁块，沉重，板结，所有生命都会窒息而亡。

五个多月以来，孙九立一直在和黑暗殊死搏斗。闭上眼睛是一片漆黑，睁开眼睛也是一片漆黑，偶然见到的豆油灯忽明忽暗，发出微弱的光。他已经分不清白天和黑夜，辨不出东西南北，他感觉要被这无边的黑暗吞噬了、淹没了、谋杀了。他想爬出洞去，看看旭日东升、夕阳西下，看看战友们被晒得黢黑的笑脸。有时候，他梦到阳光照在自己身上，暖融融的，整个身体像融化了一般。他闻到了太阳的香气，嘴角流出了口水……睁眼一看，仍然伸手不见五指，长夜漫漫啊！

太阳是治愈心病的第一良药。一个钢铁汉子想看到太阳，在和平年代是一件轻而易举的事儿。但在当时几乎不可能实现。把伤员抬出去？洞口已经砌得很小，出不去了；背着出去吧？孙九立左大腿骨折得厉害，不能触碰；

把洞口挖开？敌人随时可能卷土重来，牺牲会很大……申吉桂辗转反侧，一个晚上没睡好，也没想出解决方案。第二天早晨，他走出洞外，对着东方升起的太阳喃喃自语："太阳，你能落到我的手里，拿给孙九立等同志看看该多好啊！"这时候，他忽然想起在学校读书时经常拿着小镜子把太阳光反射到屋子里，照到同学们脸上的情景。"对！行！一定能行！"想到这里，他情不自禁地喊了起来："明寿、明寿，快给我借三面大镜子来！"孙寿明用镜子把太阳光反射到驴栏里墙根下的大镜子上，申吉桂再用一面镜子，把反射过来的太阳光一晃一晃地反射到洞里，那刺眼的光线刺破无边的黑暗，照到孙九立的腿上、胸脯上和脸上，孙九立高兴得哈哈大笑起来。这时，全体伤员都以贪婪的目光看着太阳光，他们说着、笑着，激动的心情难以平复，就是过年也没这么高兴过……

申吉桂把太阳光反射到地道里，只是一个偶然事件，卫生所的领导们，则想让更多的伤病员晒到太阳。有一次，伤员"老排长"对护士长王利华说："时间不短了，该总动员晒太阳了！"王利华把这个建议汇报给所长王一峰，王一峰说："正打算组织伤员晒一次太阳，今天就专门研究一下这个问题。"王利华想：晒个太阳怎么还用专门研究呢？后来她才明白这件事的复杂程度。所里要动员所有人员参与，两个多小时才能把伤员们搬出来；下午还得照样搬回去。每次晒太阳，要提前几天时间派人到鬼子据点，找内线确定鬼子会不会出来"扫荡"；要找村里懂天气的"老神仙"，看天气是阴是晴，有没有雨雪；要选择一个靠近洞口、宽敞明亮的场院，用玉米秸等高秆植物将场院遮挡密实，做好隐蔽工作；还要在周围布置岗哨，封锁消息，万一有情况，能够及时把伤兵抢运回地道里。这确实是一场"总动员"。

纪毅多次给女儿高凯民讲过当年伤员晒太阳的过程：这一天，大家要放下手头的所有工作，集中精力办好这件大事。轻伤员体力积蓄已久，自己可以出入洞口，还能帮助医护人员干活儿。把能活动的伤员扶出洞，安置在秋

组织伤员晒太阳的群像

秸垛上。然后要搬运重伤员,这时候遇到了难以想象的困难。在地道里不能用担架抬,只能把伤员放在褥子上,慢慢地向外拖,拖到洞口时,把伤员搬到软担架上用被子裹起来,再用布带捆在担架上,像包了一个"大粽子",再垂直地往上搬。头上的被子用绳子扎好,前面一个人将担架绳套在脖子上,手扶着墙,脚踏洞壁上的脚窝,用力往上拖,中部有一个人托着,脚部的被子用绳扎好,由一个人推着,这样三四个人耗费两个多小时,才能把伤员运出来。伤病员们或倚或躺,在温暖明亮的阳光下,尽情舒展开身躯,享受太阳光的爱抚,大口呼吸着新鲜空气。那阳光像瀑布,洗刷着他们身上的苍白、无力、疥疮、脓包、疼痛和血迹,让他们暂时忘却了伤病,渐渐滋生出力量,脸上有了血色和微笑。此时,提心吊胆的工作人员时时注意着周围的动静,以防意外情况发生。天气暖和时,他们会燃起一堆堆柴草,用余烬为伤员烤衣服、烧虱子。下午再把伤员一个个运回洞里,大家心里才像一块石头落了地，就像打了一个大胜仗。地洞里、病室里，已经铺上医护人员从外边抬来的河沙，河沙都晒得干干的，上面再铺上一层厚厚的麦秸。伤员们说："周身的血脉活了，身心舒展了！"直到大家酣然入睡，脸上好像还有一道道太阳的光芒。

呼吸一口新鲜的空气，见到一缕温暖的阳光，伤员们的眼睛亮了，心头暖了。

与狼共舞

在王门村，女护士孙秀兰接受了一个紧急任务：内线传出消息，敌人马上进行"大扫荡"，她必须马上去高郭庄村送信，让伤员马上进洞隐蔽。

接受任务后，孙秀兰连夜出发了。夜很黑，几乎看不清道路。走进一片高粱地的时候，她听到一种恐怖的声音，一群恶狼嚎叫着，为争夺食物而互相撕咬……她惊出一身冷汗来。在孙秀兰心中，天底下最残暴和冷酷的只有两种东西，就是日本鬼子和狼。鬼子比狼更可恨。在大泽山腹地的时候，山上的狼很多，有一次，三个重伤员住进山洞，一个腹部受伤的同志牺牲了，她就把他放进另一个山洞，并用杂草树枝封好洞口，以防牺牲的战友被狼拖走撕咬。安排好这一切，她在兜里装上几块石头，然后爬到一棵大树上，准备打击前来袭扰的恶狼。当天晚上，伤病员被转移到大后方医院了。孙秀兰下山后，区里组织她们去了一个鬼子刚"扫荡"过的村庄。在大泽山下的一条河边，她惊呆了：河道里躺满尸体，有的肚子被刺刀挑开，有的头被砍掉，有的被从肩砍到腰下，有的大腿没有了。鲜血把一条河的水染成了红色。一个地下工作者告诉她们：这个村里因住过县领导，被汉奸告密后，鬼子在村里进行大屠杀，村里三百多人只剩下两个人。看到日本鬼子的暴行，许多人当场报名参军去前线杀敌。医护人员表示，一定好好照顾伤病员，让他们早日康复，重上战场。这样的鬼子，比恶狼更凶残、更冷血……想到一幕幕往事，走进高粱地的孙秀兰决定继续前行。她脱掉鞋子，蹑手蹑脚地疾行，摆脱狼群后，她气喘吁吁地跑进村里，完成了送情报的任务。房东赶紧把她的长发编成发髻，又穿上一身花衣裳，在她脸上涂上一些泥土和草木灰。敌人来了之后，一个八路军也没找到，抓了一些老百姓的鸡就撤走了。

无论是日本鬼子，还是恶狼，和它们斗争既需要胆略、勇气和血性，也需要智慧、谋略和方法。

日本鬼子怎么也不会想到，就在他们战马铁蹄踏过的地下，隐藏着一批批八路军的重伤员。1943年，秋风再起，敌人又开始"大扫荡"了。王门村目标过于明显，医院决定暂时转移到北障绝密区去，避开敌人的锋芒。北障绝密区离平里店、驿道等几个据点不过几公里路，可以说就在敌人的窝里了。但在形势紧张的时候，却只有这种地方最保险。转移的日期不选平常的日子，单选北障逢集的头一天夜里。北障是个大集市，赶集的人很多，而且平里店据点的敌人那一天照例去北障集，转移选头一天夜里到达，敌人怎么也想象不到。这一百多个重伤员如何转移呢？即使不在这种严酷的情况下，这也绝不是一件轻而易举的事情。王门离北障十多公里，中间全是敌占区，一夜要搬运完，还要弄得鸡不叫，狗不咬。这跟一次普通的搬家大不相同，计划要周密，行动要迅速。卫生所做了很多准备工作，开了一系列的动员会，重伤员个个有专人负责照顾。天一黑，大家都紧张地忙碌起来了，担架一个跟一个向外抬，没一个闲人，没有一点声响。没有一星亮光，走过十公里路，就差不多用了整整一夜。伤员们进了北障的地洞以后，天刚好麻麻亮。

护士长王利华这样记录了当时的情景。

北障的地洞是大洞子，一个洞子能容纳二十多个伤员。最重的伤员集中在一个洞里，她们打开药包，点上灯，马上动手给伤员换药。她刚拿起镊子，听见头上"噔噔"一阵响，像是有人用锤子敲打"屋顶"，地洞的四壁似乎微微地抖动起来，头顶上还扑啦扑啦地掉下一些小土块来。王利华以为是有了情况，心里想：这是什么事，敌人在刨我们的洞吗？回头看看别人，他们却像没有听见似的。她问范淑香："你没听见上面响吗？"

范淑香满不在乎地说："怎么听不见，还不是老一套，敌人又来赶集了。"

她们来这里已经好几次了，据她说每次来都是这样，所以她就不觉得奇怪了。她叫王利华仔细听听。王利华又仔细听了一下，果然是马蹄的声音，那声音多清楚，几乎连过去几匹马都能数得出来。她说："这里离敌人可太近了。"

范淑香笑笑说："鬼子骑在马上，他可不知道马蹄下面有八路军的医院啊！"

上面赶集得很热闹，她们在下面说话也说得很热闹。范淑香对王利华说："你把耳朵贴在墙上听，上面过大车、过小车，都能听得出来。"

她们听着，笑着，议论着，猜测着头顶上是卖什么的，有的说是菜市，有的说可能是卖煎包的。每一个人都充分发挥了自己的想象力，一点也不紧张了。

范淑香说："我来了几次，都没捞着去赶集，我想到集上提些大螃蟹来煮着吃。"

她果然出去买了些梭子蟹，这是莱州湾独有的海鲜，找地方煮了，让大家美美地吃了一顿。

在北障地洞里住了十几天，敌人每次大集都来一趟，有时不逢集也来。她们听马蹄声听惯了，也就觉得不稀奇了……

还有一次，救治八路军"小雷手"的过程更为凶险。如果不是"伪村长"大唱"智斗"，稳住了前来"扫荡"的日本鬼子，军医张燕也不可能妙手回春。

那天夜里，王利华和范淑香两个人去接伤员，地点是村南平时接头的那间小黑房子。来送伤员的人早已走了，只有两个伤员在担架上躺着，一个是断了腿的战士，另一个年纪很小，不像部队战士，已经有点迷迷糊糊，嘴里不停地喊着："娘……娘……"

范淑香上去摸了摸他的头说："小同志，咋呼什么？"

那个孩子半睁开眼，一下子扑到范淑香身上喊起来："娘，地雷响了，炸着鬼子没有？"

范淑香嘻嘻地笑了。她们把两个伤员背了回来。小孩的一只胳膊拉雷的时候被炸伤了，他清醒了以后，讲起了负伤经过：那天，他们几个民兵看见三个敌人押着老百姓，敌人怕我们的地雷，让老百姓挡在前。眼看着送上门来的敌人，但不能拉雷，大家很窝火。这时，他急中生智，故意站起来"嗷"地喊了一声。敌人果然丢下老百姓，转头向他们这边扑过来。他就势拉响了地雷，可是自己却忘了趴下，结果被炸伤了。

经过检查发现，"小雷手"左胳膊伤得很厉害，骨头炸断了，皮肉也开始发黑化脓，按一般的情况，恐怕只好截掉这只胳膊。军医张燕亲自给他检查了好几遍，考虑再三，说："小孩子骨头嫩，尽量想个办法，叫他这条胳膊能长上，将来还能拉地雷。"

在伤病员眼里，张燕就是一个医术高明的"神仙"，他说话和气，对待伤员体贴、细致而又耐心。伤员们一见到他就问："我们什么时候能回前方？"他总是笑着说："好好养吧，我不是神仙，怎么能估计？"伤员们说："你不是神仙，我们住院出院都在你手里把着，你说一句话，我们就放心了！"他要是告诉个日子，伤员们就掰着指头天天算。

张燕技术一流，能做复杂的外科手术，而且动作很快，一次截肢二十分钟就能做好，这在西海地下医院显得特别宝贵。因为手术无论如何不能在地下做，洞里空气不好，光线不足，医院用的麻醉剂又是一种易燃品，不能在灯下用，所以手术室一定要设在地面上，还一定要在白天进行，这就不得不在敌人袭击的空隙中迅速进行了。

手术室还是李绍顺家的三间南屋，里面积满了灰尘，平时放些破烂家具作为伪装。给"小雷手"动手术的那天，大家马上扫地、喷水、洒药，放上手术台，铺起白桌布来，就像舞台上换了一幕布景，霎时变得又清洁、又明亮，一进来使人有一种庄严、肃静、舒适的感觉。手术台是特制的，有放药品和工具的地方，小台桌上放着一切要用的东西。

一切布置好了，侦察情况的同志来报告，没有发现敌情，然后才开始抬伤员。

手术室墙角上的秘密洞口打开了，"小雷手"从这里慢慢地被抬出来。经过几天的休息，他已经有了精神，大眼睛看着屋里摆着的设备，骨碌骨碌地转，不知道要他来干什么，稍微露出一点惊慌的样子。张燕说了几句安慰的话，让他躺在手术台上。

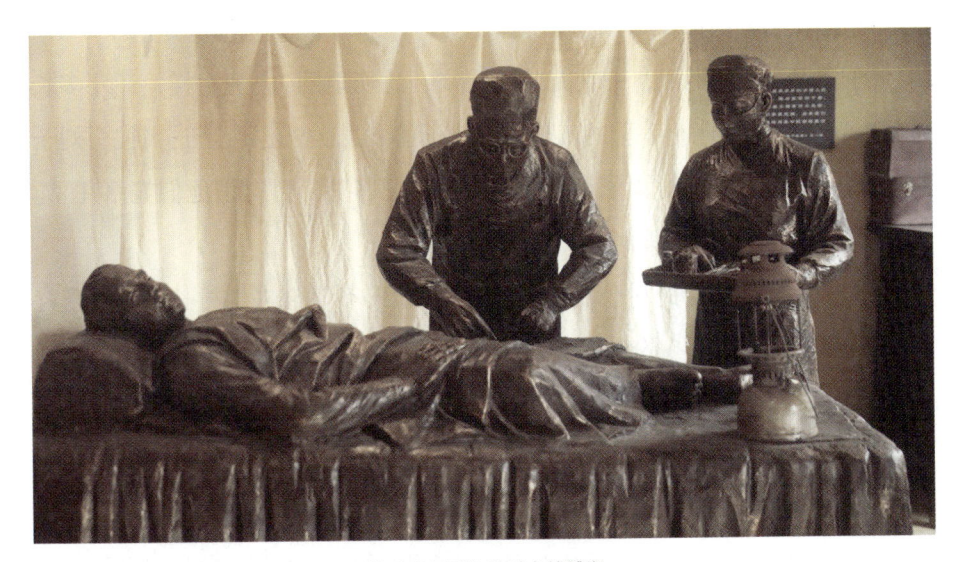

给"小雷手"做手术的雕塑

"小雷手"嚷着说:"千万不要把我的胳膊锯了,我还要埋地雷呢!"

张燕说:"小鬼,别担心,我一定想法给你治好!你放心好啦。"

"小雷手"高兴地笑了。

打开绷布一看,伤口已经发黑腐烂了,整个胳膊像半截枯树枝,大家都担心是否还能治好。张燕很沉着,仔细检查过伤口之后,就叫打麻药。手术紧张地进行着,忽然门被急促地推开了,进来的是卫生所指导员刘子坚。他轻轻地掩上门,蹑手蹑脚地走到张燕跟前,凑着他耳朵低声说:"敌人进庄了,快一点!"

声音虽然很小,但是犹如一声惊雷,大家都听见了,不由得一愣。怎么办呢?敌人每次来,少不了东翻西找。手术室里这一摊子都摆开了,如何能瞒过敌人的眼睛?伤员已经麻醉了,皮肉都揭开了,手术一定要做完,而且不能有一点惊慌忙乱,手稍微颤抖一下,也会给伤员带来伤害啊!这时,张燕连头都没有回一下,仍然全神贯注地做着每一个动作,镇静地拨弄着伤员胳膊上坏死的肉,一点一点地往下切除。现在,就是敌人闯进来用枪指着他,他也不会放下手术刀。

刘子坚悄悄地走了,一会儿又返回来,急切地问:"怎么样,还要多长时间?"张燕没有停止手里的工作,低声回答:"最少还要十五分钟。"刘子坚吐了一口气,回头对大家说:"敌人在村长那里,暂时把他们笼络住了。大家要沉着,尽可能争取时间,做好手术。"

此刻,在王门村的村公所里,绰号"老天爷"的"伪村长"正在用好酒好菜招待"皇军"。敢叫"老天爷",证明他是一个天不怕地不怕的硬汉子。然而,为了抗日大业,他不得不对日本鬼子笑脸相迎。在掖县革命史上,对于这些红色的"伪村长"没有很多详细记载,也许是源于残酷的斗争现实。抗战初期,我军采取硬碰硬的方式,吃了不少亏。后来,掖县县委将合法斗争与非法斗争、隐蔽斗争与公开斗争相结合,选派一批共产党员和富有爱国心的人打入敌人内部，掌握了斗争主动权。从表面上看，敌人很嚣张，横行无阻，各乡各村都很"驯服"，但其实各乡各村基本掌握在八路军手里。"伪区长""伪村长"们开展情报工作，设法营救被捕同志，购买武器弹药，瓦解敌军，诛灭汉奸；"伪自卫团"设立的瞭望哨，是监视敌人活动的。日本鬼子要求强挂日本国旗和五色旗，我方就用于传递敌情，旗杆向上竖起表示有敌人，旗杆平放表示无敌情。夜间打更时，打双梆或老梆说明有日伪军出来活动，打单梆或小梆说明平安无事。敌人催粮要款实在无法应付时，就向据点送一些，快到据点时，区中队或游击小组打几枪、放几个手榴弹，把送粮款的人截走，然后再向据点报告，外边有很多八路军，送的东西统统被八路军游击队截去了，真没有办法……这些打入敌人内部的"伪区长""伪村长"，终年累月与鬼子打交道，历经艰险，屡遭苦难，是在刀尖上舔血，与狼共舞，稍不小心，就有生命之危。情报不实，粮食未交，道路被毁，送礼不到，以至招待不周，即遭到严刑毒打，有的被打成残疾，或忧愤成疾。至于敌人军事失利，遇到伏击，损兵折将，恼羞成怒，更是拿这些

"伪村长"智斗鬼子兵

同志当替罪羊。当"扫荡"的日本鬼子进村，他们还必须压抑住内心极大的厌恶和愤怒，笑脸相迎，酒肉招待，这是一种怎样残酷的内心撕裂啊。

王门村的村公所里，鬼子们丝毫没有察觉出"伪村长"内心的变化，他们怎么也想不到，就在附近的一间小屋里，正进行着一场惊心动魄的外科手术。

时间，好像凝固了一样。每一分钟似乎比一天还漫长。张燕、纪平和王利华等人已经隐隐约约听到鬼子杂乱的叫喊声。屋里出奇地安静，连呼吸的声音也那么清晰，拿放手术器械的轻微声响被放大了。张燕脸上冒着豆粒大的汗珠，他腾不出手来擦，别人用毛巾给他轻轻揩掉。刘子坚几次走进来，欲言又止。他脸上露出焦急的神色，可见险情在一步步逼近。在这种情况下，"伪村长"拖住敌人，得冒多大风险，又得多么机智！碎骨片一块一块地取出来了，消毒棉花一团一团地扔在旁边……终于，张燕搓了搓手，点了一下头，手术成功了！大家这才松了一口气。"小雷手"马上被运回地洞，手术室一切布置都恢复了原状。这时，从窗口里已经可以看见敌人在大街上乱跑了。

手术后，"小雷手"一天天好起来了，吊着绷带在地上到处走动。他很精明，很爱活动，在地道里到处串，喜欢和大家闹着玩，给地道生活增添了不少乐趣。后来，他的胳膊完全好了，参军到部队，成为一名真正的八路军战士。

被日本鬼子抓住了怎么办？

有一天，天刚蒙蒙亮，王门中心医疗区的护士张岐盛把护理员殷树萍和张金法等人叫醒，让他们去给伤员换药，突然听到人声嘈杂，村长急急赶来通知："敌人已把全村包围了，快快进洞隐蔽。"他们立即封好地洞口，然后分散到房东家。殷树萍是北掖独立营营长高峰派来学习卫生工作的，刚到卫生所四天，还没报上"户口"，对房东还不熟悉，想向村外走，被日伪军截了回来，另一个小护理员张金法也被捉住。张金法知道殷树萍没有固定的房东关系，灵机一动，说他俩是崖上村的亲兄弟。敌人怀疑他俩是小八路，就用绳子把他们捆在一起，带回掖县城。通向掖城的烟潍公路，除中间一条羊肠小道外，全都长满蒺藜和杂草。残忍的伪军把他们的右胳膊用一根绳子拴在自行车后货架上，另一只胳膊提着日伪军抢来的铜钱，跟着车子跑。殷树萍当时赤着双脚，被蒺藜扎得鲜血直流，疼痛难忍。

中午时分，敌人在一个村子吃饭休息。殷树萍四处张望，发现敌人抢了一些棉被、敷料，而没抓到其他地下医院的战友，心里感到很高兴。这时，走过来一个便衣特务，用脚踢着殷树萍说："喂！小孩，到这边来。"接着他装出一副神秘状，低声说："你认识八路军吗？""不认识。"他又说："你不要害怕，我就是八路军人。我是13团的便衣，你知道我们的队伍到哪去了？我有急事要向上级报告。"殷树萍立刻识破了他的阴谋，说："俺村靠城近，只知道皇军经常下乡，没听说什么13团。"特务又讲："我放你走，给我到13团送信好吧？"殷树萍回答："俺不知道他们住哪里，你放俺回家吧！俺娘还在家里望着俺兄弟俩。"这个特务见没达到哄骗的目的，凶相毕露，狠狠踢了殷树萍一脚，又把他交给了特务班。

下午回到掖城后，敌人把他俩关在警备大队的一间小黑屋子里。第二天，警备大队长提他们去过堂："你们俩是不是小八路？"

他们说："不是！"

"你们是哪里人？"

"崖上村的。"

"到王门村干什么？"

"去找俺爹，俺爹是瞎子，六月六赶庙会没回家。俺娘不放心，叫俺来找他。"

此时，站在大队长背后的卫兵，指着张金法说："咦！你不是南关的吗？不是在保安队当过兵吗？"张金法是去年从敌人那里俘虏过来的新兵，经过教育，被分配到地下医院当护理员。

大队长惊奇地问卫兵："你认识他吗？"卫兵说刚刚认出来。

张金法说："俺姥娘①家是城里南关的。俺当过保安队的兵，去年回家种地了。"

大队长说："副官！带着他们到南关对质，查清向我报告。"

副官和几个特务带着他们向南关走去。殷树萍心想，这下可露馅了！张金法却格外镇静，带着特务进了一户人家。一进门，他就大喊："姥娘！姥娘！"殷树萍赶快跟着喊。屋里有一股刺鼻的臭气，满地都是粪便，一个眼睛瞎了的老女人，坐在一个蒲团上，还带着两个孩子，似乎听出是外孙回来了，就哭诉起来："孩子，这一年你到哪去了？可想死我了。"张金法说："我回家种地去了。"老人可能没听到，接着又说："你爹叫城里的马踩死了，你娘给人家推磨去了，这个日子没法过了……"副官用手帕捂着鼻子站在门口问："老太太，这两个小孩是你外孙吗？"老人抬起头来向外看，问："谁啊？"张金法回答："是城里的警备大队副官。"副官又问："这是你外孙吗？你外孙是干什么的？"姥娘回答："我老了，听不懂，也看不见呀！"副官问："你外孙是干什么的？"姥娘回答："不是在城里当兵来吗？"张金法说："姥娘，我不当兵了，回家种地了。"老人说："我糊涂了，可不再当兵了……"

因为糊里糊涂遇上一个"认外甥的姥娘"，殷树萍和张金法侥幸过关，再次被交给特务班看管，平日里打水、扫地，伺候一个姓杨的班长。殷树萍经常被指使到街上买香烟、西瓜，在大门口求老大娘缝补衣服，借机了解周围地形和情况，知道现在他们住在南门里的东南隅，他把道路暗暗记在心，

---

① 姥娘：山东方言，意思为"姥姥"。

为逃跑做准备。炎热的三伏天，白天烈日当空，酷热难耐，晚上睡在一间又湿又脏、四不透风的小黑屋里，成群的蚊子、跳蚤向他们发起"进攻"。殷树萍被咬得睡不着觉，思绪万千，想起1940年12岁时在区里参加工作，组织儿童团站岗放哨跑交通，1941年县独立营扩军，自己不顾家长劝阻，坚决报名参军，在连部、营部当通信员。四年来，在党的教育下懂得了许多革命道理。营部卫生员牺牲后，营长高峰和军医卜令派他到卫生所学习，准备回去当卫生员。临走时还派了一个侦察员，帮他挑了200多个鸡蛋、20条毛巾、60元北海币，让他慰问独立营养伤的伤病员……

就在他俩被抓的第九天，机会来了。上午，伪军班长让殷树萍扛着席子，他要去南门乘凉。伪军班长呼呼大睡，殷树萍爬上两层楼高的城墙。整个掖县城里，牌坊林立，人们从牌坊下穿行而过。石板路闪着油亮的光。城墙很宽，又高又厚的城垛子整齐排列着，一个挨一个。正是中午时分，城内外静悄悄的，

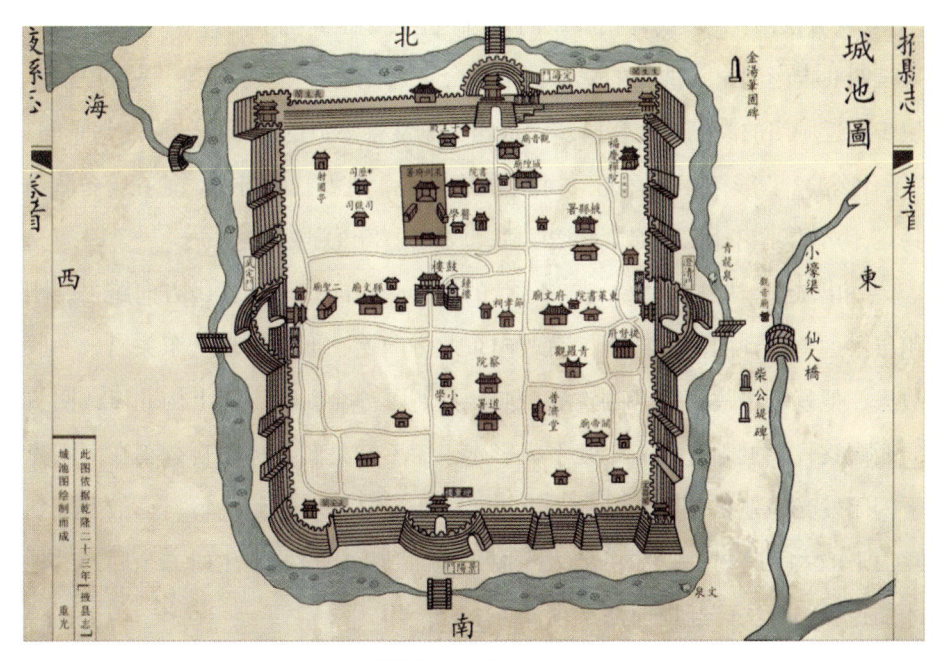

《掖县志》里的城池图

整个城好像睡着了一样。殷树萍爬上一个城垛口,看到城墙根下有个土墩子,估计两根绳子接起来,上头拴到城垛口上,顺着绳子滑到土墩子上,再沿土墩斜坡滑下去就可以凫水游过护城河,自己就可以按照这个方案逃走了。

下午三点半,张金法不见了。特务班长问殷树萍:"你哥哥怎么还不回来?"殷树萍随机应变地答道:"也许他洗完澡去南关看俺姥娘去了!"特务班长听后,恶狠狠地威胁道:"如果他跑了,我就拿你喂狼狗。"只剩下殷树萍一个人留在这个鬼地方了。他很紧张,抬头看见四周高高的院墙,恨不得长一双翅膀飞出去。正在他焦急万分、束手无策之时,突然听到院子里响起紧急集合号声,紧接着一阵慌乱,伪军们到处乱窜找人集合。特务班长边穿衣服,一边大骂找不到人。殷树萍大胆地问:"你们集合干什么去?"这家伙不耐烦地说:"讨伐、讨伐。"殷树萍趁机对他说:"我刚才看见好几个弟兄都去南门外荷花湾洗澡乘凉了,我现在去叫他们回来集合好吗?"这家伙不知是计,马上回答:"好!快去快回!"殷树萍抬脚就向大门外走去,走到院子门口对门岗说:"杨班长叫我去南门,找洗澡的兄弟回来集合。"这样顺利地闯过第一关。殷树萍快步走近城门的岗哨,放慢脚步,显出一副从容不迫的样子。站岗的伪军问:"干什么的?"殷树萍回答说:"我家住在南关,进城找俺哥哥,他在警备队当兵。"伪军看不出什么破绽,就摆摆手,放殷树萍出了城门。

一出城门,殷树萍像一支离了弦的箭,一直向东南笔架山方向跑去。刚跑出不远,听到前面有枪声,就改向东北方向跑,但又发现从东关出来一股敌人,他就赶快跳到路旁的沟底,向西猛跑了一会儿,再爬上沟北崖,回头向西观察,只见阳光下有十几个人影走来,不知是刺刀还是自行车在太阳光下闪闪发光。他估计可能是敌人追来了,于是马上转移到沙岭村,最后来到双山下的大武官村,摆脱了敌人,愉快地回到王门村的卫生所……回来后他才知道,张金法已经提前回来了。

第四章　浴火重生

在"第二个战场"上

伤亡像一个巨大的影子,始终与战争、战场和战斗相伴。八路军将士在战场上与敌人殊死搏斗,牺牲了,就像倒下一座山;受伤了,就进入"第二个战场",要以更大的勇气和意志,战胜死亡,战胜伤病,像大山一样重新崛起。

西海地下医院的医务工作者,就是"第二个战场"的主力军。

对于前线战士的英雄事迹,他们耳闻目睹,敬佩有加。作为西海军分区卫生所的一员,徐恩德多次参加战地救护。在掖县南部一次对日伪军的激烈战斗中,他和其他救护人员到前沿阵地抢救伤员。战斗激烈,伤亡不断。在离战场不远的一块空地上,救护队搭起临时帐篷,对伤员的伤口进行紧急处理,伤员中被炸伤的比较多,伤口大流血多,当时前线急救设备缺乏,药品单一,只能以止血包扎为主。战斗进入白热化阶段,我方没有一个人退缩,许多受伤战士把伤口匆忙处理一下,就又返回战场,继续作战。一位年轻的八路军战士,被炸伤腹部,肠子外露,满身是血,但坚决不上担架,让医护人员用布包扎一下,就又坚持着冲向敌人。徐恩德觉得,这个战士伤势重、流血多,应该马上做手术,可是他的身影消失在硝烟里。此后徐恩德再也没有见过他,不知是不是牺牲了。还有一位小八路军,从血肉模糊的死人堆里爬出来，晃晃悠悠地往前跑，用稚嫩的声音喊着"冲啊冲啊"，接着又摔倒在地，徐恩德赶紧跑上前一看，他已经没呼吸了，殷红的鲜血，凝结在那瘦瘦的小脸上，直到牺牲，两只大大的眼睛还直瞪着前方……徐恩德和战友们要把重伤员从战场转移到安全的地方，这也是一件极其困难的事儿。没有车，骡马少，担架也不够用。他又瘦又小，穿了件大军装褂子，再背着个急救箱，遇到伤员时，他能扶就扶，能背就背，实在不行就在地上拖，再不行就驮在身上在地上爬。为了抢救一名伤员，战地救护人员会付出鲜血乃至生命。在一次伤员转移过程中，口军在后面追，天又下着雨，行军非常艰难。徐恩德身背药品器具，一边行军一边照顾伤员，有点吃的先给伤员。连续一天一夜的急行军，困了，就一边走一边睡，走着走着就睡着了，碰到前面的人或摔倒就又醒了；有人累倒在地睡着了，有的人倒在地上就再也起不来了。饿了没饭吃，干粮也没有，就往嘴里塞树叶树根，渴了就边走边用缸子在路边舀点泥水喝。重伤员要马上抬到临时医疗所抢救，所谓的医疗所就是一个简易帐篷，能够为伤员遮风挡雨，几张行军床和几扇门板拼成手术台。极端情况下，只能让伤员躺在石块、草地上，就地抢救。徐恩德接收的伤员，大部分交给西海地下医院治疗，而徐恩德的几个战友，也牺牲在抢救伤员的过程中……

这些伤病员陆陆续续被辗转送到西海地下医院。仅从1942年冬到1944年底，西海地下医院就救治了2000名伤病员，其中有马杰、王淳、马晴波、张东林、刘培民、王新民、孙超、乔明志、高明志、王宴、刘文卿、迟自修、赵宽、李万永、由茂岭、姜子金、王景昆、牛峰山、徐世昌、罗映臣等。他们后来在不同战场上建立了不朽功绩，成长为我军高级将领和优秀指挥员。

他们是战场上的英雄。

抗战时期，胶东特殊的历史、地理和文化环境，决定了这里斗争的残酷性和艰巨性。这里是一个半岛，又处于敌后，敌强我弱，回旋余地小，不像河北和山西等地的八路军，可以大兵团、整建制作战。如果在胶东整建制行动，很容易被敌人合围，而分散行动能够更好地发挥游击战的优势，能打就打，不能打就撤，方便歼灭敌人，以小胜积大胜，以时间换空间，顽强生存下来，直至最后大反攻。

胶东八路军多以团、营为单位，分散活动，打击敌人。1938年9月18日，三支队和三军统一整编为八路军山东人民抗日游击第五支队，下辖61、62、63、55四个团，到第二年3月又增编了64、65团。第五支队是八路军的旅级建制。1938年11月，第五支队把61、62、63团组成19旅，64、65团组成21旅，连同之前由国民党山东第五纵队改编的25旅，形成三个旅的架构。因为旅的建制不适应战斗需要，不久就撤销了。当年12月，第五支队奉命改编为八路军山东纵队第五支队。1939年9月开始，第五支队遵照山东纵队的命令，开始第二次整编，逐步将部队整编成三个团，即13、14、15团。其中掖县起家的13团基础最老，战斗经验最丰富，战斗力最强，是主力团；14团和15团为普通团。1940年9月，胶东八路军进行第三次整训和整编，山东纵队第五支队改番号为第五旅，下辖13、14和15团，并指挥抗大一分校胶东支校；与此同时，由中共胶东区委军事部改编的山东第三军区，整编为新的山东纵队第五支队，下辖1、2、3团和三个海区地方武装。五旅是野战机动主力部队，新五支队则是地方武装，也归山东纵队建制。

在1942年日军冬季"大扫荡"之前，还有一次春季"大扫荡"。7000余日伪军，分别从济南、青岛和威海出发，对胶东根据地进行"梳篦式扫荡"，我军制定了一个方针——"保存实力，适时转移，缩小目标，分散活动"，避开敌人锋芒，灵活机动地进行反"扫荡"斗争。五旅13团活动于平度和招远边区，多次袭击敌人，令日伪军大为恼火。3月29日上午，掖县日军大岛部队连同伪军800余人，分三路突袭我13团驻地招远南北冯家，五旅旅部也驻扎此地。为掩护旅部撤离，13团政委李丙令、副团长王奎先指挥二营迅速占领左侧山头，一营抢占华山主峰仰望顶，用一排排手榴弹打退敌人，仰望顶左侧的二营和前侧的旅青年营，与敌人展开激战。敌军攻击我两侧未逞，就集中火力攻击仰望顶，并向一营阵地发射毒气弹。在弹药不足的情况下，一营指战员全部冲出阵地，与敌人用刺刀展开白刃战，打退了日军一次次疯狂进攻。旅部顺利转移，仰望顶上，一营只剩下教导员孙同盛和3连。午后，日军援兵到来，四面猛攻仰望顶。3连战士子弹打光了，连长宋云高和指导员董从连，率领活着的战士再次与敌人拼刺刀，把日军杀退。敌人屡攻不下，只得在傍晚时分撤回掖县城。这次著名的仰望顶战斗，进行了整整7个小时，毙伤敌人210余人，痛击号称"打遍胶东无敌手"的日军大岛部队，重伤其指挥官大岛恒一郎。我军牺牲80余人……

1942年7月，以新的第五支队为基础，成立了八路军胶东军区，许世友任司令员，第二个月，第五旅改称山东军区第五旅，归胶东军区指挥。除五旅3个主力团外，胶东军区还有16团和17团，以及西海、东海、北海、南海4个军分区。

在冬季反"扫荡"中，第五旅指挥机关及13团、14团、15团均在适当时机跳到外线作战，向正在"扫荡"的外围之敌主动发起进攻。13团在莱阳县北孔家村设伏，沉重打击了敌人。14团在福山县猴子沟连续设伏，给日伪军以重大杀伤。分散在牙山的"抗大"学员于大杨家附近用地雷炸死日军吉田大佐和十几名日伪官兵。

在彻底粉碎1942年冬季"大扫荡"之后，1943年3月，八路军胶东部队精兵简政。为统一指挥，撤销了五旅番号，五旅机关和胶东军区机关合并。五旅旅长吴克华任胶东军区副司令员。胶东军区下辖13、14、15三个主力团和4个军分区，原五旅15团实行主力地方化，与南海军分区合并。13团的团长是聂凤智，政委李丙令，这个团坚持在栖霞和海阳边区，烟青公路中段两侧，14团坚持在栖霞、招远、莱阳和掖县边区，积极发动群众和领导反"蚕食"、反封锁斗争，广泛实施"翻边战术"，主动灵活地打击敌人……

在一次次激烈战斗的间隙，八路军胶东部队不断调整着体制机制，以适应变化多端的敌情，加强统一指挥，爆发出越来越强的战斗力。就像一个强健的肌体，不断有新鲜血液补充进来，又有牺牲的战士像鲜血一样流失了。

一批批伤病员来到西海地下医院，又一批批地康复出院，在繁忙的救护工作之中，王一峰、刘子坚等明显感受到：医院远离战场，又是战场的一个有机组成部分，它是战场的"晴雨表"，每当鬼子"大扫荡"和有重大战斗时，伤病员会明显增多，达到峰值，而平时则属于常态。另外，伤员的类型和我军选择的战术直接相关，胶东八路军善于在游击战中打伏击战、地雷战、麻雀战，所以手榴弹伤、枪伤、地雷伤等较多。

地道里的八路军伤病员塑像

黑暗的地道里，伤员们精彩的描述，复盘着一场场战斗的场面。

1943年4月中旬，掖县九区区中队在狗爪埠设立小型兵工厂，存了一部分军用物资。当时，各村都选派有斗争经验的共产党员和可靠群众给敌人"送情报"。狗爪埠就派党员王恩田每日往据点送情报。有一天，大家都到据点"送情报"，其他村的情报员都挨了一顿毒打，王恩田不但没挨打，反而被好酒好菜招待了一顿，还得了钱。姓王的伪连长对他说："咱们人不亲，姓还亲哪！说了实情，今后好处更大。"王恩田喝得半醉，说他庄有八路的兵工厂，还住着区中队，他们只有几支破枪，每人两个手榴弹。第二天拂晓，驿道据点伪军出动一个连，妄图包围狗爪埠，把我区中队一网打尽。区中队在这里住了多日，前一天夜里刚转移到周官庄。区中队刚刚撤离，胶东五旅14团某营和一个骑兵连，即由招远县开到掖县，进驻塔埠刘家和邻近的狗爪埠等村。住房尚未安排好，岗哨报告"发现敌情"。营指挥员马上部署战斗：骑兵在外围包抄，步兵三面迂回，包围歼灭敌人。王恩田带领的伪军，一开始听到枪响，以为是"土八路"，还有点放肆，后来一听机枪声，知道遇上八路军主力部队了，就惊慌失措。王恩田一看不妙，翻墙跳进官李家村一家农户，逃之夭夭。我军步兵、骑兵相互配合，机枪、步枪、手榴弹一齐开火，没用半小时，就把敌人一个连消灭了，打死敌人十几个，打伤二十五个，活捉五十多个，缴获机枪二挺，大盖枪八十多支，子弹三千余发。事后，我方和敌人都想抓住王恩田。王恩田跑到西由后吕一带做短工，后被发现，捉拿归案。王知罪大，开始死不交代。县公安局向他宣布坦白从宽的政策，又教育王妻，让她到监狱做王恩田的工作。王恩田认罪交代，得到宽大处理。

在西海军分区，新兵上岗要吃一顿面条。西海独立营二营四连战士王洪昌，还没来得及吃上面条，唱着歌就投入了战斗，"指导员，心胸宽，教育同志把书念，不打不骂不处罚……"当兵第一天就打鬼子。当时独立营营长是张东林，也是西海地下医院治愈的伤员之一。第一场战斗，王洪昌表现不错，敌人的机枪子弹"嗖嗖"地从两腿之间钻过去，他没有退缩。1943年，四连奉命撤离大泽山，来到平西和掖西一带活动，择机歼灭敌人。在堡垒村平西黑羊山的强家村，他们严密封锁消息，驻扎了半个多月，以此为中心，四面出击。有一天，连队到王埠庄活动，强家村在夜晚突然被国民党顽固派"拉驴队"包围，敌人认为四连也被围在其中。村子周围有围墙，还有大栅栏门，是用木头桩子制作的，非常坚实。村里的基干民兵组织起来，加上群众支持，一直坚守到天亮。由于敌我力量悬殊，敌人攻进村子，打伤了几个村民，还抓走了两个人。四连闻讯赶回增援，结果在王埠庄和敌人遭遇，并被分散包围。战士们蹲在坟地里观察敌情。三排八班把敌人的一个支队部和指挥所摧毁了，缴获了战马、步枪、望远镜和各种文件包，十几个战士正收拾战利品。外围的哨兵忽然发现，从土山方向来了两路敌人的增援部队，每路都有二三百人，可能一个营还多。连长、指导员下令撤退，他们从敌人的缝隙中穿过。因为通信联络条件差，没有通知到八班，八班被包围在王埠庄。副排长李文华突了出来，其他人都牺牲或负伤了。八班长申月堂腹部挂彩，肠子挂在外面，副班长纪宿英也是腹部受伤。敌人把他们抓到灰埠据点严刑拷打，他俩宁死不屈。敌人就把他们从据点里扔出来，群众发现了这两个昏迷的八路军伤员，连夜秘密组织担架，抬着送到强家村。当夜，基干民兵用两副担架，走了三十多公里，送回根据地的部队。部队又马上把他们转送到西海地下医院。伤愈后，他们一块儿到过东北战场……

伏击战，是胶东八路军的重要战术之一。通俗来说，伏击战就是了解敌人行军路线后，事先埋伏，它要求指战员灵活果断，发起战斗要适时，火力要突然猛烈集中，趁敌人措手不及之时，勇猛出击，速决全歼。仅1943年八路军在掖县进行的伏击战，就有粉子山、金冢埠伏击战，掖招伏击战，曹家埠伏击战等。这一年的冬天，胶东军区主力13团，进行了一场漂亮的沙现伏击战。这次战斗歼灭了驻驿道伪军一个连，这是当时胶东少有的战例。当年春，13团一、二营由团长聂凤智率领开赴北掖，活动在朱桥、平里店、驿道一带，伺机打击各据点的日伪军。七八月份青纱帐起来以后，我军主动向日伪军出击，使其到处受挫。伪军21团二营营部和四、五两个连驻驿道据点，六连驻平里店据点。十月底，伪营长杜绍堂率四、五连随掖城日伪军外出"扫荡"。驿道据点暂由小庙后据点调来一个连驻防。11月26日，杜绍堂率部返回驿道，小庙后部开赴掖城。29日，驻驿道的敌人向集东赵家一带村庄征集牲口驮东西。"伪区长"高洪学是一名共产党员，是我方内线工作人员，晚上，他得到一个情报："明天五连去小庙后送给养，早晨四点开饭，五点出发。"情报逐级汇报给掖县七区区委书记王瑞琪、掖县独立营营长高峰和13团团长聂凤智。聂凤智核实情报后，当即决定在驿道通往小庙后公路上的沙现村设伏，歼灭敌人。聂凤智率领13团的3个连分别埋伏在沙现村东、南、西三面高地上，团指挥部设在村西高地上。高峰率领县独立营一连与13团一个重机枪班，埋伏在沙现村西南一个小山顶上，与13团六连东西相对，封锁住敌人南去的通路。独立营副营长石凤亭、协理员张亚权率领二连埋伏在与沙现只有一沟之隔的南圈子村南。七区区中队埋伏在沙现村西河沟的北端。同时派便衣对敌侦察。从板桥到沙现约有6公里。我军进入阵地后约六时许，伪军一个连由驿道开出，狼奔豕突，沿公路南窜。前面是少数尖兵，接着是骑在马上的副官王坤田，后面是两纵队斜背大枪的伪军，还有运送给养的牲口驮子。我方便衣发现情况，立即报告给指挥部，指挥部命令各部做好战斗准备。敌人通过沙现村时，我军独立营二连随即顺着沙现东沟潜入村内关帝庙附近埋伏好。待敌尖兵行至沙现村南半山坡时，我军封锁路口的重机枪向敌人开了火，三面高地上的步枪子弹，一排排的手榴弹，一齐打向敌人。霎时间，敌人死伤惨重，有的伪军连枪还未来得及脱肩，就被我军打倒在地上。我军三个排猛虎下山一般冲下山来，敌人惊恐万状，争相回窜。敌人逃至沙

截获敌人的运粮船

现村内,又遭我军独立营二连袭击,死伤过半。余者退到村南分成东西两股,夺路而逃。西股敌人逃进一条3米深的狭窄河沟,我军三、六连跟踪追击。聂凤智又命令三连一排排长王玉芝率领两个班冲下山来,和区中队一起堵截敌人。敌人在沟底,我军在沟上,我军虽用手榴弹猛炸,步枪齐发,总难阻止敌人。王玉芝趁手榴弹爆炸,硝烟弥漫,率领战士跳下沟去,刺死几个伪军,切断敌人的逃路。一个伪军急忙端起机枪向我军开火。王玉芝跃身避开敌人火力,猛然扑上去,一枪托将这个伪军砸倒在地。一班长王大海从背后猛地一刺,结束了这个家伙的生命。二班长李玉明腿已负伤,仍然拖着走了20多米,等这个伪军倒地以后,才把刺刀拔了出来。此股敌人经过前堵后击,就地歼灭。东股伪军,沿公路北逃,我军六连一部追击,七连侧击,经一场拼杀,在沙现村南将这股敌人大部分歼灭。驿道据点伪军听到枪响,伪营长杜绍堂慌忙带领20余人前去增援。走出一里多路,他听到重机枪声大作,知道五连与我军主力遭遇,生怕前去送死,又怕我军趁据点空虚进行强攻,便马上返回了据点。

经过一小时的激战,沙现伏击战歼灭伪军80多人,缴获敌军轻机枪3挺,三八式步枪80多支,给养大批。6名伪军从墙壁倒塌的一条胡同逃回驿道据点。战后，我参战部队和内线工作人员受到上级的表扬和嘉奖。

地雷战是胶东军民的独创，起源于大泽山根据地，在海阳县乃至整个胶东大显神威。敌人过于猖狂，西海军分区司令部驻地高家村，7天内曾经连续3次遭受日寇"扫荡"，其中一次仅222户的高家村有183户房屋被焚毁，13人被杀，许多群众无家可归。为了保卫根据地，大泽山的高家、所里头、韭园、北台、南台5个村的民兵组成高家民兵联防，他们在西海武委会领导的支持下，开始使用铁雷，打击敌人。这种铁雷由上级定量分配。民兵高正云被组织上派到掖县党校学习了两个月，学习了如何制造地雷的技术。他除从掖县带回几个绊雷、拉雷之外，还带回四五种制作地雷的方法。回来后，他马上带领30多个民兵投入到石雷的研制中。因日寇的封锁，外地钢材及"成雷"运不进来，加之日军使用探雷器，一度造成铁雷杀伤力减弱。这样一来，就加快了石雷的研发速度。经过实践，高家村石匠高方和于1941年秋造出第一个石雷。第一个石雷诞生后，高家民兵联防总指挥高禄云组织各村民兵队长等10余人，在高家南山进行石雷首次爆炸试验，获得成功。各村纷纷发动群众在此基础上继续改进，比如把錾子的尖端打一个斜弯，这样凿出的石雷口小肚大、装火药多、杀伤力大。大泽山区很快掀起了造石雷的热潮。上级为了鼓励民兵造石雷，决定每造一个石雷由政府奖励一斤小麦。民兵们说："打鬼子，不用奖励我们也干。"后来狡猾的鬼子派人在前面专门寻找石雷绊线，发现绊线就剪断，使石雷失灵，甚至把雷起走。针对这一情况，民兵们又创造出"夹子雷"等几种反起雷。为了大量杀伤敌人，民兵们又进一步发明出"子母雷"等40余种雷，各种地雷灵活使用，打得敌人防不胜防。1942年冬，日伪军"扫荡"大泽山，民兵高禄民等大摆地雷阵，使进犯的敌人在1平方公里范围内踏响石雷30多处，炸死炸伤日伪军70多人，吓得敌人不敢挪动，草草收尸回窜。1943年10月，掖县和平度的3000多日伪军再次对大泽山根据地"拉网扫荡"，当地数千民兵配合八路军主力一个小分队，布下地雷阵，炸得敌人首尾难顾，寸步难行，最后拖着250多具尸体狼狈窜回据点。日伪军哀叹道："千不怕万不怕，就怕大泽山的石头开了花。""进了大泽山，把命交给天。""不长铁脑袋，别想到大泽山。"1943年4月，西海武委会在大泽山开办两期民兵干部训练班。训练班由胶东各县每个区抽调一名干部参加，共有学员80多人，学习时间2个月。开课后，训练班除学习山东军区对民兵提出的"速决、速打、速走"等战术原则外，重点学习怎样制造石雷、瓦罐雷、瓷瓶雷以及怎样埋设地雷。同时，在敌人奔袭大泽山时，还让学员参与实战演习。从此，胶东各县在反"扫荡"、反"蚕食"斗争中，普遍使用大泽山的地雷战法，有力地推动了胶东地区抗战胜利的进程。

文峰区青救会主任、掖南县青救会委员、朱旺民兵队队长史校民，作为南掖的代表参加了这个培训班。回到区里后，他请教临疃河老石匠王福宽，如何选择合适的石头制作地雷，以及如何增强地雷的爆炸力，进一步改进了石雷。中秋节快到了，他们分析敌人肯定到集市上抢东西。史校民就带着几个民兵，在敌人必经的青石桥上埋下三颗石雷，并全部挂上引线，然后在附近山顶死死盯着桥面。等敌人全部进入雷区，便在山顶上用打兔子的枪打冷枪，敌人一听枪声就懵了，踩上了石雷，有的被炸死，有的缺胳膊断腿，有的蜷伏在草丛中不敢动弹……有一次，史校民得到情报：掖县城的敌人要和平度换防。他就和姜永胜、范有智三个人去埋雷。这次埋的铁雷叫"踩雷"，一踩就响，个头也大。他们一人背着两颗铁雷，拿着铁锹和镢头，在一座土桥的北边埋上地雷，又在桥下埋上了。天亮了，史校民去高坡上观察敌情，敌人来了，而且看见了他。史校民马上往后拼命跑，一直跑到桥头，挂上弦。敌人迫近，他飞身来到桥下，一声巨响，如天崩地裂，一股蓝色浓烟升起，鬼子纷纷倒下，血肉横飞。史校民心里高兴极了，他冲着鬼子喊道："铁西瓜，圆又圆，也不香也不甜。鬼子汉奸真爱吃，吃了留下西瓜钱，留下西瓜钱。"敌人用枪射击,用掷弹筒打,他毫发无损,确实有一点"小雷手"的风采。

史校民发明了架子雷、胶皮雷、卡子雷、连环雷、梅花雷、反起雷、钉子雷、头发丝雷等31种埋雷方法。他积极战斗,主动向敌进攻,先后率民兵埋地雷20余次,炸死炸伤日伪军94人,战马、骡子数十匹。1945年4月,西海武委会授予史校民"爆炸大王"光荣称号,并奖励步枪2支、子弹40发、地雷30枚,他成为西海民兵的一面光辉旗帜。

史校民接受媒体采访

也是在这个培训班上,海阳县武委会主任栾晋阶学习到地雷爆炸技术后,于1943年5月在海阳县小纪区南埠村召开各区武委会主任会议,介绍大泽山区民兵运用地雷杀敌的经验,并宣读了海阳开展地雷战的初步方案,拉开了海阳地雷战的序幕。海阳涌现出3个"模范爆炸村",11名民兵"爆炸英雄""爆炸大王",成为地雷战的故乡。

正因为大泽山等地展开大规模的地雷战,西海地下医院里才出现了"小雷手"等类型的伤病员。

八路军伤病员用自己殷红的鲜血，描绘出一条通往革命胜利的大道。西海地下医院还接收过一些肩负特殊任务的伤病员，他们受伤是因为胶东军民承担的特殊使命，以及对党做出的特殊贡献。

曾经在西海军分区担任过营教导员和团政委的王淳，给医务人员讲述过自己的一次受伤经历。

1943年2月，在鬼子疯狂"大扫荡"之后，胶东军区给西海军分区下达了一个命令：立即派出一支部队，给山东军区运送黄金，在"渤海走廊"与昌邑独立营交接。具体交接事宜，由西海专员公署专员常溪平负责，军分区司令员赵一萍命令王淳率二营五连护送。部队连夜出发，经过一夜急行军，来到50多公里外的昌邑，到达昌邑独立营驻地，营长李超夫对他们说："日军即将对昌邑地区进行'扫荡'，你们不能在这里休息了，必须连夜离开……"匆匆交接完黄金，五连决定连夜返回掖县，去土山李家村，这里驻扎着掖南独立营。

这个队伍里，只有王淳等领导知道，他们走过了神秘的"渤海走廊"，这是联系胶东、山东军区、延安的一条"经济生命线"，是支撑抗战和中国革命的一个重要杠杆。

在西海地下医院转移到掖县期间，山东面临着一个严峻问题——各根据地之间缺乏联系。鲁中根据地是全省的军事和政治中心，地处沂蒙山区，这里相对封闭、贫瘠，亟须胶东的财政与物质支援，迫切需要建立一条安全畅通的交通线。这条交通线被一件重要的事情撬动了。1938年上半年，时任山东省委书记的黎玉前往延安汇报工作，亲身感受到延安财政紧张的状况，提出胶东向党中央输送黄金的想法，并在回到山东后积极组织实施。1938年7月，中共胶东特委设立招远采金管理委员会，1940年8月撤改成立玲珑采金局，领导胶东根据地军民多方筹措黄金：一是采取自行创办和秘密控制的方式，直接掌握金矿，组织矿工开采。鼎盛时期，我军在招远的矿点达到200多个，投入黄金生产的人数大约有3万多人。二是开展反掠夺斗争，向敌占区金矿派遣得力人员，团结采金工人乃至爱国资本家，与日伪军展开惊心动魄的矿山之战，这一行动被称为"虎口夺金"。1941年6月，中共胶东区委安排人员秘密潜入敌人占领的玲珑金矿，并制定了一系列行动方案。一方面，秘密组织矿工罢工或怠工，破坏生产设备；另一方面，秘密收集黄金、水银、雷管和炸药等，上交组织。我军还伏击敌人的运金车队，武装夺取黄金。从1939年到1945年，胶东军民密切配合，先后在龙招公路沿线的沙埠村、小李家、张星、槐树庄、黄山馆、张华山头等处，多次伏击日寇的运金车，炸毁敌汽车30余辆，消灭日伪军200多名，缴获大量富矿石、金精矿和军需、生产物资。我军还建立地下收购站，从群众手中收购黄金。抗战时期，仅在玲珑一带，每周便可收购到黄金50到60两。仅1942年，共产党的地下收购站就收购黄金3188两。

这些黄金亟须秘密运出去，"渤海走廊"应运而生。

胶东区委采取集中与分散结合、分段接力的方法，秘密向鲁中根据地和延安运送黄金。送金的路线，因受战争环境制约，不同时期走不同路线。1939年到1943年间，主要是经潍坊北部沿海的"渤海走廊"运送；1943年8月，为加强对胶济铁路东线的对敌斗争，胶东军区参谋长贾若瑜率领14团一个营的兵力，越过胶济铁路，配合滨海军区打通了胶东和滨海地区的交通线，送金路线由"渤海走廊"改为"滨海通道"，即从胶县、高密穿过铁路，经滨海区诸城等县直达山东分局所在地；到解放战争初期，还有一条"海上运输线"。

这里重点说说"渤海走廊"。

为了打通鲁中和胶东等地区的联系，从1938年开始，潍坊昌邑、潍县、寿光北部的"三北"地区就经常有党政军负责人过往，并陆续向鲁中和延安转送黄金等战略物资。到1939年夏天，"渤海走廊"交通线逐步稳定下来。这个走廊位于莱州湾南岸沿海地区，东起胶莱河，西至寿光县东北部的榆树园子村一带，东西长120多里，南北宽不过5公里，像一条带子，两头分别伸向胶东和清河抗日根据地，一度是胶东通往清河进而转去鲁中和延安的交通要道，山东分局派往胶东的干部，大多经过这里。渤海走廊横跨3个县，包括40多个村庄，北面是浩瀚的渤海、南面是日伪顽占领区、西面有日伪军侯镇、羊角沟两大据点，以及郑家庄、央子、宅科、李家湾、宋家庄、道口等小据点，沿寿（光）羊（角沟）公路排列，把"渤海走廊"与清河抗日根据地分开；东面与大泽山抗日根据地之间有日伪军沙河、夏邱堡据点和国民党部队占领区相隔。渤海走廊是运送黄金的一个重要通道，胶东党组织组成一批批运金小分队，冒着枪林弹雨和流血牺牲的危险，秘密把黄金送到山东党组织的驻地，后转送党中央，或直送党中央。为防范泄密，送金分队都接到过严令：任何人不许透露运送的时间、地点、部队番号、兵力和交接过程。每一名送金队员都严格执行了这一命令。抗战期间，从胶东转运到党中央的黄金达13万两，其中绝大部分是经过渤海走廊运送出去的，这13万两黄金没有一两丢失或者遗落，更没有一人携金潜逃。每一两黄金都是战士用生命和鲜血换来的。

1940年冬，时任抗大一分校胶东支校副校长兼八路军第一纵队教导团团长的贾若瑜，带领两个营的兵力，护送近3万两黄金，前往山东分局。

抗战期间在招远县委和北海银行胶东分行做交通和保卫工作的栾志山回忆：1941年冬天，我们在北海银行刚把200斤金条、元宝、银圆用箱装好要运往西海区，突然来人报信，敌人来了，我们忙把金银箱子扔进老垛顶后竹园村的一眼井里，两天后将金银捞出，总算安全地将金银押送到西海。

据当年送金小分队班长王德昌回忆：1943年秋天，一支二十余人的送金小分队，在队长孙大个子带领下，每人携带四五十两黄金，夜行日宿，长途跋涉，由鲁经冀入晋，到达山西境内汾河流域一个叫雁鸣渡的地方，与日军突然遭遇，他们决定背水一战，大家共立誓言："人金共存亡，宁丢性命，不丢黄金。"孙队长临时将队伍一分为二，两人的黄金集中于一人携带，一半渡河送金，一半阻击掩护，结果黄金安全送达延安，但阻击人员全部牺牲，渡河的也有二人牺牲，三人受伤，包括孙队长在内总共有十四人捐躯。战士小李，身负重伤仍忍着剧痛，将黄金埋入树下的泥土里。直到打扫战场时他从昏迷中苏醒，奄奄一息之际，把手指向埋藏黄金的位置，用最后一口气完成了神圣使命。

1944年5月，掖南独立营与平西四区队赶着20头骡子，驮运铁、木箱40余个，装的全是金银及小手榴弹，金银送中央，小手榴弹送清河军区……

除了派出部队武装护送，胶东党组织负责人到山东分局和山东军区开会时，会捎带黄金。1940年9月，时任胶东北海区行政专员公署专员的曹漫之，趁去省参加行政会议的机会，带领一个约800人的精干团，穿着特制衣服，历尽艰险，将约6000两黄金和一宗北海币、法币，安全送到山东分局；1940年，胶东党组织派遣苏继光先后三次向鲁南区送黄金2万两，后由鲁南区委领导到延安开会时将黄金转送党中央；1944年7月，胶东区行署财政处处长孙揆一、民政处副处长田祥亭，带领数十名干部，趁参加山东省战时行政委员会会议之机，押送几十匹骡子驮的一批黄金和布匹，从海阳古现村出发，由胶东主力部队护送过胶济铁路，再由滨海军区部队接送，经过滨海通道，运送到山东省战时行政委员会；1943年，山东分局书记朱瑞去延安参加七大也带去了黄金，为此有人特撰《朱瑞腰缠黄金去延安》一文。史料记载：当年刘少奇、徐向前等离开山东时，也都有携带黄金回党中央的经历……

作为无数运金队伍中的一支，王淳率领的西海军分区二营五连，在完成黄金交接任务后，连夜返回土山李家村，王淳正与掖南独立营营长刘文卿交谈，侦察员前来报告：沙河敌人出动了，不知去向。王淳要求部队不要打开背包，抓紧时间开饭。此时，侦察员又来报告：夏邱堡和掖县城的敌人也出动了，目标都是对着土山而来。分析敌情，王淳和刘文卿认为，敌人有合围土山的可能。李家村北面就是渤海湾，西面是胶河，地形不利于防守，必须立即转移到土山杨家村。这时，王淳派往土山的侦察员投响了三枚手榴弹，报告夏邱堡之敌已直扑土山而来。此时土山杨家也不能防守，必须立刻转移。当部队向西面胶河东岸海沧村转移时，夜间迂回到海沧村的沙河日伪军，由西向东合围而来，五连在转移途中与敌迎面相撞，此时我军已被敌人三面合围，王淳指挥五连展开，投入战斗，组织部队向西南的新河方向突围。考虑到常溪萍专员年老体弱，突围困难，王淳命令骑兵通信员将马让给常专员骑上突围。随后，敌我双方展开激烈的战斗。战斗中，王淳的通信员孙发唐头部负伤，王淳安排他转移后，自己的右腿也负伤了。通信班长问王淳是否负伤了，他回答说没关系，仍继续指挥战斗，直至部队安全突出重围。

战斗结束之后，王淳才得知，敌人的这次合围，是针对掖南独立营的，恰好他率五连赶到，也被合围在其中。在五连掩护下，独立营已突出重围。

负伤的王淳被安排到西海地下医院王门医疗区穆家庄子治疗，张燕是他的主治医生。刚到该村第二天，就发现了敌情，房东赶紧把他隐蔽在屋后的地洞内。待敌情解除后，他出洞仔细看了一下，这个隐蔽洞太小，没有回旋余地，住了几天他转到刘家村，住了一个多月，又转到五佛蒋家村。他的爱人陈惠圃得知消息，就到该村来看望。经过村干部详细审查了解，确认她是王淳的爱人，才把她送到住处探望，当日下午她就返回家中。这是王淳第一次负伤，他在地下医院住了约3个月，伤愈后他于5月率领已痊愈的伤员归队了。几天后，地下医院驻地穆、邱、刘家三村遭敌特"清剿"，挖开5个地洞，抓走了我10多名工作人员，此时，王淳已经回到部队……

大泽山根据地和西海区处于胶东和清河、鲁中的接合部，在"渤海走廊"的东部边缘，运送黄金负伤的人员，很快被转入西海地下医院救治。医护人员修复的不仅是伤员的身体，还有我军的一条条"经济生命线"和抗战的"肌体"。

治愈身体和心理的双重创伤

在王门村李绍顺家南屋的手术台上，一场罕见的手术正在进行。

伤员大个子老李，在战斗中为了抢救战友，大腿被手榴弹炸伤，一块弹片钻进身体，亟须马上进行手术，可是整个地下医院没有一点麻药，怎么办，怎么办？医生和护士急得团团转。

大个子老李是一个硬汉。在战场上他冲锋在前，眼见着有的战友血肉横飞，壮烈牺牲，有的被炸飞了四肢，打瞎了眼睛，有的露着骨头和肠子，血腥的味道，甚至盖过了热辣的硝烟……人一旦受伤，特别是受重伤，意识就会模糊，乃至失去意识，所有力量溜走，身体就像被抽空一样。剧烈的疼痛接踵而至，像波浪般一波又一波袭来，让一个渺小的人几乎难以承受。作家田帆认为：在许多时候，疼痛本身如此剧烈，以至于这种感觉反而成了苦难之源。蒙田曾经觉得，躯体之死并不可怕，可怕的是疼痛折磨。疼痛能够使人后悔躯体的存在。为了避开疼痛，人们甚至宁愿放弃躯体……忍受疼痛的人是一个孤独者。人们可以共同看到某种景象，听到某种声音，嗅到某种气味，但是没有哪两个人能够分享同样的疼痛。因此，疼痛也是不可绘述的。疼痛或者依附于躯体的表面或者藏匿于躯体内部，致使躯体无法逃离。人们可以闭目塞听，或者转身出走，拒绝种种不快的感觉；但是，疼痛却逼迫人们随身携带。所以，别无选择，人们只能正面与疼痛对抗……

从受伤的那一刻起，每一个八路军战士就进入"一个人的战场"，没有增援，没有战友，可是他们必须像战胜日本鬼子一样，去战胜病魔和疼痛。日本鬼子偶然露头，基本龟缩在据点内，病痛却如影随形，始终缠在身上，征服它是一个极其煎熬的漫长过程，好在八路军将士有坚如钢铁的顽强意志。

战场上，大个子老李拖着一条伤腿，一瘸一拐地从淌着鲜血的地面站起来，伤口如火烧，如针刺，如刀削。一条腿似乎支撑不了魁梧的身体，挪动一下，天旋地转。似乎坚持不住了，他身子一软，重重地跌倒在地，胸口好像压上一块大石头，呼吸急促起来……

他被连队的卫生员救了。卫生员先给他简单包扎一下，止住血，然后把他抬到后边的临时救治场所，伤口已经满是脏污，分不清哪是血肉哪是尘土。在这里，卫生员把伤口用生理盐水冲洗了一下，把打烂的皮肉剪掉、挖掉，然后简单地进行缝合，用血管夹尽可能止血，对血管进行缝合。对骨折的伤员，用夹板绑上绷带简单固定。带来的绷带不够用，就在附近找树枝、木棍给固定一下。此后，就采用接力的方式，把伤员一站站送到西海地下医院。这里也是缺医少药，有一种局部麻醉药叫普鲁卡因，麻醉时效比较短，只能维持45至60分钟。有的时候，这种局部麻醉药也没有。

尽管来到地下医院，住进了地道，但是大个子老李的伤口在继续恶化，不能再等下去了。医生们知道下面是什么后果。老李是被手榴弹片击中的，这样的伤口与枪炮伤和刀伤不一样，它呈不规则形，错综复杂，处理起来非常困难。那时候，我军最常规的武器，除了步枪就是手榴弹。我军要求战士有五大军事技能，包括投弹、刺杀、爆破、射击和土工作业，投弹被排在第一位。为什么八路军这么重视使用手榴弹？因为和日军相比，我们的装备太差，土枪土炮，子弹也很缺乏，手榴弹算是八路军唯一能够自给自足的武器。远程火力没法和敌人对抗，只能不顾一切，逼近敌人，一起投掷手榴弹歼灭敌人。在著名的平型关战役中,八路军等日军进入包围圈逼近之后,先是一轮齐射,接着是一轮密集的手榴弹,伴随着震耳欲聋的爆炸声,还有滚滚浓烟,八路军已经挥舞着大刀片子冲到鬼子面前。据说此后鬼子心里有了一种阴影,天上飞过一只麻雀,都会被吓得趴下一大片……在电视连续剧《亮剑》中,八路军伤亡惨重,仍无法突破敌人的火力。李云龙集中自己的独立团和兄弟部队所有手榴弹,利用土工作业,运动到敌人附近,上千人一起站起来,扔出3600颗手榴弹,把鬼子一个大队葬送在火海里。西海军分区和掖县地方武装也善于使用手榴弹,特别是在伏击战中,手榴弹发挥了重要作用。1940年初,山东纵队五支队在掖县李家庄、连儿夼建立第二兵工厂,主要生产手榴弹、地雷,还能制造迫击炮和山炮,维修枪械。手榴弹因其"面杀伤"的特性,在近距离内能够形成大面积的杀伤覆盖,对日军造成严重伤亡以及精神上的惶恐。我军通常会埋伏起来,等待敌人进入伏击圈后,先进行一轮机枪和步枪的火力急袭,随后投掷大量的手榴弹,以杀伤敌人兵力并打乱其防御战术。1940年12月,鬼子为了在郭家店"永久驻防",准备修建据点。12月5日夜,山东纵队五旅一部攻入郭家店内,不断地向日伪军驻地投掷手榴弹,造成要全面攻击的假象,掩护村里的群众转移到安全地方。第二天夜间,我军分四路悄悄摸进郭家店,将日伪军的几个住处包围,随后发起攻击,向院内投掷手榴弹,炸得尚在睡梦中的敌军伤亡惨重。第三天,我军继续对郭家店的日伪军进行袭击,连敌军向掖县运送伤员和尸体的运输队也遭到伏击。夜幕降临后,我军再次悄悄渗透进村子,向日伪军发起了一连串攻击。敌军在村内选了一座坚固房子充当弹药库,一队敌人往外搬运子弹,我军悄悄地摸过去,把敌人锁在屋内,用大火引燃了弹药,敌人无一逃脱,全部报销。第四天,五旅集中主力对敌人发起总攻击。14团的战士们将一群母鸡绑上燃烧物,点着后抛向日伪军固守的民居,母鸡带着火四处乱窜,火种点着了整个房子,烈焰中日伪军被烧得惨叫连连,部分日军终于招架不住,在没有命

地道里的伤病员塑像

令的情况下逃到附近据点。有一个大个子自卫团员姓郭，连续三天参加了袭击郭家店日军的行动。这天晚上，他领着八路军包围了住在他家的日军，他爬到房顶上，用四枚绑在一起的手榴弹，扔进屋里炸死了多名日军。但还有一些日军躲在屋里负隅顽抗，这名郭大个子一着急，把手榴弹都点着火，跳进屋里和日军同归于尽，英勇牺牲，八路军被他的壮举感动了……仅仅5天，日军就放弃了郭家店这个"永久驻防"的地方，我军共毙伤敌军140多人。在掖县进行的多个伏击战中，手榴弹都大显神威。但是，这种手榴弹也使八路军付出惨重牺牲，西海地下医院的伤病员中，有很多被手榴弹击伤的。

老李的伤口流着恶臭的脓水，医护人员经常用一个金属镊子，刺到大腿里，去清除脓肿，疼得他经常冒冷汗。这是一种怎样的伤口啊？白求恩大夫来到中国以后，以"诺曼·贝顿"的名字，发表过一篇题为《伤》的文章，真实地描述了他所见到的伤口：

头上的煤油灯像一群蜜蜂似的，发出一阵阵莹莹的声音。泥的墙，泥的地，泥的床，敷着白色的纸窗。在寒冷的空气中掺杂着一阵阵血腥和哥罗方的气味……

有些伤口像干涸的小池沼，坟起一堆堆泥土似的腐肉；有些伤口的边缘已经溃烂了，周围变成紫黑色的坏疽；有些外面整齐的伤口，在里面已经溃成脓疮，沿着那些结实的肌肉，脓血活像一条沸腾的小河似的流淌去；有些伤口则在外面溃烂，爆裂成一朵朵可怕的肉花儿；有些伤口流血不止，在血流的泛滥中，还夹杂着好些紫黑色的血块和气泡……

这样的伤口如果不及时进行手术，细菌继续感染，就会患上可怕的破伤风和坏疽。破伤风具有致命性，从古代战场一直存续到现在。它是由破伤风梭菌感染人体后，产生毒素引起的。破伤风梭菌是一种靠芽孢繁殖的厌氧菌，广泛存在于泥土、粪便中。在战场上可以有25%到80%的创口被感染。而一旦感染，在无医疗条件的情况下，死亡率接近100%。医护人员看到，一些伤员先是会出现头晕、烦躁、出虚汗和全身乏力等情况，持续一到两天之后，从颈部和下颌开始，出现肌肉收缩和痉挛，逐渐扩散到其他身体部位，如面部、背部、腹部和四肢等，并出现咀嚼不便、牙关紧闭、四肢收缩等多种情况，在声音变大或强光刺激时，会诱发强烈的阵发性痉挛，还会有呼吸急促、面色发绀、心跳加快等多种症状。有的伤员全身抽搐了一个晚上，医护人员却无能为力，只能轻轻安抚，适时送去温水……坏疽也是一种常见病，创伤导致组织缺血、坏死后，被腐败菌感染，引起皮肤变色，呈现黑色或暗绿色，并伴有一股股难以忍受的腐臭味。若不及时处理，伤员可能面临截肢风险，甚至导致败血症、感染性休克和器官衰竭，威胁生命……

大个子老李知道自己的情况后，对医助王志成说："没有麻药不要紧，只要快点取出弹片，保住我的腿，还能打鬼子，你们怎么治我都不咋呼。"医生决定对他进行无麻醉手术。老李被抬上铺着白床单的手术台，像一座倒下的大山。弹片面积较大，伤口要扩大，一刀一刀割在老李腿上，疼痛到了极限。剧烈的疼痛撕扯着神经，让他的两手像铁钳般紧紧抓着铺板，几乎把嘴唇咬出血来，牙齿要咬碎。大滴大滴的汗珠从脸上和身上扑簌簌滚下来，打湿了枕头，但他一声不吭，胜似当年刮骨疗毒的关云长。那手术刀仿佛也割着医生和护士的心，那么冰凉，那么锋利，那么扎心。他们流泪了：这是多么勇敢的战士，多么可敬的同志啊！

西海地下医院的医护人员发现了一个现象，就是伤员们的自愈能力特别强。

在正常状态下，人类60%的疾病都能自愈。自愈力是人体与生俱来的潜能，具有巨大的神奇力量。这是因为人体蕴含着一个大"药铺"，包含着各种各样的激素，将其排列组合，可以配出30多种药方。人体内还配备了一位高度负责的贴身"医生"——自愈系统，这包括免疫力、排异能力、修复能力、内分泌调节能力、应激能力等。当人有不适或生病时，这位"医生"可以敏感地捕捉到人体异常信号，马上调整人体的各种功能，并及时调动"药铺"中的各种激素，进行"配药""用药"，从而达到治疗目的。这些能力需要良好的外在条件去激发、扶持和帮助。

可是西海地下医院的伤病员身处怎样的环境啊？这是一个几乎没有视觉的世界，地道里一片黑暗，见不到太阳月亮，不能经常点灯，只有嗅觉和味觉特别发达，但是气味极其差，有限的氧气中，还有一股股血腥的味道，一阵阵粪便的臭气，一缕缕酒精的气息……伤员们能够坚持下去，是因为强大的理想信念。

确实也有熬不下去的时候。有一段时间，卫生所政治指导员刘子坚到各医疗区的十几个地道里，探视了伤病员，昏迷的、高烧的、呻吟的、脸色苍白的、挠着伤口的、急得发呆的、头发老长的，伤员们各种状况都有，一种低沉的情绪在蔓延，这可不利于治疗与康复。卫生所领导班子马上开会，商量出两种对策：一是成立制药组，解决医药困难。第二，号召医务人员要和伤病员交朋友，利用一切机会说服同志们树立战胜疾病的信心，密切配合医务人员搞好治疗。这两个办法不仅为伤病员解除了肉体上的痛苦，而且还给伤病员以精神上的极大安慰。

年轻的护士李崇臣主要照顾干部伤员，他接触过马晴波、王淳和孙超等人，主要给他们送饭送水。马晴波很幽默，经常有说有笑。他对李崇臣说："小李啊，你现在年纪很小，但你的前途比我们都好，你可以见到社会主义社会，我们可能见不到了。所以你要好好学习，努力上进……"这些话虽简单，却流露出一个共产党员的坚定信仰和精神追求。

王利华很快和伤员们熟悉了，摸透了他们的脾气，相处得就像亲兄弟一样。一个绰号叫老排长的伤员成为她的好朋友。来到地下医院的第一天，范淑香就忙着带领王利华去看望老排长。在地道拐弯处的一个地铺上，坐着一位身材魁梧的"老人"，他的头发斑白，胡子挺长，看上去有五十多岁。他坐在那里一动不动，范淑香推了他一把："老排长，又在想什么呢？"老排长回过头来，用严肃的目光瞅着范淑香，回答说："是啊，我想前方，想我们的战友们。"他一开口说话，就听出他不是老年人，一问才知道，他不过三十一二岁，是个少白头。老排长并不沉默寡言，倒是很爱说话，一见面就问长问短，问王利华是哪里来的，在这里习惯不习惯。他说："地底下不比外面，刚来时很别扭，过段时间就好了。"

王利华问他："你来很久了吧？"

他笑着说："资历不短啦！"他举起绷带包着的两只手说："不让点灯这一手扛不了，我身子也不矮，又爱拉闲呱儿串门子，走到哪里都碰脑袋，现在熟了好一些了。"

王利华觉得老排长是个很有趣的人。她问范淑香："他年龄不很大，为什么叫他老排长？"范淑香说："你不知道他那个怪脾气，长那么两根穷胡子，十天半月不让人刮。"王利华笑着说："大概你给人家刮痛了吧？"范淑香说："不是，他就是那个万事不求人的脾气，两只手坏了，但死也不肯麻烦别人。喂他吃饭，他不吃，非叫人把被子叠起来，把饭放到上面，自己用嘴拱着吃，结果不是翻了，就是撒了，还是需要别人喂他。他怕耽误别人时间，又急急忙忙地赶紧吃，怎么说他也是不听。"

王利华说："这倒是个好人啊！"

范淑香说："人是真好。别看他对自个满不在意，可洞子里的事，数他管得多呢！哪个伤员心里有事啦，谁和谁闹了点别扭啦……总是他来解决，大家都说'有事找老排长，没有他解不开的疙瘩'。"

有一名重伤员经常向医护人员发火，不配合治疗。老排长决定和他好好谈一谈："同志，咱们都是为了打鬼子出来参加了八路军，多少战友牺牲在战场上，青山处处埋下了忠骨。咱们是幸存者，负了伤被战友救下来，收治在医院，有这么些医护人员给咱们治伤，有那么多乡亲为咱挖地道做掩护，给了咱们生的希望。咱们的命已经不属于自己了。不好好治伤，还耍脾气，咱对得起谁？地道里黑暗潮湿不好受，那是日本鬼子造成的。你看那些年轻的护理员，小姑娘花一样的年华，在地道里日夜陪护咱们，给咱唱歌，给咱按摩，给咱讲故事，她们又是为了谁……"重伤员打断了老排长的话："别说了，老排长，我错了。我对不起同志们。今后我一定积极配合治疗。"

卫生所的工作人员还想方设法，给伤病员送去欢乐。

理发员刘文喜是一个干巴老头，五十多岁了，是全所唯一有资格享受到"老头金"待遇的老年人，有一点传统文化的根基，也熟知掖县的风俗民情。他动作滑稽，说话幽默，走到哪里，哪里就有笑声。他每天都到洞里，一边为伤员理发，一边给他们讲故事，什么"孙悟空偷蟠桃""猪八戒娶媳妇"，什么"掖县阿凡提"智斗老财主，逗得大家大笑不止，洞中充满了活跃的气氛。因此，伤病员一见到老刘头，总是缠着他让他讲故事，他成了最受欢迎的人。护士杨晓兰曾经是西海军分区的宣传队员，能歌善舞。她经常给伤员们唱《义勇军进行曲》《游击队之歌》《到敌人后方去》等抗战歌曲。当唱起《流亡三部曲》时，她和伤员都会流下悲愤的热泪。而唱到《大刀进行曲》时，就变成了慷慨激昂的大合唱。在歌声和笑声里，伤员们忘记了伤痛，只觉得热血沸腾，血脉偾张，恨不得马上回到前线，手刃鬼子……伤病员们还自编文娱节目，自己演出。王利华在地道里听到竹板有节奏的打击声，伤员们在打着快板表扬护理员，其中有范淑香的名字：

范淑香，是模范，一心一意为伤员。

不怕脏，不嫌烦，样样工作她在前……

各医疗区还积极开展形式多样的娱乐活动。在延安和鲁南工作过的老红军、老八路，延续红军和延安的作风，教大家做新式玩具。伤员们用面粉做成跳棋子，晒干后染上红黄绿色，画张棋盘下起了跳棋；用木头做成象棋、军棋，在地上画个棋盘就拼杀起来，互不相让；从老乡家要来麻雀牌，糊上白纸，画上红桃、黑桃，乒乒乓乓地甩起了扑克牌。别看扑克质量不好，但他们却打得难解难分……

对于伤病员来说，大规模的慰问演出，更是一场精神的盛宴。1943年秋天，西海军分区政治部主任姜克换上便衣，带着警卫员和一个干事来到王门地下医院，视察工作和慰问伤病员。他来到中心医疗区王门村的地道里，给大家讲抗战形势，介绍部队情况，鼓励大家安心休养，早日治好伤，重返前线。他在所部干部会上说："我们西海卫生所在掖县党组织和群众冒着生命危险掩护下，开创地下医院，完成治疗任务，是很不容易的。目前正处在黎明前的黑暗时期，要紧紧依靠群众，咬紧牙关，渡过难关，争取抗战早日胜利……"回到军分区后，姜克派来一支宣传队，进行慰问演出，演出地点选

地道里的娱乐活动

在高郭庄。为了预防敌人的突然袭击，特意准备了两套节目。敌人来了，就由老乡唱京戏；敌人不来，军民就合演新戏。附近村子的男女老少和能走动的伤病员都来了，真是军民同演同乐。节目丰富多彩，有大合唱、大鼓书、相声、独幕话剧，还有难得看到的舞蹈。内容都是大家喜闻乐见的，有对敌斗争的故事，也有伤员安心休养积极配合治疗的故事，还有伤病员互相帮助的事迹。演出十分活跃，不仅宣传队演，卫生所的领导也都登台亮相。王一峰扮演一个拥护抗日的老父亲，积极支持儿子参军抗日。医助纪平扮演母亲，反对儿媳妇参加抗日工作。王文波扮演坚决要求抗日的儿子。护士杨晓宇扮演思想解放、不顾婆婆反对、参加妇救会的儿媳。纪平不会唱歌，一唱就走调，引得大家哈哈大笑。演出一直进行了三天，简直比过年还热闹。一段相声，把伤员都逗乐了，忘记了疼痛；一支歌曲，又把他们的心带到连队。他们激动地说："请转告首长，让他们放心，我们一定在这里安心养伤，争取早日恢复健康，重返前线。"

伤病员的情绪稳定了，树立起革命的乐观主义精神。原来黑乎乎、冷清清的地洞里，回荡着欢声笑语，到处都能听到互相勉励的话语："小同志，振作精神，配合医生治好伤，早日回前线去。""老张，还痛吗？咬咬牙，没什么了不起！"

这样强烈的欢乐情绪，怎能激发不出伤病员们强大的自愈力呢。

除了战胜身心的创伤外，西海地下医院的伤病员们还必须战胜另一个敌人，这就是恐惧感。

地面上，武装到牙齿的日伪军像一只只凶残的恶兽，频繁地进行"清乡""扫荡"，推行"强化治安运动"，闻到任何八路军的气息都会倾巢出动。汉奸特务不断在这一地区进行侦察活动，给伤病员带来极大威胁。虽然医院十分警惕，严格保密，但是日子久了，几百人的活动还是露出蛛丝马迹。没有主力部队的保护，伤员们也没有战斗力，一遇到日军出动，免不了有紧张感。

公开"扫荡"的敌人还好对付，但暗藏的奸细防不胜防。对地下医院威胁最大的是奸细。后方医院是敌特"扫荡""清剿"的目标，敌人经常派出特务，打入我内部搞破坏。敌人曾派数名男女，潜入卫生所当护理员、炊事员，制造医疗事故，借机进行破坏。这些奸细有的在给伤员换药时换上马粪，使伤口感染破伤风；有的在食堂饭菜里放毒；有的用美人计腐蚀我工作人员，搞策反工作，把一个被我军俘虏的医生策反过去。西海军分区独立一营教导员王淳第二次住院养伤时，住在五福刘家，他发现"小护理员"孙行祥鬼鬼祟祟，形迹可疑，就马上向卫生所作了反映。经审查，这个"小护理员"竟然是敌人从掖西派来的特务，准备暗杀军分区首长。敌人还利用驻村伪军家属、反动地主、坏分子等提供情报，因此锄奸反特工作成为一项重要的战斗任务。为此，西海军分区政治部派于景波来所里担任锄奸干事，加强保卫工作。同时，建立了群众性的反特组织"十人团"。驻村党支部均设有锄奸委员，并请休养的干部协助，军民密切配合，分析研究敌情，采取了一系列预防措施。

尽管防范措施严密，意外还是发生了。1943年农历五月二十八日，邱家一个中年妇女邱田氏和刘家村刘开金两个奸细向日伪军告密，掖县城的日伪军对王门核心医疗区的穆家庄子、邱家、刘家三个村庄进行袭击"清剿"。敌人首先包围了穆家庄子，这是一个仅几十户人家的小村，敌人像梳篦子般把村子每个角落都搜遍了，最后发现一个地洞，捕去伤员4人。其中有独立团一营二连连长王新民，还有郭指导员、一名护士和一名护理员。之后，他们又到邻村邱家搜查，挖开两个地洞，捕去3个伤员。最后到刘家村，挖开一个地洞，捕去5个伤员，并枪杀1人。敌人在穆、邱、刘三村捕去我伤病员和护理人员一共12人，枪杀1人。伤员中有6名是排连干部，都是共产党员。女护理员毛桂香趁敌人不注意时，机智勇敢地把村边一个地洞打开，救出徐世昌等6名伤病员，并带着几名护理员，迅速转移到村外麦地里隐蔽，避免了更大的损失。

敌人在"清剿"搜查时，对三个村庄的村干部和群众进行逼供拷打，有的村民被打成残废，他们为了保护八路军伤员坚贞不屈，至死不向敌人泄密。

在掖县城监狱里，敌人发现王新民是八路军的连长，就把他单独关在一间小屋里，房中还关了一个国民党部队的参谋。从夏天到冬天，不管敌人怎么严刑拷打和引诱欺骗，王新民等被捕的同志始终坚贞不屈，没有泄露地下医院的机密，保持了共产党员的气节。

王新民不仅在法庭上和敌人做斗争，而且还一直在想方设法越狱逃走。一次，他在院子里"放风"时，捡到一个步枪子弹夹，便暗暗藏了起来。趁着夜间风大天冷，敌哨不注意，他利用子弹夹中一块钢片，在国民党部队参谋的配合下，慢慢地锯断监狱木窗框和铁丝网，经过十多天艰苦的努力，终于把窗框锯断并做了伪装。一个暴风雪骤起的夜晚，大风呼啸，站岗的伪军冻得把头缩在大衣领里，在墙角避风。王新民抓住时机，首先推掉窗框和铁丝网跳了出去，随后那个参谋也跟出来。他们穿过几条小巷，爬到已拆过半截的城墙上跳了下去，穿过护城河，向城东敌我边沿区猛跑，胜利到达王门村。王一峰和刘子坚等人热情接待了他。休息几天以后，王新民就回部队了，以后他随四野转战大江南北，成为我军一名优秀的高级军事指挥员，被授予独立自由勋章和解放勋章3次……

不久，一名姓许的同志和一名小司号员也先后越狱，回到医院。其他同志均被敌人杀害。

惨案发生后，对医院和驻村群众震动极大，军民惊恐，伤病员要求出院。卫生所采取紧急措施，首先把伤病员用担架抬、毛驴驮，连夜转运到西北障绝密区，接着做了大量艰苦的思想工作，才把大家的情绪稳定下来。

"地道故事会"的抗战传奇

在西海地下医院，一有新伤员住进来，轻伤员就会聚拢过来，重伤员也会竖起耳朵。他们希望马上听到前方的消息，听到外面的情况。最近发生了什么战斗？哪些部队参加了？打死了多少鬼子？缴获了什么武器……这些最新信息，像一股股新鲜空气吹进地道，带来欢笑、泪水、紧张和兴奋，好像有心理疗愈作用，平复着伤员们内心的创伤和困惑，并使他们实现了与部队、战友的感情联结，平添一种不屈不挠、敢于牺牲的英雄气概。

枪是战士的第二生命，哪个战士不喜欢枪啊。

"胶东三炮"的故事，被讲了一遍又一遍，但是伤病员好像从来都没听够。这"三炮"就是三挺重机枪，虽然缴获于不同时期，但它们就像钢铁战士，一直在战场上大显神威，不断创造着杀敌新纪录。

胶东八路军主力部队的第一挺重机枪是"老黄牛"。天福山和玉皇顶起义之后，共产党领导的抗日武装纷纷在胶东半岛成立，然而，一个难题摆在新组建的部队面前，这就是缺乏战斗经验，更缺乏武器，很多战士还在用大刀长矛，"土压五"钢枪算是队伍中很先进的武器了，筹集枪支弹药成为起义队伍的一项重要工作。1938年2月，山东人民抗日救国军第三军第二路军在蓬莱成立。原直系军阀吴佩孚的家就在蓬莱城里。为了解决武器问题，起义部队找到吴家。几经努力，部队从吴家得到长短枪一百多支，在吴家大楼地下室的一口棺材里，发现了一挺"二四式"马克沁重机枪。这挺重机枪全长1.2米，枪身重20公斤，枪架重29公斤，口径为7.90毫米，采用水冷方式，以250发帆布弹带供弹，每分钟可射击出400到600发子弹，表尺射程尖弹2500米、重尖弹3500米。之所以叫"二四式"，是因为1934年中国金陵兵工厂从德国引进马克沁机枪图纸，并于1935年定型生产。得到这挺机枪，战士们如获至宝，手里终于有了像样的武器。因为这挺机枪火力压制时间长、威力大、可靠性高，枪身整体呈铜黄色，像一头兢兢业业、不知疲倦的老黄牛，所以得到这一雅号。1939年，"老黄牛"所在部队改编为八路军山东纵队第五支队第13团，成为八路军在胶东地区的主力部队之一。抗战期间，这挺"老黄牛"机枪参加战斗百余次，见证了大青杨阻击战、孙祖大捷、半壁山伏击战、日庄战斗、良蒙山战斗、郭家店战斗、蛇窝泊据点拔除战、马连庄战斗等一个个胜利，屡立战功，威名远播。重机枪的声音，就是八路军主力的象征。大青杨阻击战的时候，500多日伪军凌晨偷袭掖县革命根据地，他们配备了4门迫击炮、17挺机枪，步枪都是清一色的"三八大盖"，是一支装备精良的部队。八路军把这挺"马克沁"重机枪架设在大青杨村和北盛家村之间的小路东侧。当日伪军潮水般涌到大青杨村前时，指挥员高锦纯一声令下，这挺机枪和八路军的步枪、手榴弹一齐洒向暴露在大路上的鬼子和伪军。这挺"马克沁"咕咕叫着，打得最欢，日伪军连片倒地，敌人产生了错觉，"遇上八路军主力了"，当时的赵保原提醒张宗援，不能盲目前进……

在八路军官兵眼中，"老黄牛"是一个情同手足的战友，是13团不可或缺的一部分。不久，它又添了一个新"兄弟"。1940年9月，山东纵队第五旅诞生后，积极配合正在发动的"百团大战"，进行了一系列袭击日伪据点、破坏敌人军事设施的斗争。9月9日，13团以"围城打援"的战术，发动了

驿道夺机枪

半壁店伏击战。这次战斗，13团利用地形和夜色优势，对日军进行了伏击，成功掌握了战场主动权。行动中，战士们发现一个日军小队长带队巡逻，身边有一挺日制92式重机枪，就利用低矮的灌木丛作掩护，发起突然袭击，生擒日军小队长渡边。日军想砸毁这挺重机枪逃跑，二连连长刘振江迅速组织了一支小队，从侧面突破日军防线，直接冲向重机枪的位置。他们遭遇了密集的侧射火力，子弹如雨点般落下。刘振江被一名日军士兵用刺刀刺倒，身边的战友们纷纷中弹。关键时刻，二营营长刘岩带领5名战士再次发起冲锋，快速前进。子弹不断从他们头顶呼啸而过，每一步都生死未卜。一名日军军曹，正忙于用重锤敲击重机枪的枪管，试图使其永久失去作用。刘岩的刺刀已在搏杀中折断，他挥动步枪，用残留的枪托猛击军曹的头部，成功地阻止了对方破坏重机枪的企图。就在这时，一名伤重未死的日军士兵从地面挣扎着起身，从背包中拔出一枚手榴弹，刘岩和几个战士应声倒下……这挺重机枪成为重要战利品，连同吴佩孚家贡献的"老黄牛"，成为13团团长李绍桥眼里的"宝贝"。

为了"老黄牛"，李绍桥不惜牺牲自己的生命。

1940年12月下旬，郭家店战斗之后，因遭汉奸地主告密，13团团部在掖县上庄等地宿营时，突然遭遇日军包围。李绍桥和政委苏晓风突出包围圈，发现丢了"老黄牛"，就决定组织部队杀回去，重新夺回"老黄牛"。在通过村南的大沙河时，扛着枪身和枪腿的战士被敌人打倒，两挺重机枪的枪腿埋在大沙河里，枪身安全撤到南山。撤退途中，李绍桥被日军炮弹击中壮烈牺牲，年仅30岁；政委苏晓风重伤被俘，后被日军残酷杀害，年仅25岁。"老黄牛"归队后，13团更加珍惜这挺以团长和政委的生命为代价夺回来的重机枪，像宝贝一样精心维护，让它在战场上大显身手。1942年3月，"老黄牛"随部队血战仰望顶，狠狠地打击了日军"打遍胶东无敌手"的嚣张气焰。胶东人民将"老黄牛"编进歌曲传颂："胶东有个十三团，作战真勇敢，仰望顶一场血战……'老黄牛'咕咕地叫，迫击炮轰轰地炸……打死打伤日伪军三百三十三，击毙大岛鬼子回家上西天……"就这样，"老黄牛"与战友们拔碉堡、夺据点、杀鬼子、除汉奸，13团"老虎团"之名威震胶东，"老黄牛"的名声也随之流传。解放战争中，"老黄牛"所在部队参加了莱芜、孟良崮等战斗，解放济南时率先把红旗插上城头，被中央军委授予"济南第一团"的光荣称号。1958年，这挺功勋卓著的"老黄牛"机枪光荣退役，从部队来到军事博物馆，继续自己的使命，向观众讲述抗战故事。

两个八路军的正团职干部，为了抢回一挺重机枪，血洒疆场，因为他们痛切地感受到如果没有重机枪会多么被动。当时，重机枪是新式武器，一挺重机枪，能够打出千军万马的气势，可以左右战斗的走势。第一次见到鬼子的重机枪吐出一条条"火舌"，压制力强大，我军战士纷纷倒下，大家就把缴获重机枪当成梦想。

1942年春节后，我军获取了一个情报：掖县驿道据点的碉堡里，藏着一挺"九二式"重机枪。五旅14团首长决定，奇袭驿道据点，夺取这挺重机枪，一营担任主攻，三营阻击小庙后据点的援敌。担任突击队队长的一营副营长高学仁,是14团"五虎将"之一,智勇双全。他挑选了20名身强力壮的战士,化装成老百姓,在区公所文书高洪学带领下,来到驿道村。午夜时分,一营在营长齐福和教导员王伟光带领下,急行军15公里,隐蔽进入驿道村,在老乡家中潜伏起来。借着星光,隐约可以看到鬼子的炮楼。

这天早晨,一个头戴毡帽、身穿旧棉衣的大个子"农民",小心翼翼地向据点走来,鬼子卫兵举枪命令他止步。大个子连忙鞠躬赔笑大声说:"皇军,报平安的有!"每天报平安是鬼子的要求。这个据点有四个大碉堡,围墙高约十米,外面的壕沟六七米深,架着一座吊桥。鬼子卫兵放下吊桥,大个子走过来,再向鬼子鞠了一躬,举起手里的"平安报告"。就在鬼子伸手接报告时,大个子猛然扑上去,用左手扼住鬼子的脖子,右手抽出利刃,刺中鬼子的咽喉。鬼子应声倒地,大个子一挥手,二十多名便衣冲进据点。一阵机枪扫射,一阵手榴弹轰炸,正在院内出操的鬼子死伤一片。这个大个子就是副营长高学仁,他带领几个战士冲向左侧架着重机枪的碉堡,二、三连也在王伟光带领下冲进据点,占领了右侧两个碉堡。混战中,鬼子小队长渡边和两个鬼子兵溜进左侧第二个碉堡,组织火力,负隅顽抗,并投出几枚毒气弹……此时,高学仁和战士们已经用老乡的一把大铡刀砍断铁锁链,把重机枪搬出据点,大部分鬼子已经被消灭,小庙后据点赶来增援的敌军,与三营交上火了。为避免伤亡,部队迅速撤出战斗。这场战斗仅用了二十分钟。在庆祝胜利的大会上,部队进行"九二式"重机枪射击表演,一串串红蓝相间的子弹、曳光弹飞向夜空,如礼花牵着一条彩带,绚丽夺目,军民无不欢欣鼓舞……

这样的故事,伤病员们最爱听。讲到激烈的战斗场面,有的伤员激动地喊:"好!打得好!"有的急性子等不及了:"医生,快点给我治好伤吧!再治不好,等咱出院,打鬼子就没咱的份儿了!"

在西海地下医院，有一批护士是从胶东军区医训队毕业的，他们亲历过日军对牙山和马石山的"大扫荡"，并从马石山突围来到西海地下医院，所以铭记着在那里发生的一切往事。他们多次给伤病员们讲"马石山十勇士"的故事。

漆黑一片的地道里，好像挺立着一个个英雄。此刻，伤病员们多么需要英雄支撑起自己病弱的身体和煎熬的心灵。

1942年冬季，日军在对胶东"大扫荡"过程中，"拉网"合围了马石山。我主力部队成功跳出合围圈，但是有数千群众和零星部队没来得及转移。11月23日，夜幕降临，日军围绕马石山构成一个大包围圈。每隔三五十步，就会燃起一堆野火，由五六个日伪军把守着，稍有动静，他们就会鸣枪示警，周边敌军马上会蜂拥而至。被困群众心急如焚，如果当晚无法冲出去，天一亮，等待他们的将会是日军的大屠杀……

在一个一千五百米长的狭长山沟里，上千名走投无路的老百姓正心急如焚，忽然西面传来一阵喊声："八路军来了，咱们的八路军来了！"可是看清八路军只有十个人的时候，很多人的心又凉了。敌人可有成千上万啊，十个人怎么能带着大家突围呢？

百姓们不知道，这十个人既没有上级的命令，也没有和其他部队联络，是为救群众主动冲进包围圈的。他们是胶东军区第五旅13团7连2排6班的战士，完成了押送旧冬装的任务，途经马石山，遭遇日伪军的包围。因为先前敌人的合围还未扎牢，在班长王殿元的带领下，6班的战士们顺利突围而出。就在他们向西疾行之时，得知还有数千群众被困在身后的山沟里，就毫不犹豫地决定回去救乡亲们。在黑暗中寻找了几个小时，他们摸到了这条狭长的山沟之中，找到了这群陷入恐惧的老百姓。"放心吧，老乡们，我们一定把大家都带出去，咱们大家，生死都在一起！"王殿元看出老乡们情绪有些低落，便大声安慰大家。随后，王殿元等人在前面开路，后面的老百姓们，趁着夜色，跟随在这十名八路军的背后，默默地行进着。一堆野火正在山沟南面的出口处"噼啪"地燃烧着，旁边四五个穿着大衣的日伪军，正围坐在火边取暖。"干掉他们！"王殿元对身边的战士们下令，大家匍匐在枯草丛中，悄然前行，在靠近敌人之后，突然跳起，或是刀劈，或是枪刺，最终悄无声息地干掉了此处的敌人，然后扑灭了两堆野火。群众如潮水涌出来，顺利通过这个突破口。

十个人毫发无损，王殿元正准备带着战士们撤离，一个小姑娘拉住了王殿元的衣角，泪眼汪汪地告诉他："俺娘她们还没有出来呢。"小姑娘说，海阳八区还有三百多个老百姓，分散在山沟里，没有音信。王殿元立即决定，再次折返回去搜寻，他把九名战士分成三组，自己带着一组战士，打通了一处新的突破口，引着海阳群众就近跳出包围圈；另两组战士收拢零散群众，不断往返，把他们一批批送出去。

这时，天蒙蒙亮。就在王殿元等人转身准备第三次返回"网里"时，一个村农救会的赵会长拉住了王殿元："同志，天快亮了，你们再回去，实在是太危险了，还是一起走吧。"王殿元看了看身边的战士们，摇了摇头："还有老乡在后面，没出来呀。"说罢，他再次跟战友们一起，折返回山沟之内。王殿元等人带领一批群众赶到"突破口"时，被敌人的巡逻哨发现，大批敌人冲了过来，一时间，枪声大作。一名战士牺牲，王殿元和王文礼受了伤，敌人暂时被打退。这又是一次撤离的大好时机，听说还有百姓困在西南山沟，王殿元来不及考虑，带着剩下的八名战士奔了过去。周围布满了密密麻麻的日伪军，枪炮声震耳欲聋，突然，对面冲来二十多个鬼子兵，战士们身体已经陷入极度疲惫状态，子弹所剩无几。为了给乡亲们争取更多时间，大家端起刺刀，向相反方向且战且退。"我们将敌人吸引上山，老乡们，趁着天还没大亮，你们赶快跑，不能在这里等死！"危急时刻，王殿元对着老乡们大声喊道。王殿元等人边打边撤，将敌人吸引到马石山的主峰附近。在通

马石山十勇士雕像

往主峰的道路上，王殿元身边的战友们，一个一个地倒下，而王殿元本人也是多处负伤。"同志们，快没有子弹了，用石头砸！"随着王殿元的命令，战士们把一块块大石头从山顶掀下。凭借有利地形和山上的石块，战士们与敌人激战数小时。最后，山上只剩下王殿元、赵亭茂和李贵三人，他们身上的弹药已经告罄。下面，日伪军蜂拥而上，大声叫嚣着："抓活的！""班长，我这里还有一个手榴弹呢，一直藏着没舍得用。"李贵从腰间摸出一个手榴弹，将它递给了王殿元。最后，王殿元和两名战士抱在一起拉响手榴弹，与敌人同归于尽，壮烈牺牲。

第二天，村民们急忙上山，在火堆旁找到两名战士的遗体，在一堵石墙下面找到四名战士，墙下堆满厚厚的子弹壳，他们在最后一刻也没有停止抵抗。最后，村民们找到王殿元等三人的遗体，他们躺在平顶松下，怒目圆睁，身边堆满日伪军的尸体，王殿元手里还紧紧地握着手榴弹的木柄。在他的口袋里装着一个小本，第一面中间端端正正写着"为人民服务"，右下角写着他的名字。

"马石山十勇士"里，能够知道姓名的有王殿元、赵亭茂、王文礼、李贵、杨德培、李武斋、宫子藩，还有三位烈士的名字无法查找，他们的墓碑上只有"十勇士"几个大字……一群鲜活的生命，转瞬即逝，他们去了哪里？明知道是赴汤蹈火，流血牺牲，却在敌人的包围圈"三出四进"，一次次营救被困群众，直至全部英勇牺牲。在这个世界上，还有什么比自己的生命更重要？人民、国家、民族，这些抽象的名词凝结成一个境界，可以升华生命，超越自我。跨进去就是英雄。每一个时代都需要英雄，他们代表一个民族的高度、硬度和强度；而英雄的故事，更像阳光、空气和粮食，是精神能量的补给站，是新一代英雄的催生剂。

西海地下医院的伤病员和医护人员，何尝不是英雄！

英雄们流出的鲜血，让那个遍地白色恐怖的时代，多了一抹抹亮丽的红色。就在那次最疯狂的冬季"大扫荡"之后，胶东八路军精兵简政，撤销五旅番号，成立新的胶东军区，下辖3个主力团和4个军分区，每个军分区都有一个独立团。各县有县大队、区中队。西海地委和军分区重整旗鼓，主动出击，逐步扭转了战场上的被动局面。1943年5月20日，西海独立营一个连首创麦收保卫战的胜利，他们在平度羞鱼村伏击，杀伤10余名日伪军，俘虏18人，缴获轻机枪1挺，大盖枪20余支，炸毁汽车1辆。6月10日，在平北彭家纸房设伏，集中优势兵力，消灭伪军一个营，俘虏230余人，缴获轻机枪3挺，长短枪250支，战马16匹，声威大震。7月26日，我军攻克平北崮山后据点，全歼伪警卫连……

就在此时，掖县也涌现出刘秀东等一批民族英雄。

1943年6月，曾担任过胶东区党委警卫营营长和胶东军区主力团营长的刘秀东，调任掖南县独立营营长，他的搭档就是在西海地下医院休养过的马杰，时任掖南县独立营政委。

掖西十区位于掖南、平度、昌邑三县交界，是三角斗争最为尖锐、复杂的地方，辖区内光干伪军的就有千人之多。严峻形势下，刘秀东和马杰克服重重困难，一方面积极扩充兵员，一方面加强了对部队的军事训练。经过一段时间的努力，独立营逐渐发展到二百余人，建起两个建制连，部队的军事素质也有了很大提高。

到任的当月，刘秀东率独立营一个连和六区区中队以及30多名民兵，配合西海部队四连，在掖平路李哥庄埋下地雷，准备伏击日寇。早上，太阳刚刚露头，4辆日军军车由北向南驶来，第一辆过去了，第二辆开过来时，他们立即拉响地雷，接着扔出一排手榴弹，日寇的3辆军车顿时被炸毁，鬼子血肉横飞。正要打扫战场，又发现从北边开来17辆满载鬼子的汽车前来增援。敌人停下车，向我军展开钳形攻势，我军与敌人激战半个小时，分东西两路转移。此战，我军杀伤日寇30多人，击毙13人，还击毙了日军小队长山岘，我军牺牲10多名战士。

此年8月，掖城据点我内线人员提供情报：日军50余人准备押着30辆大车，往平度城运送军需物资。刘秀东决定在羞鱼村打一个伏击战。这个村位于高望山、平度城、夏邱堡三个日军据点之间。入夜，独立营由掖西陈家墩整装出发，在长满庄稼的田间小路上急行军赶到羞鱼村，迅速封锁消息，只等日军到来，可一直等到第二天中午，不见敌人出动。为防止据点敌人袭击，独立营公开撤出埋伏，整队返回陈家墩。路上，战士们心情沮丧，情绪低落，刘秀东却神态自若，一言不发。晚上回到陈家墩后，刘秀东突然发出命令："马上吃饭，后半夜赶回羞鱼。"晚上十时左右，独立营在夜幕掩护下，直插羞鱼村。第二天早晨九点左右，日军10名骑兵开路，30余辆大车随后，大摇大摆地沿公路由北向南进了羞鱼村。骑兵过后，刘秀东扣动扳机，一声枪响发出进攻信号，公路两侧墙内的地雷、手榴弹一齐推了下来，一时间，爆炸声大作，喊杀声四起。敌人晕头转向，十余骑兵一溜烟逃得无影无踪，其余日军纷纷抱头鼠窜。此役，日军死伤30余人，我军缴获"三八大盖"枪30余支，另有服装、粮食一宗。原来多是汉阳造、老套筒装备的独立营，一下子有了30余支"三八大盖"枪，战士们欢欣鼓舞，情绪高涨。

此后，掖南县独立营击败了前来进犯的国民党顽固派2000余人，并乘胜追击，接连打了几个漂亮仗。1943年冬，刘秀东率领独立营设伏于新河和沙河之间的李家、官庄，击毙新河日伪军9名，其余20余人全部俘虏。1944年初，刘秀东率领独立营在黑羊山布下长蛇口袋阵，在东西六个村设埋伏，当国民党顽固派阎珂卿部700余人出来抢粮时，独立营收紧口袋，迅速出击，打得敌人抱头鼠窜，独立营追敌十余里，缴获枪支20余支。紧接着，刘秀东又带领二连夜间插入神堂村，为造声势，部队在村中转着圈跑了两个多小时，然后到神堂据点喊话，开展政治攻势，刘秀东亲自对伪军宣讲当前国内外形势，逐个点伪军的名，历数其罪恶，从此以后，神堂据点的伪军轻易不敢出来胡作非为了。

刘秀东非常重视部队文化建设，1943年底，他把旧戏《赵五娘寻夫》改写成一出抗日京剧。赵五娘寻夫是真人真事，她受尽日寇的欺辱摧残，在走投无路时去寻找当伪军的丈夫，劝说丈夫投降。剧情起伏跌宕，催人泪下，在掖西一带连续上演30多场，对动摇瓦解伪军起到了很大作用。

1944年夏天，掖南县独立营一连和营部驻防土山光头李家，在掖西一带保卫夏收。一天早晨，薄雾弥漫，盘踞在沙河据点的日军军曹大桥，率日伪军120余人向土山李家涌来。独立营得到情报时，敌人已控制了村东南的一座小桥，并在桥上架设了两挺机枪。刘秀东处变不惊，命令二排抢占村西南土丘高地，三排掩护政委马杰和营部向南冲去，自己则率一排从正面牵制敌人。战斗打得很激烈，敌人集中火力扫射，压得战士们抬不起头来。刘秀东匍匐前行，一扬手，一颗手榴弹在小桥上空爆炸，敌人的机枪哑巴了。战士们刚想发起冲锋，不料，另一挺机枪又"嗒嗒嗒"扫射过来。刘秀东的头部和胸部不幸中弹，驻扎在杨家的二连前来增援，把刘秀东抬到邻村陈家墩时，他已停止了呼吸，时年36岁。

刘秀东牺牲后，上级把他的故乡掖县虎头崖镇前趴埠刘家村更名为秀东村，这样的村名在掖县有4个，还有宋光村、铁民村和欣木村，每一个村名的后面，都有一段感人肺腑的英雄故事。

在莱州烈士陵园纪念堂的一面展示墙上，介绍了这4个以烈士命名的村庄，宋光、李铁民和刘秀东的照片非常醒目，杨欣木只有一个名字，贴照片的地方还是一片空白。

当年，杨欣木是西海军分区敌工站站长，从事的是统战、瓦解、策反、侦探、情报、锄奸等秘密工作，所以要把自己的真实面目隐藏起来，隐藏得越深越安全，甚至站在敌人堆里也难以分辨。正因为如此，他在掖县革命史上的面孔往往也是模糊的。

也许同样是绝密的原因，西海地下医院伤病员们留下的故事也是整体的、概括的、零散的。他们是正忙着和病魔搏斗，无暇他顾，还是为躲避日伪军的搜捕，对地下医院的事儿守口如瓶？直到今天，他们留下的任何痕迹都弥足珍贵，有着无限的价值。

在烟台市博物馆，珍藏着一个西海地下医院伤病员使用过的铁质火镰，长不过七八厘米，宽四五厘米，厚度大约一厘米。当时，地道里阴暗潮湿，火种不易保存，点火也成为一个大问题。这个装饰有金黄色金属片的火镰，就是伤病员的"打火机"。在那最原始的敲击中，一粒粒火星迸溅，像一点点希望迸发出来，慢慢在心头燃起光明的火焰。

杨欣木等一批批敌工人员的故事，也像那一粒粒火星，闪烁在西海地下医院伤病员们的心间。

我方经过抗战初期与日伪军"硬碰硬"对抗之后，为减少牺牲，采取了公开和隐蔽紧密结合的斗争方式。在驿道、平里店、朱桥等地区，敌

伤病员使用过的火镰

人建立据点，建立伪政权，我们就因势利导，派人打入敌人内部。这些在伪政权内工作的同志，终年累月地同豺狼打交道，历经艰险，屡遭苦难，甚至会流血牺牲。1941年，学过翻译的翟懋迁来到伪区公所，不久被调到小庙后据点给日寇小队长三贤当了翻译。为充分了解敌情，从内部分化瓦解敌人，争取抗战胜利迅速到来，西海军分区在大泽山周围各据点附近村庄普遍设立了情报站。军分区首长研究后，决定做好翟懋迁的工作，发展他为内线情报员。在西海军分区二科，翟懋迁见到了科长王明。王明留翟懋迁住了一天多，耐心细致地进行思想工作，劝他以民族利益为重，留在敌人"心脏"，利用翻译身份及时提供情报，打击敌人，保护同志。王明还和翟懋迁细致研究了具体的工作方法。翟懋迁每次出发都骑白马为标记，将我方的证明信缝于帽内。并确定定期发给关系费，其家属享受工属待遇。从此，翟懋迁正式成为西海军分区的秘密地下工作者。翟懋迁在小庙后据点一次次地行动，被日寇副队长清水的栾翻译发现破绽并向三贤告密，1942年农历四月初十日下午，翟懋迁惨遭敌人杀害。1943年春，小庙后的群众冒着风险，与翟懋迁的亲友将他的尸体挖出运回原籍安葬。

1943年4月中旬，掖县县委书记王磊接到西海地委书记吕明仁的指示：西海地委委员、各界救国会会长柳林和青救会会长孙振华，在日伪军"大扫荡"中被伪21团抓走，马上千方百计营救。

这是一个非常艰巨的任务。沉思良久，王磊想到了掖县六区伪区长战景阳，他是打入敌人内部的一名红色特工。1942年抗日民主政府除掉叛徒日伪六区区长侯锡铭后，8月，战景阳当上六区的伪区长。他讲义气，善交际，精明强干，勇于负责，当上伪区长不久，不仅与平里店的日伪军打得"火热"，而且与驻掖城的伪21团的儿个头目，也称兄道弟，关系"密切"。

这天傍晚，王磊以借米的名义来到战景阳家中。"老战，出事了。"刚踏进屋子，王磊就将事情一五一十道给了战景阳。战景阳叹了口气，摇了摇头："这事儿可不好办，二十一团团长到北京开会了，现在是施团副管，他虽是个贪财的，可咱们若只是求他的话，肯定是不行的。"但很快他想出一个主意："咱们得找人写两封信才行。"王磊找到八路军西海军分区，以他们的名义写了两封信。一封写给战景阳本人，信里故意说道：设法营救柳、孙二人，若不答应，战景阳及全家妻儿老小都必受到严惩。另一封写给施团副，信上让他以国家利益为重，认清形势，如能释放被抓人员，有重谢不说，也是给自己留条后路，否则必杀不饶。

两天后，战景阳带着两封信、海参和鲜鱼到伪21团驻地，一见到施团副，便先把礼品和信递上去，然后抓着施团副的胳膊哭起来："老兄，你可千万要帮帮我呀，你要是不帮的话，我全家老小就都完了呀。"施团副起先没放在心上，以为是八路军说大话罢了，还安慰战景阳，让他别担心。可战景阳哭得更厉害了："老兄，我家在本地，不像你，家不在这儿。这事儿要是办不成，我全家都要受到牵连啊。施团长，你一定要救救老弟呀！"施团副觉得这事儿事关重大，便摇摇头表示不好办，弄不好这可是要掉脑袋的啊。战景阳再三恳求说："反正这脑袋不是掉在日本人手里，就是掉在八路军手里。日本人那边你可以搪塞过去，可八路军这边咱俩谁也跑不了。"施团副还是左右为难，没有答应，把战景阳送了出去。

时间又过去两天，施团副的儿子过"百岁"。战景阳知道这又是一个好机会。他先是准备了一封伪制的"西海军区"来信，又去自己的"永顺东"商号里支了一张5000元支票。"百岁"当天，战景阳并没有去庆贺，等到第二天，他才去拜访。见到施团副的儿子，战景阳从兜里掏出支票，说道："宝贝过百岁，叔叔没能来祝贺。今天，叔叔给你些零花钱，让你娘去给你买糖吃。"施团副一看那是5000元的支票，心不由得惊了一下，自己一年的薪水也才不过3000元啊。这下，施团副高兴了，拍了拍战景阳的肩膀，说："战区长，有什么能帮得上的，尽管跟我说，没有老兄办不到的事。"施团副一听还是之前那事，又皱起眉头，没吭声。战景阳一看，便反复施压："你要是不帮我，我就不走了，反正也活不成了，咱俩就一起等着八路军来找吧。"施团副清楚八路军的手段，向来是说到做到，也害怕起来。他皱着眉头在房间里踱来踱去，最后一跺脚："看在咱俩的交情上，我就豁出这条命来，把人放了。"

两天后，施团副将柳林、孙振华拉到掖县城外一片树林里，向天空连放两枪，做了两个假坟，这件事就算搪塞了过去……

1943年7月中旬的一天，战景阳收到伪县政府一个通知："明天上午派车到平里店，把存放的小麦全部押运到县城。"这年麦收时节，日伪军征抢了2万多斤小麦，集中存放在平里店伪区公所的仓库里，200米外就是据点，天天有岗哨背着大枪，紧盯着粮食。现在，夺回粮食的机会来了！战景阳马上给县委书记王磊做了汇报。王磊和掖县独立营营长高峰，当即进行周密部署。当晚九时前，掖县独立营进入阵地；两个区的抢粮队伍提前在伪区公所附近隐蔽好了。九时整，战景阳派人带着独立营战士来到伪区公所围墙东北角,"轰"的一声巨响,炸药包把围墙炸开一个一人多高、三尺多宽的口子。独立营用火力封锁了日军据点大门,在内线引导下,一个排的战士进入区公所院内警戒。接着,抢粮群众按次序进入大院向外扛运小麦。据点里,日军忽然听到一声巨响,顿时乱成一团,便从炮楼上漫无目标的乱放零星枪炮。抢粮群众一人接一人、一队接一队地向外抢运小麦。不到3个小时运出小麦300多袋。时近午夜,只把剩下一小部分粮食,撒上煤油,点上了火。天亮之后,据点里的日军小队长龙本见区公所围墙炸了个豁口,小麦被抢走,库房还在冒着黑烟,暴跳如雷。他吼叫着:"找区长去!找区长去!八路来了,为什么不报告!"他们在一个角落里找到战景阳,他被捆得结结实实,嘴里还塞满肮脏的破布。龙本似乎明白了真相,忙上前说:"战区长,好人!好人!"

一方面,要像孙悟空钻进铁扇公主的肚子,打入敌人内部;另一方面,也要铲除汉奸特务"新民会长"等"毒瘤"。掖县党组织先后诛灭了伪宣抚班副班长孙辅臣、地主姜兴志、特务田三、汉奸李元台、叛变投敌的王忠武、伪情报员曹友喜、小庙后伪警备队队长宋文、八区伪区长战宗陵、日军翻译苏军毅等,他们助纣为虐,罪大恶极,是鬼子的帮凶。在建据点和"大扫荡"之后,日寇在掖县成立新民会,进行奴化宣传,秘密发展特务组织,搜集情报,监视抗日活动,我方进行针锋相对的斗争,坚决镇压新民会头目中的铁杆汉奸。

掖南县葛门口东陶家村有一个恶棍叫陶希三,因为伪造北海币被人民政府羁押,他趁看守疏忽,跑到掖县城投敌,被任命为小庙后据点警备队长兼新民会会长。他经常为鬼子出谋划策,提供情报,每次"扫荡"都带头烧杀抢掠。上任第二天,他就带着伪军到干河子捕杀了两名抗日工作人员。他还带着伪军袭击西海民运干部培训班,制造了尚家山惨案,杀害我14名干部,烧毁百余间房屋。西海军分区政治部主任姜克的妻子许敏在大火中牺牲。冬天的一个早晨,陶希三来到干河子伪乡公所,看望被日军冷落的军妓,我军4个内线人员陪他喝酒,没想到他很谨慎,不管如何劝,只吃菜不喝酒。内线人员一使眼神,夺过陶希三的匣子枪,猛地将他摔倒在地,捆绑起来装进麻袋,交给军分区两个侦查员。召开公审大会那天,征求群众意见,现场群众一致站起来,张大嘴,举起拳头高喊:"杀!杀!杀……"有人喊:"不能让他浪费一颗枪子,用刀砍了他!""砍太便宜他了,应该一刀一刀割……"

1942年,我方又把平里店、朱桥和夏邱堡等据点的新民会会长一一消灭。平里店据点的新民会会长赵梅村是河北人,40多岁,当过伪满洲国警察,镶着一口大金牙,面色蜡黄,还是一个大烟鬼。他是日本人的一条狗,整天给鬼子出坏主意。比如推行五家连坐制,谁敢窝藏八路、给八路通风报信,连环保的五家一律同罪;比如强迫百姓到据点拍照片,留作档案备查。他还经常跑到六区区公所刺探情报,不是报告这里有八路,就是嘀咕哪里不缴粮。掖县六区区委决定除掉这个民族败类。

六区区委首先指派大沟崖村的徐德臣和店东村的张芝恒前去侦察,二人住在距离据点不到半里地的柳行村,很快摸清了赵梅村的活动规律。最近,赵梅村得了痔疮,多日医治无效,疼得厉害。柳行村有一个共产党员叫郝凤臺,开了一个诊所。我方派出一个大老赵,假装关心赵梅村的病情,并向他介绍了医术高明的郝凤臺。开始,赵梅村怕遇不测,不敢出门。大老赵再三劝说:"诊所离炮楼这么近,有什么不放心的!一切包在我身上,你放心好了。"赵梅村去了几次,没发生什么情况,就经常一个人去换药。这天,赵梅村又到诊所换药。武装便衣赵克全假装肚子疼,一步一哼走到诊所,蒋华庭搀扶着他。刚要进门,听到里面喊道:"你们在外面等着!等给赵会长换完药再进来!"赵梅村听到动静,虽然在撅着屁股上药,右手还是抓起手枪,两个武装便衣一面说"不行呀,疼得要命!"一面径直闯入。赵克全冲上去，紧紧抈住赵梅村握枪的手，蒋华庭扑过来抱住赵梅村的腰。赵梅村无法还手，这时候敌工情报员郝长增不怕暴露身份，进来夺下赵的手枪，三个人一起捆绑赵梅村。赵拼命挣扎，并苦苦哀求："有什么事儿好说！""别一点面子不留！"三个武装便衣毫不松劲，赶紧用一条猪毛绳勒住赵的嘴，使他喊不出声。赵梅村的裤子退到脚脖处，挣扎中被裤子绊倒，仍然像死猪一样不走，被区中队的战士连拽带拖地架到王河边，交给区中队，由上级将赵处决了。当天下午，诊所闯进五个日本鬼子，把郝凤臺抓到掖县城伪县大队，灌辣椒水，进行残酷折磨，数日后，被我方人员保释出来，他自己给自己打针，一口饭也吃不下，几天后就牺牲了。

齐乃行是朱桥据点的新民会会长，仗着鬼子撑腰，整天东游西窜，进行伪化宣传，发展伪组织，和一些烟鬼、赌棍打得火热，并在这些人中发展特务，搜集情报。一个夏日，我方打入伪区公所的办事员，特意跟随他出来赶集，转到南街，区中队两个便衣冲上来，干掉了齐乃行，敌人失去了一个耳目。

1942年冬天的一个晚上，西海公安局在掖县九区区中队的配合下，潜入夏邱堡据点，抓走日本翻译和新民会会长王德允，拉到官家村东北大沟斩首处决。第二年的一个秋夜，区委书记魏坚毅和区长霍旸，率领区中队包围夏邱堡新民会办事处，抓走四名工作人员，缴获手枪一支……几个据点新民会主要头目被镇压，新民会的活动不断受到打击，其他人不敢再活动。掖县城和其他据点的新民会，就名存实亡了。

1943年夏天之后，随着我军和人民力量的不断壮大，我方对敌斗争政策也发生了重大变化，对据点外面的伪政权开始实行坚决砸烂的政策。夏季，南、北掖开展砸烂伪政权的行动，一度使敌人断绝了粮草供应。对于敌人实行的重点主义和以抢粮为重点的"新建运动"，采取了坚决打击的政策。对敌人在重点乡、村建立的保甲长、情报员、新民会长、自卫团长，在夜间全部将其逮捕并取缔。对敌人设立的保护重点地段的炮楼，组织武装力量连夜进行扰袭。敌人炮楼兵少力单不敢出动，年底全部撤离……

这一个个好消息如一缕缕和煦的春风，吹进西海地下医院的地道里，成为伤病员康复的"灵丹妙药"。

运送伤病员的交通线

有一个颇具传奇色彩的伤病员，多次因为负伤住进西海地下医院，还曾经在掖县北部给卫生所招兵买马，他就是从土匪成长为八路军英雄的乔明志。乔明志喜欢抽纸烟，宁肯给别人看幼时要饭腿上被狗咬伤留下的疤痕，也不讲自己辉煌的过去。但是，他的故事就像长了一双翅膀，飞到地道里的每一个地方。

有一个护士问他："你的匣子枪真的能掐断电线吗？"

他哈哈大笑："你真要打破砂锅问到底啊？"

护士点点头。

"电线是一根铁丝，又圆又滑，子弹头又圆又尖，用它掐断电线是十分困难的……"乔明志欲言又止，微笑着说。

护士穷追不舍："老百姓都说你有举枪掐电线的本事,到底怎么个掐法儿？"

"电线杆子上的电瓶是固定电线的,把它打碎,电线不就落下来了……"乔明志一语道破天机。

医护人员和伤病员常常讨论,乔明志的枪法和胆略是怎么练出来的,各种说法都有,真假难辨,有时说得津津有味,有时争得面红耳赤。

这个乔明志,很像是天上的星宿下凡。他本名乔德山,1906年出生于山东潍县朱里村一个贫苦农民家庭,自幼性格倔强,喜欢行侠仗义,读过几年私塾,种过地,在马队当过"马弁",后因杀掉本村一个地主,遭到通缉,就在昌邑东部拉起一支土匪队伍,因为在土匪中排行第八,所以被称为"乔八"。据说,在东北抗联的舅舅返乡,乔明志要求跟着去东北,舅舅说,给你一支匣子枪,半口袋子弹,下次回来看看你的枪法再说。第二年舅舅回来,拿出十个鸡蛋,迎着阳光抛向空中,乔明志把鸡蛋打得开了花……这半口袋子弹,让乔明志成了神枪手。他练的是"甩手枪",没有准星,不用瞄准,开枪速度极快。乔八收兵,测试这一道关把得很严。他把要招募的人带到坟地,一字排开,每人头上都戴着一顶礼帽,面朝墓穴。大家屏住呼吸,只见乔八骑着一匹枣红色高头大马,手握双枪,疾驰而过,一顶顶礼帽落地,有人头发都被子弹烧焦了。凡是吓得趴到地上和尿了裤子的,一律不收,他说："就你这么个针鼻儿大的小胆,还敢来投我乔八爷？"所以他手下的兵个个都是好汉。

1936年,这支土匪队伍到济南抢劫民生银行未遂,被迫解散。乔明志一路向东打短工到平度乔家,以理发为生。一天,平度地下党领导人罗竹风到乔明志处理发,仔细端详着乔明志：这条汉子身高不过一米七,皮肤呈古铜色,面沉如水,不苟言笑,眼光聚焦而闪着狡黠,头发直竖如刺天,浑身结实得像碌碡,手劲似乎能捏碎核桃,衣服上凸显出一块块肌肉来……他还藏

传奇英雄乔明志

有一把手枪。于是，罗竹风便和另一位领导人乔天华做乔明志的工作，不久发展他成为游击队员。

在平度，至今流传着乔明志的故事。他和浓眉大眼的乔天华第一次见面，就接受了一次考验。乔天华审视着乔明志："早就听说过你'乔八爷'了。你枪法不错？"乔天华指着三十米开外的一棵柿子树说："就打它吧。"乔明志摇摇头："目标那么大，打中还算本事？不知乔队长想不想吃柿子？想吃我给你打下几个来。叫你的人到树下接着，别掉到地上跌烂了。"乔天华命令几个人跑到柿子树下等着。只见乔明志从腰里拔出短枪，挥手一甩，"啪啪啪"三声枪响。人们尚未看清，那边树底下接柿子的人早欢叫起来："好枪法！好枪法！"三个红彤彤的柿子完好无损，都是从蒂把儿那里被截断掉下来的。乔天华当即任命乔明志为平度抗日救国会特务连连长。正是在乔天华的直接教育改造下，乔明志提高了觉悟，成了一个合格的八路军战士。

听说平度山区有一帮持枪土匪，乔明志单枪匹马前去联络收编，与"杆子头"张永指对黑话、比枪法，技压群匪，张当即表示同意收编。后来，乔天华又亲自找到张永指进一步做工作，终于使这支队伍成为共产党领导下一支有力的抗日武装。

1938年3月，乔明志随平度抗日武装参加掖县玉皇顶起义，三支队建立后任侦察大队长。9月，他协助乔天华回平度建"平度人民抗日救国会"。不久，接到情报说平度城的汉奸参谋长到了平掖公路边的店子镇据点。半夜，乔明志带八名战士摸进去，把汉奸参谋长一行八人全部活捉。伪军千余人出城报复，乔明志协助乔天华率抗救会精兵七十人，在自动组织起来的群众和后来赶到的援军支持下，利用有利地形痛击敌军，毙敌副营长以上军官十四五人，打得敌人狼狈逃窜，沉重打击了敌人的嚣张气焰。他还和乔天华"单枪赴会"，闯进平度投降派头子张金铭的住处，狠狠教训了张金铭一顿，使他作揖认输，承认抗救会的合法地位，让抗救会可以自由活动。

艺高人胆大，乔明志接受了一个更重大的任务。

1939年清明节前，乔明志任五支队特务营营长，负责保卫胶东栖、平、招、莱、掖根据地被服厂。有人说，乔八的特务营都是神枪手，紧急情况时，为了掩护大部队撤退，他们每人间隔五六十步，利用大肚匣子枪点射或扫射，可以阻挡住蜂拥而至的敌人大股部队。他们的驳壳枪木头匣子可以安装上枪托，二百步外照样可以有效杀伤敌人，连发时"嘟嘟嘟"，很像小机枪。很快，日军发现了被服厂，就在重要道路设卡，分批包围出入的群众，并向根据地发起数次进攻，都被打回去了。村里村外，血流遍地，敌我伤亡都很重。乔明志得知情况后，亲自带了三个人前去侦察敌情。到了半夜，他发现小鬼子在哨卡里睡觉，防守不严，于是低声对三个手下说："等会儿，鬼子睡实了，我们就用大刀片子给他咔嚓了。"凌晨三点多，乔明志等悄悄闯进哨卡，手起刀落，把正在床上睡觉的八个小鬼子干掉了。这时，四五个气势汹汹的鬼子扑过来，乔明志沉着地一刀一个，正杀得起劲，满身全是血，两个鬼子绕到他身后，他迅速闪开，瞪着鸡蛋大的火红眼睛，抡起大片砍刀，唰唰两下，把两个鬼子的头斩下来。这一次偷袭后，第二天日军就撤走了附近几个哨卡里的所有日军。"乔八"的名字传遍整个胶东。

1941年,乔明志转任胶东军区特务三营营长,一度负责向山东分局和延安押送黄金。路途遥远,尤其途经日伪军严密封锁的胶济铁路,要与据点里的守敌过招。开始,一个据点守敌没尝过乔明志子弹的滋味,轻重机枪相互交叉,织成一道火网,阻挡我军通过。乔明志借夜幕掩护,大喊:"不怕死的,来试试我乔八的花生米!"扬手几枪,据点里的机枪立刻变哑巴了。此后,只要从这里通过,我方喊句"乔八爷借路",守敌就乖乖龟缩不动。北海区专员曹漫之,那次亲自带数百人将6000两黄金护送到山东沂源,曹漫之亲自点将,由乔明志带领特务营负责护送。乔明志并非莽汉一个。每次押送黄金,都高度警惕,做了充分准备。他将人员与车辆分成三批:第一批是神枪手,防备敌人,随时准备反击;第二批是黄金车的保镖;第三批保护整个押送队人员。时任西海军分区司令员的陈华堂,对乔明志这种"先礼后兵"的做法颇为赞赏,曾修书胶东军区,为乔明志请功。

1942年春,在一次与日军的战斗中,乔明志的鼻梁骨被子弹打中,满脸是血,仍高喊着和日军拼刺刀。敌人见他力大无比,就两个人来对付他一个。乔明志朝一个鬼子猛地刺去,那小鬼子身子一闪,乔明志扑了空,刺刀插进土里,"咔嚓"一声,刺刀断了!乔明志急转回身,鬼子的刺刀已经来到胸前,他飞快地一手抓住刺刀,往旁边一推,小鬼子刹不住脚步,身子向前踉跄,乔明志又抓住他的枪带,飞起右脚,朝鬼子的小肚子狠狠踢去。扑通一声,小鬼子仰面朝天摔下去,再一刺,死了。之后,在与伪军秦玉堂部队作战时,他率部20天内横扫9个据点,缴获重机枪1挺,轻机枪6挺,步枪350余支。后任西海军分区侦察参谋。

乔明志转战胶东,出生入死,先后负伤13处,为党和人民屡立战功。1940年赴延安,获首长奖励一次;1943年受胶东军区嘉奖手枪一支,战马一匹，胶东军区司令员许世友亲自为他颁奖。后来他升为副团长。作家冯德英曾以他为原型，在长篇小说《苦菜花》中塑造了"柳八爷"的形象；曲波到掖县深入生活，以他为原型创作了长篇小说《桥隆飙》，并被搬上了曲坛、舞台、银幕。"乔八爷"的故事在胶东民间至今广泛传颂。

1952年12月，乔明志转业回掖县养伤，为二等甲级伤残军人。1953年，先后在私营平里店车站建国饭店、群力饭店任经理。1956年任平里店供销社饭店副经理、经理。1979年6月15日，因病在王贾村逝世，终年73岁。

一种鱼对水的深情

有两个伤员讲述的故事，表达了他们对掖县人民的深厚感情。

这种感情，如坚硬石头间隙生长出来的树木，是在一种极其残酷的环境中产生的，弥足珍贵；又如醇香的美酒，令人精神微醺，一生回味无穷。

一个中秋，月挂西山。

西海军分区某营教导员王宴，因为患伤寒病已经发烧到40多度，躺在担架上，被人抬着从大泽山根据地高家村出发，送往掖县西海地下医院。胶东军区和西海军分区领导沈阳、张一民和姜克等前来送行。其中张一民是胶东军区卫生部部长，他经常深入各军分区卫生所指导工作。在西海地下医院，他发现有一个不准伤员多喝水的规定，理由是喝水越多失血越多。经他纠正后，伤员治愈率大大提高。他写了一本《怎样换药》的书，成为胶东军区医护人员的教科书。他们目送着担架消失在茫茫夜色里。

不知道走了多远，天露熹微，他们到达掖县城东一个山脚下，进入村里一户农民家中，这里是目的地。一个大个子中年农民，很严肃地对躺在担架上的王宴说："这里是掖县城下，日本鬼子的'爱护村'，也是我八路军的地下战时医院。"他回头指着一位40多岁大眼小脚的妇女说："这就是你妈妈。"又指着一位20岁左右白脸大脚的妇女说："这就是你媳妇。""媳妇"脸不红头不低，很自然地抱起两三岁的孩子说："快叫爸爸！"接着大个子农民又说："现在，我代表上级宣布军纪：第一，不准询问地下医院的任何情况；第二，不准询问地方工作的任何情况；第三，来往任何人，不准询名问姓。一切服从妈妈的指挥。"

这些严格的规定，让地下医院更多了一层神秘色彩。也因为有这些规定，让很多胜似亲人的乡亲，一辈子不知道相互的姓名，留下一些淡淡的惆怅和思念。

正说着，忽然跑来一位青年农民，跑得气喘吁吁，全身流汗，他说："日本鬼子出城了！正往这边奔来！""妈妈"果断地将王宴从担架上扶起来，送到里屋套房炕下的地洞里。王宴躺在地洞谷草铺上，熬了三个多钟头，真是心惊肉跳。"媳妇"来到地洞说："鬼子回城了，这是敌人的军事演习。"

住进地下医院的第三天，王宴在地洞里发着高烧。不知为什么，医生没有来看病送药。这时，"媳妇"闯进地洞说："医生被城里鬼子抓去了。"急得大家一天没有吃饭。等到下半夜，医生突然来到地洞里。原来，这个医生是在掖县城里开诊所的，他出示了营业证和"良民证"，日本宪兵队才将他放了。

半个多月过去，王宴已经能生活自理了。每天，"媳妇"都会领他出洞吃饭，"儿子"一口一个爸爸，叫得他心悦神畅。"媳妇"总是在他身边，问寒问暖，端饭送药。这时，他才真正看到"媳妇"的真面目：一双水灵灵双眼皮的大眼睛，白里透红的脸颊，小嘴红唇白牙，油亮的黑发盘在脑后，额前一撮松动的刘海，每次说话必笑，一笑两个酒窝，令人难忘。

掩护一个八路军伤病员要冒极大风险，鬼子发现了就会家破人亡，可是掖县人民始终如一、坚贞不渝地选择跟党走，跟着人民军队走，与八路军同甘共苦，生死与共。在这一过程中建立起的感情，该是多么坚实，多么深厚。

一天中午，王宴上吐下泻，大便失禁，屙了一裤裆，连椅子上也是臭烘烘的。"妈妈"立即把他扶到里屋，换上一套干净衣裤，"媳妇"把脏衣服洗得干干净净，第二天送了过来，还捂着嘴笑个不停。

3个多月后，王宴病愈准备出院。第二天就要归队，"妈妈"第一次让他走出院子门，那天夜里，在"媳妇"陪同下，他们走上一个小山坡，只见西北方向的掖县城里灯火通明，汽车喇叭声随风飘来……要回部队的那个晚上，"妈妈"把王宴拉到里屋，动情地说："孩子，你回到部队，要狠狠打鬼子！给俺报仇！我儿子被'五一大扫荡'的鬼子抓走，再也没回来。假若儿子真的'那个'了，你就是我真正的儿子了，这媳妇也就真的是你媳妇了。""媳妇"淌着泪，顺手将一方绣花丝手帕塞进王宴布兜里。王宴瞬间热泪盈眶，他哽咽着说："妈妈的救命大恩大德，我刻骨铭心，永生不忘！可这婚事万万使不得，我们八路军结婚要具备'二八、七、团'三个条件，缺一不行。第一，我今才23岁，不到28岁；第二，须7年军龄，我才4年军龄；第三，必须是团级干部，我是营教导员。"

王宴一步三回头地走了，身后是眼泪汪汪的"妈妈"和"媳妇"。有那么一刹那，感情的大堤决口了，王宴真想猛然转回头去，把"媳妇"紧紧抱在怀里，贴心贴肝贴脸地抱。可惜他不敢，这成为他一生的憾事……

此后，王宴担任过黄河剧团指导员，在海阳与于化虎一起组织领导过地雷战，但是，他感觉自己灵魂上有一个大"窟窿"，怎么也补不上。他经常会想起慈祥的"妈妈"，温情脉脉的"媳妇"，自己的魂儿是不是丢失在掖县那个小村庄了？他要寻找回来。

1945年8月，抗战胜利了。王宴立即从莱阳城出发，连续两次去掖县，寻找自己的"救命妈妈"，结果没有找到。不久，他就随大军调往东北长白山地区。1960年初秋，他专程由沈阳到了掖县，可是仍然没有找到"妈妈"。

王宴干过报社记者，颇有文采。他在一首诗里这样写道：

带血的河水，溅透了她的花衣裳，
清澈的河水，变成一片红光，
淌到莱州湾，奔向大海洋。
偶然，
她在血衣里发现信一张：
"亲爱的小姑娘，
是你的热吻给了我力量，
在攻打掖县城的夜战中，
我立了头等功，得了一等奖……"
她心跳，脸红，悄悄的，
将信往贴心的红兜兜里藏。
啊！这是做梦吧？
不敢想，还在想……

与王宴相比，西海军分区通信股股长刘培民是幸运的。那条魂牵梦绕的感情红线，牵着他穿越厚重的岁月，让当年的亲人重新进入他的生活。

在一次执行任务的过程中，刘培民被日本鬼子发现，鬼子紧追不放，刘培民想起领导说过，王门村有一个地下医院，但又不知道具体位置。奔跑中，他来到村东一个胡同里，胡同很狭长，转弯时鬼子开枪了，刘培民被打伤。他坚持着，跑到胡同尽头，撞开一户人家的大门。这恰好是一个八路军的堡垒户，户主叫刘申明，他的妻子叫宋友美，女儿叫刘玉仙，是一个11岁的儿童团员，家中挖有地洞。刘申明一家人赶紧打扫完地面留下的血迹，准备把刘培民藏进地洞，可是已经来不及了，就赶紧把他藏到顶棚上，气势汹汹的鬼子进门了。鬼子端着长枪，恶狠狠地问："你们看见一个八路军从这里跑过吗？"刘申明家后面是一片庄稼地，他向后一指说："看见了！他往那里跑了。"鬼子不信，对刘申明和宋友美拳打脚踢，但是二人坚持说，就是跑进庄稼地了。

鬼子搜查了庄稼地，又追到村外，一无所获，就又返回来，把刘申明一家打得死去活来，但一家人什么也不说，鬼子只好走了。

因为伤势很重，刘培民就躺在刘申明家的炕上养伤，还来不及转移，第二天一大早，"扫荡"的日伪军又来到王门村，几个伪军冲进刘申明家里，指着刘培民问宋友美："他是不是八路？"宋友美紧张得身上冒汗，想起自己家多次住过西海地下医院的伤病员，他们也教过怎么对付鬼子，就慢慢冷静下来，回答说："他是俺小叔子。"伪军又问刘玉仙："他是你什么人？"刘玉仙说："他是俺叔叔，他叫刘丕明。"伪军端着刺刀，威胁说："他是八路，不说实话就捅死你们。"母女二人面对凶恶的汉奸，一口咬定是自己的

地下医院使用过的石臼

亲人。刘培民得救了……

从西海地下医院伤愈归队后,刘培民先后担任过胶东军区六师司令部通信科科长、辽东军区第四纵队司令部通信科副科长,又转业到地方,任营口电业局局长、电力工业部电力建设研究所副所长等职。在祖国首都安居乐业了,刘培民似乎并不满足,总觉得心里还缺点什么,他想起了一直牵挂的刘申明一家,救命大恩终生难忘啊!工作之余,他开始寻找刘申明一家。他清晰地记着刘申明家的情形,家里有一片场院,有一头驴、一个磨盘,他还记着自己隐藏过的顶棚……他认真地画了一张图,委托莱州市公安局帮忙寻找刘申明一家。此时,刘申明和宋友美均已过世,刘玉仙嫁到曹郭庄村了,公安局找了十多家,都和刘培民所说的不符。1969年,在莱州市公安局相关人员带领下,刘培民来到王门村,村领导告诉他,刘申明家的房子都卖了。刘培民说,他家当时还有一个十多岁的小姑娘,村支书说小姑娘已嫁到曹郭庄去了。公安局人员又带刘培民来到曹郭庄。当时刘玉仙和女儿李学敏在队里干活,看到开来一辆吉普车,下来几个人,还有公安人员,大家都吓了一跳。刘培民跳下车走了过来,看见刘玉仙时,他一眼就认了出来,叫了一声刘玉仙的乳名。刘玉仙一时没敢相认,因为曾有很多伤员在她家住过,刘培民很快被转移,何况又过去了那么多年。刘培民把当时的经过详细说了一遍,刘玉仙想了起来,赶紧叫了一声"叔"。两个人的眼眶都湿润了,回忆起当时的情况,说个没完没了。

从那次见面以后,刘培民多次回到掖县,带着刘玉仙去北京,吃住都在他家,并带着她游览北京的名胜古迹,还送给刘玉仙不少钱物。刘培民两次到刘玉仙的女儿李学敏所在的莱州台钳厂探望,李学敏称他"刘姥爷",她结婚时刘培民送了被面、被套、枕巾等礼品。她爱人孙纲伦和弟弟李学祥都在北京刘培民家住过。两家人比亲戚还亲。这种关系一直保持到刘培民1995年病逝……

第五章

生死与共

信仰的模样

1943年春天的一天,刘子坚走进王家胡同,回到房东李然忠家里,心中充满了挫败感。因为又一个伤员牺牲了,他叫赵宽,是西海农救会副会长,正带领民运工作队在掖南一带进行减租减息工作,住在大泽山臧家村一户贫农家中。民兵队长葛子盛来谈情况,很喜欢赵宽放在桌子上的手枪,拿起来看看,不慎走火,打在赵宽的大腿上。赵宽被火速送往王门村,因为出血过多,医疗条件差,赵宽的伤口感染化脓,一个多月后遗憾而终,终年34岁。大家含泪回忆起赵宽生前的一幕一幕:他对党忠诚,立场坚定,工作积极,待人热情,作风正派、民主,生活艰苦朴素,从不徇私。在长期战斗环境中,他积劳成疾,患有严重的白内障,但仍然坚持工作……

在掖县这片热土上,又有多少革命者献出了生命!他们像一颗颗流星划过历史的天空,留下一道道光亮,破碎了黑暗,催生着黎明。他们的身上,闪耀着共产党人的信仰之光。

信仰是一个人、一个组织、一个集体的思想灵魂和精神支撑。唯有信仰崇高并甘愿为之奋斗牺牲,个体生命才能升华和永恒,一个组织才能坚不可摧,迸发出推动历史前进的强劲力量。从郑耀南和王鼎臣开始,一代代掖县共产党人生动诠释了对理想信念的坚守。

西海地下医院在掖县期间，是抗战环境最为艰苦的时期，所以牺牲的人员最多、最集中。

1941年，掖县先后有多名民运工作队队长、区委书记、粮食站长和锄奸委员等基层干部牺牲。

陈子尚，曾担任掖县特务队副队长，参加过玉皇顶起义，后担任山东纵队第五支队14团营教导员、民运工作队队长，先后参加了攻打栖霞县城、莱阳县城、郭家店日伪军的战斗。1941年，日军对根据地实行了灭绝人性的"三光"政策。任民运工作队队长的陈子尚先后到黄县、招远、掖县开展扩军工作。自东上以来，陈子尚一直没有回家。一天晚上，陈子尚在掖县距家较近的一个村庄，做完群众工作后回家探望，孩子们早已熟睡，他端着油灯凑到孩子们面前，四个孩子骨瘦如柴，他心里一阵阵酸痛，沉沉地对妻子说："举先，孩子们还能活着，多亏你照顾。"妻子掉泪了："子尚，咱家没有地，上有老下有小，全靠你一人养活。可你一去就是几年不回家。你革命我不反对，在外面是革命，在家也是革命，你何苦扔下我们跑那么远去革命？"陈子尚沉默了一会儿说："我何尝不想回家。可是，共产党员要服从组织安排，党叫咱到哪里咱就到哪里去。我这次回家看看，不知何时再回来，家中全靠你一人了。你一定要坚强地活下去，等赶跑日本鬼子，全国解放了，咱们穷人都能过上好日子了。"临走时，妻子看到他破烂不堪的单裤子，心酸之下，把自己唯一的一条旧裤子脱下来让他穿上，陈子尚连夜返回部队。4月11日，陈子尚奉命来到八区蒋家村开展扩军工作，解决许多军属和荣誉军人的口粮问题，当晚住在该村徐文香家里。因汉奸告密，次日凌晨，驻小庙后据点的日伪军包围了村子。为了徐文香一家和全村百姓的安危，陈子尚不顾徐文香母亲的再三劝阻，执意翻墙向村外南岭突围。因地势不熟，陈子尚不幸被敌人击中，但仍紧握手枪，一连打倒了三四个敌人。后来，陈子尚被敌人围住，他掏出最后一颗手榴弹，准备与敌人同归于尽，但还没来得及拉响就牺牲了。

方树谟是第四区民众动员抗日锄奸委员会的组织委员。1941年6月8日中午，由于叛徒告密，日伪军闯入方树谟家，把在家养病的方树谟捆绑起来。一顿拷打后，日伪军问："村里还有谁是共产党？谁是八路？"方树谟咬紧牙关坚定地说："我是八路，我是共产党，其他情况，你们什么也得不到！"日军队长问："你给八路藏了多少枪支弹药？在哪里？"方树谟吐了口鲜血说："有枪，都拿去打鬼子了，还用藏？"敌人气得用刺刀捅穿了他的大腿和小腿，方树谟忍着剧痛大骂叛徒和敌人。敌人又用枪托打断了他的双腿，方树谟昏死了过去，几个鬼子用凉水将他浇醒，继续逼问："你的联系人都是谁？"方树谟吐着血水骂道："你们这些浑蛋，早晚得吃枪子！"敌人恼羞成怒，用刺刀捅穿他的脸，将他架到村关帝庙前，准备当众处死。方树谟用尽最后的力气喊道："叛徒，没有好下场！乡亲们，团结起来，打鬼子呀！"鬼子抡起屠刀将他杀害……

1941年11月7日，尖利的西北风卷着碎雪满天飞，天冷得伸不出手来。掖城敌人出动500多人，从四面包围了掖南县委驻地城东桥头村。我党政机关对敌人发起了突围攻击，激战了几分钟，我党政人员全部脱险。掖南县各救会秘书姜光不幸被敌人骑兵追上而壮烈牺牲，时年27岁。

1942年，是抗战最艰难困苦的一年，"黎明前的黑暗"最煎熬，但是黎明的曙光就在眼前。那血红的光芒，是不是革命烈士用鲜血染红的？

姜淑兰曾任掖县柴棚乡妇救会会长，她满腔热情地投入抗日救国活动，发动民众筹集爱国公粮，组织百姓反奸诉苦，动员青年踊跃参军，积极从事抗日救国活动。驻小庙后的日伪军曾两次进村抓捕姜淑兰未果。1941年3月3日夜里，姜淑兰接到区委通知后，带领全村党员和可靠群众，肩扛人抬，把一万多斤爱国粮安全地埋到村外的两条沟里。为了不让敌人看出破绽，他们将挖出的鲜土全部堆成坟丘。在此后的三个多月时间里，日伪军多次下来

日军焚烧过的房屋

抢粮，但这批爱国粮毫发无损。1942年3月29日拂晓，当地劣绅带着日伪军包围了姜淑兰全家暂时居住的段家村，姜淑兰和任柴棚乡各救会委员的小叔子王洪岐不幸被捕。日伪军将他们五花大绑，捆到柴棚集上，姜淑兰知道这次难逃虎口了，大义凛然地向在场群众说："乡亲们，捎个信给同志们，我的亲属和孩子们，我被敌人捉走了，叫他们和鬼子汉奸斗争到底！为我们报仇！"中午时分，日伪军把姜淑兰和王洪岐押至小庙后据点，施行了惨无人道的酷刑，棍棒打，压老虎凳，灌辣椒水，把他俩折腾得死去活来。姜淑兰遍体鳞伤，血肉模糊，连牙都被打掉了，但他俩始终没有泄露半点儿秘密。3月31日，日伪军把姜淑兰和王洪岐押到小庙后东沟南崖，绑在一棵大松树上。接着，日伪军一枪射向王洪岐，让姜淑兰亲眼看着自己小叔子牺牲，并嚎叫着："他就是你的下场！现在你讲出来，谁是共产党，谁是八路军，还不晚！"姜淑兰非常坚定，咬牙切齿地痛骂道："强盗！汉奸！卖国贼！"日伪军气急败坏，放出三条狼狗，一齐扑向姜淑兰，姜淑兰被撕咬得鲜血淋漓，骨肉分家，只剩下最后一口气儿，还高呼："共产党万岁！八路军万岁！"惨无人道的鬼子把她的心挖出来喂了狼狗……

这年4月，西海各救会谢球到掖南八区洼里曹家，处理伪村长张国林的贪污问题，伪村长向小庙后的敌人告了密。农历三月十八日，栾翻译领着20多名日寇骑兵包围了这个村，谢球与村民们一起被围困在一个场院里。敌人发现他的口音和衣服与当地农民不同，就指着他问村民曹秉训："他是干什么的？"曹说："做买卖的。"鬼子端起刺刀就向曹的腿上扎了两刀。又问另一村民，这个人也说谢球是做买卖的，鬼子抢起一把镢头砸向这个村民的头，顿时鲜血四溅，村民倒在地上。鬼子再三追问，无人回答，立即架起机枪就要开火，一场灾难将降临到群众的头上。谢球挺身而出，高声喝道："不要开枪，我就是谢球，是八路军！"群众以感激的神色看着他那铁塔般的身躯，他面对敌人紧握着双拳，怒目而视。突然，他振臂高呼："打倒日本帝国主义！""打倒汉奸走狗！"慷慨激昂的口号声中，夹杂着一声尖厉的枪响，谢球倒在血泊之中……人们还不知道他的真实姓名，只记住了他那张坚强刚毅愤怒的脸，这就是共产党员的样子，就是信仰的模样吗？

1942年，在掖县牺牲的还有西海军分区政治处敌工科科长杨树森，八区分区委书记孙岩，十二区代理区长王仲模，县政府武装科科长曲伟直，县大队副大队长牟文智、一连连长刘洪鳌，县职工抗日救国会会长张玉清，平西工委书记宋光，西海独立团二营营长刘延庆等。

1943年3月23日，天还没亮，掖县县委副书记兼公安局局长季显就起床了，为了观察敌情，保证大家安全，他已形成早晚外出巡查的习惯。他披上大衣，带上短枪，走到驻地朱桥彭家村外，突然，传来一阵马蹄声和杂乱的脚步声，大批"扫荡"的敌人来了！公安局的战友还在熟睡之中，一定把敌人引出去！季显来不及多想，就奔向村子东北方向，迎着敌人"砰砰"就是两枪。清脆的枪声，划过黎明前的夜空。敌人不知虚实，越过村子向季显扑来，过了朱桥河，才发现只有季显一个人，就嚎叫着："抓活的！抓活的！"公安局几十名战友安全转移，季显的子弹也打光了，他退到一口水井旁，毫不迟疑地跳了下去。下面井水很浅，他迅速将手枪和文件踩进烂泥里……季显被捕了，敌人张牙舞爪地说："你说，你们共产党员的干部都藏在哪里？"季显斩钉截铁地回答："不知道！"残暴的敌人气急败坏，大声喝道："你不要以为我们不认识你！你是共产党的干部！难道你不知道你们的人在哪里吗？今天你不说出来，就枪毙了你！""共产党人抗日救国，光明磊落！只有汉奸卖国贼，才是卑鄙可耻的！"季显的回答铿锵有力。敌人黔驴技穷，第二天把他押到西由镇龙泉草市街，妄图用枪杀季显来威胁群众。遍体鳞伤的季显，昂首阔步迈上刑场，从容不迫，慷慨地向群众告别说："乡亲们，不要难过！我们共产党员是杀不尽打不垮的，党中央毛主席领导的抗日斗争就要胜利了！日本强盗、汉奸、卖国贼就要完蛋了！同志们，我们团结起来……"在场的群众纷纷流下眼泪，怒视着这群狼心狗肺的汉奸，有的伪军也伸出大拇指说："这个人是好样的，真有种！"群众骚动起来，敌人吓慌了，顾不得向群众作反动宣传，便下令开枪……在生命的最后一刻，季显昂首高呼"打倒日本帝国主义！""打倒汉奸卖国贼！""中国共产党万岁！"年仅33岁的季显英勇就义了！

为了追求理想，让老百姓过上好日子，一个个土生土长的掖县共产党人，在马克思主义中看到光明和希望，承担起实现共产主义这一人类历史上空前伟大而艰难的任务。他们不仅用血肉之躯筑起新的长城，释放了一个民族的血性，更把信仰的力量转化为中国社会发展进步的担当。在信仰和生命面前，他们毫不犹豫地选择了信仰。

那时，生活条件太艰苦，共产党和八路军非常简朴，大家都以艰苦奋斗为荣，以享乐奢靡为耻。

刘岐云曾经担任过掖县县委书记、县独立营政委、西海地委宣传部长等职，离休后走遍中国，采访了300多位当年的老战友，撰写了《烽火春秋》一书，生动记载了从掖县到胶东的革命历史。据刘岐云记载，那时八路军干部吃的和老百姓一样，不论在机关里或下乡去都是粗食淡饭，吃窝窝头、高粱玉米饼子、地瓜干、咸菜、白菜萝卜汤，喝稀粥，到乡下吃派饭一律交粮票，不吃请，不受礼，大家都自觉遵守这些严格的规定。1939年冬，刘岐云到平里店去处理公务，到了中午吃饭时间，村长到饭馆里点了几个炒菜，还有一瓶酒，两碗打卤面。群众饥寒交迫，刘岐云看到这些美酒佳肴，心里有说不出的难过，当场让把酒菜退回去，并对村长进行了耐心教育，劝他今后不要这样，要改正这种风气。和群众一样吃的是粗茶淡饭，穿的是土布衣服和鞋袜，住进老百姓的闲房、草屋、牲口棚，晚上集体睡在草铺上，没有被褥都是和衣而眠，他们乐观地说："这就是卧薪尝胆啊！"秋冬季形势紧张，他们就到山上过夜，由于衣服单薄，浑身冻得直打哆嗦。有时冬季夜行军，过河没有桥，他们就穿着棉鞋涉水，冻得两脚像被猫咬了一样疼痛，甚至麻木了。为了节省木柴，冬季不论多么冷，他们都不生炉子，也不烧暖炕，两手冻裂了也不叫苦。夏天蚊子很多，他们到野外去拔些艾蒿、野草，晒干了拧成草绳，晚上点着熏蚊子，或者用被单将全身蒙起来，抵御蚊虫的猖狂进攻。早晨洗脸刷牙、洗衣服、洗澡多半到村外的河边去，尽量不麻烦老百姓。他们每人只有一套衣服，没有衣裳替换，差不多每人都生了一身虱子，他们风趣地给它起了个名字叫"抗日虫"或"光荣虫"，每到中午休息时，就在阳光下和它进行一次战斗。为了消灭虱子，有人冬天夜里睡觉时把衣服挂在屋外，想冻死虱子，有人晒太阳时脱下衣服一只只放在嘴里咬死，但是几个人挤在一个炕上，几十个人躺在麦秸铺的地上，虱子很容易泛滥。生了病没有什么药品治疗，只好忍受着痛苦，或用土方治疗。有一次，刘岐云生了一身疥毒，痛了十几天，一直等到脓疱鼓开，才好了。还有一次他得了"回归热"，头痛头昏，发高烧，睡不着也吃不下，鼻子流血就用棉花堵住，血又从嘴里流出来。脑子烧得迷迷糊糊，他到厕所去解手，

八路军使用过的煤油灯

一时头晕掉进粪坑里，弄得浑身是粪便。房东把他从粪坑里扒上来，换上衣服，将身上的屎尿洗干净。有几年的夏天，刘岐云患了菌痢，每天拉稀五六次，连病了三四天，弄得浑身无力，地方党员用黄酒和大蒜把他的病治好了。那时他们没有工资，每月的津贴只发几元钱，当零花钱，所以常常几个月尝不到肉味，只有过年过节才能改善一下生活，吃顿包子、饺子或面条，至于海鲜、瓜菜等美味几乎是无人问津的。当时的办公和学习条件差，很少有桌凳，多半以双膝当桌子，以旧账本做笔记本，以蓝颜料水当墨水，晚上在昏暗的油灯下办公看文件开会，往往直达深夜。

这一幕一幕，使群众深受感动，他们说："自古以来没有像共产党八路军这样好的人，他们真心实意为老百姓，真正把老百姓放在第一位，放在心坎上。"

信仰的一面，面对敌人，疾恶如仇，横眉冷对；而另一面，面对人民，温暖如春，掏心掏肺。共产党和八路军住在老百姓家里，尊重群众习俗，爱护群众利益，严格执行"三大纪律八项注意"，不许私拿群众一点儿东西，借用房东的物品及时归还，损坏了按价赔偿。夜间时常移防行军，凭两条腿走路，他们诙谐地叫"11号汽车"，一走就是二三十公里，多至四五十公里，走一夜累得精疲力竭，可是每到一个村庄，天不亮不许叫老百姓的门，等到天明之后才能敲门找房子，房东家里有年轻的妇女、产妇或病人不许入室，说话行动处处留心，不惊扰人家。有时间就和房东拉家常，通过村党支部了解村情，向支部党员进行教育，做群众工作。离开时一定要将房子收拾打扫干净，再向房东致谢告别。

在日常工作中，各级干部都是人民忠实的勤务员。哪里有困难就到哪里去帮助解决。在与群众接触时面带笑容，恭而有礼，对年长的和年轻的都呼以尊称，进行任何工作，先了解情况，再进行正面的说服教育，不许威胁强迫，打骂群众。为了保证干部为政清廉，强调干部下乡要集体住在贫农家里，接受群众监督。干部调动工作时一般不以公款请吃，对外来客人接待都是清水一杯。领导干部一般不陪客进餐，机关的公款，干部一概不许借用……

点点滴滴之中，党员和人民军队表现出坚定信仰、牺牲精神、为民情怀、民主作风、过硬素质，并让百姓在政治、经济、生活上得到尊严、权利和利益。这里面，既有对人民是真正英雄的政治认知，也有救民众于苦难的现实担当；既有政党的价值追求，也有民族文化的道德力量；既有宏大的社会变革，也有催人泪下的具体故事。

刘岐云还详细记载过几个催人泪下的故事。

1942年8月的一天清晨，平度城北高望山村张富老人从西瓜地里跑回村，惊奇地对街坊邻居说："你们说怪不怪？我家西瓜地里的一棵瓜秧上结出了五角钱来！"人们以为老汉在说胡话，一些好奇的人跟着他到地里，果然看到一棵瓜蔓上拴着五角北海币，都感觉非常奇怪。

突然，一个人指着脚下大喊起来："血！这里有血！"大家立刻围过去，一摊血把土地浸成红褐色。顺着他手指的方向往前看，地上的血迹不断，瓜秧东倒西歪。大家沿着血迹走出40多米，发现前面高粱地里躺着一个穿军装的八路军战士。张富蹲下去，轻轻扶起他上半身，急促地喊着："同志！同志！"一摸，心口还在跳动。有人赶紧脱下衣服铺在地上，把伤员抬到衣服上。一会儿，他的眼皮微微睁开，有气无力地说了几句话，断断续续的。原来，他是掖南独立营的一个排长，姓马。昨天晚上，独立营和敌人进行了一次激烈的战斗，马排长头部和腿部负了重伤，昏倒在地。他醒来时，战斗已经结束，连队撤走了。他自己简单地包扎了一下伤口，忍着疼痛向前爬着，血流了一路。黎明时他爬到一片瓜地，又饥又渴，就摘了一个西瓜，连皮带瓤一起吃进肚里。吃完从兜里掏出五角北海币，用布条捆在结瓜的蔓上，然后又用力往前爬，最后什么都不知道了。

在场的群众听他讲着，感动不已，连连赞叹。看着他受伤后虚弱的身子，人们含着泪水把他抬回村子，并送进后方医院。

1942年一个秋夜，风雨凄凄。掖南独立营从掖西转移到灰埠镇小苗家村，干部和战士被雨淋得上下湿透，衣服紧紧地贴在身上，肚子饿得咕咕直叫，浑身起满鸡皮疙瘩，身子不由自主地乱颤，牙齿咯咯打战。一个排的战士来到一户人家门口敲门，门缝里微弱的亮光突然灭了。一阵轻微的响动后，立即寂静无声，连敲几次都没有回音。他们又换了一家，也没有人理睬。明明屋里有人，为什么不开门？雨下得越来越大，几个战士正准备跳墙，独立营政委马杰来了，他制止了大家的行动，严肃地说："情况再特殊，也要遵守纪律。这几年，老乡们被鬼子、汉奸和国民党'拉驴队'糟蹋苦了。他们怕上当，不敢轻易开门，咱们不要再惊吓他们了。"他把自己的衣服脱下来，披在一个小战士身上说:"你病了,穿上吧!"战士们正认真听马杰讲话,背后"哎呀"一声,门打开了,先前那一家的门也开了。原来老乡们正贴着门缝向外观察,知道是自己人来了。"哎呀!原来是自己人!你们快进屋吧!"老人家把战士们让进屋,心疼地说:"看看把同志淋成这个样子,都怪俺没认出来。"一边说着,一边帮助大家脱下湿衣服,推到热炕头上暖和身子。他的老伴忙着烧姜汤,为大家烤衣服。闲谈中战士们得知两位老人家没儿女,就异口同声地说:"大爷,大娘,我们都是您的亲儿子。"老人高兴得咯咯笑个不停。大娘说:"我要有儿子,也会和你们一样去参军打仗!"灶里的火光映照在人们的脸上。坐在暖烘烘的热炕头上,战士们身上热乎乎的……

1942年12月23日,掖南独立营在城东双山前洪沟头与日伪军发生遭遇战,黄昏时他们冲出重围。第二天上午,一连指导员张翠珩带着一个战士去查看战场,在一个土坎上,他们发现一个背篓和一个筢子,筢杆上血迹斑斑,仔细辨认似乎有一行字,写的是"独立营……借西头……"看样子,这是战士借老乡家的东西没来得及送回就负了伤,留下这张血写的借条。

张翠珩心潮起伏,含着泪水把这个情况记在一个小本子上,决心找到背篓和筢子的主人,完成战友的心愿。在洪沟头村,他挨门逐户地询问,都没有人知道这件事。又到郑家埠去打听,有人说:"有个战士负了重伤,被西头郑老汉背回家,战士的口里直说'背篓,背篓'。"他俩立刻跑到郑大爷家,看到受了重伤的四班长卞英山。卞英山躺在炕上,闭着眼睛,嘴里还不断地发出"背篓""筢子"等微弱的声音。在旁边守护的郑大娘摸着他的脸说:"昨天,他为了侦察敌情,化装成拾草的,在我家借了一个背篓和一个筢子。"卞英山负了重伤,怕东西丢了,用手蘸着自己的血写下那几个字。大家知道了事情的经过,眼泪都止不住地流下来,郑大娘哽咽着说:"多好的孩子啊!"

八路军以自己的一言一行赢得了人民群众的尊重和支持。

寨里徐家村有位老大爷诚恳地说:"我活了60多岁,从大清到民国,从

村公所里的陈设

未看到这样好的军队，对老百姓和和气气，不笑不说话，不拿老百姓一针一线，还卖劲儿地给我们干活，为保护我们不受损失，舍命打鬼子汉奸。真是普天底下头一份儿，没有谁能比得了的！"

是啊，他们怎么会忘记：

1941年10月，掖县县政府没收柳林头村大汉奸程善策的土地88.72亩，没收过西村大汉奸方永昌的土地77.64亩；掖南县行署没收东南隅大汉奸张震的可耕地130余亩，山荒地700余亩，这些土地全部分给贫苦抗属和农民耕种。

1942年，掖县和掖南县开展"双减"运动，通过发动群众向富户借粮，解决了部分群众的生活困难，改善了雇工待遇，推行了合理负担，发展壮大了群众组织，树立了基本群众队伍的优势。

1943年春荒严重，掖县和掖南县开展募捐抗灾运动。掖县成立了抗灾救荒委员会。救委会主任、开明绅士徐柏龄带头捐助，许多绅商纷纷捐助粮款，捐助粮食4万斤，北海币17.8万元，救济5521户、15480人……

西海地下医院遍布40多个村庄，医护人员和伤病员变着法子为群众办好事，和老百姓情似鱼水，关系非常融洽。

王门村的林晓善回忆，他的三弟林圃园跟父亲到张家下地干活，玩耍时不小心被谷根茬子扎了脚，感染化脓。母亲带着三弟到毛王氏家，找到地下医院的军医求治。军医二话没说，就给林圃园打了麻药，从脚上取出一寸长的谷根茬，并连续多次换药，很快伤口痊愈。有一次，村里举办军民联欢会，演出的戏剧名字叫《冒雪寻夫》，地下医院有个叫大生他娘的女同志，扮演了这个剧的女主角，听说她男人就是地下医院的军医。林晓善13岁那年，因为家里贫穷挨饿，为了填饱肚子，母亲姜翠玉带他到别人家的一棵老榆树上撸榆树叶，碰巧看见两名从地下医院出来晒太阳的伤员，见他们"一老一小"很可怜，说话之中，又得知是八路家属，就主动送给他们一碗饺子，有韭菜馅和菠菜馅两种，好吃极了。他们母子感激不尽，情不自禁地流下热泪。当时，饺子是极为难得的稀罕物，一碗水饺里饱含着多少军民深情啊。

王门村的李振玉回忆：他的同学李麟阁得了一种怪病，全身鼓起一些红肿大包，此起彼伏，接着就是化脓，经乡村医生治疗却不见效，病人一天天消瘦，眼看着人就不行了。卫生所得知后，就派医护人员去开刀换药。李振玉几次去李麟阁家，都遇到医护人员在用小篮子里的药品，为李麟阁清洗创口，其中就有医助纪平和护理员王世典。由于精心治疗，不到一个月病人就好了。当时医疗经费十分紧张，地下医院却分文不收。此事一时传为佳话，因地下医院处于地下，却又不便宣扬。

为何打狗？为谁挖沟？

有一天，王门村村民李绍顺的女儿李彩亭伤心地哭了，因为母亲把她养着的一只蝈蝈儿掐死了，原因是为了听清鬼子进村时的动静。

位于王门村东北边缘的李绍顺家，是西海地下医院的一个核心点。当时，这是一个比较富裕的家庭，李绍顺会酿造黄酒，开了一个黄酒馆，每天人来人往，生意兴隆，后来成为地下医院的一个联络点。两个院子，东边院子有正房、东厢房和南屋，南屋是西海地下医院的主要手术室，东厢房是消毒室，房子的基座都是石头的，相当坚实。西边的院子是一个青砖砌的"大车门"，可以进出马车，院子中间有一口水井，用青砖垒成，井口竖立着一块长条形山石，当年用于安装三根木棍支撑起的辘轳，粗绳子上系着一个很大的铁质水桶，下边是圆形尖底，上面是一个圆柱体，能装很多水，这口井后来主要用于运送八路军伤员，是地下医院的主要出入口和通气口。院子里，一棵棵绿树生机盎然。在西院的西北角和南边，还各有一个地道口。地下，一个长达500多米的地道体系，穿过大街，直到村子南头……

不仅是李绍顺家，整个王门村，构成了西海地下医院核心医疗区的骨架。村党支部书记田村家附近，住着西海军分区卫生处处长兼卫生所所长王一峰，政治指导员刘子坚；大队部附近刘锡进家的一个破草棚子，是秘密联

西海地下医院旧址

络站,负责转运伤病员;村东南的关帝庙,是秘信投送点,接头都是单线联系,外人根本不知道其中的秘密;村外的绵羊沟里,挖了几座假坟,用于临时掩护伤病员;另外,军医、护士长、护理员分散居住在村民家中,还有单独的厨房、轻伤员活动处。当然,也有一两个土拨鼠一样的汉奸特务,向外窥视着,寻找着八路军的蛛丝马迹。

尽管形势险恶,年幼的李彩亭仍然天真烂漫,在她眼里,一切都那么神秘。村子里除了村民,还有八路军的领导、医生、护士,有进出地道的伤病员,还有各种神秘人物。当时,掖县有一个职工会,主要成员是铁匠、木匠、瓦匠、银匠等手工匠人,他们每月暗中召开两次会议。根据成员们的收入情况,有多出多,有少出少,经常筹集一些资金,大家当场清点封好,由专人送到王门村。一个叫王平的人专门接收各地的资助……李彩亭很喜欢和地下医院的人打交道,她想接近地道口,还跟着大家学唱革命歌曲。有一次李彩亭去井里打水,水桶莫名其妙地被扯住了,低头往里一看,井壁侧洞里,一个年轻的八路军伤员正对着她扮鬼脸呢。

李彩亭也有害怕的东西,这就是凶神恶煞般的日伪军和吐着大红舌头的大狼狗。平日里,穿着一件方格衣服的李彩亭,整天坐在院子外的一个大石臼上，向外观察敌情。这是自己家碾压粮食的地方，也是地下医院研磨药物的用具。在西岭上，小伙伴们砍下一根大树枝，看见日伪军出动就马上放倒，赶紧往村里跑，还大喊着：来日本啦！来日本啦……如果日伪军进村入户，她们就闭口不言，母亲会通知地下医院的伤员赶紧转移，来不及转移的轻伤员和护士，就抹上"锅底灰"，到自己家炕上纳鞋底，做手工。母亲告诉李彩亭：这是咱最亲的人，一定不能让日本人知道他们是干什么的。有一次，张燕刚刚做完手术，医护人员正在李彩亭家东厢房里消毒，鬼子突然出现了，母亲急中生智，打翻一瓶香油，香气弥漫，盖住了血腥味和药品的味道，同时装作正在做饭，骗过了敌人。还有一次，日军突然来"扫荡"，几名男女护士来不及转移到地下。女护士爬到李彩亭家的炕上，假装做针线活。面对来势汹汹的日寇，李彩亭非常镇定，一口咬定："这是俺嫂子，俺姐姐。"而李彩亭的母亲把铁锨、钩耙放在门口，冲着两名男护士"吼"："天都响了，还不上坡干活，站着干啥？"

现在已经90多岁高龄的李彩亭，至今不敢看各类抗战题材的电视剧，怕勾起那段胆战心惊的回忆，但是她从来不后悔自己当年的所作所为。

掖县百姓的革命意识，像李彩亭一样，有一个从自发到自觉的过程。为什么他们可以腾出自己的房子，为什么可以去昼夜挖地道，为什么可以去舍命送情报，为什么不怕倾家荡产、流血牺牲？因为掖县人民看到了共产党和八路军的一言一行，并且从他们身上感受到，一个具有强烈精神信仰的群体，必定会力量无穷，坚不可摧；一个具有强烈精神信仰的人，必然可以超越利益和生死，无惧无畏，顶天立地。在共产党和八路军启发教育下，掖县人民不断注入先进理念和革命基因，跟着党和人民军队经受血与火的考验，熔铸成勇于奉献的高尚品格和自觉行动，展现出伟大精神信仰的先进性、坚定性、实践性。

老兵王洪昌说，有一首歌曲叫《鱼水情》，他永远难忘。"河里的鱼儿啊，没有水就没有了家；抗日的同志啊，没有咱老百姓帮忙，就像没有手足一样。寒冬过去了，春天来到了。打败了小日本，建设新国家……"西海地下医院司药夏洪业回忆说，那时的军民关系就是好，住在谁家就像一家人一样。那些房东大娘对他就像对待自己的儿女一样，有时大娘像喊儿子一样："小夏，去菜园给菜浇浇水。"大家经常帮助房东，房东平时也帮助医院挖地洞、搬运药品等等，真是亲如一家。离开掖县多年以后，革命胜利进入建设时期，夏洪业回去探望老房东，那些老人大多离世，其后代也是七八十的老人了。看见夏洪业，他们非常热情，仍然叫"小夏"，感情的泪水流淌不止；夏洪业看到村子还是那么破旧，乡亲还是那么贫穷，心里一阵阵酸楚，乡亲们为地下医院和中国革命做出过多大贡献啊！看到他难过的样子，乡亲们安慰他说：只要跟着共产党走，相信日子一定能好起来……

这就是"群众基础好"的掖县，这就是一心跟着共产党的掖县人民，这就是西海地下医院的力量所在和胜利之本。不光在地下医院的40多个村庄，在掖县这片热土上，奉献和牺牲的故事随时在上演着……

南方一家媒体曾经发起活动，寻找渡江战役前夕龙窝口战斗中牺牲的山东籍烈士，记者们来到山东省莱州市朱桥镇保旺王家村，寻访到王法章烈士的家，听到了一个"狠心母亲"的故事。

这个"狠心母亲"叫王春兰，她把自己的两个儿子送到部队，其中二儿子王法章牺牲在渡江战役前夕。好奇的记者发现，全家人的照片都有，唯独王春兰一张照片都没有留下来，这究竟是为什么呢？村里人记得，这个小脚老太太的娘家姓毛，从小没起名。嫁到王家后，随夫姓有了一个名字"王春兰"。她是十里八乡最好的接生婆，在当地很有威望。但更多细节，大家就不清楚了。1964年，下了一场大雨后，把王家房子冲坏了，露出来一个地道口。地道内部空间很大，有床有武器，当时从地道里推出来两小车手榴弹半成品，全村人都震惊了。这里是西海地下医院的一个病房，当年陆续接收过不少伤员。王家还帮部队储藏物资、秘密生产手榴弹木柄等半成品，是一个重要的军需仓库和小型兵工厂。王春兰是村里第一个区妇救会主任。那个年代，入党、当干部，是要冒全家杀头危险的。一旦暴露了自己，就会连累家人和同志们！带着这种警觉，王春兰一辈子没拍下一张相片，王家没有留下一张完整的全家福。王春兰不识字，但明事理，大是大非不糊涂，在家族里素有威望。新中国成立后，在王春兰家住过的伤病员，不少都走上重要岗位。他们来人、来信请王春兰进城去享福。可她哪里也不去，"我没啥文化，进城去做不了啥！再说了，俺也没为革命做多少贡献！"

在抗战时期的掖县，一个又一个普普通通的"王春兰"，在八路军战士和地方工作人员遇到危险的时刻，挺身而出，全力进行营救，甚至流血牺牲。

据刘岐云记载，1941年夏季的一个早晨，驿道的日伪军到掖县东七区台上村进行"扫荡"，区干部刘春茂被敌人抓住审问。这时，一个叫宋振花的青年妇女抱着孩子走过来，她对刘春茂说："小孩他爹，一大清早你到哪里去了？快回家做饭去！你抱着孩子，我到邻居家有事。"刘春茂立即接过孩子。敌人见此情景，以为他是本村的老百姓，就没有继续问下去，放他走了。这年5月6日早晨，日伪军突然包围西七区埠上村，掖县自卫团指挥部的邹立恒被敌人在街上捉住，敌人把他打得头破血流，恰巧走过来一个老大爷，指着邹立恒着急地说："他是我的儿子，我只有这么一个儿子，你们放了他吧！"敌人看这位老农民的神情恳切、真挚，就信以为真，就放过了邹立恒。自卫团指挥部的季品三、李乃谦等也是这样被群众从敌人手中救出来的。这年麦收后，掖南县行署机关疏散在神堂附近的下丁家村。一天早饭后，王文赋、王笃卿、王更阳三人在街上商量事情，突然鬼子进了村，三人跑到孙若波家的南屋，爬到屋梁上的高粱秸内隐藏。几个鬼子端着枪进入院内，房东孙大嫂用铁锨向高粱秸堆猛插几下，顿时烟尘弥漫，大嫂装作拿高粱秸的样子，鬼子乱叫"八路的有！"大嫂摇摇头，用手指指墙外，鬼子出了大门。大嫂让他三人下来到北屋去隐蔽。不多时，鬼子又端着枪回来了。这时大嫂已从屋梁上捅下两捆高粱秸，鬼子看梁上没有藏人迹象，又看大嫂神态自然，就离开了。孙大嫂直到看见鬼子回城去了，才回家把他们三人叫出来。9月4日，小庙后据点的敌人偷袭尚家山，西海民运干部训练班的一些学员被围在村里，有些学员跳进粪坑，群众在他们头上盖上很厚的草得以脱险。任洪溙和一个十六岁的学员被敌人抓住，他俩说是哥俩，敌人不信，拉到河里灌水，任洪兴的祖父不顾一切地扑上去说："这是我的两个孙子，你们放了吧！"开始敌人不信，后来又有两位老太太站出来说："这两个孩子是他的孙子。"敌人才放了他们。

洪沟头村的李崇臣，曾经机智勇敢地为西海地下医院站岗放哨警戒，护理伤病员，其家人多次掩护和转运伤病员，为革命做出重要贡献。据李崇臣回忆，日本鬼子无恶不作，"扫荡"越来越疯狂，烧杀抢掠坏事做尽。他们村离掖县城八里路，被日伪军看成是八路窝，反复到村里来"扫荡"。一是烧，日伪军每次进村都要烧麦秸垛、柴草垛和房子；二是杀，李洪飞是一个大老实人，日军让他带路，他坚决不带，被日本鬼子砍了头，死得惨不忍睹；三是抢，日伪军反复进村抢劫，铜铁、衣服、棉花、被子、棉毯全要，连门上的铜铁把手、洗脸铜盆、铁锅也不放过，逢农村收获时，他们就抢粮食……敌人越残忍，百姓越支持八路军。1941年冬天，一位姓葛的八路军伤员住进李崇臣家休养治疗。每天夜间，他二爷爷安排伤员和自己睡一个热被窝，老人家就怕伤员同志冻着，李崇臣的母亲每天把家中最好的食品给伤员吃。一天，日本鬼子突然进村挨家挨户搜查，母亲立即将伤员藏到隔间黑屋洞中掩护起来。两个日本兵端着刺刀进屋，大喊大叫"八路的有"？母亲说"没有啊！"他们抓住李崇臣的衣领说："八路的有？不说死啦死啦的！"李崇臣坚定地说："没有！"日本兵胡乱翻腾了一阵，箱子柜子全给砸开，什么也没翻到，灰溜溜地走了。还有一位伤员，战斗中趴伏在地上向日军射击。突然，日本鬼子的一颗炮弹落在他的背上爆炸了，炸坏了背包上的小铁锹，尽管没有伤及战士的身体，却造成呼吸困难，咳嗽，有时还少量咯血，部队安排这个伤员到李崇臣家休养，为了防止敌人突然袭击，母亲给他换了衣服，改名李崇文，作为李崇臣的哥哥，因"肺病"在家中休养。一天上午，日本鬼子和伪军又突然进村了。两个鬼子兵和一个伪军闯进来，一个日本兵抓住李崇臣的耳朵，恶狠狠地问："他是什么人？"李崇臣回答："他是俺哥哥！""他叫什么名字？""叫李崇文！""你叫什么名字？""李崇臣！"一番对话之后，鬼子又问母亲："他到底是什么人？"母亲说："他是俺儿啊！他有肺病，你看他喘气多难啊！还咯血呢！"鬼子和伪军一看这情况，怕肺病传染，捂着鼻子赶快跑了。这个伤员休养了十多天就回部队了。

  1942年春的一个早晨，连夼村八路军修枪厂的一个工人在河边洗脸，看见敌人从山后窜过来，就急忙跑进村头一户人家，老大娘把他藏在囤后。敌人追进这家，凶狠地问老大娘："你看见有一个人跑进来吗？"老大娘梳着头发镇静地说："是啊，有一个人刚从墙头跳过去了。"一个伪军说："他妈的，不对，怎么刚进来就跑出去了呢？"伪军拉过家里的孩子，边吓边问，这个孩子也说，那个人跳墙跑出去了。另一个汉奸说："这个人就在你家里，翻……"敌人在屋里屋外翻了个遍，也没有找到人，就用棍子猛打老大娘，一再逼问，老大娘一口咬定："告诉你们没有，不是翻过了吗？"敌人抓不到人，一气之下把大娘家的南屋点着了火，骂骂咧咧地走了。这个工人出来后，跪在大娘前磕着头说："我这条命是您给的啊，一辈子也忘不了您救命的大恩大德呀！"说完就招呼四邻救火。大娘家被烧了两间房，粮食全被烧

高大娘掩护伤病员的塑像

光，小毛驴差一点被烧死。村里人都来安慰她，大娘说："就是房子全被烧了，也不能伤害咱的同志啊！"

1942年冬天的一个拂晓，一队日伪军偷偷地闯进高郭庄。高大娘家住着一位从延安来的处长，患重病发高烧躺在炕上。敌人进了院内，高大娘急中生智，一把拉过一床被子盖在他身上。敌人一进门就指着炕上问："这是什么人？"大娘镇静地说："这是我的儿子，得了伤寒病，正在发高烧。"敌人一听是伤寒病，吓得赶紧向门外走，这个干部安全脱险……

在掖县，每一村每一户都是八路军的"青纱帐"，让八路军像一株株红色植物，融入其中，如鱼得水，毫无痕迹。

为了便于八路军行动、防止日伪军偷袭，掖县还普遍性地开展了两个活动，一是"打狗运动"，二是深挖"抗日沟"，群众参与度高，产生的作用大。

开展打狗运动的最直接原因是河南村惨案。在那次惨案中，胶东区委党校和大众报社200多人在掖县河南村与"扫荡"的敌人遭遇，造成61人牺牲，包括党校校长李辰之和报社社长阮志刚。那次转移行动选择在夜晚，漆黑一片，利于我军行动，但是一路上犬声不断，狂吠不止，向敌人透露着我军的行军路线，让敌人循声包围了我们。村庄中的狗成了祸害，无意中成为日伪军的"义务情报员"，帮了敌人的大忙。

怎么办呢？八路军陷入一种痛苦的情感选择：一方面，狗是"六畜"之一，是中国最早驯养的家畜。在1.4万—1.2万年之前的旧石器时代，人们以采集和渔猎为生，狗就从狼开始慢慢进化，依靠机敏、忠诚的特性，成为古人狩猎最好的帮手。在世界范围内，四大农业起源中心都发现狗的身影，难怪说它是"人类最忠诚的伙伴"。在我国，到了周代人们把狗分为三类，分别用于打猎、看家和食用。汉唐盛世，还用于娱乐。到明清更是出现了很多新品种……直到今天，狗除了有看家护院等诸多作用之外，也作为一种宠物，成为很多人家庭和情感的一部分，朝夕相处，难以割舍。狗忠诚、驯服、机智、勇敢，它颇通人性，可以看懂人的眼神，理解人的感情，解除人的烦恼，把狗打死，就像从百姓身上割掉一块肉，那是一种身体和心灵的双重疼痛；另一方面，抗战进入相持阶段，敌强我弱，我军夜行军多，敌人夜间基本不出动，为了避免夜间行动暴露脚步声，八路军曾用棉花包脚，但是进入"堡垒户"叩门、开门、跳墙的声音仍不可完全避免。狗的鼻子灵敏，闻到陌生人的气味，不停狂吠，村中的其他狗也跟着大叫，给敌人指示方向。八路军到了一个地方，群众不会外逃，狗见主人不怕，就会竖起尾巴狂吠。群众夜间给八路军烧水做饭，抱个柴火的声音，也能引来狗叫……罗荣桓曾经说过："最近狗叫坏事的事屡屡发生，我们还牺牲了多名士兵，这是一件很痛心的事。当前，我们正处于最困难的时期，凡事要小心谨慎。现在狗帮我们的倒忙，成了敌人的哨兵，当了日军的帮凶。"打狗，利大于弊，成为一种迫切的现实需要。

1940年之后，掖县开始了一场大规模的打狗运动。

真正实施起来，打狗运动还是遇到了一定的困难。很多人想出种种办法，把狗隐藏起来，《大众日报》中列举的民众藏狗的方式有："有的藏到山沟里，有的藏到地洞里，有的送到亲戚家，一时似乎是销声匿迹，但待情况稍缓，依然是叫声不绝于耳。甚至有的妇人纠缠，拼命也不让打……"有一些人把狗打死埋掉，专门去给狗烧香，嘴里还念念有词："不怨俺啊，见到阎王爷不要告我的状……"

如何既照顾到群众的情绪和民众的态度，又完成好打狗任务呢？首先要反反复复向群众讲透道理，打通群众的思想关。通过民兵自卫队和妇女组织，启发大家的觉悟，还教唱了一首《打狗歌》：从前养狗看门户，现在养狗成祸患；八路行动它乱叫，变成日伪情报员；抗日政府要打狗，争当模范要杀狗。一个个干部给百姓讲明打狗的目的："八路军打鬼子、打汉奸都是夜里行动，狗一叫，鬼子汉奸知道了，就会误事。"而且养狗不仅影响部队，也涉及百姓自身安全。隐藏起来的群众，因为有狗叫，很容易被鬼子汉奸发现，会吃大亏。他们给群众算了两笔账：第一，过去养狗是为了防贼防匪，今天防贼防匪事小，防鬼子汉奸事大。虽然"看家狗，算一口"，可是总得比一比，是留着让全村人及抗战受害，还是打死狗保全家全村保护八路军？第二，养活一条狗需要多少粮食？如果打了狗，可以吃狗肉，穿狗皮，又有什么不好？在宣传中，我军对狗进行拟人化处理，把狗列入汉奸、"走狗"之类，称之为"四条腿的汉奸"，以此淡化群众对狗的感情。

在打狗的具体方式上，选择积极分子带头的办法，有些积极分子虽然满脸流着热泪，仍然完成了打狗任务。为了照顾群众意愿，在打狗任务的执行上，一般由狗的主人自己负责，限期自打，皮肉归自己；如果自己不打，则由打狗队负责，皮肉归打狗队所有。掖县县委要求，各村普遍组织打狗队，谁打归谁，各村之间可以互相打，开展打狗比赛。在具体打狗手段上，也经历了一个摸索阶段："在打狗运动开始阶段，打狗多不得法，打不到要害。后来摸索到打狗要打头，一棍子即打死。也有用绳套在颈部勒死的。传播了这些让狗少受折磨的致死办法，群众接受较快，加快了打狗运动的进度。"这样用了几个月时间，就把狗基本上打光了，仅东、西七区就杀狗5000多条，城关和据点周围在广大乡村的影响下也都打光了。打狗，不仅有利于我地方干部和部队在夜间活动，还可节约数万斤粮食，杜绝了疯狗咬人得狂犬病，增加了数万张狗皮，用于过冬御寒防潮。

高凯民想写一部以狗为题材的小说。80多年过去，当年打狗运动的情景历历在目，很多情节在她脑海里浮现，她想写这样一个故事：一个儿童团长养了一条大狗，终日厮守，感情很深。狗通人性，对八路军伤病员好，对日伪军凶。打狗运动开始后，儿童团长不忍心杀死像亲人一样的狗，就把它带到一个山顶，让它回归大自然，没想到一转眼狗就不见了。原来懂事的狗跳下悬崖自杀了。高凯民仿佛看到狗眼睛里那透明、晶莹的紫色光芒，那是紫萤石的样子，所以她在网上的昵称是"紫萤石"。

借打狗运动的东风，为了预防敌人在各交通要道的重镇修建据点，"蚕食"我抗日根据地，掖县抗日政府通令各区、乡砖窑瓦场，立即停止烧砖制瓦，已烧制的砖瓦，要迅速出卖疏散，并发动各区乡群众拆除庙宇，砖瓦木料谁拆归谁。群众积极性很高，行动迅速，用了一个月左右的时间，各较大的庙宇被拆除一空，有的村连小庙也拆掉了。

掖县的地形以沿海平原和丘陵为主，日伪军有汽车、骑兵和自行车，出动时间短，速度快，对我军民的抗日活动十分不利。为粉碎日军冬季"大扫荡"，1939年冬，掖县广泛动员群众开展抗日拥军活动，在境内挖掘交通壕，时称"抗日沟"，长达2000多公里，拆除石桥3座，破坏敌人通信5次，割电线100多公斤，拔掉电线杆211根。

1943年夏秋间，掖县发动十区、十二区各村群众，将各村之间的大路普

挖地道浮雕

遍挖成深沟，深达两米，宽四米到五米，形成纵横交错的壕沟网，当时称为"交通沟"或"抗日沟"，这就等于把平原变成了山地。我军民进入沟内如鱼得水，来往自如，而敌人的马队、自行车队处处受阻，步兵进入沟内如同进入迷魂阵，分不清东西南北。由于动员工作搞得深入细致，群众对"抗日沟"的重要意义认识清楚，舍得出力，再加上各村分段包干，昼夜进行，只用一个多月的时间就完成了这一巨大工程。

当各村群众开始挖沟时，敌人不知是怎么回事，没怎么在意。当村村沟网衔接，形成一道道"抗日沟"之后，他们大吃一惊，就用武力强迫群众平沟。我方接受过去的教训，为使群众不受损失，允许离据点近的村庄应付敌人，白天平了沟，晚上再挖开；离据点远的，敌人来了就平，走了再挖，并统一口径对付敌人，说这是八路军晚上重新挖的。这样平平挖挖，抗日沟始终畅通，只不过群众付出很大辛苦，敌人对此也无可奈何。

抗日沟挖好后，对我抗日军民的活动颇为有利。1943年12月下旬，西海常溪萍专员带领警卫战士到十二区检查工作。中午时分，沙河据点的百余敌人到大小淀河"扫荡"，眼看着敌人将要入村，区长朱文远立即派区中队一个排，在东北方向将敌人引开。他带一个排掩护常专员顺着抗日沟，奔向海沧村南十余里处休息，弄得敌人晕头转向，不知所措，只是漫无目标地滥放机枪。1944年2月的一天早晨，掖城和沙河、新河据点的日伪军出动六七百人，分头到掖西合击小刘家村，我十二区区中队和渤海区的一个营驻在那里，敌人路上穿沟过壕，耽误了很多时间，不能同时到达。我军早就发现了敌人的行动，分班顺着抗日沟突围，敌人虽然用十几挺轻重机枪进行猛烈扫射，但我军有弯弯曲曲、纵横交错的抗日沟作掩护，可直腰跑步，安然转移，毫无损失。敌人的子弹虽然像飞蝗一样，但都打在沟沿的土埂上，只不过是白白浪费而已。这年4月的一天上午，十二区区中队住在西薛村，敌人突然来袭，数挺机枪一齐扫射，我区中队也是顺沟向西迅速转移，无一伤亡。广大军民直接受到"抗日沟"的保护，就更加爱护"抗日沟"了……

密如蛛网的抗日沟，为西海地下医院工作人员出行提供了极大方便。

鬼子发现了地道口

在1000多平方公里的土地上,40多个村庄形成的西海地下医院,是一个庞大的存在,这是敌人的心头大患,日伪军绞尽脑汁、处心积虑想消灭这个医院,然而,两三年时间内,他们只能闻到医院的气息,看见医院的影子,感受到医院的威力,却始终找不到医院的主体,损伤不了医院的毫毛,即使和医院的人擦肩而过,也不知道对方就是八路军。

在局势越来越严峻的时刻,西海军分区政治部派于景波来卫生所担任专职锄奸干事,还在每个医疗区设立了党的分支部,由政治干事兼任分支部书记,协助各村党支部对群众普遍地进行气节教育和反奸、反特、保密教育。为了使这一教育家喻户晓,妇幼皆知,卫生所号召全体医务人员、工作人员,人人争当宣传群众的模范。军医利用给老乡看病的机会,护理员在帮大娘、大婶干活的时候,向她们讲保密不仅关系到伤病员的安危,还直接关系到各家的安全。

那些平时爱说长道短的人,好吹牛皮的人,是教育的重点对象,每个人都有专人帮助。穆家庄子有个张大哥,为人豪爽,乐于助人,就是肚子里存不住过夜的话。特别是每逢喝上点酒,他就更喜欢在人面前吹吹"山海经"。卫生所专门派人和他交朋友,在谈古论今中,他懂得了说话会带来杀身之祸，从而自觉地遵守村中规定的保密纪律。

　　经过广泛的教育，保护伤员安全成了群众的自觉行动。青壮年主动为卫生所传递消息，老大娘老大爷自觉地监视着村中的坏分子，儿童团严格地检查着过往行人的路条。人民群众临危不惧掩护八路军，舍生忘死保护地洞和伤病员的动人事迹屡见不鲜。

　　在王门村的村口，有时候会放上一辆手推车，上面装着几袋粮食。鬼子来催粮，村长就会说："皇军，不是不去送粮，是没有人力送！"然后递上一盒好烟，里面塞上钱，伪军拿了钱就走了。卫生所所部在王门，在村支书田村等坚强领导下，这个村党员干部艰苦斗争，人民群众积极掩护，卫生所从未遭受重大损失。村支部专门派林松石半脱产为医院办事。林云书先后担任过民兵队长、村长，带领民兵和党员挖地洞转移伤病员。这个"两面村长"如果在村口拦不住敌人，医护人员和群众就会把伤员的洞口封好，自己迅速钻进房东家的地洞。有一次，伪军进村挨家挨户搜查，医助纪平来不及下洞，房东大娘让她赶紧上炕躺下，盖好被子。房东一看，纪平穿的是圆口皮底布鞋，这是八路军的装备，就赶紧藏了起来，然后摆上一双绣花鞋，骗过了敌人。

　　即使隐藏得再好，偶尔也会遇到危险。

　　1942年，掖城的日寇来到小武官村，6名医护人员来不及躲避，只好和老百姓一起接受盘查，一个伪军硬拉着地下医院炊事员老韩当向导，老韩是外乡人，口音不对，路也不熟，推托说生病不能走路，日寇骂了一声"八格"，用指挥刀刀背向他肩膀砍了下去，逼着他带路，当老韩还在犹豫的时候，一位老大爷挡住了鬼子的手说："他确实生病，我路熟，身体好，愿意带路！"作为我党地下工作人员的"伪村长"也上来求情，鬼子才放下刀，救了老韩一命，可是这位老大爷——共产党员武福来，却一去不回。

　　1943年初夏的一个上午，刘子坚正在王门医疗区邱家村检查挖地洞的情况，村长慌张地跑来通知："刘先生，鬼子进村了，快隐蔽！"刘子坚一面告知赶快封好洞口，一面迅速向北所部办公室兼伙房跑去，得赶紧通知大家隐蔽。他冲到大街上，看到几十米外站着一个伪治安兵，头戴钢盔，手持三八式"大盖枪"，站在街口，刺刀闪着寒光。刘子坚身上带有办公用品，他不敢停留，一个箭步跨过大街，跑到伙房招呼炊事员老宋，从后窗跳到苏郭河，向对岸飞跑。伪军在后边打枪了，打得河中沙子沙沙作响。两个人像游动的蛇一样，蜿蜒曲折，跑过四五百米宽的河床，上岸后进入一个歇山庙，确认安全了方才松了口气。事后得知，这是过路的敌人在邱家休息，否则他们是跑不掉的。

西海地下医院的司药宋建国也有一段"三间房遇险"的经历。1943年，他基本上在北掖朱旺医疗区三间房村工作。一天早晨，太阳刚刚升起，他们五个人正在老乡家炕头上学习，村长突然急匆匆推门大喊："快！鬼子进村了，跟我出去应付一下！"瞬间他就跑开了。村长的意思是进行合法斗争，让他们出去迎接敌人。随后，政治干事孙宝臣、小李和炊事员老张都跑出门外了。这时，房东老大娘一把抓住他说："小宋，你不能去，你是外县人，口音不对，出去危险，还是在家躲躲好。"她拽着宋建国的手不放。宋建国的思想斗争很激烈，是出去"迎接鬼子"，还是躲在房东家不动呢？如果其他人出去，只剩他一个人，他又是外地人，也有风险。他下决心和大家一起去应付鬼子，刚出门一看，一个鬼子正提着步枪走来，他赶快扭身向西走去，前面西房中间是一堵土墙，他爬过去，院内有一铁锅盖在地瓜井上，他掀起铁锅，进入地瓜井隐蔽起来，躲过了一场灾难。

1943年初秋的一天下午，敌人突然将柞村、后高家埠包围。医院的伤病员正在院子里晒太阳，他们立即下地洞，转移到村外的青纱帐里。敌人拷打村民高升、高希明等数十人，一无所获。临走时扔了几颗手榴弹，放火烧了3间房子。之后，敌人又来突袭了几次。一次正值大夫给伤员做手术，村妇

地道入口

救会长战秀芹和黄国华立即将伤员和医护人员藏进猪圈里的一个地洞，用地瓜蔓、猪粪掩盖好洞口。敌人几次进行搜寻都未发现伤员。敌人为什么会几次突袭？卫生所警觉起来，经调查，日军派了个女特务混入这个村，虽然地下医院查无此人，但医院已暴露，因此很快把伤病员从这个村转移出去。

1943年5月28日，掖城北部邱家村有个外号叫"小旗下"的伪属邱田氏，通过在城里当汉奸的女婿宋成德和刘家村的流氓刘开金向敌人告密，日伪军包围穆家、邱家、刘家三个村子，把每家的大人、小孩都赶出来，逼问八路军伤病员在什么地方。敌人对刘家村刘洪业和邱家村长邱尧广进行拷打逼问，他们守口如瓶。在穆家村，穆宝钧被打得遍体鳞伤，仍一口咬定不知道。其实他家东院就有一个地洞，他对洞内的情况很熟悉。敌人用刺刀捅他，他咬紧牙一声不吭，敌人又把他拖到村西，朝他身上打了一枪。敌人走后，他苏醒后爬回了家……1946年，公安机关抓获为敌提供情报的汉奸宋成德、刘开金、邱田氏，3人被捕后，于3月3日对宋、刘二人公审枪决，邱田氏被判10年徒刑。

面对日伪军的"扫荡"、突袭，乡亲们多次临危不惧、舍生忘死掩护八路军伤员。"没有掖县群众的保护，我几条命也没了。"这是伤愈归队的战士的临别留言。"没有老乡的支持和帮助，我们在这里一天也坚持不下去。"这是地下医院的同志们发自内心的话语。"如果没有部队同志和我们一起做群众工作，我们也很难完成任务。"这是一位老支书的话。

1943年7月8日是农历六月初七，小暑节气，天气炎热。这天拂晓，掖城的日军突然窜到王门村。这里挖的地洞多，住的伤员多，因此目标大。村子距离县城6公里，又靠着两条公路，敌特活动十分频繁。

村子的西岭上，白天有一棵消息树，它倒了就表明鬼子来"扫荡"了；夜晚有烽火台，点火冒烟说明鬼子出城了。尽管防范严密，还是出现了"内鬼"。一个外号"老苞米"的村民李京奎，把在村子里看到有地下医院的情况，告诉了在城里当汉奸的侄子李中堂，"小苞米"李中堂的老婆也看到村子里有新土，隔着门缝看到伤病员在院子里活动。为了讨好日本人，李中堂利用早上吃饭的时间，把情况告诉了日本人。

因为是早晨，大部分群众还没出门，敌人把全村包围之后，捉到了50多名男女老幼，进行拷打逼问，终无所获。成年人都被赶到大街上，由伪军看管，并强迫他们分段刨地找洞。一个上午过去了，大街被刨得千疮百孔，也没有找到地洞和地道的痕迹。其实洞口在哪里，有些群众是知道的，但是大家向没有地洞的地方刨，遇到有地洞的地方，就轻轻地刨。在一个地洞里，上面刨地，下面的伤员们听得清清楚楚，他们把手榴弹的弦拉在手里，随时准备与敌人同归于尽。地面上，群众一听有"嗡嗡"的声音，知道下面有洞，赶紧停下手里的活儿，另换个地方继续刨。这样刨下去怎么会找到地洞啊？一无所获的鬼子气急败坏，用刺刀和腰刀威逼群众：地洞和地道到底在哪里？每个人都坚持说："俺村就没有地洞！"日军责令伪军打人，也起不到任何作用。

中午时分，鬼子从关帝庙神像后捉到了一个穿长衫的人，鬼子两手举起指挥刀，"唰唰"地砍掉了院子里的几棵玉米，并用刀尖指着这人的胸口，叽里咕噜地威胁着。翻译官说："皇军问你，八路伤兵在哪里？地洞在哪里？不说实话就砍你的头！"这人一听吓得面色惨白，连忙双手作揖说："太君饶命。"边说边往后退，鬼子步步逼近，并用刀尖向他手上一戳，顿时鲜血直流，这个贪生怕死的家伙，双腿一软扑通一声跪倒在地，苦苦哀求道："不要杀我，我说，我说。"这个人把地道口指给鬼子，然后偷偷溜走了。敌人挖开地洞之后，谁也不敢先下去，伪军逼着几个老百姓走在前面，他们跟在后面，在黑暗里摸索着前进。一位平度雇工拿着一盏小油灯走在最前面，他用一根棍子在地道拐弯处，一边撞击着墙壁一边大声说："到头了，没有伤兵。"伪军用手电筒远远地照了照，果然信了。这时，小油灯突然熄灭了，伪军们一阵慌乱，争先恐后地跑出地道，无奈向西岭走了。敌人走后，张护士和村干部们立即下地洞慰问伤病员，并把轻病员接上来准备吃饭。突然，通信员林松石跑来报告："鬼子又回来了。"大家万分紧张，要转移已来不及，怎么办？最后决定让伤病员再回到地洞里隐蔽。敌人的"回马枪"没发现什么疑点，最后抢走了一些被服药品，带着有八路嫌疑的医院护理员小殷和小张回掖城了，最终他们也顺利逃脱，回到地下医院。

就是在这一天，儿童团员刘玉仙一家，成功地让刘培民脱险。

医院的一名管理员，来不及隐蔽，在毛更岐家被敌人抓住，情况十分危急。毛更岐的媳妇王月庆是北京人，跟着丈夫回到村里，被大家亲切地称为"毛大脚"。此刻，她不管三七二十一，冲上去说："你们干什么？这是俺的男人！"一般人见到凶神恶煞般的鬼子，早就吓瘫了，她却面不改色心不跳。敌人一看她的表情，信以为真，就走开了。

李凤阁的母亲王云芝，已近50岁了，她平日里不怕脏不怕苦，经常为伤病员洗血衣，为医院洗药布药棉，对抗日事业忠心耿耿。这一天，她挺身而出，机智地掩护了地下医院的两个女护士。

还有一个姓孙的村民，被鬼子抓住，灌辣椒水，他坚决不说地道在哪里。

农历六月初九，时隔一天，日伪军又气势汹汹地扑向王门村。这一次，地下医院和全村群众都做了充分准备。敌人只抓住了儿童团员李凤刚，尽管他们对李凤刚百般折磨，仍然一无所获……

西海地下医院护士长王利华从自己的角度，详细讲述了这个故事。

那是她们从绝密区西北障搬回王门村之后。在西北障的地道里，她整整十天没有见到太阳，回到王门村像到了大后方一样。

1943年冬天，王门村一个反动伪属，住在新挖的一条地道的一个出口附近。有一次，医院搬伤员出来晒太阳，那个空院子墙上有条裂缝，医护人员大意了，没有用草好好堵严实，被她瞅见了。这家伙找了个背人的地方盯了一整天。伤员晒完太阳，被运回地道的时候，她一个一个地在心里记了数。白天她没敢离村，因为村里对伪属监视很严，等到半夜，她才像老鼠一样，偷偷从后门溜出去，到掖县城向日军告了密。

第二天一早，敌人的马队突然来包围了村子。卫生所事先没得到情报，一看情况不妙，正忙着给伤病员搬运便盆的王利华，赶紧停下，进洞封好洞口。敌人照着那个伪属画的地图一找，就向洞口走来。

空气顿时像凝固了一样。王利华是一个"老革命"了，她已经见多了这种场面。当年，胶东特委书记理琪住在她家，有一次，敌人像蝗虫般地向理

王利华和丈夫王亮在一起

琪的住处搜索而来，游击队长王亮拉着理琪钻进了树林，跑向西南方向的深山，王利华和大哥想把敌人引到相反方向，就朝着东南方向的山跑，并躲进草丛中。当看到敌人向理琪藏身的地方搜过去时，她心生一计，钻到一片高粱地边，假装收拾庄稼，故意弄出一阵阵响声。敌人果然掉回头吼叫着朝她扑过来，"干什么的！""收庄稼的。""看见红匪了没有！"她摇摇头，表示听不懂。这些国民党兵看她是个小姑娘，问不出什么，就在四周搜了一遍，这时山下响起了号声，他们纷纷跑下山集合去了……理琪成功脱险。还有一次，战士们撤往文登古头村西头的一座山，王利华在村口看到在路边沟沿趴着的一个伤员，肱骨处中弹，流了很多血。伤员说他跑不动了，他有个马拐子枪，可惜右胳膊中弹，不能打，把枪给她，让她打鬼子。王利华说那不行，我不能丢下你不管！虽然王利华的个子比伤员小，她一咬牙，伸过膀子，架着伤员受伤的胳膊，搂着他的腰就走。到了一条大沙河，水淹到王利华的膝盖以上，进去就轻飘飘的，王利华使劲地架着伤员的胳膊，过了大沙河。快到西山下时，伤员倒下了，说自己不行了，让王利华先走。王利华解下腿上的绑腿，想绑着他拖上山。这时，东海军分区参谋长在西山上从望远镜里面发现了他们，告诉通信员来帮忙，最后俩人把伤员抬到山顶。在敌人包围上来的时候，王利华和战友把这名伤员推上仅有的一匹马，两个人在两面架着他，随着马跑，把他架下了山，交给东海军分区的一个卫生处。王利华说，我们不准扔下伤员，卫生人员就得在战场上拉伤员，死了也得扛下来……

种种阅历，使得王利华越是身处险境越冷静。

在王门村，60多个敌人在洞口位置转来转去，就是找不到。敌人抓了一个叫林振浦的富农，逼着他带路。林振浦知道一些情况，可是他也知道八路军不好惹，得罪了以后自己吃不消，所以不敢说实话，只是推托不知道。敌人下了狠心，抓来一批老百姓，看到可疑的地方，就逼着他们刨，后来终于发现了一个洞口。汉奸们在洞口你推我，我推你，谁也不敢下去搜。地道里，地下医院的工作人员和伤病员听到外面刨土的声音，起初以为是自己人打的暗号，后来渐渐听到敌人的喝骂声了，才知道敌人在刨洞，就赶紧采取紧急措施。这个洞里住的全是重伤员，他们都是经过多次战斗的老战士，在这最危险的时候，都表现了最大的沉着和坚定。医护人员马上决定，一面从最重的伤员开始向二层转移，一面组织有战斗力的人员准备抵抗。

这种两层的结构，也是地下医院的创举。因为大多数地洞分布在地道的两侧，一旦被敌人发现，一组地洞就会全部暴露。为了便于隐蔽，医护人员想出了"错层"的办法。在地道的一端，高出一层挖大洞，室门用泥巴糊起来，关闭后和洞壁颜色一样，不细看瞧不出门道来。关键时刻，所有人都转移到大洞里。这样的"错层"地洞，在危急时不止一次救了伤病员和医护人员的命，这一次也不例外。

洞里没有武器，只有几支梭镖。医护人员用这几支梭镖把工作人员和轻伤员武装起来，敌人在明处，我们在暗处，敌人要是真敢下来，拼命也要赚他几个。

往二层洞里转移很困难，洞里很狭窄，拐弯又多，搬一个人要花费很长时间，还没等全部搬完，敌人就把地洞从上面挖通了。趁着敌人在上面犹豫不决、不敢伸头的空当，医护人员又转移了几个伤员，还剩四五个伤员已经来不及搬了。敌人开始向洞里丢手榴弹、打枪，把洞里弄得乌烟瘴气，于是她们就封闭了第二层洞口。敌人在挖开的地方磨蹭了半天，把洞口又扩大了一些，最后决定拿着林振浦当"挡箭牌"，叫他领头下洞，林振浦死活不敢下来。敌人把他打了个死去活来，后来他看脱不过去了，才硬着头皮下了地道，后边几个汉奸、日军探头探脑地跟着。

林振浦拿着一盏小油灯，一跳下洞，腿也抖，手也颤，一只手端着灯，一只手在前面乱摸，嘴里直喊："找不着路呀，一点也看不见呀！"

敌人在后面直捅他，他失魂落魄地说："慢一点，打灭了灯，更没办法了。"

刚才，敌人连扔手榴弹带打枪，弄得地道里烟雾腾腾，什么也看不见，一盏小油灯，能照亮的地方极其有限。鬼子和汉奸心里发虚，只盯着那点亮光，其他地方一片模糊。林振浦跌跌撞撞地往前摸，又怕敌人在后面打他，又怕八路军在暗地里给他个冷不防，简直不知道怎么样好了。

走到地道中间，他模模糊糊地看见旁边有一个小洞，里面还躺着两个八路军伤员，便故意把身子一转，挡住了那个闪闪晃晃的小油灯，让敌人只看到另一面墙。再往前走，他又把身子转到另一边，挡住了前面的一个小洞口。后面的汉奸和日军离得远，看不清楚，只管往前走，没发觉地道的走廊两边还有一些小洞。

走到第一个洞口的尽头，去第二层地洞的洞口被封住了，林振浦用手推了推墙说："到头了，前面没有路了！"汉奸气得暴跳如雷："八嘎！八路军都到哪里去了，难道他们长出翅膀飞了不成？"这些家伙都犯了一个病，越往里走越心虚。虽说他们知道抓住一个八路军就会发财升官，可是犯不着拿命来换，谁不知道在这样转不过身的洞子里，狭路相逢，死多活少，于是他们乱咋呼一阵也就想打退堂鼓了。不知道是林振浦故意的还是没拿稳，那盏小油灯忽然熄灭了，汉奸们你推我挤都往外跑，费了好大劲，才一个个像泥猴般从洞里爬了出去。在洞口，他们捡了两床伤员的破被子，算是他们的"赫赫战果"。

王利华说，二层洞口的掩护队，还有外边没运走的那几个伤员，表现了八路军应有的沉着刚毅，当敌人站在他们身边的时候，他们还是不动声色，准备万一被敌人发现了，就和敌人同归于尽。正是这种坚强无畏的精神，才使他们转危为安的。

敌人上去以后，又盲目地向洞里打了一阵枪，丢进了几颗手榴弹。伤员们还是沉住气不动，结果一个人也没伤着。后来敌人准备用烟熏洞，刚刚点起火来，有人来报告说，听见什么地方在打枪。敌人怕有埋伏，就仓仓皇皇地集合起来逃走了。

总结这次遇到的情况，卫生所决定进一步挖深地道。那个被破坏了一半的大洞子，索性和敌人玩起"空城计"来，半截地道就那么露在外面，里面被塌下来的土塞住了，可是地道另一头还是照旧住人，又另开了一个门，这样反倒更保险了。

不久，因为工作调动，王利华离开了地下医院。又过了半年多的时间，日本鬼子就无条件投降了。地下医院搬到地面上来了，那该是多么令人高兴的一件事儿啊！

"掖县王二小"李凤刚

  日伪军3次袭击王门村，费尽心机，仍然一无所获。1943年7月10日，鬼子把搜索范围扩大到了村外。王门村南，有一片郁郁葱葱的杏林，是村民李方田家的。当时，杏树上已经长出青绿色的小果实，丰收在望了。所以李家搭起一个小草棚，专门派人看守果园。

  中午时分，李方田的二儿子李凤刚来到果园，他是来替换奶奶回家吃饭的。他正哼着抗日歌曲，"牛儿还在山坡吃草，放牛的却不知哪儿去了。不是他贪玩耍丢了牛，那放牛的孩子王二小……"忽然发现对面走来一群日伪军，他顿时警觉起来。天气闷热，蝉在树上发出清脆、尖厉的鸣叫声，空气中弥漫着躁动不安的气息。大人们说过的日本鬼子的恶行，老师教过应对敌人的方法，掠过李凤刚的脑海。

  看到李凤刚，几个日伪军眼前一亮。在村里折腾了半天，这里的百姓像一根根硬骨头，根本啃不动，现在遇到一个乳臭未干的小孩，应该很好糊弄吧。一个穿黑色衣服的伪军凑上前来，装出很和气的样子，问李凤刚："小朋友，你们村里有地洞吗？八路军的伤兵住在什么地方？"

  12岁的李凤刚，是一名儿童团员，就读于村里的小学，和李彩亭是同学。抗战时期，掖县积极发展教育事业，成立过多所鲁迅小学，每个村也有自己的中心学校，学龄儿童入学率达到80%以上，不仅男孩能上学，小女孩也可以进学校，既学到知识，又免除了缠足之苦。学校给大家发掖县抗日民主政府出版的石印本国防课本，老师们除了教给学生文化知识外，还给他们讲抗战故事，带着学生唱时事小调和抗战歌谣，举办演讲比赛，激发了儿童的抗战热情。村村都成立了儿童团，查路条，送情报，写标语，出黑板报。在王门村中心小学，有一个老师叫林月娥，她是村党支部委员，经常忙于地下医院的事务，也教大家唱《松花江上》等歌曲，给大家讲英雄王二小把鬼子带进八路军伏击圈惨遭杀害的事迹。她还给大家讲过一个发生在掖县当地的故事：1942年5月，鬼子"扫荡"北掖平原，在西由镇沙岭村抓到一个叫盛洪凯的少年，敌人想从他嘴里探听到八路军的消息。鬼子掏出一大把钞票，诱惑他说："你知道什么地方有八路军？"他说："我不要钱，也不知道！"鬼子问："你们村有八路军吗？"他回答："没有"。敌人见利诱失败，就凶相毕露，恶狠狠地说："不说实话，死啦死啦的！"盛洪凯愤然地说："打死我也不知道！"鬼子大怒，一挥手，伪军冲上来，把盛洪凯捆绑起来，吊到一棵大树上，又点燃了一根火绳，捆在他身上，火焰炙烤着盛洪凯稚嫩的身体，焦煳的味道四散开来。盛洪凯忍着钻心的疼痛，愤怒地高喊："烧死我，也不告诉你们……"敌人反复对他进行毒打，直到他不喘气了才罢手。鬼子走了，村里人把盛洪凯解救下来，给他舒胸展膊，他才慢慢苏醒过来……林月娥告诉孩子们："鬼子汉奸都是我们的敌人，不管在什么情况下，都不能对敌人说实话，就是被敌人抓住，刀搁在脖子上，也要宁死不屈。"

什么？他们要找村里的地道和八路军叔叔？机警的李凤刚歪着脑袋，满脸无知的样子，反问了一句："什么地道？什么伤员啊？"

一个鬼子兵以为这个小孩没有听明白，就又问："村里八路伤兵的有？""伤病？什么伤病？俺村里没有伤病啊！"李凤刚继续"糊涂"着。鬼子突然脸上堆满微笑，并从兜里掏出一把水果糖来："小孩，糖的米西，八路的有？"糖块闪着诱人的光泽，香甜的气息，钻进李凤刚的鼻子里，这可是天底下最好吃的东西啊。李凤刚使劲把口水咽下去，他想起邻居家地道里住着的伤病员叔叔，想起叔叔教他唱歌、给他讲故事的情景，就回答了一句："我什么也不知道啊！"

  敌人一看，软硬两手都不行，便露出狰狞的嘴脸。一个伪军一把将李凤刚摔倒在地上，吐着唾沫星子，咬牙切齿地说："小崽子，你到底知道不知道？""不知道！"李凤刚大声地喊着。敌人更加恼怒，几个伪军走过来，把李凤刚拉到杏林中的一眼水井旁。两个鬼子倒提着李凤刚的双腿，装出要往水井里扔的样子。井水离地面七八米，传来一阵阵寒意。尽管心里也很害怕，李凤刚还是咬紧牙关，什么也不说，黑宝石般的眸子里喷射着怒火。鬼子叽里呱啦地嚷了一阵子，翻译忙说："这次再不说，小命就没有了，也看不到你的爹娘啦，现在说出来还不晚！"敌人用辘轳上的绳子，绑着李凤刚的双脚，快速让他坠落井底，再拉上来，反复几次，李凤刚感到胸闷气短，小脸憋得

宁死不屈的小英雄李凤刚

通红，头昏眼花，一阵阵眩晕的感觉，让他意识模糊，但他还是挣扎着，怒吼着："淹死俺也不知道！"

从李风刚嘴里得不到什么，鬼子绝望了，就把他从水井里提出来，带回村里去辨认八路军和村干部。刚进村，便遇到一伙敌人押着区干部孙祝令迎面走来。敌人逼问李风刚："他是不是八路军？"李风刚不由得一愣，孙叔叔怎么会落在敌人手里？听敌人的问话，他们并不知道孙叔叔的身份，便说："他是俺大爷，住在村西边，不是八路军。"鬼子把李风刚折磨了半天，实在得不到什么信息，只好把他放了。

勇敢机智的李风刚，为了掩护伤员，忍受了非人的折磨，从此便一病不起。双山区、王门村党支部书记田村和西海地下医院的领导多次登门看望慰问他，安排抢救治疗，并救济了部分现金和粮食。可能是因为惊吓过度，也可能是因为损伤了内脏，李风刚眼里的光彩越来越黯淡，不久就离开了人世。

第六章

基因永续

重回大泽山

1944年深秋，王一峰和刘子坚接到军分区首长的命令，卫生所由隐蔽斗争形势转为公开斗争形势，西海地下医院变成西海地方医院。卫生所把王门、朱旺、西北障、南掖和南招五个医疗区撤出，集中到大泽山北麓、南掖葛城一带十几个村庄里。卫生所的办公室设在李丰田的老房子里。南面五间是医护人员工作室，北面五间是伤员病房，院内西侧挖有地道，向北直通村外，遇有特殊情况可以迅速转移。

终于可以直起身板，昂首挺胸地走进阳光下了！大家会合在一起，群情激奋，好像卸下一副无形的盔甲，解除了全身无形的绳索，无所顾忌地欢呼雀跃，倾诉离别之情，高唱抗战歌曲，有些人流下热泪。

两年，700多天，感觉像漫长的一个世纪。刚刚过去的地道生活，仿佛是一个虚幻的梦。那黑暗的感觉，潮湿的空气，刺鼻的药味，混合着进入身体乃至灵魂；那微弱的灯光，模糊的身影，紧张的氛围，成为一笔人生的巨大精神财富；还有患难的战友，亲人般的老乡，不知道姓名的伤病员，铭刻着一种永恒的记忆。

黎明前的曙光早在一年前就出现了。1943年，在反"蚕食"、反封锁斗争中，胶东军民对敌伪作战975次，每天作战两次以上，攻占敌伪据点23

处，歼灭敌伪军1.03万余名，占胶东敌伪总数三分之一，扩大根据地400多平方公里，粉碎了日军的"蚕食"推进政策，基本打破了敌人对根据地的分割封锁，为1944年开始的局部反攻奠定了基础。在敌人"扫荡"最严重的西海地区，我军接连发起店子、纸房等战斗，围困古岘，逼近平度。平度的崮山后村有一处据点，驻守伪军一个营，我军潜入崮山后村内，隐伏一天一夜，敌人毫无察觉。第二天黄昏，伪军正在开饭，胶东军区部队突然发起攻击，5分钟内攻破围墙，当夜完全摧毁据点，歼灭伪军100多人。在半年多的时间里，西海共建立400多个村的抗日政权，还开辟了莱西旌顶山区，南、北掖大部分敌占区成为游击区。

1944年，抗日战争进入战略反攻阶段。胶东抗日根据地在许世友带领下，发起一个多月的秋季攻势，这次战斗以胶东西部战略要地大泽山区为重点。为了迷惑和调动敌人，许世友首先在南海地区打响战斗，然后在西海发起强大攻势，向大泽山区敌伪盘踞多年的旧店、大田实施突击，全歼守敌5个连。接着，横扫大泽山周围的七十里堡、下店、小庙后、驿道等据点，连战皆捷，到8月底，大泽山区完全获得解放。1944年，西海拔除敌人据点14个，歼敌6870名，解放村庄420余座，巩固扩大了大泽山抗日根据地。

抗战老兵王洪昌讲了一个故事：胶东军区司令员许世友集中胶东军区13团、西海独立团以及地方独立营，在1944年8月14日夜间攻克旧店据点，消灭伪军一个营。13团攻打大田据点，打到半夜未克，准备第二天继续攻打。守卫大田据点的是日本治安军的一个营，装备精良。当时，王洪昌所在的西海独立营二营四连，在大田据点和平度城之间埋伏，执行打援任务，以防平度城的鬼子增援大田据点。部队驻扎在一条大河边，距离大田据点十多公里。天刚蒙蒙亮，司号长带着四五个号兵去练号，突然发现东方密密麻麻全是人，正向自己的方向移动，原来是大田据点的鬼子逃跑了。司号长直接在山坡上吹起冲锋号，二连马上集合，占领了河岸高地，把鬼子包围在河套里，到处是"缴枪不杀"的呐喊，鬼子缴械投降了。一个营的鬼子大部被消灭，二连全部换成三八式"大盖枪"，所以被老百姓称为"大盖连"……

形势越来越好，为了加强供给工作和卫生工作的统一领导，西海军分区决定成立后勤处，任命朱显辉为处长，史贤明为副处长，刘耀宗为政委，王庆轩为副政委，王一峰调胶东军区工作，林育生接任卫生处处长。

1945年春天，抗战已经胜利在望，为准备大反攻，西海军分区决定扩编卫生所。原卫生所即西海地下医院编为第一卫生所，驻南掖黄山后村一带，任命张燕为副所长，董天泰为副指导员兼党支部书记。新筹建第二卫生所，仍驻离别两年之久的大泽山东麓东、西葛家一带八九个村庄。任命刘子坚为政治指导员兼支部书记，林育生为副指导员，王裕生为行政管理员，王玉舟为事务长，王文泉为会计，吕世昌、孙淑兰为护士长，谢文彩为司药。在日军投降前夕，又增设了三所，所部驻平北所里头村，任命李旭东为所长。

1945年4月，春回大地，刘子坚和军医王志成等带领30多位战友回到大泽山根据地，离别两年，就像回到娘家一样，和老乡久别重逢，大家分外亲热。在地道里生存的日子里，他们的梦里经常出现大泽山的影子。这里是胶东的西部门户，是革命的摇篮，主力部队五旅13团、14团、抗大都常到此作战、整训。西海军分区以大泽山为依托，开展游击战争。巍峨挺拔的北峰顶、西峰顶，山峦起伏，树木丛生，春季一片片红樱桃、桃花、梨花遍地开；到秋季，漫山遍野长出一串串红色葡萄，苹果树红绿相映，山间潺潺流着水，树上小鸟不停地歌唱……如今，又回到大泽山母亲般的怀抱，大家激动的心情久久不能平复。

在筹建二所的过程中，遇到的最大困难是缺少医护人员。当时二所仅有两名军医，七八名护士，很难开展工作。林育生兼任所长，他忙于前方部队的卫生工作无暇兼顾。刘子坚请军医王志成负责医务工作的领导，行政工作由刘子坚兼顾。缺少医护人员怎么办？所党支部研究认为，不能坐等上级派人，必须自力更生扩大队伍，应该派干部到文化水平较高的掖县老革命根据地动员新兵入伍。

　　正在二所疗养的西海军分区侦察队长乔明志，特派通信员李洪祥到他妻子张淑棠的家乡——掖县西由、平里店一带招兵。孙希诰讲过一段"乔八爷介绍我入伍"的故事，记录了这一段历史。一天上午，他正在田间劳动，堂兄孙希禄气喘吁吁地跑来告诉他："乔八爷派人来招医院的看护员，你去吗？"他丝毫没有犹豫，脱口答应"我去！"当年他才14岁，中午吃饭时，他把要参加八路军的事告诉了父母和叔叔婶婶，他们担心孙希诰年纪太小，受不了苦，但也没有强行阻拦。村负责人孙财昌是中共地下党员，他极力支持青年人参军。当天下午，孙希诰、孙希禄、张吉祥一起，到达2.5公里外的王贾村，这里是乔明志的家，报名后他们被批准当兵，然后各自回家取毛巾、茶杯、毯子等随身物品，连夜返回乔家，当晚搭门板露营睡在院子里，由于人人兴奋，加上蚊子叮咬，一夜未眠。次日早晨出发时，队伍又增加了赵明志、张淑芬、张淑吉、杨秀英和乔明志的小姨子张淑花，还有戚国相、杨宝珍等十几人。他们跟随李洪祥向大泽山行进。一路上，李洪祥牵着一匹枣红色的马，轮流驮着走不动的掉队少年。孙希诰从小没有走过远路，双脚磨起血泡，走一步就钻心地痛，一扭一拐地掉在队伍后面。李洪祥见状，马上让他骑马走。他头一次骑马，怕掉下来，就紧拉缰绳，谁知这样一来，马飞奔起来，差一点把他摔下来，吓得他再也不敢骑马了，宁肯忍着脚痛也不骑了。经过一天的长途跋涉，他们到达大泽山的东葛家村。当晚，二所指导员刘子坚和乔明志看望了他们。刘子坚问他们："当看护员又累又脏，怕不怕？""不怕！"他们齐声回答。"我们老家的孩子都是好样的！你放心好了。"乔明志对刘子坚说。他还说："你们要想家的话，就到我住的病房来，听我讲战斗故事。"大家高兴地鼓起掌来……

　　就这样，二所吸纳了具有高小以上文化水平、志愿参军的数十名男女青少年,到医院学习护理工作。以后卫生处又从胶东卫校、西海联中陆续派来一批学生,共有一百多人。

为了让这批新兵尽快学会为伤病员服务的本领,二所结合纪念"5·12"国际护士节,学习南丁格尔救死扶伤的精神,开展学政治、学医护技术的百日大练兵运动,评选了孙淑兰、李志敏、于志明和一个炊事班长王官举为卫生工作模范。这些青少年政治上要求进步,工作积极热情,在老同志的带领下,经过短期培训,初步学会了一些医务知识,为开展工作打下了基础。这些同志在全国解放后经过医科大学深造,进一步提高了医务技术水平,担任了科主任、院长、教授专家,成为军队和地方卫生战线上的骨干力量……

1945年秋,西海军分区卫生处迁往南掖柞村,正式有了办事机构,下设医保股、材料股、门诊室等。军医有宋子欣、吕延庆、徐彩臣、王敬礼、王凤臣;医保股股长先后为荣斌、纪平、周岐,股员卜令、臧梅亭、蔡薛等;材料股股长李明,1942年卫生处只有一位调剂员李发科。1944年秋以前,有个材料组一直驻北掖高郭庄,开始只有张振亚、夏洪业两人,后来增加了宋建国、林钧琏,由张振亚负责。后来李明任司药长。1944年,卫生处移防南掖元岭王家时,又增加了刘士太和林忠岳、铁工林展禄、周日才。李旭东、徐光先、秋培甫、林国志、李彩功等,此时也到了卫生处工作。1945年秋,西海军分区卫生处迁往南掖柞村,正式有了办事机构,下设医保股、材料股;设门诊室,军医有宋子欣、吕延庆、徐彩臣、王敬礼、王凤臣;材料股股长李明,医保股股长先后为荣斌、纪平、周岐,股员卜令、臧梅亭、蔡薛等,实现了由小到大的转变。1946年,卫生处材料股驻防南掖柞村时,人员增至近20人。设有办公室、采购、保管、分发、制药、敷料、铁工、木工等组,还有会计、炊事员等人员。到材料股领药要到大泽山杨家,这里有山洞储存药品。同年6月,在沙河成立"新华医院",李明兼经理,林钧琏是股员兼副经理。

1945年8月15日,日本宣布无条件投降。消息传到卫生所,开始大家都不敢相信，就打电话询问军分区司令部，消息获得证实，整个山区的军民欢呼雀跃，奔走相告，高声欢呼："我们胜利了！共产党万岁！八路军万岁！毛主席万岁！朱总司令万岁……"到处锣鼓齐响，鞭炮齐鸣，军民一齐涌上街头，欢庆来之不易的胜利。许多轻伤员吊着胳膊挂着拐杖，重伤员由护士搀扶着参加庆祝活动。大泽山根据地从来没有这样热闹过，很多工作人员和老乡激动得热泪盈眶。

1945年8月31日，八路军主力部队与掖县和平度地方武装，在白沙、夏邱堡、长乐、花埠、高望山等地，沿途截击、追杀自掖城南逃平度之敌。战斗中，我方伤员多在三所治疗，附近高家、韭园、北台等村也收有伤员，三所医院旧址至今尚存。

当年9月7日晚，胶东军区13团、16团和西、南、北海军分区的3个独立团，在司令员许世友、政委林浩指挥下，对拒不投降的日伪重要据点平度城发起进攻，经3天激战，全歼平度城和从掖县城逃出来的日伪军人，活捉由大汉奸摇身一变当了国民党中将军长的王铁相。日军丢下伪军向青岛逃跑了。在这次战斗中，六七百名负伤的军人大部分由西海卫生所收容治疗。这是抗战期间胶东部队对日伪最大的一次攻坚战，也是卫生所接收伤员最多的一次。此时，二所对全所进行总动员，开始紧张的治疗和护理工作。彭玉兰是二所的医生，她13岁参加红军，平易近人，处处关心同志，团结同志，善于做思想工作，同志们都亲切地称她为彭大姐。她以自己的亲身经历，一边看病，一边做宣传工作，向伤病员说明现在的医疗条件比红军时代好多了，革命战士到哪里都要遵守纪律。她那和蔼可亲的面孔，通俗易懂的革命道理，赢得了伤病员的信任。

抗战虽然胜利了，但是被日军长期"扫荡"、烧杀掠夺的大泽山根据地，军民生活仍然异常艰苦。伤病员住在老乡草屋里的土地上，上面铺着山草，每人仅有一床被子。吃的虽是小麦做的馒头，但蔬菜少，肉更少，在山区鱼虾更看不到。医疗条件差，发高烧的病人没有消炎药治疗。刘子坚反复考虑，只有一个办法，把休养员节余的小麦卖掉换成副食品，改善生活，增加营养，才能使伤员早日痊愈。办法虽好，但这是违反供给制度的，上级不会同意，也不能请示，只有冒着风险悄悄地干。刘子坚和行政管理员王裕生商量，王裕生说节余粮应上交，不准变卖，工作人员也不能吃。刘子坚又与几个支委商量：指战员们在前线流血牺牲打敌人，他们为了谁？我们这样做，是为了伤员早日养好伤，早日归队去打仗。最后刘子坚下了决心，命令供给干部执行。他表示，如果上级知道了受批评，我个人负责，受处分我也心甘情愿。事务长王玉舟到集市上卖掉节余的小麦，买回猪肉、鸡肉和新鲜蔬菜。伤员们笑嘻嘻地吃着雪白的大馒头，大口吃着喷喷香的红烧肉，很快吃胖了，伤口也长好了，大家争着出院归队。不久，胶东军区卫生部部长张一民来卫生所慰问伤员，也一再关照，要精心治疗，尽一切可能改善生活……

破茧成蝶：一道道信念之光闪耀

抗战胜利结束后，军分区的三个卫生所全部升级编入华东野战医院，西海地下医院完成其光荣使命。新中国成立后，掖县、平度、昌邑、招远等县城相继以大泽山为中心的西海地区连成一片。西海军分区奉命挥戈西进，向盘踞在潍县、坊子的蒋日伪合流的国民党军队发起进攻。后勤部门积极配合部队作战，1946年1月，刘子坚奉命率领卫生所的人员，离开大泽山转移到昌邑城北姜家坡、虫埠一带，准备接受新的任务。

1947年1月，中央军委命令，山东军区与华中军区合并，成立华东军区。山东野战军与华中野战军合并，组成华东野战军。由胶东军区第5、6、7师组建华野13纵（后为31军），调林育生去13纵任卫生处长。张燕接任卫生处长，胡文廷任政委。同年7月，胶东军区卫生部派华民任卫生处长。8月21日，胶东保卫战开始，国民党5个整编师向胶东进攻。卫生处组成野战手术队，对外称"黄河野战纵队手术队"，华民兼任队长。

一个叫李瑞莲的护士，见证了这段历史。1947年4月，山东平度朱家井村李瑞莲和3个女同学告别亲人，徒步赶往莱阳县夏庄村胶东西海战地医院参军，成为医院最小的女护士。这个医院的前身就是西海地下医院。李瑞莲来到这里时，医院虽然已从地下转到地上，但是条件仍然异常艰苦，缺医少药。医护人员只有自己动手，制作脱脂棉、蒸馏水、氯化钠，搜集民间偏方为伤员治病。胶东保卫战打响了，有一天，李瑞莲所在的战地医院突然接到通知，敌军正火速向医院扑来，相距不到15公里，医院被迫不断向东撤离，最后撤到荣城。上级紧急安排部分伤病员转往苏联。经过近1个月的艰难抗击，胶东保卫战迎来战略反击，战地医院又随部队从荣城一直打到济南。回忆起胶东保卫战，李瑞莲说，出发时间紧迫，部队只给每个战士发了一双布鞋。然而，她的鞋子太肥了，又没袜子穿，一会儿就起了血泡。李瑞莲强忍疼痛，咬紧牙关，二话不说跟着队伍往前走。她永远忘不了院长一路的关切；忘不了在急行军短暂休息时，班长大姐为她挑开血泡放血水的景象；忘不了过栖霞母猪河时，一个不相识的大兵哥扛起她这个小女兵，走在齐腰深的河水里；忘不了一些战友被敌机炸死在行军途中；忘不了医院被敌人追赶到了海边已无路可走，化整为零的伤病员藏在村外的山洞里，医护人员分散到老乡家化装成家人，乡亲们掩护她们去为伤病员换药，拿出家中最好的食物——芋头给她们吃。

胶东保卫战之后，西海医院跟随华东野战军参加了解放济南的战役。接着医院又随部队挥师南下，服务于解放战争史上规模最大的淮海战役。医院接到上级命令，要在1948年11月2日夜到达徐州主战场。在长途奔袭中，医院院长身负重伤无法行走，战士们就用担架抬着他前进。上级要求限时赶到徐州三关庙，院长不忍拖累部队，夜里用手枪结束了自己年轻的生命，永远地留在了异地他乡。在三关庙的日日夜夜，救护工作异常紧张，经常是一个护士护理30多个伤病员，吃饭没有筷子就用高粱秸代替，没有碗就用头盔、破瓢、瓦块盛饭……每天高强度的工作，让人极度疲劳，但大家都咬牙坚持着，夜晚都是倒在铺草上和衣而眠，很多人得了回归热。那些从前线抬下来的伤病员，一个个被炸得血肉模糊。李瑞莲等医护人员积极救治，尽可能减轻伤病员的痛苦……

据记载，1948年8月，西海军分区卫生处处长华民被调离西海。为支援济南战役，新组建山东军区第四军医院，张燕任院长，曲振东任政委，纪平任医政科科长。院部政工、后勤人员由西海卫生处派出。下设的4个分所，则由其他军分区组建。张燕调走后，由周岐继任卫生处处长。1948年冬，红军干部李光明任卫生处处长。1950年5月，西海军分区撤销，西海医院改名为山东军区后勤部直属医院。

西海地下医院，像一颗流星，划过历史的天幕。然而其璀璨夺目的光芒，却永远闪耀在人民心中。携带着西海地下医院基因的医疗卫生人才，以强大的能量投入新的战斗，在新中国成立以后独当一面，功勋卓著，成绩斐然。

在大部分医护人员随军继续征战的情况下，西海地下医院部分人员与当地红色医疗机构会合，支撑起人民医疗机构的骨架和脊梁。

早在1943年3月，掖县政府筹集5万元北海币，在西由镇筹办济民医院，第二年3月开业，先后培养了40名护士和30名助产士。9月，医院迁到朱桥镇，前来就诊的群众络绎不绝，门庭若市。1947年12月，在财政极度困难的情况下，掖县县委、县政府为了开拓人民的卫生事业，由县救济委员会拿出500公斤高粱和救济总署发放的一部分衣物等，变卖后作为资金，成立了掖县医药卫生推进社，社址在平里店，社长卢汉卿，工作人员4人。1949年2月，迁往掖县。1950年6月，以掖县卫生推进社为基础，从原西海地方医院调入医护人员20余名，共同组建山东第十一县卫生院；同年8月成立掖县卫生院。原西海地下医院等八家单位同时组建成立莱阳中心医院。1957年，掖县卫生院更名为掖县医院，院长为李梦痕。1960年3月，掖县医院迁至北关新院区，同时更名为掖县人民医院。1988年4月，掖县撤县建市，掖县人民医院更名为莱州市人民医院。2012年7月，莱州市人民医院新院投入使用，2012年，晋升三级乙等综合医院……与此同时，莱州医疗卫生事业屡创佳绩：1980年，莱州市被世界卫生组织确定为"初级卫生保健试点县"；1987年，成为山东省第一个"卫生县城"；1990年，荣登全国县级"十佳卫生城"榜首；1991年，连续11届获得"全国卫生城市"称号；1992年，被诸多国家部委授予中国农村实现2000年人人享有卫生保健规划试点达标县；2012年，莱州市卫生局荣获全国新型农村合作医疗工作先进集体称号；2016年，莱州市成为国家级妇幼健康优质服务示范县……从2023年开始，莱州市委、市政府把深化医改纳入全市"五大改革"范围，推动紧密型县域医共体落地见效；实施"鲲鹏计划"，锻造干部队伍，助力专业提升……

西海地下医院的工作人员，好像一粒粒红色的种子，长成一棵棵参天大树。西海军分区卫生处处长兼卫生所所长王一峰，曾任南京市卫生局局长、江苏省医学科学院书记、南京中医学院院长等职。西海军分区卫生处副处长林育生曾任28军卫生处处长、福建军区卫生部部长等职。卫生所指导员刘子坚，1954年转业到上海市粮食局任宣传部副部长、纪委副书记等职，编著出版《莱潍烽烟》一书，为党史军史工作做出贡献。卫生所副指导员梅峰，离休前任南京军区后勤部副政委。朱旺分支部书记纪毅，曾任烟台市电信局副局长、烟台市委机关党委副书记等职。

西海地下医院军医张燕曾任济南军区总医院副院长；军医范贯之曾任福州军区总医院院长、福州军区后勤部卫生部部长；军医由昆曾任南京中医学院副院长、顾问等职。护士长王利华更是护理人员的杰出代表。1945年春末，胶东军区为表彰王利华的卓越功绩，特授予她"劳动英雄"和"卫生工作模范"荣誉称号。1945年6月，胶东军区后勤政治部专为她出版了一本小册子：《她笑了》。小册子的"前言"这样评价她："王利华同志是胶东的劳动英雄和卫生模范，她表现了对革命的赤诚热爱，对反动者的憎恶仇恨。在十余年的革命生活中，虽然她受尽了折磨和苦难，但正像她自己所说的一样：跟党走永远是愉快的。"转业到地方后，她一身正气敢担当，创建了山东交通医

军医范贯之　　　军医由昆

院，后来发展成山东省立第三医院。此后她还担任过山东省卫生厅党组成员、保健处处长、妇幼卫生处处长，山东省计划生育办公室主任等职。还有西海地下医院的多名医护人员成为医疗战线的领导和骨干，遍布全国各地……

据统计，西海地下医院的伤病员中，共产党员和班排连的干部最多。在战场上他们冲锋在前，撤退在后；吃苦在前，享受在后，起到了先锋模范作用。

走出西海地下医院后，他们带着伤痕累累的躯体，继续为民族独立、人民解放和新中国成立冲锋陷阵，流血牺牲。身后，狭长的地道幻化为一个长长的影子，沉淀成一个个"生命能量库"，支撑着他们冒着敌人的炮火奋然前行。

起源于天福山起义和玉皇顶起义，成立于掖县的"五支队"，发展壮大为共产党领导的一支重要武装力量。在抗日战争岁月里，这支英雄部队在以胶东为主的山东大地上纵横驰骋，参加了众多的对敌武装斗争，为中华民族的独立立下不朽功勋。解放战争时期，这支英雄部队又发展成为人民解放军4个军，分别参加了辽沈战役、渡江战役等重要战役，为新中国的建立立下了卓著战功。一个区成建制组建4个野战纵队，是我军建军史上的光辉记录。

在枪炮声震耳欲聋、战火熊熊燃烧的战场上，再一次出现了西海地下医院伤病员们英雄的身影：马杰、王淳、张东林、王新民、李万荣……他们打遍大半个中国，有的多次负伤，却毫不畏惧，绝不退缩，直至胜利。

日军投降后，根据山东军区的整编方案，胶东部队进行扩编。胶东军区司令员吴克华率领两万余人进军东北，其中包括胶东主力部队5师、6师、警三旅，西海东海北海军分区独立团和地方干部。他们分批从龙口的几个小港口出发，乘几百艘小帆船乘风破浪，五昼夜就到达辽东，在庄河登陆。西海军分区独立团编为6师17团。马杰、王淳、张东林、王新民、李万荣五人担任营团职务。胶东部队被编为东北民主联军第2纵队，后编为东北野战军第4纵队。到辽东后经过接管、扩军，部队迅速扩大。王淳率6师17团三营到鞍山后，一个星期发展到2000多人，编为2纵11旅5团，他任政治处主任代政委。一、二营编入4团，张东林任团长，马杰任政委；王新民、李万荣为旅教导队队长、教导员。

在与蒋军争夺东北的过程中，四纵队经过接管、扩军、剿匪后，参加三次保卫本溪作战，发起鞍海战役，攻克鞍山和海城。在新开岭战役中，首创东北民主联军在一次战役中歼敌一个整师的最佳战果，荣获中共中央、中央军委电令嘉奖。之后，参加四保临江战役和东北夏季、秋季、冬季三次攻势作战。

1946年冬至1947年春，为配合主力保卫临江，部队奉命深入敌后，从东北长白山下插到凤凰城和沈阳之间。由于部队远离主力，弹药、棉衣都不能得到及时补给，条件异常艰苦。当时马杰所在团打到凤凰城附近后，敌新六军把他们包围了，师部命令他们利用夜间分散突围。出发前，马杰听到副政委的警卫员说子弹不多时，马杰把自己的警卫员和通信员叫到跟前问："你们还有多少子弹？"他们回答说："我们每人也只剩下三十发了。"马杰说："你们俩凑二十发子弹，马上送给副政委。"在战场上，子弹就是生命啊,更何况马上就要突围了,警卫员和通信员哪里肯同意。马杰见他俩想不通,就走过来,拍着他们的肩膀说:"我们的子弹是不多了,可副政委他们更少。我们军队历来有个传统,叫作互相帮助,在困难面前,在生与死的关头,我们总不能把困难和危险留给同志,而自己去占有方便吧。"在马杰的说服教育下,警卫员和通信员只好把二十发子弹送给了副政委。1947年春季的一天晚上,马杰率领的团在通化攻打发电厂,战斗呈现白热化状态,上级突然命令立即撤出战斗,当负责最后收尾的三连撤下来时,马杰把三连指导员叫到身边问:"是不是全部撤下来了?"指导员说:"由于时间仓促,夜间看不清楚,深入到后面的个别同志和伤员,还没有完全撤出。"马杰的脸色变得严肃了,厉声问道:"你身为政工干部,伤员撤不回来,你怎么能回来呢?马上带上一个班,把所有的伤员赶快背回来,不能丢下一个战友!"当这个指导员圆满完成任务回来向他汇报时,马杰脸上才露出满意的笑容。1947年夏季,在攻打营口的战斗中,马杰的腿部和胸部被敌人的炮弹炸伤,出血很多,团的其他领导都劝他迅速离开战场,但他总是不肯。后经师政委李丙令的反复动员和命令,马杰才住进瓦房店辽南分区医院。在治疗期间,马杰听说前方冬季攻势将要开始,便请求医院领导,一定让他返回部队。那时马杰的伤还未痊愈,虽然胸部的弹片取出来了,但腿部的弹片仍未取出,医院领导不同意。马杰看一次要求不行,就三番五次地找,就这样,马杰带着腿上的弹片又回到前方,同战士一样,冒着零下三十多度的严寒,昼夜不停地行军打仗……这就是西海地下医院锤炼出来的钢铁战士。

  东北解放战争的进程分为两个阶段。从1945年12月至1947年4月,我军处于战略防御阶段。经过两年的艰苦战争,1947年夏,我军从战略防御转入战略进攻。

  1947年秋,我四纵队与蒋军反复争夺营口的战斗中,第11师4团、5团都参加了攻坚战。1947年秋,攻打营口之敌时,我31团指挥所被一颗掷弹筒弹击中了，马杰胸部受伤，休养了3个多月，王淳也险些被击伤。1946年在鞍山战斗中，张东林指挥一个营打垮了蒋军一个团，受到军部表扬。在撤退中，一颗流弹从他的军帽中穿过，擦伤一点皮肉，好险啊！大家惊呼他是"铁脑袋"！

辽沈战役开始后，我军围攻锦州，关门打狗。四纵队奉命于塔山高桥地区阻击蒋军从葫芦岛、锦西增援。塔山阻击战是一场史无前例的阻击战，震惊中外，其胜负关系到辽沈战役全局。当时，毛主席曾说："有四纵队阻击，我就放心了。"敌9个师在海空军配合下，轮番攻击我塔山阵地，血战六昼夜，血染黑土地。

1948年10月10日到15日，塔山阻击战以咬钢嚼铁般的坚韧防守共毙伤敌人6889人，我伤亡3145人。战后有四个团获得荣誉称号。12师34团荣获"塔山英雄团"的光荣称号，12师36团荣获"白台山英雄团"的光荣称号，10师28团荣获"白塔山守备英雄团"的光荣称号，纵队炮团荣获"威震敌胆炮团"的光荣称号。仅12师就有2000多人荣立战功。12师34团副团长江雪山被授予"战斗英雄"称号，他是掖县驿道镇下庄村人。当时，马杰任31团政委，张东林为32团团长，王新民为33团副团长，李万荣为35团政治处主任，王淳为36团政委。王淳回忆说："塔山阻击战，36团奉命守白台山七号阵地，经过六昼夜激战，击退敌人无数次进攻，寸土未失。"1948年10月14日是蒋军进攻最激烈的一天。军政治委员莫文骅亲自打电话给王淳，想把36团换下休整一下。王淳说："我团还有三个主力连尚未投入守备，请相信我们，完全可以打到底，不要换我们！谢谢政委的关心。"王淳和团长江海率领全团指战员坚守六个昼夜，伤亡777人，没有叫苦。在白台山七号阵地上，五连伤亡严重，最后仅剩下连长焦念九等未受伤的几个人，他们满脸是血，耳鼻流血不止，一直坚守阵地。31团四连配合侧击敌人，伤亡91人。中央军委原副主席张万年当时任团参谋处通信股副股长，他在36团参加阻击战，指挥侦察连负责战地通信联络。七号阵地电话线八次被炸断，电话员王振英冒着弹雨和炮火连接了八次，最后没有电线了，他用嘴咬住两个线头，保持了电话畅通，战后被授予"战斗英雄"称号。

尤其值得一提的是，部队路过锦州老乡果园时，战士们强忍饥渴，无一人上前摘苹果吃，被授予"秋毫无犯"的光荣称号。毛泽东对这件事深有感慨，曾给予高度评价："锦州那个地方出苹果，辽西战役的时候，正是秋天，老百姓家里很多苹果，我们战士一个都不去拿。我看了那个消息很感动。在这个问题上，战士们自觉地认为：不吃是很高尚的，而吃了是很卑鄙的，因为这是人民的苹果。我们的纪律就建筑在这个自觉性上边。这是我们党的领导和教育的结果。"

1948年11月1日，在攻克锦州、歼灭廖耀湘兵团后，四纵队从塔山阵地撤下来，未及休整即奉命马不停蹄，首先入关，配合华北野战军，参加平津战役。11月全军整编，四纵队编为中国人民解放军第四野战军第41军。军长吴克华、副军长胡奇才、政委莫文骅、副政委兼政治部主任欧阳文、参谋长李福泽。马杰担任了364团政委，张东林担任365团团长，王新民担任366团副团长，王淳担任369团政委，李万荣担任368团政治处主任。

入关后，41军横扫平绥铁路，解放张家口，北平和平解放后，中央军委确定41军为北平警备部队。1949年2月3日举行入城式，鞭炮齐鸣、锣鼓喧天，41军高举"打大仗、打硬仗、威震辽东""塔山英雄团""塔山守备英雄团""白台山英雄团"大旗，步伐整齐，显出威武雄壮的气势。同年3月，41军部队和全军连以上干部，在西苑机场接受了毛主席、朱总司令等中央首长的检阅。

在北平警备休整训练3个多月后，41军于1949年4月沿平汉铁路南下，过黄河渡长江，7月到达湖北。这次进军是41军历史上空前的一次，时间久、规模大、路途远。在衡宝战役中，22师365团在团长张东林、政委倪绍九的率领下追击敌人；界岭敌军扼守，我366团、364团共三个团与敌拼搏，其中364

团团长是杜彪、政委是马杰；湘南战役历时10天，大小战斗20余次，歼灭白崇禧主力第七军四个师。白崇禧的12个军和余汉谋的残部共17万人逃回广西老巢，负隅顽抗。向桂林进军中，123师369团在团长江海、政委王淳指挥下，抢占大榕江桥和车站，桥被炸毁，我军又架起新桥继续追击，123师进入桂林市，369团一马当先，歼灭敌一个团，又追歼一个团；"清剿"大榕山时，在团长江海、政委王淳率领下，369团冒雨急进，一昼夜强行军180余里，边追边打，全歼溃军，俘敌团长以下1200多人；解放广西战役中，41军共歼灭白崇禧主力第七军8648人，解放桂林、全县梧州等十余县城；1950年1月，41军从广西进驻广东，担负剿匪和解放南沃岛的任务。一年中歼灭匪徒24640人，其中123师歼灭9816人，为广东剿匪做出了重要贡献，改变了历史上土匪猖獗、人民不安的局面。122师364团在团长杜彪、政委马杰精心组织指挥下，成功攻占南鹏岛，敌我伤亡的比例为1∶24，是一个偷袭成功的范例……

伤员王淳 　　　　　　伤员张东林 　　　　　　伤员王新民

新中国成立后，马杰曾任北京军区副政委、中共河北省委书记，王淳曾任武汉军区政治部主任，张东林曾任二炮某基地副司令员，王新民和李万荣都担任过桂林陆军学院副院长。

进入东北的胶东部队，包括新成立的山东军区5师，但是5师第13团留在了胶东，这是掖县"三支队"的血脉，一支特别能战斗的钢铁部队。

1947年1月，华东野战军成立，成立了12个步兵纵队，其中华野第9纵队由胶东军区主力组成，全纵队3.1614万人，司令员由许世友担任，后改为聂凤智。5师13团改编为第9纵队25师73团。1949年2月，第9纵队奉命改编为第三野战军9兵团27军，该团编为27军79师235团。

在济南战役中，第73团在团长张慕韩的率领下，承担着主攻济南内城的重任，奉命在济南城东南角实施爆破突击。当时，由于国民党守军负隅顽抗，我军架设的登城云梯多次被敌人打断，致使登城受挫。不过，第73团全团官兵顽强苦斗，反复架设登城云梯，前仆后继，浴血奋战，终于率先胜利突破济南东南角城垣。此后，张慕韩率领第73团稳住阵脚，多次打退敌人的凶猛反扑，同时用炸药将城墙炸出一条豁口，使后续部队得以向济南城内纵深快速突进。在济南内城的巷战中，第73团马不停蹄，大胆穿插分割，并会同兄弟部队成功攻占了济南敌军指挥部，为全歼济南敌军做出了突出而重大的贡献，被授予"济南第一团"的光荣称号。后来，济南第一团还参加了淮海战役、渡江战役、上海战役等重大战役，战功尤为突出。新中国成立后，济南第一团参加了抗美援朝，在长津湖战役中在柳潭里地区与美陆战第一师血战数日，打出了我军的军威，可歌可泣。

济南战役前练兵，山东兵团练到小型迫击炮可以平射进地堡的枪眼里，命中率90%。9纵"大哥"还从13纵"老弟"那里学会了用土炮发射炸药，装16斤炸药可以发射130米，济南攻克得那么快，不是简单的猛冲猛打，而是功底扎实，是新战法独特新颖。后来在淮海战役中，我军大量使用土炮发射炸药。

1947年8月18日，华东野战军第13纵队在掖县葛城村诞生，司令员周志坚、政委廖海光发表讲话，举行了隆重而简朴的成立大会。它就是现在中国人民解放军第31军的前身。会后，部队开拔奔赴前线。这支由翻身农民组成的部队，成立不久就以葛城为中心参加了胶东保卫战，独自发起收复掖县战役，并且首战告捷。初生牛犊不怕虎，从这场攻坚战中闪亮登场一发不可收，擅长打攻坚战，成为我军主力纵队之一。

之后，在济南战役、淮海战役、渡江战役以及解放福建、解放和保卫东山岛、炮击金门等战斗中，都有这支劲旅的勇猛身影，该部队曾荣获"济南第二团"的光荣称号，被陈毅元帅评价为"具备甲等战斗力""屡次完成战斗任务""更富有生气"的部队。

1949年，胶东军区部队升级为第32军，军长谭希林，政治委员彭林。解放青岛和即墨的主力，就是32军……

专家认为，胶东根据地是我军最大的兵员基地之一。抗战胜利后，山东军区向东北输送6万部队，胶东输送10个团、2万余人，主力编为东北民主联军四纵，部分编入其他纵队。解放战争期间又编成9纵、13纵、胶东纵队3个野战纵队；还有十几个建制团，分散补入各主力部队，人数十分庞大，如胶东战役前后三个严重缺员的主力纵队补入多少胶东兵难以计算，2纵和7纵原不是胶东部队组建，在此时也被称为"胶东子弟兵"。胶东先后四次组建山东野战军5师、6师和警备旅，各军分区独立团至少组建过5次。至今，人民解放军仍有3个发源于胶东的集团军。

我军十大猛虎团中，有4个是胶东部队，分别是"济南第一团""济南第二团""潍县团""塔山英雄团"。

这其中，又有多少钢筋铁骨的西海地下医院伤病员！

在郭家店镇庵子村北一处杂草丛生的山坡下，莱州市委党史办副研究员孙风光熟悉地找到了一个地道口，进入地道后一片漆黑，人只能弯着腰前行。用手触摸四壁，粗糙的砂砾阴森冰凉。孙风光说，这个洞可以拐几道弯，里面不小。它的材质是硼砂的，非常坚硬结实，所以至今保存完好，而西海地下医院的其他地道和地洞，除了王门、朱旺、郑家残存一部分外，基本坍塌了。

至今尚存的庵子村地道遗址

西海地下医院在掖县的两年多时间里，驻扎的村庄包括王门医疗区的王门村、高郭庄、穆家、曹郭庄、邱家、郑家埠、刘家、饮马池、蒋家、西武官；西北障医疗区的西北障、西障郑家；朱旺医疗区的朱旺、朱家、三间房、草坡、大辛庄、小辛庄；南掖医疗区的柞村、后高家、埠后郝家、临疃河、姚疃、积福、消水庄、贺家、葛城、河南周家、后沟、庵子、黄山后、大河圈、小河圈……

在这些村庄，西海地下医院虽然撤走了，但是红色基因和革命种子保存下来，薪火相传，培育出一批批国家栋梁之材。

据孙志芳介绍，1944年秋，随着整个抗日形势的好转，西海地下医院撤离王门核心医疗区，转移到大泽山。1944年12月，父亲调到双山区委，任宣传干事。1947年在大参军高潮中，父亲送在家抚养五年的八路军后代秋林参军，随之他带头来到了部队，参加了潍坊战役和渡江战役，打到南京之后，在华东军区教导团，负责对国民党俘虏的身份审查、培训教育等工作。

秋林成为孙凤祥家的一员

新中国成立后，父亲跟随王震将军押送国民党高级将领及战俘进驻大漠荒原新疆尉犁县。

孙志芳说：1953年，父亲脱掉军装，集体转业，就地参加生产建设，部队更名为中国人民解放军生产建设第二师。1954年，新疆生产建设兵团成立，农二师归属兵团建制，承担着国家赋予它的屯垦戍边职责。那时候新疆有绿洲的地方，就有老百姓，留给生产建设兵团的是无尽的戈壁和大漠，"天上无飞鸟，地上不长草，风吹石头跑，六月穿棉袄"。在这样艰苦的岁月里，父亲他们依然为新疆建设献了青春献终身，献了终身献子孙。他们一代代秉承兵团精神，带着对祖国的无限忠诚和热爱，扎根新疆、建设新疆、守护新疆！1982年，父亲退休回到他的故乡——掖县，因劳累过度，疾病缠身，不到五年就离开了我们。

在田村100周年诞辰之际，儿媳孙沏写了一篇纪念文章——《我眼中的田村》。她在文章里回忆了4次见到公公田村的情景。她本以为地下工作者都是电影里高大魁梧的形象，没想到田村是一个"小老头"，和蔼可亲，话语不多，但每句话都充满正能量。第一次见田村，她紧张得心跳加速。家里人告诉她，老人从新疆回到莱州后，一直不太适应，寡言少语，总是默默地吸烟。有一次家里来了个卖面包的老乡，他居然把人家的面包全买了，说是人家不容易，买少了不好意思，结果面包放坏了也没吃完，这体现了老人宽厚慈爱的博大胸怀。1986年底，田村被查出肺癌，99天后，他永远离开了这个世界，享年68岁。充满好奇的孙沥，逐渐了解到田村更多的故事，老人在她心目中的形象越来越高大。孙沥了解到，在新疆，田村先后参与库塔水渠的修建，新疆生产建设兵团31团的建设，"文化大革命"开始，作为31团代团长的田村自然受到冲击，1968年5月被下放到31团卡拉连劳动改造，1969年平反后调到36团。31团团志中这样评价田村："在任职期间，时逢三年困难时期，生活极度艰苦，他严于律己，不搞特殊化。他分管工副业，动员全团职工开源节流，挖甘草，剥野麻，增加农场收入。1966年团长调走之后，他主持全盘工作，为了改善生产条件，每年组织职工利用农闲大搞开荒造田，复平土地，生产一年比一年好，财务逐年减亏。"在36团石棉矿开采中，田村担任石棉矿总指挥，他不顾环境的恶劣，奋战在第一线，亲自指挥石棉的开采，吃苦在前，冲锋陷阵，埋下疾病的隐患……

不管走到哪里，从事什么工作，田村都没忘记自己是一个共产党员。他的儿子田志坚（1992年获国务院政府特殊津贴，并曾获全国和自治区新长征突击手、边陲优秀儿女银质奖、自治区优秀科技工作者、劳动模范等称号），记着父亲多次伤病的情况。1960年2月，为深入了解拖拉机耕地犁的效率，时任31团副团长的田村在拖拉机后面亲自操作耕地犁犁地，由于晚上天黑，拖拉机和耕地犁之间不断摆动，他为使犁片深入地下，用力过猛，摔倒在一组犁下，锋利的犁刃插入他的小腿肌肉中，立刻将小腿肌肉拉成了两半，好在拖拉机手及时发现，停机后将半昏迷的田村抱了出来，侥幸栽倒在耕地犁下的不是他的头部，逃过了一劫！1963年3月，为扩大团场养殖业，他带领畜牧连职工，到戈壁滩上捕捉野鹿。一次在追逐野鹿的过程中，他不慎从马背上摔下来，一只脚套在马镫上，马受到惊吓，拖着田村跑得飞快，戈壁滩上留下一行殷红的鲜血，好在连长及时发现，几人拦住脱缰的马，将他救下，但是背部和腿部的伤口很久才痊愈。田村非常关心爱护团场职工，20世纪60年代中期，每逢节假日，他总要去畜牧连替代羊群饲养员养羊，让饲养员休息，由于频繁和牲畜接触，不幸患上了布鲁氏杆菌病，出现了严重的中毒症状：高烧，贫血，肝脾肿大，肺部感染，全身肌肉、关节疼痛，卧床不起……但他仍坚持工作。

36团原政治处副主任郑崇德动情地讲述起田村的故事。1974年，在36团担任领导的田村受团党委委托，上石棉矿主持工作。这里地处阿尔金山新疆与青海交界处，海拔3600米，高山缺氧，空气稀薄，寒风刺骨，自古寒荒，冬天气温能达到零下几十度。年轻人走几步都要气喘吁吁，何况田村已经50多岁了。这里四周都是寸草不长的秃山，常年无蔬菜，仅靠团里提供的一些蔬菜生存。田村每天晚上都要独自步行半小时，去二连石棉加工场检查工作，那时矿区环保条件差，加工场的机器一开，粉尘像雪花一样飘落，不一会儿满脸都是白色粉尘，呛得人喘不过气来，但他始终不离不弃，观察机器运行和筛出来的石棉质量，发现问题及时提出解决办法。夜深了，他披着军大衣，一步步非常疲倦地回到指挥部。在他的宿舍里，只放着一张小床一张台子，非常简陋。他房子里的灯一直亮到深夜……田村强大的精神力量来自哪里？来自西海地下医院开始凝聚成的信仰和信念。

在西障郑家村，郑耀南的女儿郑梦华目睹了八路军和伤病员的一言一行，决心自己成为其中的一员。1945年6月，趁诸流村赶庙会，人多不易被日伪军发现之机，在母亲和奶奶的支持下，她和姐姐郑梦清、堂姐郑慎华、邻居郑淑云，带上简单行装，离家去找地下医院参军。走了一天，脚也磨起了水泡，天黑时到了南掖张家"专署医院"，院领导说这不是军队医院，不需要人，让她们回家。她们下定决心参军，要参加抗战。听人说南边葛家村有个军队分所，就急忙上路，继续南行，又走了一天，到了葛家村所部办公室。所部办公室实际是一间小平房，一张木桌子，一名文书给她们每人一张表格。正在填表时，见到一位穿长衫的男同志，像一个领导人的样子，他问郑梦华是哪个村的，出来干什么。当郑梦华答是平里店西障郑家村时，领导认真看了她一眼，热情地说："我认识你和你姐姐，你俩是郑耀南的女儿吧？去年我在你家地洞住过，我是指导员刘子坚。"听后她们高兴极了，这个分所就是当年在她家住了一年多的"地下医院"。

　　1945年6月，郑梦华等参军了。在这里，郑梦华见到了在她家住过的韩淑美、杨晓宇、纪平等，她们还亲热地称她"小房东"……

红色基因

在王门村，一个西海地下医院为基础的红色景区已经成型。其中的卫生医疗小院里，有几尊古铜色的塑像：有一个挖地洞的场景，土黄色的空间内，一个汉子尽管半蹲在地上，但是仍充满张力，两只手奋力挥起了镐头。他脚下是刚刚刨下的泥土和石块，眼前的筐子内装满了新鲜的土。做手术的雕塑一共有三个人，躺在手术床上的"小雷手"侧歪着头，充满一种紧张感；医生张燕身体微微前倾，额头上的汗珠似乎要滴落到眼镜上，全身的力气都集中在手术刀上，全然忘记了外边就是"扫荡"的日伪军；他的身边还有一个端着托盘的助理，应该是纪平了。三个八路军晒太阳的雕像，就在院子一角，四面是玉米秸和树枝搭起的围墙，一个腿部受伤的重伤员躺坐在长凳上，两个轻伤员坐在石礅上，面向重伤员，三个人呈三角形向心构造，似乎在聊着激烈的战斗场面，他们的面部棱角分明，神情坚毅，太阳的光芒照射在他们身上、脸上和心里……

西海地下医院的故事发生在80多年前，故事的主人公绝大多数已经离世，社会已经进入人工智能时代，但是我们不能忘记那些曾经的往事，永远的英雄。因为他们的鲜血染红了中华大地，他们的生命铸就了民族的脊梁，他们的精神成为时代发展的不竭动力和源泉。为了消除历史隔膜感，不断有

追光者
——西海地下抗战医院

320

挖地洞的场景

人站出来，积极行动，把遥远的往事拉到近前，让我们感动，让我们温暖，让我们充满力量。

一段段往事，一个个人物，重新回到人们的视野里。

孙志芳从山东建筑大学退休之后，有一个最大的愿望，就是依托西海地下医院的故事，把王门打造成红色文化特色村。

西海地下医院在王门

她的大哥孙志敏曾任山东大学党办主任，退休后不留恋城市生活，而是回到村里，利用19年时间干了两件大事。一个是不遗余力创建程郭王门京剧联社。他用近20年时间，锲而不舍，出资出力，把一个设备简陋、人员不齐的乡村小剧社发展成远近闻名的群众文化组织，吸引众多京剧爱好者参与，在十里八乡定期巡回演出，成为传承中华优秀传统文化，活跃村民精神文化生活，落实党中央社会主义新农村建设战略目标的忠实践行者。二是发掘宣传西海地下医院的故事，让父辈们的英雄事迹、革命精神铭记史册，让红色基因代代相传，激励后人为国家富强、民族复兴而坚持不懈、接续奋

烈士纪念碑

孙凤祥在新疆事迹展板

第六章　基因永续

新疆石棉矿石

从地道里看出去的灶台洞口

斗。他想写一部父亲革命生涯的回忆录，分四个方面介绍父亲传奇的一生，包括参加革命担任村支书、穿凿地洞建立地下医院、解放战争配合部队作战、新疆垦荒戍边等内容。然而天不遂人愿，2017年11月8日孙志敏因病医治无效离开人世。住院期间，他忍着病痛，断断续续讲述西海地下医院和父亲的故事，希望后代能把这一段红色历史传承下去。

孙志芳和兄弟姐妹们自筹资金，从一点一滴做起，先是把家里的大车库改造成王门革命历史展室，以父亲田村和林月娥的回忆文章为主线，配上图片、实物，建成莱州市红色教育基地，8所大学在这里挂牌，让学生们感受红色文化；接着他们在村南的一个广场上建成地面实景展区和地下体验区。地上和地下是一个有机整体，包括新疆石棉矿石实物，还为村里15位烈士立起一座石碑，让英雄永远活在人们心中，历史不会忘记曾经的苦难辉煌。

一个地道入口，也是透气口，连着一个可以拾级而下的小型病房，还有一间低矮的小屋，这里是当年的联络站，推开漆黑的木门，屋里有一个锅台，掀开就是洞口，遮上一块铁板，就可以烧火做饭了……广场周边，有讲述西海地下医院的连环画、标语、示意图，以及英雄人物的大幅照片和事迹介绍，置身其中，真有回到西海地下医院之感。2023年，王门被评为山东省红色文化特色村。

一门两姓的兄弟姐妹，同样流淌着红色基因。

田村的儿子田志刚继承西海地下医院先辈们的红色基因，赓续西海地下医院精神血脉，锐意进取，奋力拼搏，成长为新中国医学界的翘楚。作为中国著名免疫学家、中国工程院院士、欧洲人文和自然科学院院士，他长期专注于天然免疫学，特别是肝脏NK细胞的研究，为免疫治疗尤其是NK细胞在肿瘤、肝炎等疾病中的应用提供了重要科学依据，取得多项突破性成果，推动了我国免疫学领域的发展，为中国免疫学研究及生物医药产业做出重要贡献。2019年4月，时任中国工程院院士、原中国免疫学会理事长的田志刚返乡，缅怀追思先辈英雄事迹，慨然题词："弘扬革命传统　谱写时代华章"。

为了回报乡亲，20多年来孙志敏、孙志芳和兄弟姐妹们自筹资金，为村里打了井，铺了路，通上了自来水，安装了路灯、监控设备，购买了健身器材，还购买了净化水设备，使全村人喝上净化水。

王门中心医疗区

保存完好的实物

青砖小院

按照莱州市委、市政府的要求，2024年，莱州市卫健局进一步完善提升王门村"红色教育集群"，让西海地下医院得以体系化、立体化和场景化再现。其中的核心是王门卫生医疗区小院，共由三部分组成，北边的几间民房，再现了当年手术室、培训制药室、消毒室的情景，布置着手术台、手术器具、药箱、消毒笼屉、医疗器械、中药柜、各种常用中西药等实物，墙上是醒目的医护人员照片和简介；南边是一个地下体验区，一座小屋下，是一个明亮的地道，两边有几个小洞，既有挖地道的雕塑，也有数字化展示的救治伤员、反射太阳光进地道、伤病员聊天等场景。墙面展示的有当年养伤的伤病员，有从西海地下医院走出去的医疗卫生人才，也有新时代莱州医疗卫生系统建功立业的新成就；连接南北展区的是一个小院，青砖铺就，伤病员晒太阳的雕塑就在这个小院的一角……

走出卫生医疗区小院，后面还有村公所，里面陈设着木凳木桌、粗瓷大碗、煤油小灯、农具家具，供开会用的土炕上还有一架织布机；此外还有联络交接区、厨房等，形成一个完整的战时地下医院系统。

莱州市卫健局党委书记、局长吕俊峰说，军民生死与共，水乳交融，打造了一段经典历史，他们一身英雄胆，一腔爱国情，铸造了以革命英雄主义和爱国主义为核心的民族精神，他们的事迹将永远铭刻在历史的丰碑上。莱州市卫健局要力争把这里建设成全国医疗系统的"朝圣圣地"，让西海地下医院精神成为医务工作者心中熊熊燃烧的火炬！

作为当年西海地下医院的医疗区，朱旺村和西障郑家村也是山东省红色文化特色村，红色基因代代相传，成就了新农村的新景象。

渤海湾边的朱旺，有一个红砖艺术馆，它由两大部分构成，一是村史馆，那些老物件串起一条农耕文明的发展史，一是西海地下医院展览馆，最大程度还原了当时的艰苦场景。朱旺村党委副书记杨景舟介绍说，这里原来是村里的磨房，用于加工玉米面和小麦粉，后来村里请来山东规划院的老师们，历时两年，用了100万块红砖，建成了这个现代、时尚、艺术感强烈的乡村综合体。

位于正面的西海地下医院展览馆，由党建展厅、红色展厅、地下展廊和多功能报告厅等部分组成。走进地上展厅，一个题为"根基"的雕像迎面而来，一块黑褐色的坚硬石头上，挺立着5个铜像，中间是八路军伤病员和医护人员，两边是掩护八路军的莱州人民，一个孩子可能是李风刚……

前言

抗战期间，

在敌人眼皮子底下没有军队保卫的地方，

在一个日军时不时扫荡的地方，

在一个伪军伪属、日军眼线防不胜防的地方，

在一个直不起腰又阴暗潮湿的地方，

在一个氧气严重不足没有一丝阳光的地方，

在党的领导下，在人民群众的支持下，

我医护人员和伤病员发扬革命英雄主义和无畏英雄主义精神，

在地下度过了七百多个日日夜夜，

救治近两千名伤病员重返抗日战场，

创造了敌后战场的奇迹。

这就是一九四二年在掖县（今莱州市）创建的西海地下医院。

西海地下医院展馆里的雕塑"根基"

红砖艺术馆的走廊

展馆第一部分内容是"危难岁月　隐秘建院",通过照片资料和物品,主要介绍西海地下医院建立的历史背景、艰苦过程、英雄人物等。展厅里还有一个巨大的沙盘,一条神秘的运输线,从大泽山开始,经过云峰山诸峰,避过鬼子的据点,来到掖北平原,进入王门、朱旺、郑家等医疗区,莱州的山川大地尽收眼底,让人有一目了然的直观感受。展馆的第二部分内容是"洞藏伤员　精心救治",位于地下。在地道口的位置,有一组塑像表现的是运送伤员的情景,两个百姓抬着担架,奋力走在崎岖不平的山间,前面的人弓着腰拼尽全力向前,后面的人抬高担架向前助力。伤员身上盖着一床补丁摞补丁的棉被,据说这是专门从民间征集来的,有100多年历史了,散发着一种沧桑感和岁月感。

走过一条"地洞里救死扶伤"的通道,第二部分展示了西海地下医院的构造和功能,通过一个个井口和通道,还原了当时环境的严峻和生活保障、医疗保障的艰苦,再现了当时八路军医护工作者攻坚克难、救死扶伤的壮举。三个医护人员在撑起一块白布给伤员换药,伤病员在聊天、下棋、娱乐,4个伤病员面对鲜红的党旗，举起拳头，庄严宣誓……一口深井里，伤员被捆绑在门板上，上下都有人托、拉，他们要到地面晒太阳。井水泛着淡蓝色的光泽……盖着一块蓝花布的篮子，装着食物被送到地道里，这一组组雕塑，反映了人民群众生死相护的决心和军民一心的深情。

沿着地道继续前行，就来到展览的第三部分内容"铜墙铁壁 以死相助"。这个部分通过情景模拟方式，生动讲述了"惊心动魄的手术""高大娘智退敌人""小英雄李凤刚"等故事，因为有情景模拟，所以把鬼子的残忍和凶恶，人民的机智勇敢，伤病员的沉着坚毅，表现得栩栩如生、淋漓尽致，让观众仿佛回到了战争岁月，体味着先辈的奉献和牺牲。一组浮雕讲述了"流汗保安全""誓死不泄密""细粮送伤员"等故事：大家在积极参与挖地洞，"我们多流汗，伤员保安全"；穆家、邱家、刘家3个村的党员群众，至死不向敌人说出地洞的位置；老百姓把伤病员和医护人员当成家人，拿出仅在逢年过节用的细粮送给他们改善生活……这一幕幕，至今仍让人心潮起伏，感念不已。

在这座红色建筑里，村里人会讲起红色的故事。朱旺村对"红色金融"做出了很大贡献。这里因海而兴，凭海而起，群众具有创新进取、勇毅果敢的性格。村里的第一名共产党员滕绍武，是北海银行的主要领导人之一，为北海银行的发展壮大做出贡献。村里在敌人眼皮子底下建起"红色医院"，不仅有西海地下医院的医疗点，还有伙房，一个伙房的工作人员被鬼子杀害。这里还为八路军提供了坚实可靠的"红色后勤"。村里有八路军的地下被服厂，当时没有固定的地方，在堡垒户家轮流干，一家干个三天两天的。到了谁家就拆下门板当案子，马上干活。解放战争时期，朱旺村由滕春永、杨可岐带队，组织远征常备随军担架队，共分3个班，大约30人。当年粉子山战役的支前队中就有朱旺人的身影。抗美援朝时期，朱旺村又组织了马车队，运输战备物资。据统计，自1937年起，朱旺村牺牲的党员群众有34人。战火纷飞的战争年代里，上到老大娘，下到孩童，都在与日本鬼子周旋，生动诠释了朱旺村的红色革命精神。

红砖艺术馆石刻上，刻着这样一行大字："临危不惧，勇往直前的斗争精神；自强不息，坚忍不拔的乐观精神；忠诚无私，舍生忘死的奉献精神"，这正是革命年代朱旺村党员群众的真实写照，也是对朱旺村红色革命精神的精准凝练。

红色革命精神转化为改革发展的新成果，成为乡村振兴的新力量。新中国成立后，朱旺村一方面以农为主，大力发展农林牧副渔，成就显著；另一方面积极创办社队副业，为村民服务，为集体创收。改革开放以来，他们用一条大菱鲆，激活了一个养殖产业。另外，村里还高标准建设了一个工业园，建设了一个全体村民持股的"朱旺港"。村里还挖掘红色资源特色优势，以红色旅游为核心，精心打造红色教育、党性教育品牌，持续推进产业融合，全力打造集文化、旅游、康养、民俗等于一体的特色旅游目的地。建起红砖艺术馆，作为党建红色教育基地；建设长寿文化旅游度假村，大力发展康养项目；建设综合性农业产业园区，做强乡村旅游产业。百亩"朱旺花海"成为一个全国闻名的网红打卡地：五月的朱旺，"陌上花田黄，蜂飞蝶舞忙"，金灿灿的白菜花，点缀着生长的田野。碧云天，黄花地，旋转的风车，飘荡的秋千，构成一幅绝妙美景。八月的朱旺，一朵朵向日葵，迎着温暖的太阳，绽开明媚的笑脸。这种幸福感是不是当年西海地下医院伤病员和医护人员最大的梦想？

当年的地下医院，绝大部分已经坍塌，融入大地母亲的怀抱；事件的亲历者也大都离开人世，只有永恒的精神还在流传。

为了让这精神之火永不熄灭，不断有人在搜集、挖掘、传承着西海地下医院的往事，把一段隐藏在地下的故事，用不同的形式和载体记录下来，公之于众，传之于世，感动了社会。

追光者
——西海地下抗战医院

332

西海地下医院展馆里的担架队员塑像

庄严宣誓

波光粼粼的井水

运送食物的篮子

细粮送伤员

最早把西海地下医院整理成文章发表的是王利华。1966年,"文革"前夕,上海电影制片厂曾采访过王利华,说河北有电影《地道战》,可以根据西海区的故事拍一部"地道医院",并到王门村实地考察过,看到了尚未坍塌的地道遗址。后因"文革"开始,拍摄计划被迫停止。"文革"结束后,在作家王愿坚的帮助下,王利华撰写了《在地下医院的日日夜夜》一文,发表在1979年出版的《红旗飘飘》第17期上,引起很大反响。王一峰和刘子坚阅读文章后,高度重视,马上发动原西海地下医院的工休人员,提供了几万字的回忆材料,刘子坚执笔编写了回忆录《西海地下医院》,长达2万多字,被收录进《战勤风云录》一书。为了完善这个回忆录,刘子坚于1982年春天到掖县寻访地下医院故址,到了王门、高郭庄、穆、邱、刘等村,找到了原所部办公室、地道出入口、手术室等遗址。那些老房屋还在,原高郭庄民兵队长鞠德玉一眼认出了刘子坚,大喊:"刘指导员!刘先生!"刘子坚瞬间泪目,过去的岁月一下子回到眼前。1987年,刘子坚又登上云峰山,踏访运输线,到了临疃河、柞村、郝家、埠后,并去了高家、南北台、韭园、所里头。2002年,刘子坚编著了《潍莱烽烟》一书,记录自己的革命生涯,全书共分四大部分,第一部分就是《地下医院》。

原西海地下医院护士孙希诰,后来成长为一位著名的军医和军医大教授,他也有浓郁的"地下医院情结"。从1998年开始,他决定编写一本"胶东西海军分区医院老战士名录",没想到这是一个巨大的工程。在寻找西海卫生系统人员时,孙希诰格外注意寻找"西海地下医院"的人员下落。当时地下医院初期近百人,后发展到100多人。时隔60多年,在世的人不多,加上当时环境极恶劣,三三两两居住在一个地洞,与其他地洞的人员不常来往,所以大家相互不熟悉,有的只知姓,不知名,寻找起来如同"大海捞针",难度极大。他天天写信、打电话、发函件,处于高度焦虑紧张状态。为盼回音而焦虑不安,为去函石沉大海而悲观失望,为获得战友健在的消息而高兴得跳了起来,为逝去的战友寄托不尽的哀思和怀念。一个个寻找下去,如同"滚雪球",越滚越大,人员也就越多。孙希谆的情绪随着战友们的消息而剧烈波动着。

一天,他拨通了曾在地下医院工作过的孙宝臣家的电话:"孙宝臣同志在吗?""他走了。"一位妇女回答。"他到哪里去了?"对方久久说不出话来,忍不住抽泣。这时孙希谆才醒悟"走了"的含义,眼泪哗哗地往下掉。孙宝臣1943年在地下医院任政治干事,驻北掖三间房期间,一天鬼子进村,差点遇险。1947年秋,他和孙希谆同到西海昌潍支队工作,任支队政治干事。打下潍县城后,南征北战,打淮海、渡长江、占上海、抗美援朝。1952年底从朝鲜回国后,转业到地方工作,孙希谆到大学学习,从此失去联系。这次刚刚获得战友的消息,本想将50多年的思念之情倾吐出来,可他已走了……想到这里,孙希谆抱头痛哭起来。

彭金海是地下医院的护士。通过询问某野战医院、胶县干休所和桂林的战友,孙希谆得知彭金海在山东垦利县担任过卫生局局长。半个月后,孙希谆收到垦利县卫生局的公函:"我局原局长彭金海同志离休后回莱州市安置,已病故。"他不敢相信自己的眼睛,看了数遍,才长叹一声:"天啊,难道这就是我需要的答案?"

因为张振亚是地下医院一位著名的人物,所以孙希谆执意要知道他的下落。西海卫生处老药工2002年4月在青岛团聚时有个"名录",名单上写着已故人员中有张振亚,但他何时"病故"无人知晓。孙希谆向资料提供者李明去信问个究竟。李来信说,他解放初期在莱阳解放军145医院工作时,到过张振亚的出生地招远县夏甸乡后路家村,拜访过张的嫂子,她说张振亚"已故",李信以为真。有了这个结论,孙希谆还不死心,他总感觉张振亚还活着,就给张振亚家乡的党支部去信询问。得到的答复,吓得他呆若木鸡:张振亚还活着,住在莱阳市!孙希谆先后拜托住在莱阳市的臧洪涛和王毅斌亲自去见张振亚，他们寄来了张振亚在莱阳的地址和电话号码。由于张振亚耳聋，电话是他孙子媳妇接的。王毅斌还寄来一张他与张振亚见面的合影，这张照片成为张振亚"复活"的铁证。被人们误传"已故"50年的张振亚"又活"了，正当孙希诺准备把这个喜讯告诉李明之际，噩耗传来，李明已驾鹤西去……

到2004年，孙希诺电话采访800多次，复函1000余封，改稿28篇，八易其稿，终于出版了《峥嵘岁月》一书，该书长达18万字，收录了1155名战友的名单。原胶东军区卫生部部长张一民阅读后说："全军还没有一本卫生人员名录，西海卫生人员收集千名出版，是个创举。"刘子坚来函称："《峥嵘岁月》内容编排、照片印刷都很好，既有历史价值，又具有可读性。该书与《莱潍烽烟》堪称姊妹篇。"其他老同志也纷纷来信表示赞赏。

西海地下医院老同志的不懈努力，得到烟台市和莱州市官方的高度认可、积极响应和大力支持。从2005年抗战胜利60周年开始，他们组织新闻媒体采访当事人，对地下医院的事迹进行全方位的宣传报道。

2008年，烟台市委党史研究室会同莱州市党史研究室，经过一年多的努力，编辑完成了一本内部史料《西海地下医院》，其中70%以上的文章都由亲历者亲笔书写而成，内容丰富，还附有完整的名单、表格、地图等，旨在"回顾胶东人民的光荣斗争史，缅怀革命先辈们的不朽业绩"。称"革命先辈那始终不渝、坚定不移的理想信念，前赴后继、舍生忘死的革命气节，无私无畏、勇往直前的英雄主义精神，英勇顽强、艰苦卓绝的工作作风，是留给我们极其宝贵的精神财富，是指引我们前进的旗帜，是我们取之不尽、用之不竭的力量源泉"。

2009年，在新中国成立60周年之际，为了打造"红色烟台"，烟台市委宣传部和党史研究室主编了《烟台革命文化丛书》，其中推出了由高凯民和由银华撰写的《西海地下医院》一书，该书近10万字。

2015年，在纪念抗战胜利70周年的重要节点，莱州市红色文化建设领导小组办公室编写了《难忘的岁月——八路军西海地下医院亲历者的抗战记忆》一书……

在这些书籍的背后,一个人的身影越来越清晰,越来越突出,她就是"西海地下医院的传人"高凯民。

出生于1948年的高凯民,父母都是西海区的"老八路"。她从小就听父母讲革命故事。她拜读了母亲写的2万多字的回忆录:从童年悲惨的生活讲起,描述了如何参加八路军,怎样加入中国共产党,以及亲历河南村惨案、反"扫荡"、战地婚礼等,特别是对西海地下医院的故事,讲得更是仔细。2005年抗战胜利60周年期间,很多人前来采访,纪毅给他们谈了地下医院的情况,高凯民很受震动。作为当事人的后代,她反复拜读了母亲和刘子坚、王利华等老前辈的回忆文章,这些文章深深地震撼了她。

母亲纪毅在朱旺医疗区时,居住在小辛庄村。高凯民抱着一线希望,急切地打通了小辛庄村委会的电话,村长告诉她,她母亲的"婆婆"已去世,"大姑姐"王美蓉由马格庄的亲戚李学义照料。她立刻打通了李学义的电话,和王美蓉老人通了电话。母亲得知这一消息后非常高兴,写了亲笔信。高凯民带着信、照片和礼品,在2006年5月29日踏上了去莱州的寻访之旅。从此,她就把莱州当成自己的第二故乡。

她第一站就到了莱州马格庄李学义家,见到了母亲常常念叨的"大姑姐"王美蓉。美蓉老人已是88岁高龄,但头脑清晰,身板硬朗,还能骑车赶集。她看了母亲的亲笔信和照片,回顾了当年的情景,诉说了这几十年的坎坷经历。随后拿出"婆婆"李淑玉的遗照,老人一直活到102岁,于2000年去世。美蓉老人还拿出一件保存多年不舍得丢弃的纪毅留下的黑粗布棉袄亲手交给高凯民。随后美蓉老人带着高凯民去了小辛庄村。当年母亲住过的老房子已经翻盖了新房,但院子前的街巷还是原样,美蓉老人指点着母亲当年常走的街巷。高凯民仿佛看到了母亲当年抱着孩子到各医疗点巡视的情景,心潮起伏。

在王门村，她首先来到李绍顺家，家中老辈人已不在了，李绍顺的女儿李彩亭热情地向高凯民讲述了一些情况，并带高凯民一一查看遗址。她家东厢房是当年的消毒室，现已残破不堪。南屋原是手术室，现已翻盖了新房。西院下是地道，因地道塌陷，地面上明显留有几处凹陷，旁边有一口井，据李彩亭讲是地道的出气口。她还找到了当年医院伙房的旧址，以及刘子坚、张燕和纪平夫妇的房东家的宅院。

地道入口水井横剖面

在西障郑家村，她首先来到郑耀南故居。因年代久远，姜云天家的地道塌陷了，西厢房也因之倒塌。高凯民环视着老宅院，耳边仿佛响起当年那些年轻女兵的说笑声，看到了她们挖洞运土、护理伤员的身影。

在莱州市委党史研究室工作人员的带领下，她们一行数人驱车南行，去寻访地下交通路线的轨迹。首先来到云峰山北麓的山脚下，再从山西侧绕到山南麓后到了临疃河村。原来的河道被截成水库，临疃河村也南迁盖了新村。继续南行，经过高山村后，向西拐进郝家村，当年村里有20多名担架队员。离开郝家村继续南行便到了消水庄，村书记王召祥请来村里两位老人，一位是88岁的老校长王瑞峰，另一位是84岁的青妇小队长王秋先。他们一起找到了当年西海区领导住过的房子。有一所老房子引起高凯民的格外关注。据王秋艺老人说，这是当年一对八路军结婚的新房。高凯民的父母就是于1941年秋天在消水庄举行的战地婚礼，母亲常常回忆这段难忘的时光。当时，四股长由茂岭买了一筐大泽山葡萄，招待参加婚礼的同志，晚饭由炊事班做了两碗清水面，晚上房东大娘送了一捆谷草，铺在久无人住的破土炕上，屋内靠月光照亮……父母就在山顶度过了洞房之夜。老人还带她们看了几条村边屋后的崎岖小路，说这是当年反"扫荡"时，军民撤出村子上大泽山的通道。

在大泽山西南麓的高家村，她们先来到许世友当年住过的房宅，墙根有一排石条，已经被磨得很光滑了。据说当年八路军领导和村民常坐在这里聊天。路西面有一排房子，是当年西海部队的领导机关住过的。随后去了当年西海地委书记兼军分区政委吕明仁和夫人丁修住过的房东家。房东回忆说，新中国成立后丁修曾多次回来探望过自己。村东一座小山丘上建有抗日纪念馆，题写着"抗日英雄纪念碑"七个大字，碑前方是一座八路军战士持枪雕塑。她们分别在大泽山、纪念碑、战士雕塑和纪念馆前合影留念……

习近平总书记指出："对中国共产党人来说，中国革命历史是最好的教科书。"高凯民作为老党员和老战士，她将"以史鉴今、资政育人"，让红色基因代代相传作为义不容辞的责任和担当。作为编外的党史军史人，她多年来从事有关地下医院的史实、资料、当事人口述等红色档案的收集和整理工作，坚持不懈挖掘红色资源、创作红色精品。从2005年至今，高凯民多次奔赴莱州和大泽山区，寻访了当年地下医院的当事人和遗迹，寻找并联系了遍布全国各地的地下医院医护人员，获得了大量宝贵的回忆资料。先后通过编写党史资料《西海地下医院》（中央军委原副主席迟浩田亲笔题写书名）、创作报告文学《西海地下医院》和纪实小说《地下的太阳》（获烟台市精神文明精品工程奖，被原山东省新闻出版广电局评为全民阅读赠书），使地下医院的事迹展现在广大读者面前，揭开了一段鲜为人知的战争史实。为党史军史留下了宝贵的浓墨重彩的篇章。

高凯民牢记习近平总书记"讲好中国故事""传承红色基因"的教导，多次应邀到省图书馆、学校、医院、社区进行红色历史宣讲，让鲜为人知的地下医院的事迹从尘封的历史中浮现。深入阐释中国共产党的中流砥柱作用是中国人民抗日战争胜利的关键；宣讲中国共产党领导胶东人民抗击日寇侵略的可歌可泣的故事；宣讲党的光荣传统和优良作风；宣讲舍生忘死军民同心构筑铜墙铁壁的伟大创举；在社会上引起巨大反响和关注。以此引导广大党员特别是青年一代不忘初心、牢记使命、坚定信仰、勇敢斗争，为新时代全面建设中国式社会主义现代化强国而不懈奋斗。

高凯民多次应邀和电视台合作拍摄了有关地下医院的电视专题片，分别在山东省、市电视台播放了专题节目；高凯民撰写的多篇有关西海地下医院的文章在山东省市报刊登载，并在中组部组织的共产党员网络征文中获二等奖。高凯民还应邀协助烟台吕剧团和滨州医学院等单位相继编排演出了有关西海地下医院的吕剧、话剧。西海地下医院的系列作品重现了抗战时期掖县军民生死相依救治伤员的史实，展现了整个胶东抗日根据地艰苦卓绝斗争的广度和深度，填补了胶东乃至全国抗日根据地在地道里救治大量伤员这个重要战线的空白。

在军队院校工作期间，高凯民不忘红色传统，努力工作，曾获军队级教学成果一等奖，中国军事教育学会军事教育科研成果特等奖，军队级科技进步奖三等奖等，被评为济南军区医学科技先进个人和济南军区专业技术拔尖人才，荣获济南军区科技突出贡献二等奖，荣立二等功。

还有一个叫鲁健的老兵，绘制了一张张关于西海地下医院的地图。

鲁健虽然是1947年参军的老战士，但战斗在晋察冀地区，没有亲历过西海地下医院这段历史。1987年他从湖北离休回掖县后，党史办听说他在炮兵工作过，就让他帮助画一张地下医院分布图。他认真阅读了王利华的《我在地下医院的日日夜夜》以及刘子坚的《西海地下医院政工纪事》，心灵受到极大震撼。根据文中所载内容，他很快绘制出第一张图，题为"胶东军区西海军分区地下医院分布图"，刊登在《掖县党史资料（第二辑）》上。2005年，媒体上都在宣传地下医院的事迹，引发了鲁健亲自考证遗址的迫切愿望。他按图索骥，带着干粮和水壶，跑遍几个医疗区的村庄。近处就骑自行车，远处就请干休所派车。每到一地，村民都非常热情，积极配合。在王门村，老支书林修善领着他跑遍全村，凡原有地洞处都看了看，并连夜画出全村的草图。据林修善回忆，他父亲林松茂是个老矿工，对挖地道时掌握方向和保障安全做了技术指导。阮经伦介绍有关情况，还亲自引导鲁健查看了手术室的具体位置。朱旺医疗区朱家村的老党员沈洪安已经86岁了。他家中就曾住过两个女看护员，他虽年迈腿脚行动不便，仍坚持拄着拐杖引领去看地洞遗址。83岁的后高家村老村长高洪图，谈起当时的情景记忆犹新。西北障村的孙伟林详细地讲述了村里地洞的具体位置。郝家村杨风桐回顾了设立秘密转运站的情况……鲁健先后走访了25位老年人，召开过两次座谈会，单是王门村就先后去了七次。经过实地考察，并多次阅读有关回忆文章，参考当事人绘制的草图，他先后绘制出《地下院交通路线图》《王门村地道》《西障郑家地道》等示意图，使大家心中对"西海地下医院"有了一个直观、立体、清晰的的认识。

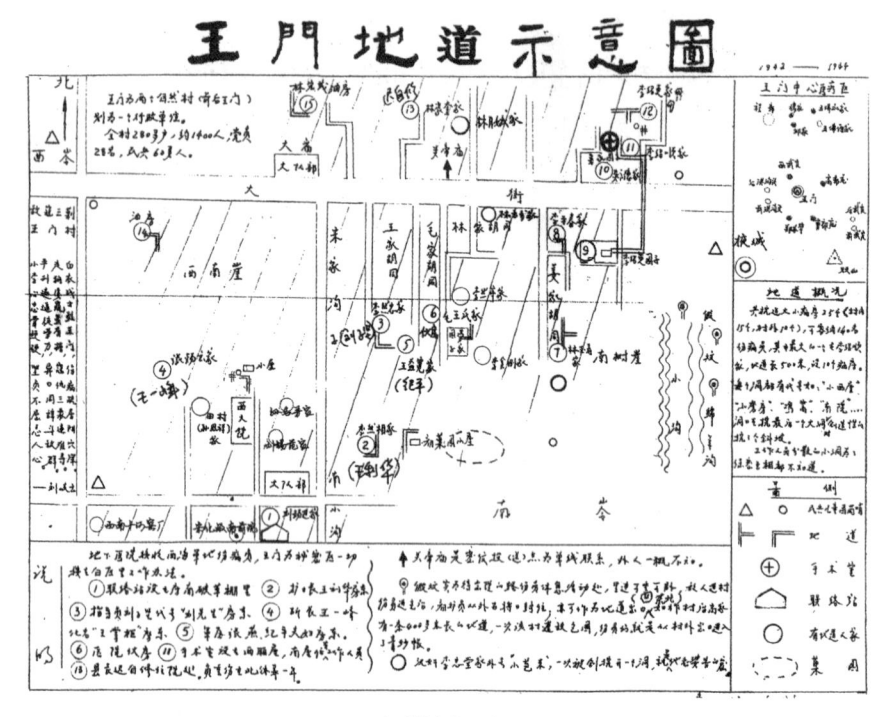

王门村地道示意图

高凯民想创作一部关于西海地下医院的电视连续剧，几经努力，尚未成功。而在烟台，一部名为《西海地下医院》的吕剧，经过反复锤炼，成为一部久演不衰的经典之作，叫好声不断。

吕剧《西海地下医院》是在高凯民的纪实小说基础上改编而成的，来源于生活，又超越了现实，升华了情感。根据戏曲的需要，它把复杂的情节、纵横的线条、组群式的人物，聚焦到一个村的妇救会主任身上，突出人民群众在抗战中的巨大作用，全剧跌宕起伏，大开大合，让人不敢呼吸，似乎一口气看完了全剧，仍然沉浸在剧情之中，不能自拔。

烟台市戏曲家协会副主席、胶东革命纪念馆负责人张胜云，是土生土长的莱州人，曾在莱州吕剧团工作，也是本剧的编剧。他认为，胶东根据地曾涌现出大批的文艺工作者，灿若星辰，他们创作了大量京剧、歌剧、话剧、秧歌剧、相声等等，《闯王进京》《农工泊》《白毛女》并称根据地三大名剧，这些作品展现了强烈的爱国爱民之心，在全国产生了巨大影响，胶东文化无愧于人民，无愧于那个时代。从2009年开始，张胜云就开始关注胶东红色文化，十年时间里先后创作了十部大型戏曲，有《烟台解放》《乳娘》《党员登记表》《秧歌魂》《俺娘》《寸草心》，还有小戏、小品等戏剧作品百余部，出版了个人戏剧专辑《历史的温度》。在胶东革命纪念馆，张胜云最早了解到地下医院的故事，看了高凯民创作的《地下的太阳》之后，他决心把它搬上吕剧舞台，他用半年的时间查阅资料、走访伤员家属、观看音像资料，精心打磨剧本，创作时经常到胶东革命纪念馆的西海地下医院幻影成像屏幕前感受当时的情景，写作时边写边哭，"打动自己才能打动观众，投入了真情实感才能创作出优秀的作品。"

胶东革命文艺作品《闯王进京》

吕剧《西海地下医院》的导演冯宝华，是一个莱州媳妇，更是山东吕剧界无人不晓的"拼命三郎"。她出生于1940年，在烟台市吕剧院奉献了青春。作为一个国家一级演员，曾在舞台上演出了上百场剧目。1986年调入烟台市艺术创作中心，从事导演工作，导演过《乳娘》等几十场大型吕剧。退休后她并没有选择安逸的生活，而是继续奔走，为烟台吕剧的发展贡献力量。她说："我出生在抗日战争年代。至今还清楚记得日军在胶东横行乡里、烧杀抢掠的恶行。有一次，赶上日军轰炸，我急忙蹲到桌子底下。外出的母亲回来后四处找不到我，当在桌子底下看到我时，我俩抱在一起放声痛哭。"冯宝华回忆，多年过去，很多事早已忘记，但八路军来到她的家乡后，家乡老百姓的日子变太平了的景象，她一直记得。《西海地下医院》排演期间，冯宝华经常和编剧、演员"侃戏"到凌晨。她说，虽然基层院团的条件有限，但剧组因陋就简，克服了很多困难。其中包括剧目的角色全部由烟台市吕剧院的演员担任；剧组的现有服装不符合要求，冯宝华与演员们一同想办法，翻箱倒柜，终于"凑"出了完整的行头。在她看来，胶东地区的近代史就是不忘初心、牢记使命的革命史。"我们现在过上了好日子，更不能忘了革命战争年代作出巨大牺牲的人们。"

另外，该剧的作曲高赴亮是莱州市东北隅人，剧中有三四个主要角色也由莱州籍演员担任，这就使得该剧充满浓郁的"莱州味"。

担任主演的青年演员韩文彦、王成伦，以及王晋杰、张佩丽、温七妹等，为了能够进入人物内心，回到那个时代，多次阅读西海地下医院的事迹，观看相关音视频资料……正是因为方方面面做了充分准备，该剧从2018年底开始筹备排练，从前期的角色分配、学词学唱、作曲配器，到后期的全乐合成、彩排，全体演职人员严格执行排练安排，不到一个月时间完成了创排任务。2019年，该剧正式推出，完美地呈现在观众面前。

一个夜里，狂风大作，电闪雷鸣，暴雨如注，戴着斗笠、身披蓑衣的担架队员，在山路上爬着、跪着送伤员，歌声响起："你就是那厚厚的土，你就是那朗朗的天，你就是那浩浩的海，你就是那巍巍的山……"身披蓑衣的山花出场了，她是西海村妇救会主任，引导伤员来到地下医院。地道里，医护人员和百姓给伤病员换药、喂饭喂水。大戏就此开始了。

这是伤病员来到的第三天，场景是山花的家。一边是一棵根深叶茂的大树，另一边是挂着白色床单的地下医院，中间有一个石凳，远处背景是巍巍丛山，象征着大泽山根据地，也暗喻着人民就是江山。身穿红色大襟花衣裳、系着蓝色花裙的山花，开场唱了一段歌词："晨星落灶火燃红光闪闪，煮器具煎药汤手脚不闲。三日来忙里忙外难合眼，救亲人身虽疲惫心里甜。剪刀纱布锅里煮，浆洗血袄补衣衫。一针一线密密缝，线儿长，情儿牵……"

此后，山花的儿子石头、丈夫志强，共产党的迟书记，地下医院张指导员，八路军于连长，女护士等轮流登场。梦幻般的灯光，揪心般的音响，立体丰富的舞台，营造出一种逼真的气氛，观众仿佛被带入当年的地下医院，感受着感情的滚烫、撕裂和尖锐。

山花的婆婆为医生"寒梅"送了一双棉膝垫，并唱出自己的真情实感："伤员们血肉模糊露白骨，心疼老泪湿衣衫。王军医两眼红肿腿打颤，寒梅她挺着肚子地道上下送伤员。谁家没有儿和女，当娘的见了哪个不心酸……"大娘把伤员和医护人员当成亲闺女，而对自己视若掌上明珠的亲孙子石头，有时显得很无情。石头闻到奶奶在给伤员炖兔子汤，馋得流口水，奶奶给他盛了一小口汤，他懂事地倒回锅里，山花误认为石头喝了，把儿子训了一顿……军民情比儿女情更黏稠、更浓厚。张指导员道出自己的感受："树茂全靠山滋养，鱼儿离水命难长。百姓就是山和水，骨肉乡亲是爹娘……"

整部剧的最高潮，就是志强的牺牲。作为村里的民兵队长，志强挖地道磨破了膝盖，山花很心疼，志强却笑着说，"磨多了起老茧就好了。离心脏还远着呢！"他还带着民兵在地道口布下地雷阵，上山为伤员打兔子补充营养。为了掩护受伤的迟书记，他冒着生命危险把鬼子引开……在被鬼子抓住之后，他把鬼子带入雷区，和他们同归于尽。穿着暗绿色衣服、蓝色裤子的山花，被一束追光笼罩着、突出着，她悲愤欲绝，哭倒在山路上。歌声唱出她的痛苦、悲愤和刚强："一声痛哭血泪奔，噩耗惊得人断魂。救亲人志强诱敌踏雷阵，似见青山血溅痕。呼呼风骤霹雷震，嗖嗖雨箭穿透心。茫茫荒野悲声放，凄凄苦药和泪吞。原本想夫妻偕老到白头，一家和睦享天伦。恨只恨强盗入侵山河碎，荒山野岭添新坟。亲人魂归在何处，山野只剩断肠人。抬眼望，家门近，心欲大哭且住音。失魂落魄院门进，怕只怕噩耗撕碎老娘心……"为了不让老娘伤心，为了不让养伤的迟书记难过，山花决定隐瞒这一切。然而，知道了真相的婆婆告诉她，"女人也是一座山，这山要撑起一片天……"

吕剧《西海地下医院》剧照

痛苦再一次降临到山花身上。地道内，八路军伤员希望到地面晒晒太阳，西海村民和医护人员齐动员，把重伤员转到地面院子里，给他们扭秧歌，说山东快书，唱革命歌曲。鬼子来了，遇上石头。敌特家属"山鸦雀"说他家有伤员和地道，石头誓死不说，还咬了鬼子头目一口，鬼子用一根绳子把石头吊起来，头朝下落入井里，反复折磨，还剩下一口气的石头死在母亲的怀抱里，只留下一件血衣。"丧父之痛泪未干，儿惨死撕裂伤口又撒盐。""三尺躯，却是那顶天立地的好儿男。""你父子慢慢行且把俺等，咱一家相聚首同眠九泉。八路军舍命为了谁？为了穷人把身翻。革命总得要流血，莫忘党旗下铮铮誓言。你的名字叫共产党员，一双柔肩能挑山……"此时，背景由沉重灰暗压抑变得明快起来，霞光漫天，山花的形象那么高大、突出、坚强。

吕剧《西海地下医院》用一个"情"字贯穿全剧，军民鱼水情、同志情、乡亲情、母子情、婆媳情、夫妻情等，感人肺腑，催人泪下。全剧气势宏大，主题突出，人物形象鲜明，情节紧凑，矛盾反差巨大，演员表演到位，情绪饱满，使观众受到一次灵魂的洗礼和思想的升华。

让"西海地下医院"成为一个精神符号

像发现了珍贵的金矿一样,近年来,莱州市委、市政府和卫健局、党史办等部门高度重视,充分挖掘西海地下医院这个"精神金矿",使其成为一个精神符号,为新时代增添新动能。

高凯民一直在思考:西海地下医院为什么能够成功?一是始终坚持党的领导。掖县党组织非常坚强,而且有智慧,才能组织领导玉皇顶起义,组建三支队,创建北海银行,发动群众运动,为地下医院的诞生创造了诸多有利条件。在地下医院,支部建在连上,5个医疗区虽然人员不多,但是都有连级党支部,形成一个战斗堡垒,打不散,摧不垮,不管环境多么残酷,始终保持强大凝聚力。40个村庄都有党支部,在绝密的条件下,他们带领乡亲挖地道,救伤员,不怕流血牺牲。党的领导具体落实到基层部队和每个村庄。第二,坚持依靠人民群众。母亲纪毅多次感慨,如果离开掖县的老百姓,地下医院一天也不能存在,伤员早就没有了!谁家有八路军就有生命危险,这是以命相托的恩情。老百姓不光挖地道,送吃送喝,面对敌人他们还是一道铜墙铁壁,多少乡亲遭受鬼子的严刑毒打和拷问,甚至牺牲生命,始终没有透露地下医院和伤病员的消息,其中更是涌现出了李凤刚等英雄人物。担架队员光着脚板夜晚爬山路,高凯民粗略统计了一下,队员们两三年时间走了

"两万五千里",相当于走了一次长征路。第三,有信仰才有力量。掖县老百姓为什么不怕死?伤病员为什么不怕苦?张燕在日本鬼子逼近的时候,还在做手术;伤病员没有麻药也咬着牙做手术;护士长挺着大肚子还在照顾伤员,为什么?因为他们每个人心中都有一团信仰之火在燃烧。他们坚信中华民族一定战胜日本,八路军一定胜利,一个美好的社会就在眼前。即使再黑暗的社会,再阴暗的环境,也遮不住他们心中信仰的太阳……

高凯民眼前浮现着在地下医院展馆看到的三句话:

党的领导是定海神针,人民群众是铜墙铁壁,军民同心是胜利之本。

西海地下医院展馆里的标语

要把西海地下医院当作一种精神现象去研究和弘扬,就要分析、挖掘、提炼其精神特质、元素、构成,让其发扬光大,像金子一样闪闪发光。

威海市委党校有一个课题组,他们对红色胶东现象与沂蒙精神的内在关系进行研究,并发表文章,对红色胶东文化的基本内涵、多元贡献和时代表现进行深入探讨，从一个侧面给西海地下医院的研究提供了理论背景。

文章[①]认为：红色胶东文化现象是胶东人民在中国革命、建设、改革实践中成长起来的精神文化之树，是新时代以沂蒙精神为代表的山东人民精神文化的重要内容，是沂蒙精神不可分割的有机组成部分。从历史发展和多元化时代表现来看，红色胶东文化现象与沂蒙精神都具有极强的跨越时空的生命力和感染力，在两者的精神激励鼓舞下，沂蒙地区与胶东地区都在不同历史时期涌现出了一批批精神标兵，成为山东红色精神群体的重要构成部分。从发展趋势看，包括红色胶东在内的沂蒙精神表现出强烈的实践特征与强劲的发展势头。这既与马克思主义强烈的实践属性相一致，又与齐鲁文化的内在品质相符合，是革命文化与优秀传统文化相结合的产物，深深感染鼓舞着全省人民的精神斗志，与时俱进地与现代化强省建设实践紧密结合在一起。

在谈到红色胶东文化现象的基本内涵时，文章特意提及西海地下医院。文章说，红色胶东文化现象既有中国红色文化的共同属性，又独具胶东地域文化特色，是在党的领导下，一代代胶东党政军民社会实践行为的精神结晶。其精神实质可以集中概括为"明理重义、勇毅坚定、深情大爱、敢为人先"四个方面。明理重义是红色胶东文化现象的文化基因。一种精神文化的产生，无不与其文化基因息息相关。胶东人民深受明理重义等中华传统思想文化影响，地域文化特点鲜明，关键时刻往往能够挺身而出、舍生忘死、保卫国家。革命战争年代，胶东人民明理重义的优秀品质突出体现为忠诚坚定跟党走，为民族独立和人民解放无私奉献。这些精神品质体现在许多顾全大局、舍小家为大家的感人事迹中。他们有人出人、有钱出钱、有力出力，以

---

① 威海市委党校课题组：《红色胶东现象与沂蒙精神内在关系研究》，《沂蒙干部学院学报》2023年第1期。

大后方、大支前、大参军等形式支持革命。在1941年到1944年抗战最艰难的阶段，西海地下医院克服各种困难和危险，成功救治了2000多名八路军伤病员。胶东兵工厂在战火中生产武器弹药，支前民工每天都要走50多公里路，将弹药给养送到前线。这些事迹和数据都是胶东人民明理重义、忠心向党、无私奉献的红色精神的生动诠释和有力证明。勇毅坚定是红色胶东文化醇厚的精神底色。在风雨如磐的年代，勇毅坚定这种精神底色，融合在胶东涌现出的英雄群体中。莱阳中心县委书记张静源为了党的事业忍住病痛，参加革命工作，光荣牺牲；文登铺集乡南长岚村张连珠在任胶东特委书记期间不幸被捕，敌人对他严刑拷打、残酷折磨，他咬紧牙关，坚决不吐露党的秘密；中共胶东特委第一任书记理琪在雷神庙战役中被子弹击中腹部，血流不止，他忍着剧痛，继续在枪林弹雨中坚持指挥，最终牺牲。除了英雄人物外，胶东地区还涌现出不少英雄团体："马石山十勇士"为了救出被日寇围困的群众，四进包围圈，战斗到最后一刻，全部壮烈牺牲；荣成汪口海边七名战士跟敌军血战三个多小时，最后弹尽援绝，全部壮烈殉国，被后人称为"汪口七烈士"。深情大爱是红色胶东文化现象的精神品质。红色胶东文化现象表现为面对生死，红色区域军民唇齿相依、同舟共济的深情大爱。一方面，体现为人民群众对子弟兵的无私奉献：为了保护养育1200多名八路军子女，300多位乳山妇女舍家取义，宁可舍弃自己的亲生骨肉，也要保存革命后代。另一方面，体现为党和人民军队对人民群众的大爱无疆：1942年11月23日傍晚，大批群众被日寇围困于马石山上，在群众身陷绝境的危急关头，十勇士挺身而出，救出上千名群众，而他们自己却长眠在了马石山上。这种深情大爱，还体现为胶东人民超越乡土观念的巨大奉献精神。他们立足家乡、放眼全局，从中国革命的战略防御到战略进攻，从胶东半岛转战到山东大地，从决战淮海到强渡长江，从攻克上海到进军东南，从东北打到平津。在血与火的征战中，胶东儿女展现出勇毅刚强、一往无前的精神品质。敢为人先是红色胶东文化现象的精神密码。正是由于胶东人民在革命实践中树立起革命理想，坚定不移跟党走，所以才在不同历史年代焕发出勇于创新、敢为人先的精神。"红色胶东"这一概念本身就是对胶东地区革命性、先进性的有力证明。在这个红色区域内，党领导人民开展一系列红色活动，使胶东在民主革命时期一直走在山东前列。以昆嵛山红军游击队为骨干成立的"山东人民抗日救国军第三军"，成为打响胶东抗战第一枪的抗日武装力量。据史料记载，胶东根据地是山东建立最早、规模最大、持续时间最长的根据地，为其他根据地的发展做出了重要贡献。战争年代，敢为人先的精神品质在胶东人民创造的一个个"第一""最早"中充分彰显，也在社会主义建设时期、改革开放时期得以发扬光大。

文章认为：红色胶东文化现象对沂蒙精神的多元贡献表现在几个方面。

第一，红色胶东文化现象拓展了马克思主义与中国国情相结合的理论空间。中国共产党的历史告诉我们，党的精神谱系是马克思主义与中国革命实践相结合的产物，红色胶东文化现象萌芽于建党初期、诞生于土地革命年代、成形于抗日战争之中、发展于解放战争历程，是山东革命文化的主体构成之一。红色胶东文化现象对沂蒙精神的拓展首先表现为胶东革命活动的时空维度。胶东是山东最早开展革命活动的地区之一。1921年中国共产党成立不久，当时的中共中央局就派邓中夏、王荷波到胶东开展工作，宣传反帝爱国思想和马克思主义。山东党组织早期的领导者、中共一大代表王尽美曾回家乡沂蒙宣传马克思主义，引导帮助进步青年向党组织靠拢。1935年"一一·四"暴动失败后成立的昆嵛山红军游击队，与刘志丹领导的红军陕甘游击队齐名，成为山东唯一的红军武装、中国北方仅有的两支红军武装之一，作为胶东革命的火种保证了胶东革命的延续和发展，成为山东大地上的星星之火。胶东一直是山东革命主要根据地之一。昆嵛山红军游击队成立后，胶东大地上的红色火种呈现星火燎原之势，最后形成遍地红的文化现象，胶东大地成为稳定的革命大后方。胶东人民以"要人有人、要钱有钱、要枪有枪"的无私奉献精神全力支援前线作战。胶东成为山东解放战争时期最主要的兵源、药品、武器策源地。红色胶东文化现象对沂蒙精神的拓展主要体现在精神方面。胶东军民在抗战过程中逐渐形成深明大义、不怕牺牲、团结御敌、一往无前的精神力量，极大地鼓舞着山东乃至全国军民。胶东人民胸怀民族大义，胶东子弟兵不仅转战胶东，而且参加全省乃至全国其他地方的革命战争；胶东人民不仅支援胶东抗战，而且支援全省乃至全国其他地方的民族独立和人民解放事业。在这个过程中，红色胶东的优秀精神品质也被带到这些地方，成为鼓舞革命胜利的精神力量。天福山起义诞生的"山东人民抗日救国军第三军"，历经南征北战，不断成长壮大，成为胶东抗日战场上的主力军，成为27军、31军、32军、41军创建和发展的主要源泉。这些部队先后涌现出"潍县团""济南第一团""济南第二团""塔山英雄团""守备英雄团""白台山英雄团"等英模集体和齐进虎、周厚刚、魏来国、程远超等一大批著名战斗英雄，成为胶东人民的骄傲和红色胶东的精神符号。

第二，红色胶东文化现象拓展了沂蒙精神的文化源流。从广义上来说，沂蒙精神不仅仅是局限于沂蒙山地区的革命精神现象，还是指战争年代山东大地涌现出来的革命精神。在地缘上包括胶东地区。胶东文化和马克思主义民族理论一结合，势必焕发出新的文化品质。这种品质根源于农耕文化，又融汇了海洋文化的宽阔、刚毅、团结等特质。与纪律性、坚定性、刚毅性为主要元素的斗争精神相契合。红色胶东文化现象也对应出现了许多表现形式，其中一个突出的表现就是，在山东人民子弟兵中，胶东子弟兵以其鲜明的文化特质而与众不同。他们不仅人数众多，而且精英辈出。相关史料显示，胶东地区参军比例极高，在革命战争年代胶东青年参加人民军队前后共计40余万人，其中，抗日战争中参军接近10万人。在战争年代，仅作战牺牲的胶东指战员就有8万余名、伤残数十万人。胶东各村镇遍布烈士墓地、墓碑。从胶东走出了共和国上将19位，开国少将28位，以及数百名党的高级干部。红色胶东文化现象进一步优化了人民军队文化，加强凝聚力和战斗力。这也是战争年代胶东地区创造出地雷战、血战雷神庙等新型战法战例的一大因素。

第三，红色胶东文化现象更广阔地萃取了齐鲁儿女的精神精华，赋予沂蒙精神更加宏阔开放的文化特质。同沂蒙精神的产生、形成、发展一样，对沂蒙精神的理论概括，也经历了由浅入深、不断丰富发展的过程。由最初的特指沂蒙山地区革命精神范畴到泛指山东红色精神文化现象，随着红色文化研究的深入，沂蒙精神的内涵和外延不断扩展深化。2022年3月，经党中央批准，沂蒙精神基本内涵正式表述为"党群同心、军民情深、水乳交融、生死与共"。这种理论概括抓住了以沂蒙山精神、红色胶东文化现象等为主要内容的山东红色文化的精神实质，从而赋予沂蒙精神新的时代内涵。"党群同心、军民情深"反映了新型的党群关系。战争年代，中国共产党一心一意为人民，以鲜血和生命捍卫群众的利益；人民群众坚定不移跟党走，结下了同呼吸、共命运、心连心的鱼水之情。"水乳交融、生死与共"诠释了党和人民生死相依的血肉联系。沂蒙精神之所以感天动地，就是因为党和人民的鱼水情谊经受了生死考验，演绎出一幕幕人间大爱。胶东乳娘不惜舍弃自己的孩子而保护革命后代，支前民工跳进冰冷的河水用身体架起"火线桥"，"马石山十勇士"与敌人血拼到底、保护数千名群众安全转移的壮举。这种真情大爱是山东革命从胜利走向胜利的精神动力源泉。沂蒙精神有其深刻的逻辑结构和开放品质，"党群同心、军民情深"是沂蒙精神形成的情感支点，"水乳交融、生死与共"是沂蒙精神的价值指向和终极形态。沂蒙精神与红色胶东文化现象的融合，赋予沂蒙精神鲜明的开放理论体系色彩。其在实践中产生，又随着实践的发展而不断丰富、完善和发展，具有与时俱进的理论品格。这种开放性质,既表现为时间上的延续,也表现为空间上的延展。

从文化基因而言,红色胶东文化现象的形成除了深受农耕文化影响外,还受到海洋渔耕文化的影响。海洋文化内涵中不畏艰难、勇往直前的文化禀赋,对于革命军队英雄主义的形成无疑具有作用。这使沂蒙精神深深扎根于深厚的齐鲁文化之中,催生出诸如红色乳娘、"马石山十勇士"等感人事迹,涌现出如侦察英雄杨子荣、民兵英雄于得水、爆破大王于化虎等传奇动人的战斗模范和英雄事迹,演绎了一个个经典的战斗事例。比如1949年8月的解放长山岛战役,是人民解放军第一次渡海作战的成功战例,为解放战争后期人民解放军解放海岛的作战提供了经验。胶东地区的革命实践为中国革命波澜壮阔的画卷增添了绚丽色彩,进一步丰富和开阔了沂蒙精神。

第四,红色胶东文化现象强化了沂蒙精神深邃的理论品质。

红色胶东文化现象丰富了沂蒙精神的思想内涵,强化其具有指导中国革命和建设实践更加普遍的理论品质。

首先,红色胶东文化现象对沂蒙精神的普遍性贡献表现为,它扩大了沂蒙精神创造主体范围,使其具备了多价值主体性质。从创造主体来看,党的组织、革命部队、人民群众在这一文化现象的形成中都有突出表现,发挥了主体性作用。在这个形象里面,既有"马石山十勇士"式的革命战士,又有理琪等为革命英勇献身的党的地方领导,也有舍小爱、为大爱的胶东乳娘。与红色胶东文化现象创造主体多元化一样,沂蒙精神的创造主体也不仅仅是人民群众,但都表现出鲜明的人民性,是山东人民在中国共产党领导下,在献身中国革命、建设和改革的不懈奋斗中所创造的伟大精神,是哺育了党和人民军队的伟大精神。只有深刻认识和理解沂蒙精神是人民的精神,才能真正把握沂蒙精神的丰富内涵。创造主体的鲜明人民性也是沂蒙精神有别于延安精神、井冈山精神等党的精神谱系的显著特点之一。红色胶东文化现象与沂蒙精神的融合,赋予沂蒙精神更具普遍性的理论品质。

其次，红色胶东文化现象对沂蒙精神的深邃性贡献表现为鲜明的思想特质。这种特质突出表现为无私奉献和敢为人先两个方面。无私奉献是红色胶东文化现象的精神底色。仅以胶东人民对解放战争的贡献而言，就足以荡气回肠。整个解放战争期间，胶东是山东参军人数最多的地区。胶东地区先后抽调7250名干部，随人民解放军北上东北、南下江南接管新解放区。他们组成整套的区党委级、地委级、县区委级领导班子，为新中国政权的创建做出了不可磨灭的贡献。另外，胶东地区还是我方战略支援重地。作为大后方，胶东兵工厂在战火中诞生、在斗争中发展，到解放战争时期，已发展到拥有9个兵工厂的兵工工业，最高月产掷弹12.2万发、子弹37万发等。生产的武器、弹药，源源不断地供给胶东战场和山东其他战场英勇杀敌的人民子弟兵。

敢为人先也是红色胶东文化现象的鲜明特质之一。抗日战争期间，海阳民兵创造性地发明了石雷、陶雷，创造了30多种地雷和30多种埋雷、设雷方式，1943年到1945年，海阳地雷战共炸死炸伤敌人1025人，涌现出赵疃、文山后、小滩3个胶东特级模范爆炸村和3名全国民兵英雄。中共胶东特委在材料、设备严重缺乏的情况下，创造了种种土材料、土设备、土方法，壮大兵工生产，为本地和其他地区革命提供物力支持。在社会主义建设时期，胶东也是改革开放的先行地区，在改革攻坚过程中取得了突出的创新性成就。

另外，文章还论述了红色胶东文化现象对沂蒙精神多元化贡献的时代表现：在社会主义革命和建设时期，红色胶东文化现象集中表现为艰苦奋斗、无私奉献的精神品质；在改革开放和社会主义现代化建设新时期，红色胶东文化现象集中表现为开拓进取、敢为人先的精神品质；在中国特色社会主义新时代，红色胶东文化现象集中表现为勇于创新、实干善为的精神品质……

作为红色胶东文化的一部分，西海地下医院既有红色胶东文化的共性，也有自己鲜明的个性，表现在什么地方呢？

2015年8月26日，中共莱州市委联合烟台市相关部门举办莱州红色文化暨西海地下医院历史贡献研讨会，以纪念中国人民抗日战争胜利70周年，进一步确立和提升西海地下医院的重要地位和作用，提高胶东红色文化的影响力和知名度。

在这个会议上，时任山东省委党史研究室副主任李晨玉，时任烟台市委党史研究室主任杨仁祥，小说《地下的太阳》作者高凯民，中国传媒大学教授、地下医院军医朱跻青烈士之子朱光烈分别发言，北京华夏书画院副院长、纪毅之子高少飞代表其母亲发言。

李晨玉认为，从中国抗战史实来看，特别是从山东抗战来看，中国共产党是中华民族利益的坚定维护者，是中国抗日战争的中流砥柱，起到的作用不容忽视，特别是山东的抗战，就是在中国共产党的领导下取得胜利的。抗战爆发以后，掌握着重兵的国民党山东省政府主席兼第三集团军总司令韩复榘，在日军入侵面前，未做多少抵抗，即率10万大军和省政府向南撤逃，使日军长驱直入，很快占领了山东。后来，国民党派沈鸿烈到山东担任主席，进驻沂蒙山区，建立国民党在山东的各级政权，试图恢复对全省的控制。国民党还设立了鲁苏战区，派于学忠的正规军进入山东。抗战初期，在山东的国民党军队也在抗日，与日军交战，有的军队打得也很惨烈，在日军的"扫荡"中奋起反击，与日军浴血奋战。但是他们的军队脱离人民，立于人民之上，是没有根基的，最终在日伪的打击下，丧失抗战信心，撤离山东。而沈鸿烈作为国民党政府主席不但不抗日，却专门和共产党作对，极力限制和打击共产党和八路军等抗日进步力量。1941年，沈鸿烈去了重庆就不再回来了，由东北军五十一军军长牟中珩任主席。到了1943年，蒋介石认为于学忠反共不力，因此让李仙洲来接替，李仙洲率部刚进鲁西南就扬言

"先奸匪（指共产党和八路军），后敌伪"。在这种情况下，我们就把李仙洲堵在外头。于学忠本来在山东就待不下去了，一接到蒋介石的命令，就急急忙忙撤离山东，撤到安徽。国民党山东省政府也一同跑到安徽去了。国民党地方武装则大批投降日军，成为汉奸伪军。共产党与国民党则完全不同。当国民党韩复榘逃跑的时候，共产党挺身而出，举起抗日大旗，发动了遍布全省的抗日起义，其中包括掖县的玉皇顶起义。当国民党大小官员忙着逃跑、置人民于不顾、人心惶惶的时候，共产党树立起了抗日的信心。在国民党军队大批投降日军的时候，共产党却领导八路军和根据地人民同日军进行艰苦的、殊死的斗争。当国民党军队和国民党山东省政府跑到安徽去了的时候，山东抗战的重任完全落在共产党和抗日军民身上，共产党独立领导着、带领着山东军民抗战。在共产党领导下，山东抗日军民粉碎了日军无数次的残酷"扫荡"，积极地打击敌人。从1944年起，共产党领导八路军向日军发起反攻，解放了大片国土，直至取得抗战的最后胜利。

在领导山东抗日军民与日军战斗的同时，山东党组织在根据地积极进行新民主主义的经济、政治、文化等方面的建设。在经济上，减负减息、发展生产、改善人民生活；在政治上，建立抗日民主政权。其中，掖县党组织最早建立了抗日民主政权，这是人民的政权。正如歌里唱的那样，解放区的天是晴朗的天。说的就是政治上的翻身，就像天晴了一样，就是扬眉吐气的感觉。所有的抗日民主政府都是通过选举产生。村政权采取直接选举，这就是人民当家作主；在文化上，抗日根据地大力兴办教育。胶东抗日根据地的教育事业发展得非常好，一直没有间断，包括小学教育、中学教育。同时，共产党还在全省各抗日根据地内开展社会教育。农闲时开办冬学、夜校，老百姓包括妇女和女孩子都学文化、上夜校、上识字班。"旧社会咱不识字，糊里糊涂地受人欺"，这个歌词表达的就是老百姓对文化学习的强烈愿望。这个愿望在共产党领导的根据地实现了。开展文化教育，一方面教民众识字，一方面讲抗战道理，提高人民群众抗战的觉悟，教育群众不再受人欺负、不当亡国奴；在社会上，建立各种群众组织，唤起民众、组织群众、武装群众抗日。共产党领导的山东省抗日民主政权颁布了一系列法律法规，同时进行社会救灾、救助、优抚等工作。这些，实际上就是向人民展现了一个新民主主义社会的前景，人民群众对美好社会的向往就寄托在了中国共产党身上，所以他们就一心一意跟着共产党走。我们的党赢得了群众支持，就形成了不可抗拒的力量。到抗战胜利时，山东人民包括胶东老区人民，对于国民党及其政府已经不认可了，而中国共产党却奠定了坚实的群众基础。

西海地下医院在抗战最艰苦、日军"扫荡"最残酷的时期出现在掖县，救治了2000多名伤病员，这是一个奇迹，这不是偶然现象。在敌人的包围和"扫荡"之下，甚至在离敌人据点只有几里路的环境下，地下医院竟然在两年多的时间里没有被敌人发现，人民群众对于地下医院的事情守口如瓶，冒死运送伤员，甚至献出了生命，原因是什么？这恰恰说明掖县作为老根据地，中国共产党一心为民族、一心为人民的奋斗，赢得了人民的拥护和支持。这就是我们所说的群众基础。所以，从医院的角度来说，能够在这种恶劣环境中生存下来，展示的不仅仅是人民群众的智慧和独创精神，更重要的是展示出中国共产党及其领导的抗日军民坚定的抗日决心和顽强的斗志，展示出掖县人民对我们党和军队的拥护和热爱，展示出抗日战争中党和人民群众水乳交融、血肉相连的党群干群关系，展示出我们党为民族独立、人民解放而奋斗的精神……

杨仁祥从三个方面论述了西海地下医院的伟大历史贡献。首先，西海地下医院体现了胶东军民因地制宜的创新精神。西海地下医院诞生于抗战最艰难的1942年，当年11月，日伪军以2万多兵力对胶东进行"拉网式"的冬季"大扫荡"。那时，日军已经在掖北平里店安设了据点，并且经常下乡骚扰。为了保障伤病员的安全与及时救护，西海军分区卫生所所属小组进驻各村后，依靠村党支部集思广益，按照"最危险的地方最安全"的思路，军民合作，在"堡垒户"家的炕洞、锅灶、草垛等处秘密开挖地道、地洞，创建了西海地下医院。党史部门在采访时任西海军分区卫生所指导员的刘子坚时，他回忆说，在医疗卫生条件异常艰苦和极度缺医少药的情况下，工作人员就自己动手想办法制造脱脂棉、蒸馏水、氯化钠等最普通的物品，甚至尝试用各种草药来给伤员治病，比如用荠菜酒止血、用艾蒿针灸治疗关节炎等。实践证明，在与日伪军的斗争中，地下医院对八路军伤病员起到了很好的保护作用和救治效果，西海地下医院和海阳地雷战一样，是胶东军民创新精神的最好体现。

其次，西海地下医院体现了胶东军民顽强不屈的斗争意志。地下医院的主要工作地点在地下，挖道掘洞就成为首要任务，这是非常艰苦而又危险的工作。在艰险的环境中，作为中心医疗区和所部驻地的王门村就开挖了多条地道，并且布局科学、严谨，内设大小25个病房，可容纳伤员140余人。其中一条长达500米的地道内就有10个病房，能容纳60余人，旁有一眼水井，是地道最佳的通气口。我们在进行革命遗址普查的过程中，实地考察了现存的部分地下医院遗址，虽然有些因为年代久远损毁严重，但仍然能从中看出胶东军民英勇顽强、艰苦卓绝的工作作风和斗争意志。尤其是转运伤员的交通线，敌情复杂，充满危险，但从1942年到1944年却从未中断过；给转入地下的伤病员送饭送水、晒太阳等工作异常艰难，但医务工作者却从来没有喊苦叫累。这种精神在我们胶东大地上，既是"苦菜花精神"的传承，也是"第三军"精神的弘扬。

第三，西海地下医院体现了胶东军民团结一心的鱼水深情。早在1938年，掖县人民就在党组织的带领下发动玉皇顶起义，成立了抗日民主政府，创建了胶东第一个抗日根据地，这里的人民觉悟高、热爱党、信赖党，这里有稳固的群众基础。当地下医院开始筹建时，卫生所的党员分头到老乡家里讲述伤病员英勇杀敌的感人事迹。群众发动起来了，全家同挖、父子奋力、夫妻争先的情景在40多个村庄中处处可见。为确保地下医院的安全，所驻村庄的党组织在认真做好群众工作的基础上，要求群众做到医务人员和伤病员住在谁家，谁家的成员都要把他们作为自己家人来称呼，并把他们的化名登记在自己家的户口簿上。医院的工作虽然秘密展开，但几百人的活动，不免露出蛛丝马迹，敌人的"扫荡"便接踵而至。但是每一次"扫荡"都被当地群众机智勇敢地遮盖过去。两年的时间，西海地下医院没有军队保护，面对敌人的"扫荡"却没有遭受大的破坏和损失，靠的是医护人员亲人般的照顾和特殊的护理，靠的是伤病员大无畏的革命乐观精神，更靠的是掖县人民不惜牺牲自己生命也要保护地下医院的伟大革命气节。只有党和人民群众紧密联系在一起，我们的事业才能勇往直前、战无不胜。我们在整理地方党史资料时还了解到，掖县第一任县委书记郑耀南的老家西障郑家村党支部尊重郑耀南夫人的意愿，在她家南屋地下室里，先后扩挖了6条地道，长达800多米，能容二三百人。其中除设立地下医院外，后来还设立了兵工厂、印刷厂、北海银行储藏室。这里不愧是"红色革命根据地"，党组织严密、群众觉悟高，尽管头上据点骑兵的马蹄声声入耳，地下医护人员仍能有条不紊地工作，伤病员们仍能安心静养，从未出过任何闪失。正如胶东抗日烈士纪念塔序言所说，革命先辈"言与行都一切为着民族解放，一切为了人民利益，因而他们的一切都成为我们的榜样"。回顾胶东抗战历程，西海地下医院以其"深挖地洞、藏治伤员"的形式，成为胶东地区"地道战"和"沙家浜"的完美结合和生动实践，展示了掖县人民在反"扫荡"斗争中的聪明才智和独创精神，它的历史贡献将永载史册，牢记于人民心中⋯⋯

莱州当地的研究者还从革命老区精神、斗争精神、担当精神、牺牲精神等多个角度，论述过西海地下医院的历史意义和时代价值。

在这次研讨会上，高凯民讲述了"无价的故事"，高少飞代表母亲纪毅介绍"我的第二故乡"，而朱跻青烈士之子朱光烈，展示的是"我父亲的精神世界"。

朱光烈是中国传媒大学的教授，对传播学和文化学颇有研究。出生于1937年的他，对于父亲朱跻青的印象是模糊而零碎的。听奶奶说，自己小时候体弱多病，有一次病得很厉害，已经奄奄一息，家里在地下铺上草，把他放在上边，只等咽气之后，准备扔到外面的乱葬岗。这时候父亲从外面回来了，很快给他治好了病，救了他的命。他最后一次见到父亲，是在一个深秋的夜晚，外面有呜呜的风声，一片漆黑，神秘而恐怖。他被二伯父带到自己家在村西的新房子里。右手边是一堵墙，长长的，左手边是旷野，一片无边的黑暗。进了院子，他看到坐在油灯下的父亲，就飞奔过去，扑进父亲的怀抱里，父亲紧紧搂着他……在一个清晨，他醒来之后，发现母亲和奶奶的双眼通红，她们见他醒来就大哭起来。家里人告诉他：父亲被日本鬼子打死了。

在父亲牺牲之后的岁月里，朱光烈经常会想念父亲。如果父亲还活着，会从事什么工作？是在部队还是在地方？从20世纪60年代开始，他幻想着父亲可能有一天会活着回来。"文革"中他被打成反革命，遭受批斗和软禁。为什么要把我这个革命者的后代打成反革命呢？朱光烈心生一种无名的幽怨，一种寻找父亲遗骨的模糊情结随之暗暗形成。20世纪70年代初之后，他多次回老家寻找父亲的踪迹，去过多个烈士陵园，也联系过刘子坚、申吉桂、王淳、杨晓宇等老前辈，知道父亲牺牲在崮山后，却始终没有找到父亲的遗骨，这成为他一生的憾事。

然而，在一个烈士陵园里，他忽然理解了父亲，知道了父亲的去向。马戈庄烈士陵园并不大，只有两排二十多座坟墓，没有墓碑。下午三四点钟，天空万里无云，太阳耀眼地挂在西边的天空，把淡淡的金光撒在每一个坟墓上。太阳似乎在直直地看着朱光烈，他默默地站在那里，想起奥地利科学家薛定谔在《吠檀多哲学的崇高意境》一文里的一段话：

> 你可以平躺在地上，伸直身体睡在你的母亲大地身上，确信你和她，她和你是一体。你和她一样牢固和不受侵害，事实上你比她还要牢固，还要不受侵害到一千倍。明天她肯定会把你吞没掉，但同样肯定地还会使你重生，重新争斗，重新受苦。而且不仅是"某一天"，而是现在，今天，和天天日日在生你出来；不是生一次，而是千千万万次，就像天天日日吞没掉你千万次那样。因为永恒而长久存在的只有现在，一个唯一的同样的现在，只有它才是无穷尽大的。

薛定谔是量子力学的奠基人之一，又是分子生物学的奠基者之一。量子力学证明世界的各个部分、部分与全体是融为一体的。当他和他人一起创造了量子力学之后，十分赞赏古印度的吠檀多哲学：

> 生活着的这个生命并不仅仅是整个存在的一个片段，而是在某种意义上就是全部……这正是婆罗门先哲们所讲的那个神圣而神秘，然而实际上又是很简单明了的箴言"彼即汝"（Tat tvam asi）的意义。或者用另外的话来说，"我在东也在西，在下也在上，我是这整个世界"。

从背后射来的阳光很炽热，使朱光烈感觉正在被它融化。他融入了这片山丘，融入了大地，融入了躺在这里的父亲和他的战友们。所有人一起融入了整个宇宙，融入了无限——亦即现在。"父亲没有死，他就是我，我就是他，我无须到处寻找。"青山处处埋忠骨，何须马革裹尸还。

痴痴地站立了一会儿之后，朱光烈深深地向坟墓鞠了三个躬。除了那个漆黑的夜晚，他不再记得见过父亲，可是为什么那么痛切地思念他？苦苦地寻找他？此时，在朱光烈的感觉里，自己似乎不仅仅是向父亲和他的战友们，也是向伟大而神圣的存在鞠躬。

"子在川上曰：逝者如斯夫！"

而他所面对的，不是一去不复返的流水，而是一座座永恒的群山，恒者如斯。

群山之上，悬挂着一轮永恒的太阳，光彩夺目，照彻天地。（完）

后 记

一次聊天时，一位莱州的老朋友问我，能不能写写西海地下医院的故事？我毫不犹豫地答应了。当时我正准备写一本关于山东茶文化的书，沉浸在茶的风花雪月、云淡风轻之中，忽然要转到血雨腥风的战争年代，弯子转得有点大，但是我很快就进入西海地下医院的场景之中。

早就想给养育自己的故乡写本书，西海地下医院给了我第一个突破口。我陷入一种狂热和激动的状态，夜不能寐，浮想联翩，无数和家乡相关的记忆在脑海里拥挤着、碰撞着、翻滚着，人最不能触碰的感情是故乡啊！

但是我很快就清醒下来，意识到这是一个非常艰巨的任务。对于写作者来说，西海地下医院本身是一个千载难逢的题材，在抗日战争最艰苦的岁月里，在没有部队保护的情况下，40多个村的乡亲们深挖地道和地洞，救治了2000名八路军伤病员，这是一个多么伟大的壮举啊。放眼全国，有人说它是"沙家浜"和"地道战"的绝妙结合，我说它就是独一无二的"西海地下医院"，是莱州自己的红色文化符号。我曾经写过一本《沂蒙山》，沂蒙山的所有故事，在胶东几乎都发生过，而且更加感人，胶东是山东红色文化的一面旗帜。仅西海地下医院而言，那些八路军的医护人员、伤病员，那些用生命掩护医院的百姓，留下一个个故事、一段段佳话，至今仍然感动着我们。

撰写这个题材有几个难题，一是西海地下医院的故事发生在80多年前，当年的亲历者大多已经离开这个世界，在世的人也已经疾病缠身，意识模糊，很难复原当年的情景了。何况当年地下医院处于绝对保密状态，所以想获得第一手感性资料具有难度；二是出于对这段历史的敬重、对先辈的热爱，近二三十年以来，陆陆续续不断有西海地下医院的文艺作品诞生，这里面既有烟台和莱州党史部门的积极努力，在重要节点上，他们多次推出亲历者的回忆录和党史资料，也有西海地下医院"第二代"及热心人士的发掘创造，他们撰写的纪实文学和长篇小说都达到了一定高度，要想出新谈何容易；三是我们这一辈人没有经历过战争年代，尤其对于抗日战争这段历史，缺乏切肤之痛，有一种历史隔膜感，要穿透厚重的历史，必须付出更多努力，修炼心性，安静身心，让思想和感情变得锐利，具有穿透力，锻造大视野，这对于置身浮躁社会的我来说，也是一个考验。

热爱是最好的老师。在济南，我去拜访了高凯民和孙志芳两位老大姐，她们一个是八路军西海地下医院基层负责人的后人，一个是医院所在村庄的村党支部书记的儿女，给我提供了大量资料。高凯民的母亲纪毅是地下医院朱旺医疗区分党支部书记，自己撰写了2万多字的革命回忆录。因为有媒体采访母亲，高凯民知道了"西海地下医院"这个名词，从此她开始挖掘整理相关故事，编写了两部西海地下医院的纪实文学作品，并创作了纪实小说《地下的太阳》，生动讲述地下医院的往事，让红色基因传承延续。孙志芳是从山东建筑大学纪委书记岗位退休的，她的父亲孙凤祥是地下医院核心区王门村的村党支部书记，他在一个笔记本上记录下当时的很多情况，以后南征北战，在新疆屯垦守边，屡屡建功。受其影响，孙志芳对红色文化情有独钟，自己筹资在村里打造红色文化展馆和实景基地，还为村里做了很多好事。两位老大姐把自己当成地下医院的传承者、弘扬者，真正把西海地下医院当作一座宝贵的"金矿"去发现，去挖掘，她们关注着当年的每一位亲历者，津津有味地讲述着动人的故事，琢磨着如何把红色景观打造得更好，还带我参加相关研讨会，连一个沙盘的构建也昼思夜想，其炽热真情感染着我，激励着我。

我乘坐刚刚开通不久的高铁，数次回到莱州，实地探访了和莱州革命史、抗日战争史、西海地下医院等相关的地方，在莱州市党史办专家孙玉光和莱州市卫健局吕俊峰、李国良、王光波等陪同下，参观了莱州革命历史馆，从宏观上了解莱州波澜壮阔的红色文化，到王门、朱旺和西障郑家等村庄，察看地道地洞遗址，参观西海地下医院红色教育集群和郑耀南故居，在郭家店庵子村弯腰钻进废弃已久的地道，也气喘吁吁地穿越云峰山，在红叶飘飞的山路上，重走运送伤员的神秘交通线。

在近半年的时间里，我阅读了大量与西海地下医院相关的书籍和文章，逐渐在脑子里还原抗战的场景，走进八路军医护人员和伤病员的内心，然后就像被放进一口感情的大锅里，被滚烫的痛苦煎熬着、冶炼着、升华着……冷却之后，凝结出一些思想的结晶，逐渐变成这部书的基本框架。本书中，我把西海地下医院的故事从单线条变为复线，将其置身于整个山东和胶东的党史军史之中，梳理了其发展脉络，并追踪其发展走向与精神遗存，使其具备了一定厚度和长度。对于参与西海地下医院的人员，进行"群雕式"的描绘，对地下医院的领导与医护人员、八路军伤病员、掖县人民群众，分门别类，横向发掘，力争表现出群体性特征，以及每个群体的共性。对于每一个事件，进行纵向梳理，发现并归纳其中规律性的东西；同时，注重在个体中发现细节，讲好故事，以情感人。郑耀南、刘子坚、张燕、朱跻青、王利华、纪毅、马杰、王淳、孙凤祥、周秀珍、李凤刚，乃至一个个普通的医护人员和伤病员，一个个普通群众，身上闪耀的信仰之光，体现出的钢铁意志，表现着的奉献牺牲精神，无不让人动容。好几次，我写着写着流下热泪，痛感文字的无力，思想的苍白……

本书的创作，利用了社会的力量，凝聚了群体的智慧，但是仍然有很多不足之处。站在巨人的肩膀之上，我引用了《西海地下医院》《地下的太阳》《烽火春秋》《莱潍烽烟》《难忘的岁月》《西障郑家村志》，以及"烟台革命文化丛书""莱州历史文化丛书"等几十本书籍的内容，引用了报刊、文学期刊以及莱州党史资料和文史资料中的诸多文章。莱州市委、市政府高度重视红色文化建设，把西海地下医院作为一种宝贵的精神遗产去发现，去保护，去利用，并将其精神运用到实际工作中，莱州市卫健局创新推进县域紧密型"医共体"建设。莱州市委组织部领导对于本书的写作提出了指导性意见，莱州市委党史办积极提供资料，并认真审阅了书里的内容，把关定向。孙玉光是莱州红色文化的"活字典"，作为党史专家，他不仅全程陪同我参观考察，还给我详细讲解，提供了大量翔实、生动的党史资料。莱州市委组织部、卫健局、党史办为本书提供了大量历史资料和精彩图片。中共山东省委党史研究室原一级巡视员、著名红色文化专家韩延明博士在百忙之中抽出时间，认真阅读全书，充满激情，在极高的政治站位和时代坐标上为本书作序，从理论方面进行总结、提炼和升华，画龙点睛。山东省文联原党组书记、省委宣传部原副部长王世农，山东省委党校副校长、二级教授林学启，济南市人大常委会秘书长、一级巡视员姜涛，山东省医学科学院名医刘春山等多方面大力支持；山东出版传媒股份有限公司安全总监胡长青，济南出版有限责任公司党委书记、董事长谢金岭，副总编辑郭锐，编辑董傲囡、胡雨薇对本书提出宝贵修改意见；摄影师齐婉汝为本书拍摄了插图，设计专家纪宪丰为本书设计了精美的封面……在此对以上各位表示最诚挚的感谢。

  从沂蒙山走向胶东，从济南走向故乡，在红色题材创作的道路上，我会坚定不移地走下去。感谢西海地下医院的前辈们，给我前行的精神力量。

郝桂尧

2025年3月17日于济南